湖南省文艺创作扶助基金会资助项目

湖南省社会科学成果评审委员会课题"人学视域下的沈从文思想研究"

（编号：XSP18YBC178）的研究成果

U0654537

沈从文的文学观

马新亚 著

河南文艺出版社

·郑州·

图书在版编目（CIP）数据

沈从文的文学观/马新亚著. —郑州:河南文艺出版社,2019.3(2022.5 重印)
ISBN 978-7-5559-0807-4

Ⅰ.①沈… Ⅱ.①马… Ⅲ.①沈从文（1902—1988）-文学研究 Ⅳ.①I206.7

中国版本图书馆 CIP 数据核字(2019)第 042098 号

出版发行	河南文艺出版社
本社地址	郑州市郑东新区祥盛街 27 号 C 座 5 楼
邮政编码	450018
承印单位	河南龙华印务有限公司
经销单位	新华书店
纸张规格	890 毫米×1240 毫米 1/32
印　　张	8.75
字　　数	258 000
版　　次	2019 年 3 月第 1 版
印　　次	2022 年 5 月第 3 次印刷
定　　价	50.00 元

序　言

谭仲池

　　沈从文是从湖南湘西走出去的著名文学家。他的名字随他的作品一道走进读者的心灵。在他人生的漫长旅途中，尽管因为各种原因，他的文学思想、文学情怀的光芒一度被遮蔽，但随着时间的推移，他的精神、人格道义和作品的艺术审美价值，越来越被人们认知，重新放射着耀眼的光华。

　　作为一个文艺评论工作者和职业编辑，马新亚在将近四年的时光里，挤出所有的业余时间，认真阅读了沈从文大量的作品和众多沈从文研究者的著述，实在令人感动。可谓是精诚所至，终得独悟。在她的专著《沈从文的文学观》即将付印之际，她很诚恳地想要我写点文字。说句实话，我喜欢读沈从文的作品，且敬慕久之。他的作品里厚植深蕴的"天人合一的深邃思辨"、"楚人的幻想情绪"和"诗意世界"更是常缠绕我心，并告诉我怎样做人为文。

　　初翻《沈从文的文学观》，我不能不惊叹马新亚对沈从文研究下功夫之深，阅读之广，梳理之细，参透之明，思悟之敏，且文字朴实、明朗、清丽、流畅。虽然多是引证、议论、概括、综述，但亦不乏自己的独到见解和亮点、美点聚焦。正如一位评论家读后评价说："着重阐述了沈从文的人学思想，描述分析了沈从文关于生命活力和生命个性，人与自然的契合，哲学展现上的价值意义，人的诗意存在，审美与人的灵魂净化，人学观与国家民族观之间的对应关系与具体问题。不仅较为全面地展现了沈从文对于'人'的问题的多方面思考，而且提升了沈从文文学作品的思想品格。"

　　记得七年前，我在写长篇小说《尘梦剑胆》时，对沈从文做了一些研究(当然非常肤浅),但也窥见了沈从文的"不一般"和他最初对"人和社会"的思考。

20 世纪 20 年代初,湘西统领陈渠珍要选一个小司书,在考察被推荐对象时,看到了用小楷写的一段清秀的文字:

> 我总仿佛不知道怎么办更适当一点。我怎觉得有一个目的,一件事业,让我去做,这事情合乎我个性,且合乎我的生活的。但我不明白这究竟是什么事情,又不知道用什么方法即可得来。

陈渠珍颇具慧眼,他看上了这个正在迷茫中觉醒的年轻人,便把这个叫沈岳焕(沈从文当时的名字)的年轻人招在自己身边做司书兼记录和图书室的保管。在陈渠珍身边做事的时候,沈从文从一位湘西印刷女工那里,得到了受五四运动影响的《新潮》和《改造》等书刊。沈从文读了这些书刊,觉得书中的每一句话都是新的,都是从未听过的,都有一种特殊的说服力和打动人的力量,他一边读一边认真地做笔记。从此他便觉得天下事原本就是大地由之的,大地上裸露的可谓仪态万千,因天象地貌演变而生息演进成的乡村和它的人和事,便变得有趣。乡村的人和事,或凄婉或繁荣,它的远古和悠久,深沉和多姿,应该是历史苦难最为深重的体现。于是沈从文想写心中沉淀的这些故事、趣闻和念想。不久,有人向陈渠珍写信告沈从文状:"军座,你的司书沈岳焕经常与一些新学堂、工厂和从长沙来的教师、技师接触,读一些红色书籍,我以为这是个非常危险的人,我认为必要时应立即处置。附上沈从文新近写的文字:从我自己分析,当时在一个军部中,上面的'长'字号人物,就约有四十三个不同等级长官压在我头上。我首先必须挣脱这种有形的'长'和无形的压力,取得完全自由,才能好好处理我的生命……有了自由才能说其他。"

沈从文的幸运在于陈渠珍原谅了他的"心灵自白",不仅不处置,反而叹道:"我知道,他到我这里来是找自由的,可军队里哪里有一个人的真正自由呢?"对于沈从文的心理活动,其实陈渠珍早有察觉。他曾在县城的师范讲习所窗外,听过沈从文给学生演讲:"同学们,我说的公民社会就是自由社会,现在的社会似乎还在更剧烈的变动中,有些事不免令人忧心,从小可以见大。这是一种向下的趋势,如同千尺地层下的潜流在腐蚀土地,不可免会影响到地面的建筑和其他。尽管在努力补救,还是将在某一处某一时形成坍陷……"

这些话此时又在陈渠珍耳畔响起。陈渠珍把沈从文叫到眼前说:"我知道你在军中不会久待。"沈从文听了大吃一惊,便说:"您怎么知道?"陈渠珍回答道:"我早就看出来了,你就说说自己的想法吧!"

沈从文沉默了片刻,他脑子里浮现出那个曾送书刊给自己的印刷女工在峒河河滩被保靖警察署士兵枪杀的情景。沈从文心想,历代大小军阀残杀无辜,这种所谓人类做出的蠢事,简直无从说起。这个世界太不合理了,而自己不正是在这昏天黑地里,不由自主地听凭命运的捉弄吗?那些靠权柄任意处决人生死的人,不正干着不可形容的愚行吗? 杀人者杀人,人的生命居然会变得那么一文不值,这个世界太复杂,也太不可理喻了。人需要认识自己,需要认识别人,这都离不开知识,我得进一个学校,去学些我不明白的问题,得去些新地方,去看些听些使我耳目一新的世界……于是,他对陈渠珍说:"我想我得进一个学校。"陈渠珍又问:"你要去哪里上学?""最想去北京。"沈从文小声回答。没有想到,听了他的回答,陈渠珍竟走近握住了他的手:"你先支三个月的薪金,往后开销我负责。"后来沈从文在回忆中写道:"这天,我拿了他写给我的一个手谕,向军需处领取了二十七块钱,连同他给我的一份勇气,就离开了军部。我不能忘记这里,不能忘记这位刚强而又充满慈爱的将军,是他使我这么一个以被动生活与自然现象为生的乡下人,进而对人类智慧光辉的领会,发生了宽广而深切的变化!"

我之所以要写上这段故事,是想证明马新亚在书中对沈从文这个"乡下人"走向文学之路,经历的思想搏斗、转变升华与他对人与自然、历史和现实的深沉思考及至对"人学与文学""人的观念与人的自觉""爱与美""人性重建""文学革命"的自我醒悟与践行，都有其客观存在和独立意识。沈从文曾坦言："这种人也许是个乡巴佬，凡属新文人的风雅皆与他无缘。……他不一定会喝酒打牌，不一定常常参加什么会，不一定是个什么专家，不一定有'学位'或讲座。他观察社会，认识社会，虽无'专门知识'却有丰富无比的'常识'。""然就近二十年教育发展说，习哲学偏重于书本诵读，文学更偏重章句知识，人虽若不离'书本'思索却离了活生生的那个'人'。""我同任何一个下等人就似乎有很多方面的话可谈，他们那点感想，那点希望，也大多数同我一样，皆从实生活取证来的。可是若同一个大学教授谈话，他除了说说从书本上学来的那一套心得以外，就是说从报纸上学来的他那一分感想，对于个人生命的构成，总似乎缺少一点什么似的。""面对这些问题，你可相信人生极其复杂，学习的发展，并不建立在一个名词上即可见功，却在面对这个万汇百物交错并织的色彩和声音、气味和形体……""教给我思索人生，教给我体念人生，教给我智慧同品德，不是某一个人，却实实在在是这一条河。"说得多好啊！从这段话里，我们能感触到他的呼吸和对生命的向往，如何紧贴着土地和山水尘间。他把这一切都视为人生血脉和智慧之河。显然，这个"乡下人"深深知道自己的文学与"湘西的神秘和民族性的特殊关系。历史上的'楚'人幻想情绪，必然孕育在这种环境中，方能滋长成为动人的诗歌。"在这里，我们能触摸这片土地山水，这片乡愁乡情给他铸造的民族之心、文化之魂、血肉之躯。

因之，我认为对于深得湖湘文化滋润和湘西巫文化、风土人情浸染的沈从文的"文学观"的形成发展，不必过分地强调某个历史时期的文化运动、文化名人的思想和某些经典作品的影响。这样容易使沈从文的文学思想研究浅表化、概念化，甚至有强加于研究对象之嫌。我始终认为历史的进程，本身就在造就历史，塑造个性化的历史人物。难道沈从文不是这样的人物吗？

尤其在当下，无论是电影、小说还是诗歌，似乎写作者中的不少人仍在盲目地追捧迷恋于票房、收视率和畅销书的排行榜。至于其作品的思想精神向度、艺术品质,给人的潜移默化是正能量还是负效应,可以完全置之不顾。而沈从文的文学观,即使是在他生活写作的那个时代,他的内心世界也是泾渭分明的。他没有放弃自己手中的文学旗帜。你听他如是说:"你的作品可能慢慢地成为读者的经典,不拘用的是娱乐方式或教育方式,都能使他的生命'深'一点,也可能使他生存'强'一点。""文学运动的意义,是要用作品燃烧起这个民族更年青一辈的情感,增加他在忧患中的抵抗力,增加活力。""这新的文运新的文学观,……从积极言,一定要在作品中输入一个健康雄强的人生观,……他必热爱人生,坚实朴厚,坦白诚实,勇于牺牲。""我现在还只那么尽想象中国应当如何重新另造,很严肃的来写一本'黄人之出路'。为了如何就可以把某一些人软弱无力的生活观念改造,如何去输入一个新的强硬结实的人生观到较年青一点的朋友心胸中去……""我以为一个民族若不缺少有勇气,能疯狂,彻底顽固或十分冒失的人,方可希望有伟大的作品产生。"

就这段论述而言,足以看出沈从文文学观的核心便是"人学"。由之,我们能洞察到,他对"人心"的关注,具备"文化人"塑造"人"的文学自觉。这很具当代的现实意义,很令人警醒。正因为这样,沈从文的作品所熔铸的"真""善""美"有其不同凡响的审美高度与价值取向。沈从文出生成名的湘西凤凰的山水赋予了他独特的性格、灵感、美识和梦幻。他曾这样说:"一年四季,随同节令变换,山上草木岩石也不断变换颜色,形成不同的画面,侵入我的印象中,留下种种不同的记忆,六七十年后,还极其鲜明动人,即或乐意忘记也总是忘不了。"仅从这一种心情,我们就可以想见沈从文写作时的平静、从容、理性和激扬,就会明白他的作品为什么那么真切、清新、纯情、妩媚、炽热、夺人,并拥有内在的美学张力。他两次获得诺贝尔文学奖提名,应在情理之中。西北师范大学教授徐兆寿先生这样评价沈从文:

> 沈从文平静如水,温润如玉,但又坚韧不拔。他是藏在深山里的竹子,自有气象。他仿佛宁静的湖泊,幸福的炊烟,虽有因为人生

的种种不得已而生出的淡淡的哀伤，但也理解天地世情，不破那东方的气韵，以此向他的读者展示一个从古代留传下来的诗意中国。很多时候，你会觉得他是一位画家，向读者展现了一个美丽的故土世界。尽管在那个天人合一的古老世界里，也有死亡，有悲剧，但在亘古的诗意面前，所有不安的灵魂似乎被拯救了。它们融入那个山水一色、天人一体的世界。那便是中国古代文化营造的世界。生死茫茫，从道中来，又回到道中去，无须惊讶。从这个意义上讲，沈从文是那个时代少有的续接传统的文人。

如果没有沈从文，那么，整个现代文学便是一片战争的火焰，缺了温柔的生活，缺了诗意，缺了水。他缝合了那个世界。他使我们看到那个时代的丰富性。

现代以来，文史哲分家，文学只关注世情人性，历史交给了考古，哲学面向西方，我们缺少了中国古人那种看待历史变幻的春秋之法。在中国古人看来，世界是一个整体，从整体性上把握个体，人便拥有与道相同的自由。这其实便是沈从文的文学世界。但现代以来，我们以西方人的视角看世界，世界处处都是主体，当然处处也有客体。那个诗意的世界在这种崛起的主体性面前破碎了。这个破碎的世界至今还没有人能够重新圆满。

其实，在它的背后，是中国传统文化的遭遇。所以，我对学生说，去读读他的《边城》吧，看看今天我们该如何重新描绘一个诗意的、天人合一的世界。[①]

这就够了，用不着我再说什么。同样，我也要对读者说，如果你有时间翻一翻《沈从文的文学观》，也许又能看到沈从文文学世界的另一番气象。

注释

①徐兆寿.从沈从文身上找寻诗意的世界[N].光明日报,2018-5-14.

目　　录

绪　　论

一、选题的意义与问题的提出

（一）

沈从文现代文学史上的文体家身份,已成定论,故以文体为核心的沈从文作品艺术研究一直是一门"显学"。除此之外,沈从文可否称为"思想家"? 对于民族性格的改造、文学经典的重造、现代知识分子的建构等命题,他的思考方式、文化心理、生命哲学有怎样的独特之处? 随着这些问题的提出,沈从文的思想价值重估逐渐成为沈从文研究的热点。20 世纪 80 年代中期到 20 世纪 90 年代中期,在沈从文思想研究方面有所贡献的论著有凌宇先生的《从边城走向世界》,金介甫先生的《沈从文笔下的中国社会与文化》,赵学勇先生的《沈从文与东西方文化》,韩立群先生的《沈从文论:中国现代文化的反思》,吴立昌先生的《沈从文:建筑人性神庙》等。影响较大的论文有凌宇先生的《从苗汉和中西文化的撞击看沈从文》、赵园先生的《沈从文构筑的"湘西世界"》、张清华先生的《抗拒的神话和转向的启蒙》。这个时期的沈从文思想研究带有鲜明的文化启蒙印记,多从肯定的角度凸显沈从文思想的现代品格。例如,赵园认为沈从文有旧式文人的文化保守性一面,但他在"城—乡"互参中所寄寓的人性改造思想却是中国现代思想史的一大命题。凌宇认为:沈从文虽以"乡下人"自称,但他已经不是一般意义上的"乡下人","而是从西方文化中获得理性启示,而在苗汉文化比较中'取证',从而获得现代意识的'乡下人'"[①];与"乡下人"的现代品格相应,"生命"—"人性"观是沈从文思想的核心。张清华从"浪漫派"与沈从文的关联出发,梳理了西方原生浪漫主义与启蒙运动的关系，从文化发展史的历史逻辑上认定沈从文的"湘西神话"与历史记忆不是一种文化保守主义，而是在反思现代性危机的前提条件下对审美、文化、历史的观照，并以此作为对五四运动带来的文化语义和话语操作中的当前化和政治化后果的中和，是对五四运动的文化参照系的反转。20世纪90年代中期到21世纪初期，沈从文思想的丰富性和复杂性受到了学界的进一步关注，代表性著作有周仁政先生的《巫觋人文——沈从文与巫楚文化》、张新颖先生的《沈从文精读》、吴投文先生的《沈从文的生命诗学》；代表性论文有刘一友先生的《沈从文与楚文化》，王继志先生的《沈从文美学观念中的"超人"意识》，刘洪涛先生的《沈从文小说价值重估》，吴正锋先生的《论沈从文与存在主义的关系》，贺桂梅女士、钱理群先生的《沈从文〈看虹录〉研读》。这个时期的沈从文研究有意淡化文化启蒙色彩，强调沈从文思想的独特构成因素，凸显巫楚文化、道家思想、西方文化的非理性因素在沈从文思想中的分量。最近十年间，沈从文研究的成果与史料的重新发现是分不开的：裴春芳女士对《摘星录·绿的梦》的发现，使《看虹摘星录》得以恢复本来面目；解志熙先生的《爱欲抒写的"诗与真"——沈从文现代时期的文学行为叙论》《感时忧国有'狂论'——〈战国策〉派时期的沈从文及其杂文》为我们呈现出了沈从文"浪漫派"文人与杂文家的双重面影。解志熙先生认为沈从文对理想人性的书写，以及其背后的民族性改造的人文理想，是对"五四"时期的"人的文学"的呼应，与鲁迅的"国民性改造"思想一脉相承。但他对鲁迅和沈从文在"国民性改造"方面的同中之异，还是做出了区分：鲁迅的小说以及杂文对国民性多严苛的批判，而沈从文的则多理想化的书写。对乡土和人性的过度美化，体现了沈从文身上根深蒂固的保守性——将国家重建的希望放在人性的重建上，反对用阶级斗争的方式来完成人与人之间关系的重造。李斌先生的《沈从文与民盟》以史料为据，梳理了沈从文与民盟的关系，披露了沈从文对"人民革命"的态度和其自由主义文人的立场。总体来讲，最近二十年的沈从文思想研究淡化了启蒙的视角，凸显了非理性因素在沈从文思想中的分量,对"乡下人"的经验与"自由主义"立场给沈从文带来的局限性有了进一步的探究。在最近二十年的沈从文研究中,启蒙的视角之所以被淡化,我认为有以下两个原因:

1.来自文学研究的外部条件的变化。从社会思想的宏观角度来讲,当今中国,有三股思潮在解构启蒙。它们分别是国家主义、古典主义和多元现代性。②从文化的角度上讲,20世纪80年代的人道主义和异化问题、主体性问题和"文化热"已经被20世纪90年代以来的"文化保守主义""新历史主义""后现代主义"等理论所取代。有人预言,"启蒙""民族国家"作为与特定历史文化语境相联系的旧物将不可避免地被扔到历史的故纸堆。

2.研究对象的内部因素。沈从文是一个情感型作家,他的作品充满了浪漫因子、神秘气氛。所以一些论者指出,从"生命"—"人性"观的路径解析沈从文,会抹杀沈从文的个性。③还有论者指出,沈从文文学世界里的人与"五四"新文学里的人是有明显区别的,前者还未和自然分离,后者则在与自然、制度、权威、传统的对抗体系中体现出人的觉醒。其次,"五四"新文学中的启蒙者往往是先知先觉的精英知识分子,他们虽然也能在下层人民群众中发现其道德优势,但大部分情况下,下层群众都被他们塑造为深受封建礼教和家族制度迫害的、需要被帮扶的蒙昧者。沈从文笔下的湘西儿女不需要别人的同情,也不需要自己可怜自己,他们就那样忠实而庄严地存在着,为自己、为儿女担负起命运的重担。他们日夜不息的辛勤劳作,他们在"义""利"之间的谨严选择,都让沈从文看到人的尊严与价值。再次,沈从文的"爱欲"叙事在他的文学世界中占据很大位置,这一方面与他个人的人生经验有关,另一方面也与弗洛伊德、蔼理斯等人的影响密不可分,因此他供奉在"希腊小庙"里的人性,带有现代心理学和生命主义的印记,他的"灵肉谐调"论,在文学实践的层面,更多的是朝向身体和本能。另外,从沈从文对民盟和"人民革命"的态度上,似乎更能显示出"乡下人"的保守性和自由主义立场的局限性。

（二）

针对以上两个困境,我的理解是:面对"后工业化""后现代"等花样翻新的一系列现代理论的冲击,中国学术界的唯"洋"是从、唯西方理论马首是瞻的风气会造成理论的膨胀化和所指的不及物性。有些理论根本经不起历史和实践的检验,有些理论则是用新的外衣掩盖贫弱、陈旧的内容。所以,不妨从 20 世纪一些经典理论出发,深入分析它的内在深度与延伸性,并挖掘被这些理论以及其背后的意识形态话语形式所遮蔽的丰富的文学精神、民族特色和介于可以言说和不可言说之间的作家的那个"个我"——与历史联结的"个我",这将会是一项有意义的研究。

首先,既然"人学思想"和"现代性方案"是 20 世纪中国不能回避并经过历史验证的理论体系、话语方式,那么就不妨选取之作为阐释的视角和问题意识的构成框架,承接 20 世纪 80 年代学人的研究思路,深入探讨一些迄今还悬而未决的问题。例如,沈从文对湘西理想人性的诗意抒写和对都市"阉寺性"人格的批判是相伴相生的,与此一体的还有他在"城—乡"互参中的文化价值选择以及文化价值选择中所包含的民族品德重塑的启蒙意图,这与"五四"新文学所开启的"人的文学"和"国民性改造"是一脉相承的。然而,沈从文的人学思想与"五四"新文学所开启的"人的文学"和"国民性改造"思想传统的异同究竟在哪里呢?赵园先生认为沈从文的人性理想主要限于"诚朴坚实""勇敢雄强"这些属于意志品质的方面,而不及于"人格独立"一类更具现代特征的内容,"同时代作家大多是由批判奴性——封建依附性开始了'改造国民性'的思考的,沈从文的思想却另有起点。因而在看似相近的思想趋向间,也仍然显示着思考者思想根柢(尤其文化思想)的不同。这'同'中的'异'也许更有研究价值"[④]。但后来的研究者并没有对这个问题进行深入地挖掘。在最近几年的沈从文研究中,解志熙先生独树一帜,强调了西方现代心理学和生命主义对沈从文"人性"—"生命"观的影响,深化和细化了沈从文人学思想研究。但能否以此以及之前的研究成果为基础,对沈从文的人学思想做一个系统的归纳和研究呢？例如，沈从文作品中的"人"与"五四"新文学作品中的"人"有何异同？沈从文人学思想的构成因素有哪些？巫楚文化、道家思想、西方心理学究竟在何种程度上影响了沈从文人学思想的形成？沈从文的人学思想大致分为几个阶段？沈从文人学思想的局限性在哪里？这些问题的提出，既是对沈从文思想价值的厘定与评估，也是处在现实困境中的新文学对百年传统的再次叩问——我们处在一个祛魅的"后启蒙"时代，然而人的全面解放、人的和谐发展并未完全实现。我们往往关注现实层面的制度重建，忽略形而上层面的人的重建，而这也正是沈从文的人学思想研究的现实意义。

其次，20 世纪 90 年代以来，一些学者认为启蒙的视角会遮蔽沈从文的特殊性，而超越时空的想象、主观色彩浓郁的抒情才是沈从文小说的标志性特征。这种观点凸显了沈从文小说的特质，但缺乏一种统摄全局的宏观视野，因此虽然看似标新立异，实则仍是启蒙话语内部的争论。因为情感与理性，从更大范围来讲，都可以被启蒙的人文内涵所统摄，（以赛亚·柏林认为）从文化逻辑上来讲，浪漫主义虽然出现在启蒙运动之后，并作为它的对立面出现，但浪漫主义只是反对启蒙运动中的普世理性，对于部分启蒙运动的遗产，还是有所继承的，例如"自由""个性"等。所以从广义上来讲，浪漫主义也是启蒙的一部分，它在反思、批判的基础上完成了对启蒙的再次建构。中国的浪漫主义文学并不是在启蒙主义业已完成，并且暴露出理性主义的枯燥、对宗教观念的偏激、与自然的割裂、与道德根源的脱节等缺陷后才出现的。从文学功用上讲，它与理性主义一同担任了启蒙的任务。这也正是"五四"新文化运动不同于西方启蒙运动的显著特点，也即各种分属于不同的思想体系、话语逻辑，并有可能相反相悖的思想观念交织在一起，共同构成"五四"启蒙的思想资源。沈从文这个"浪漫派"作家与启蒙的交汇点就在此处。沈从文的地域特色、宗教情绪、历史语境写作、人与自然的观念都与原发的浪漫主义文学相接近，他的"工具的重造""文运的重建""民族品德的重造"等文学主张都延续着"五四"启蒙主义文学的价值诉求。不同的是，"五四"启蒙文学以整体性的反传统为"现代"扫除障碍,而沈从文则以重建"湘西神话"、从民族古井中汲取泉水等文化策略,表现出了"向后转"的价值取向。沈从文所构建的"现代化方案"是一种以思古形式表现对未来的展望,是"普遍化"之外的另类存在。另外,在"五四"启蒙文学中,启蒙者往往以"精神导师"的身份自居,他们真理在握、高高在上,以道义优势对被启蒙者进行说教和帮扶。因此,他们笔下的农民和下层知识分子往往是愚昧、麻木、精神变态的代言人,是体现作家创作意图的精神符号。在这种背景之下,沈从文对启蒙对象的个体真实性的观照格外有意义。在沈从文看来,都市里的人有学问、有知识,并用最高级的文化思想作为衡量道德的标尺,却流失了人之为人的真实性;与之相反,湘西儿女的生命形态却保有"原人意味",不失人之为人的真实性。沈从文对下层人民的生命本真性的观照,决定了沈从文人学思想的独特性——将人看作有独立价值的、有潜能的个体。

再次,对具体历史情境的还原和对当事人的考证不能代替文学和思想研究本身,文学是源于生活并高于生活的,有同样生活经历的人,并不一定能够写出在思想含量、艺术水准方面相齐平的文学作品,其中,作家的感受能力、思想深度、写作才华的个体性差距占了主因。所以,了解作家的创作和思想,一方面固然要结合作家的生活经历,另一方面更要贴合文本,要从作家对经验碎片的粘贴组合中,从文本所提供的若隐若现的情感和逻辑线索中,从文本与文本之间的互文式对照中,找出属于作家个人的思想倾向和思维机制。我们固然不可能像20世纪80年代那样——刚刚摆脱革命话语的束缚,就急于从对沈从文的拔高中确立新的学术志趣;但也不能在"后现代""后殖民主义"的重压之下,套用"抒情"话语体系、"革命"话语体系,借以抬高或者贬低沈从文的思想价值。其实,无论沈从文有着怎样的个人经历、选择怎样的道路,对"生命"—"人性"的推崇,对理想人性的重构,对民族国家的重建都是他毕生着力思考的问题,也是他思想内部最有价值的组成部分。人学的视角,可以凸显沈从文在处理传统与现代、东方与西方、湘西经验与现代理性等命题时的审美眼光，并将"城—乡"互参的文化心理格局统摄到一个相对宏大而又自洽自足的体系，在与"五四"新文化运动的顺向延续和横向对比中显现沈从文文化策略的独特性，从而全面整体地分析沈从文的思想价值。

（三）

在与该论题相关的学位论文中，较突出的有刘晓丽的《鲁迅与沈从文启蒙功用之比较》和周斌的《论沈从文的启蒙姿态》。前者深入文本，从思想文化入手，运用比较论证的方式，将沈从文的启蒙特色阐释得较突出和清晰，但论证的视野不够开阔，缺乏一种贯通中西的大文化视角；后者运用新的研究方法，凸显了启蒙主体生成中的社会性原因，并从"苗族认同""乡下人的话语策略""文物研究中的潜在启蒙"三种启蒙姿态对沈从文进行解读，但该文对"启蒙"的阐释较为平面化。第一部分（"五四"启蒙思潮与沈从文的身份认证）没有体现出沈从文的启蒙有何独特之处，因为20世纪二三十年代，从社会底层走出来的文学青年大都是在"五四"余绪的哺育下走出家乡，参与到文学革命中去的。除了学位论文之外，张清华先生的论文《抗拒的神话和转向的启蒙》从文化发展史的历史逻辑上认定沈从文的"湘西神话"与历史记忆不是一种文化保守主义，而是在反思现代性危机的前提条件下对审美、文化、历史的观照，并以此作为对五四运动所带来的文化语义和话语操作中的当前化和政治化后果的中和。张清华先生对"五四"新文化运动、西方浪漫主义文学、"五四"浪漫主义文学的把握是高屋建瓴的，但在材料方面，未将代表沈从文40年代重要思想的《北平通信》等作品纳入视野，论证不够充分。沈从文的"生命"—"人性"观的构成是驳杂的，尼采、弗洛伊德、蔼理斯等人的思想对之均有不同程度的影响，这一点显然未能引起张清华先生的重视。此外，罗宗宇、吴正锋、张森、陈彩林等学者的学术著作（论文）也涉及沈从文与"启蒙"的关系，但由于问题意识的关系，未能将这一论题深入展开。相对于以往对该论题的相关研究，本文的创新之处主要体现在以下两个方面：

1.从文化逻辑的背景上分析沈从文人学思想的创见与局限性,视野开阔、格局宏大,突破了平行研究中的"影响研究"的桎梏,突出思想者的主体性和思想者之间的对话性。

2.以往这个方面的研究多侧重状态的呈示,缺乏对背后原因的深层次分析;多侧重普遍性问题的探究,忽略特殊性问题的分析。本文要探讨的是普遍性之外的"个性",也即沈从文对现代人学思想所做出的独特思考,也是个体嵌入历史的方式。

二、概念的界定

"启蒙"一词,按照《现代汉语词典》和《辞海》的解释,大致包括以下两个义项:一,"使初学的人得到基本的、入门的知识"⑤,"通过宣传教育,使之接受新事物"⑥;二,"使人们摆脱愚昧和迷信"⑦。在英文中,"启蒙"(enlightenment)的词根为"发光"(light),加上前缀"en",有使动化的意味,意思是"使发光",也就是摆脱愚昧、无知的黑暗状态而走向光明。在这一点上,中西方对"启蒙"的解释有相似之处,但在运用何种方式使启蒙对象摆脱愚昧无知这个方面,中文的解释似乎更加偏重于外在力量的介入。其实要清晰地界定"启蒙"一词的确切内涵,还要对西方启蒙运动的根本精神进行考察。一般认为,17世纪到18世纪的启蒙运动是用"科学""理性"来反对宗教的权威,用"个性自由""天赋人权"来对抗特权与暴政的一场思想变革和文化运动,在这场运动中,人的解放迈向了一个新的阶段。由此,我们隐约可以看到,"启蒙"既包括作为个体的人的解放,也包括作为群体的人的解放。如果要进一步考察西方启蒙运动的内部构成因素,还需要引入"现代性"这个概念⑧。一般认为,"现代性"包括:政治层面的政体与现代民族国家的确立;经济层面的资本的积累;社会层面的劳动与分工体系的完善;文化层面的天启宗教的衰落和世俗文化的兴起,特别是个体自主性与工具理性的文化取向。⑨马泰·卡林内斯库在《现代性的五副面孔》中,将"作为西方文明史中的一个阶段"的"现代性"与"作为美学观念"的"现代性"区分开来,他认为前者从本质来讲是对世俗观念的认同，而后者则是对前者的反对。乔治·卢卡奇的观点与之相近，他认为现代主义对人类历史深感绝望，而这种绝望感与实证主义发展观念的破产和启蒙时期理性观念的幻灭分不开。由以上梳理，我们可以大致得出以下结论：社会学意义上的启蒙运动是包括宗教改革、政治变革、文化革新等方面的系统工程；启蒙运动所导向的"现代性"，在一个方面体现为包括线性发展观、工具理性、世俗观念等在内的"现代"观念，另一个方面体现为一种审美观念，这种观念习惯于站在世俗的对立面，对毫无希望的、正在异化的世界进行批判，并在批判之中确立自身的进步性和合法性。因为文学的研究对象是人，是人的生命、情感、灵魂，是人的存在，所以在启蒙运动中，文学仅仅承担了启蒙的一部分工作。这就意味着，在借西方启蒙运动来考察"启蒙"这个概念的内涵时，我们要抓住的一个关键词就是人——个体哲学或言审美意义上的人。那么，究竟怎样来启蒙，才能让人获得自主性呢？西方的路径不外乎两条：一种是知识的宣讲和灌输，用这种方法来将先进的世界观、方法论传播给还处于蒙昧状态的大众，这是一种精英主义的启蒙方式；第二种源自康德对"启蒙"的经典解释，他认为启蒙就是"人类脱离自己所加之于自己的不成熟状态"⑩。按照这种理解，蒙昧与黑暗是"自我招致的"，这也就意味着要彻底摆脱"自我招致的不成熟状态"，也只能靠个人自主性的觉醒，而不是靠外界的教化。显而易见，相对于前者，康德提出的是一种平等主义的启蒙观念。那么，人类怎样摆脱"自我招致的不成熟状态"，进而确立自己的主体性地位呢？也即"启蒙"是靠"理性"还是"非理性"？要回答这一问题，首先必须从西方启蒙思想史上追根溯源。在笛卡儿代表的唯理主义大行其道时，以培根、休谟、洛克为代表的经验主义作为与之并列的思想资源，就在一定程度上化解了教条化的唯理论。休谟认为："理性是，而且应当是情感的奴隶；除了服务与服从感情以外，他不能再有任何别的职能。"⑪狄德罗也有类似的表述："如果有人说了一句理性的坏话，人们就会认为这是对理性的一种伤害；然而他们所不知的是，只有感情，充沛的感情，才能创造出伟大的成就。"⑫以赛亚·柏林认为，从更大范围来讲，浪漫主义本身也是启蒙的一部分。因为浪漫主义虽然出现在启蒙运动之后，并作为它的对立面而出现，但浪漫主义只是反对启蒙运动中的普世理性，对于部分启蒙运动的遗产，还是有所继承的，例如"自由""个性"等。所以从广义上讲，浪漫主义也是"启蒙"的一部分，它在反思、批判的基础上完成了对"启蒙"的再次建构。与这种观念相照应，美国学者詹姆斯·施密特区分了有关启蒙的三条路线，并把尼采列为第三条路线的代表，称之为"尼采的新启蒙"[13]。而尼采的"新"在于，他认为启蒙运动的政治性无法触及人性和生命存在的问题，这个问题必须在深度的哲学——形而上学寻求解决的方案。他后期的"权力意志""相同者的永恒轮回"等思想，都是基于对人的存在问题和生命意志问题的思考。因此孙周兴认为，尼采是政治上的"反启蒙者"，哲学上的"启蒙者"。（因为本文的研究对象沈从文与"启蒙"的关系与之相似，所以，在这里有必要辨析尼采与"启蒙"的深层次关系。）由此可见，启蒙的方式并不局限于理性主义，情感、意志等非理性因素在启蒙中同样占据一定分量。

中国新文化运动的兴起距今已有 100 多年，如何认识"启蒙"在本土语境中的演化与变迁，如何认识"现代"的内涵，如何反思"启蒙"，除了要深入研读那个时代的经典言论和经典作品之外，还要关注后来者对"五四"的重构和反思，其中包括 20 世纪 80 年代的"重返'五四'"思潮，20 世纪 90 年代的人文精神大讨论等，了解李泽厚、刘再复、王晓明、王元化、汪晖、许纪霖、旷新年、贺桂梅等本土学者以及列文森、史华慈、舒衡哲、林毓生等海外汉学家对"五四"新文化运动的反思以及各自的问题意识。在对"五四"新文化的遗产进行清算的论述中，我认为王元化先生的论述较为全面和清晰，他将"五四"遗产分为以下几个版块：一是"五四"精神。王元化先生认为："个性解放精神、人道精神、独立精神、自由精神，都是极可贵的思想遗产，是我们应当坚守的文化信念。"[14]二是"民主和科学"。由于"五四"先驱对之并没有进行全面系统的研究，所以这两个概念仅仅停留在口号的层面上，并没有深入人心，也没有成为"五四"

　　　　　　　　　　　　　　　　　沈从文的文学观

思潮的主流。三是"五四"思潮的负面产品,包括"'庸俗进化论''激进主义''功利主义''意图伦理'"⑮四大件。下面,我以此为纲,来展开论述。

一是关于个性解放和人的发现。欧洲文艺复兴的主要贡献是对人的自然本性和世俗生活的肯定,强调要冲破神学的束缚,获得人的尊严,强调人的中心地位和自由意志,强调人的主体性地位。如果用一句话来概括西方文艺复兴和启蒙运动的整个过程,那就是——从天启宗教和君主专制的束缚之下将人解放出来,使人获得个体的自主性,然后再以启蒙理性为先导,将人的自由、民主、平等用契约的形式加以保障。在《中国新文学大系》的总序《中国的新文学运动》中,蔡元培将"五四"新文化比作欧洲的文艺复兴。1934年,胡适在芝加哥大学演讲时,曾将中国的文学革命与欧洲的文艺复兴作比较概观。周作人在《人的文学》里指出,"欧洲关于这'人'的真理的发现,第一次是在十五世纪,于是出了宗教改革与文艺复兴两个结果。第二次成了法国大革命,第三次大约便是欧战以后将来的未知事件了"⑯。言外之意,"五四"新文化运动要完成对人的发现,就需要将欧洲分为三个阶段完成的人学工程纳入其中。他认为第一步是从四千余年的固有观念中挣脱出来,重新发现人,去"辟人荒",这与文艺复兴时期的人学目标不无重合之处。但需要指出两点:一,文艺复兴与"五四"新文化运动也有不同之处,那就是对待传统的态度,一个是要"复兴"传统,一个要"颠覆"传统,这是一个根本的区别,而"五四"时期的思想家与后来的学者之所以将"五四"新文化运动与欧洲文艺复兴作比较概观,主要在于两者在人的发现上的共同之处。二,也有部分学者认为"五四"新文化运动与西方的浪漫主义运动作比较概观更为合适,他们中的典型代表是李欧梵先生。他认为两者"都代表对古典传统的次序、理智、图式化、仪式化和生活结构化的反对"⑰,"都开创了对真诚、自发性、热情、想象,以及释放个人精力(总而言之,以主观人类的情感和精力为首要)的新强调"⑱。应该说这种观点也不无道理。

二是关于"现代"的本质、"民主和科学"的口号化。海德格尔认为,

"现代"是"世界图像的时代",世界被人们所把握的方式沦为"看"本身,而不是存在本身。即人摆脱了宗教神学的权威,从自然法获取自身存在的概念,然而这种概念却是普遍的、抽象的、千篇一律的,失去了人之为人的本质。用海德格尔的话来讲,即人的存在被另一种外在的形式所遮蔽;用马克思和马尔库塞的话来讲,即人的本质被异化。"五四"新文化运动和西方启蒙运动一样,必须面对这样的事实:"理性"高举大旗并使人获得解放的同时,用观念和符号重新建构起人的精神世界的新的枷锁与牢笼,"启蒙"再次走向了"神话",这是世界范围里普遍存在的一个问题。再者,由于民族危机所造成的巨大压力和救亡图存的强烈功利性目的,"五四"先驱急于向外寻找救国良方,而来不及分析中西文化体系的差异,因此他们在对"民主""科学"的理解上存在"取其外而舍其内,留其形而舍其神"的弊端。陈独秀在《新青年》上首次提出"德先生"和"赛先生"这两面大旗;胡适在《新思潮的意义》一文中引用尼采的话,坦言高举"科学先生"和"民主先生",其实就是要"重新估定一切价值"。"民主"和"科学"不仅代表了新观念、新思想,而且是全能的文化权威,是替代宗教的新信仰。然而"民主"和"科学"一旦上升为一种价值观念,必然会丧失其原有的内涵。其实,在"五四"新文化运动之前,章太炎、鲁迅都对此进行过预见性的批判。章太炎借用《唯识论》《齐物论》,树立"依自不依他"的主体性;鲁迅提出"立人"命题时,对"知见情操,两皆调整"的完人表示怀疑,并对"破迷信""崇侵略""同文字""尚齐一"等流于空喊、缺乏精神内涵、缺乏对其文化逻辑进行深入分析、没有经过个体的"自觉"的启蒙口号进行批判,并在此基础上提出"朕归于我",高扬主体精神。一方面,中国近现代的启蒙者把普遍性意义上的人与进化论人生观、线性的历史发展观(或者螺旋式历史发展观)作为启蒙的思想资源;另一方面,这些启蒙者又能从人的具体性与历史性出发,依赖国粹获得"自性",或者汲取西方的人本主义和存在主义思想来高扬主体精神,而这又会造成对启蒙所依托的普遍人性、进化论人生观、直线式历史发展观的怀疑与否定,这便是启蒙内部的破坏与重建。

三是"功利主义""激进主义""意图意识"。因为在论述"民主"和"科学"的口号化这一部分时,已经连带出了"庸俗进化论",所以这个部分的重点放在后三大负面产品之上。西方的"启蒙"理念以强大的基督教神话为背景,有着深刻的哲学内涵和人文向度。而在"五四"新文化运动中,由民族危机所催生的"功利主义"和"意图意识"使启蒙者将"启蒙"看作一场自上而下的教育和帮扶,一场用新的体系代替旧体系的思想运动,从而失却"启蒙"原有的哲学内涵和人文向度。王元化先生将"五四"启蒙先驱的这种高高在上、道义优先的启蒙姿态诊断为"意识形态化的启蒙心态"[19],并列举了这种心态的三个典型症状:一是对人的能力过分推崇;二是认为自己代表的是"真理",并将一切不同的声音视为异端;三是狂热的理想主义。钱理群在反思"启蒙"时,也有类似的阐述。他首先分析了巴枯宁的性格特点,然后指出巴枯宁这一启蒙者形象在俄国、中国等落后国家的典型意义:他们以导师的身份出现,居高临下地将自己的理念灌输给被启蒙者。他们拒绝一种平等主义的启蒙观念,缺乏与启蒙对象的对话与交流,与启发式的启蒙方式相去甚远。然而吊诡的是,这种强制性的启蒙方式被包裹在一种"道义优先"的外衣之下,不但启蒙者难以察觉,就连启蒙对象也难以察觉。[20]关于"启蒙"内涵在本土语境的变迁,邓晓芒、宋剑华、黎保荣等学者皆有可资借鉴的研究成果,这里就不再一一列举。

20世纪的民族危机,在一定程度上催生了"五四"思潮的负产品,但应该看到的是,这些负产品同时也是"理性主义"产物,而"五四"时期"理性主义"的直接源头就是西方的启蒙运动。在启蒙运动中,人从整体性的秩序框架中脱嵌出来,成为独立自由的个体,而理性或思想能力正是人建构新秩序的能力。在柏拉图看来,理性是实体性的,按照存在的秩序来规定的;而启蒙运动时期的理性则由人们在科学和生活中赖以构建秩序的标准来规定。"五四"的一面大旗是"科学",而科学方法就是人类理性的一种方式,对人类自身的高度自信、对未来世界的高度乐观都可视为理性主义的表现。在一般人看来,"五四"时期的人文意识太偏重理性主义,对人的理解过于狭隘。但事实上是这样吗? 张灏先生在《重访五四——论五四思想的两歧性》一文中指出,"五四"思想也有很强烈的浪漫主义成分,他特别提到了陈独秀的例子。陈在 1920 年春发表在《新青年》上的《新文化运动是什么?》,除了重申科学理性的重要性之外,还特别强调人在"知识和理性"之外,要有"本能上的情感冲动",因为"知识"和"本能"一并发达,才能使"人间性"完全发达。那么怎样才能利导人的"本能上的情感冲动"呢? 陈独秀特别强调了音乐、美术、宗教的重要作用。陈独秀的这一观点呼应了蔡元培所提出来的"以美育代宗教说",强调了非理性因素在启蒙中的重要作用。由此可见,"五四"思想对理性与情感的平衡是有相当自觉的,然而这种自觉在"五四"以后的思想发展中没有得到持续。[20]

除了王元化先生对"五四"遗产划出的三个板块之外,还有一个问题值得讨论——"启蒙"与"救亡"的关系、"个我"与"国族"的关系。与西方启蒙运动有所不同,"五四"启蒙运动源于救亡图存的功利性目的。李泽厚指出,启蒙运动在现代中国的命运,表现为"启蒙与救亡的双重变奏"[21]。"五四"启蒙运动是与"个体主义"基础上的西方文化介绍输入相伴相生的,但却不自觉地遇上了"集体主义"的意识和无意识,结果"绕了一个圈",从着重启蒙开始,又回到了进行具体、激烈的政治改革的终点。救亡的局势、集体的利益压倒了人们对个体尊严、个人权利的关注;而新中国成立后特别是"文革"时期,封建主义借着社会主义的名义来反资本主义,宣称"个人主义乃万恶之源",将"中国意识推到封建传统全面复活的绝境"。"拨乱反正"之后,人们才重新将人的解放、人的觉醒提上议事日程。回顾了启蒙在现代中国的历程之后,李泽厚对自由主义知识分子为启蒙所做的贡献给予了相对公允的评价,他引用了黎澍的这段话:"绝大多数知识分子走的是这样两条道路;或者是在共产党领导下走与工农相结合的道路,参加革命斗争,或者是在反动政权下从事他们自称是'工业救国''抗日救国''教育救国''卫生救国'的一类工作……这样一类知识分子的大量出现,是'五四'运动以后的现象。这些知

　　　　　　　　　　　　　　沈从文的文学观

识分子一般都在当时感受过科学和民主的精神,抱有资产阶级民主思想。所谓'工业救国''科学救国'等等实际上也是对封建传统思想的一种否定。"㉓李泽厚的观点可以概括为三点:一,启蒙就其本旨来讲应该是以个体主义为本位的;二,中国的新民主主义革命不属于启蒙的一部分;三,要重视自由主义文人对启蒙所做的贡献。

在"启蒙"与"救亡"的关系问题上,汪晖认为,"中国的启蒙思想始终是中国民族主义主旋律的'副部主题'"㉔,原因不仅在于"救亡"的压迫,而且在于启蒙思想资源的内在悖论。以"五四"启蒙运动的"立人"来讲,其思想资源是驳杂的,既有以自由、平等和民主为中心内容的理性精神,也有叔本华、尼采、基尔凯郭尔等人所代表的非理性精神,这就形成了人的分裂,这也正是汪晖所讲的"内在悖论"的原因。在"个我"与"国族"的关系方面,以汪晖为代表的新左派认为,"个人自由"并非"启蒙"的核心。相反,新民主主义革命和社会主义实践则体现出一种"反现代的现代性"。为什么这两代学人会出现这么大的观点反差呢?用新左派的观点解释就是:20世纪80年代是将"救亡"放在"现代性建构"的立场之上进行讨论的,而20世纪90年代则是将之放在"对现代性的反思与解构"的立场之上,立场和问题意识不同,观点自然不同。在这两种相互对峙的观点之外,也有折中一派。例如,秦晖认为新文化运动所倡导的"个人自由"受日本式自由主义的影响,强调个人"独立于小共同体"(比如家庭)而又"依附于大共同体"(即国家),因此"启蒙"与"救亡"相得益彰、并行不悖。但与李泽厚的相同之处在于,秦晖依然是从个体主义的立场之上来强调"启蒙"的未完成性。

综上所述,"启蒙是一个未完成的方案"(哈贝马斯语),"只有着眼于它的发展过程,着眼于它的怀疑和追求、破坏和建设,才能搞清楚它的真正性质"㉕,所以,本书中的"启蒙"不是单指某一种思潮、流派、倾向,而是一个去本质化的概念,是一种宽泛的倾向、一个思维与信仰的维度和一场持续的辩论。但在另一方面,"启蒙"也是一个相对固定的概念,因为自从它诞生的那天起,"启蒙"便有其相对清晰的外延和内涵,有其严密的文化逻辑,所以我们必须从普遍主义的立场之上理解这个概念,避免走向相对主义的泥潭。例如"反现代的现代性",这个新左派的说法如果成立的话,那么什么才是"现代"呢?是不是应当先对"现代"下一个定义呢?这要求我们在理解"启蒙"这个概念时,要同时具备两种眼光——历史主义的眼光和普遍主义的眼光。前者侧重于这个概念的发展性、具体性、相对性,后者侧重这个概念的普遍性和绝对性。本书对"启蒙"概念的界定可以大体概括为:"启蒙"应当以个体主义为本位,它的核心理念是人的解放、人的尊严、人的独立;"启蒙"不是自上而下的教育、灌输、帮扶,而是一场侧重于灵魂改造的启发和对话;"启蒙"的手段除了"知识和理性"之外,还应包括对情感、本能、意志的利导,美育应该在"启蒙"中占据一定位置。

从词源学、西方启蒙运动的发展史、"五四"新文化运动的历史、中西方对"启蒙"的反思与建构等几个方面出发,我们大致厘定了"启蒙"的思想文化内涵。前文已述,文学的研究对象是人,是人的生命、情感、灵魂,是人的存在,所以谈论"启蒙",我们始终离不开人学;谈论沈从文的文学观念,我们始终不能离开中国现代文学的论域。作为一种思想体系,"启蒙"既有着历史的传承,也有着未完成性和不确定性;作为一种文学传统,"启蒙"既有同质化的一面,也有具体化的一面。本文在谈论这个问题的时候,借鉴了陈思和先生的这一观点:"五四新文学包含了两种传统:第一种是新文学以文体的变革来适应启蒙的需要(比如用白话通俗地传播新思想),以文学为手段,承担起新文学运动中的思想启蒙任务;第二种是以新文学的文体革命过程同时也是审美观念的变革过程,用白话文建立起一种新的审美精神,它摆脱了传统文学中'文以载道'的陈腐观念,使文学的自觉与人的自觉联系起来,在现代意义上重新界定何为文学。这两种意义的启蒙,可以分别称为启蒙的文学与文学的启蒙。"[20]本书认为沈从文的"启蒙"大致可以归为"文学的启蒙"一类。沈从文对理想人性的书写和对国民"阉寺性"人格的批判是与鲁迅所开启的"国民性批判"一脉相承的,沈从文的作品既有启蒙主义的价值诉求,又能在美学形态上克服"五四"新文学普遍存在的浅表化、概念化、单一化,把"文学的自觉"与"人的自觉"紧密联系在一起,将"文学的启蒙"推向了一个新的高度。启蒙主义的价值诉求使沈从文的思想触及20世纪中国思想史的重大命题,而文学的审美性又使沈从文作品中的启蒙因子具有丰富性、多向性的一面,从而能够以反思、解构的形态完成了对启蒙的再次重建。"启蒙"是一种创作理念,是一种具有规范功能的意义范畴,而"文学"则是一种个体存在方式,它时时刻刻都以越界的激情反叛着规则与戒律。因此从这个意义上讲,"文学的启蒙"既意味着理念对存在、必然对自由的框定,又意味着存在对理念、自由对必然的超越。进而,"文学"与"启蒙"的融合,不是一个静态的结果,而是一个充满了碰撞的动态的过程,在这一过程中,沈从文人学思想的内部张力才得以彰显。

注释

①凌宇.从苗汉文化和中西文化的撞击看沈从文[J].文艺研究,1986(3):69.

②高远东.现代如何拿来[M].上海:复旦大学出版社,2009:76.

③刘洪涛.沈从文小说价值重估——兼论80年来的沈从文研究[J].北京师范大学学报(社会科学版),2005(2):63.

④赵园.沈从文构筑的"湘西世界"[J].文学评论,1986(6):66.

⑤丁声树.现代汉语词典[M].北京:商务印书馆,1978:889.

⑥夏征农,陈至立.辞海[M].上海:上海辞书出版社,2009:3068.

⑦丁声树.现代汉语词典[M].北京:商务印书馆,1978:889.

⑧清华大学的刘北成教授认为,启蒙运动研究的三个主题分别为:"第一是法国大革命,第二是集权主义,第三是现代性。"这是刘北成教授于2015年5月接受《东方历史评论》专访时的讲话内容。内容主要是讲述德裔历史学家彼得·盖伊的《启蒙时代》有关启蒙的研究以及其在中国的意义。

⑨有关"现代性"的这一解释,参阅了英国批评家斯图尔特·霍尔的观点,详见阿伦·布洛克《西方人文传统》(董乐山译,群言出版社2012年版)。

⑩马克斯·霍克海默,西奥多·阿多诺.启蒙辩证法[M].渠敬东,曹卫东,译.上海:上海世纪出版社,2005:71.

⑪阿伦·布洛克.西方人文传统[M].董乐山,译.北京:群言出版社,2012:68.

⑫阿伦·布洛克.西方人文传统[M].董乐山,译.北京:群言出版社,2012:69.

⑬孙周兴.尼采与启蒙二重性[J].同济大学学报(社会科学版),2011(2):1.

⑭夏中义,刘锋杰.从王瑶到王元化[M].桂林:广西师范大学出版社,2005:93.

⑮夏中义,刘锋杰.从王瑶到王元化[M].桂林:广西师范大学出版社,2005:93.

⑯周作人.人的文学[J].新青年.1918(6):27-37.

⑰李欧梵.中国现代作家的浪漫一代[M].王宏志,等译.北京:新星出版社,2005:296.

⑱李欧梵.中国现代作家的浪漫一代[M].王宏志,等译.北京:新星出版社,2005:296.

⑲夏中义,刘锋杰.从王瑶到王元化[M].桂林:广西师范大学出版社,2005:95.

⑳钱理群.我的回顾与反思——在北大的最后一门课[M].台北:行人出版社,2008:177-178.

㉑许纪霖.二十世纪中国思想史论[C].上海:东方出版中心,2000:30.

㉒许纪霖.二十世纪中国思想史论[C].上海:东方出版中心,2000:71.

㉓许纪霖.二十世纪中国思想史论[C].上海:东方出版中心,2000:99.

㉔许纪霖.二十世纪中国思想史论[C].上海:东方出版中心,2000:50.

㉕卡西尔.人论[M].甘阳,译.上海:上海译文出版社,1985:3.

㉖陈思和.中国新文学发展中的两种传统[J].中国现代文学研究丛刊,1990(12):34.

第一章　沈从文与"五四"新文学传统

第一节　"做人观念"与"人的自觉"

一、"五四"和"五四人"

沈从文从事文学的缘起,如果仅从表层来探究,完全可以由《从文自传》《沈从文自传》《〈沈从文小说选集〉题记》《我怎么就写起小说来》等文章绘出一张完整而清晰的心理图谱。小兵沈从文"时时刻刻为人生现象自然现象所神往倾心,却不知道为新的人生智慧光辉而倾心"①,直到一个转机的出现——几经辗转,从思想先进的年轻教员和印刷工人手中得到《改造》《向导》《新青年》《创造周报》《小说月报》《东方杂志》《新潮》等进步刊物。于是,来自"五四"的现代理性、做人观念在沈从文心中卷起不小的波澜。

首先是对知识(智慧)与权力关系的重新认识。沈从文在部队的清乡运动中看到过大量无辜农民特别是苗人被杀的场景,一切已经看得习惯,但一切重新看来并不合理,因为现代理性告诉他当官的没有道理或者权力这么做。与权力相比,沈从文更倾心于"人生智慧光辉"。下面两段朴素的话语呈现出了沈从文的心迹:

> 知识同权力相比,我愿意得到智慧,放下权力。我明白人活到社会里应当有许多事情可作,应当为现在的别人去设想,为未来的人类去设想,应当如何去思索生活,且应当如何为大多数人牺牲,为自己一点点理想受苦,不能随便马虎过日子,不能委屈过日子了。②

我于是依照当时《新青年》《新潮》《改造》等等刊物所提出的文学运动社会运动原则意见,引用了些使我发迷的美丽词令,以为社会必须重造,这工作得由文学重造起始。文学革命后,就可以用它燃起这个民族被权势萎缩了的情感,和财富压瘪扭曲了的理性。两者必需解放,新文学应负责任极多。③

其次,对个体命运的自主性把握。沈从文决定去北京重新安排自己的命运之前,发生了一些"偶然"。一场大病险些夺去他的性命,老同学陆弢突然溺毙,还有之前的"女难",使他开始质疑自己,并萌发了支配自己命运的决心:

我想我得进一个学校,去学些我不明白的问题,得向些新的地方,去看些听些使我耳目一新的世界。……"尽管向更远处走去,向一个生疏世界走去,把自己生命押上去,赌一注看看,看看我自己来支配一下自己,比让命运来处置得更合理一点呢还是更糟糕一点?……"④

正如鲁迅当年逃离"S城","走异路,逃异地,去寻求别样的人们"⑤一样,沈从文也在必然性和偶然性的博弈之中走出湘西,开始了他的别样人生。其中,既有环境对人的选择,也有人对环境的选择,恰如李长之对鲁迅一生所有选择的评价。

1923年,初来北京的沈从文,落脚在杨梅竹斜街的西西会馆。1924年在表弟黄村生的建议下,迁居到沙滩附近的公寓,开始了他的文学生涯。有幸的是,"五四"新文化运动以来所形成的自由开放的学习氛围、兼容并包的治学精神和不拘一格的学习形式都使沈从文受益匪浅;与董秋斯、张采真、夏云、左恭、陈炜谟、冯至、杨晦、胡也频、丁玲、陈翔鹤等青年学人的交往和相互砥砺也在一定程度上扩大了他的人格;林宰平、郁达夫、徐志摩、胡适等新文化运动的巨擘或亲历者的扶掖和提携,不仅从物质层面解决了沈从文的燃眉之急，更从精神层面加深了他对"五四"精神和"五四人"的认同，并使他逐渐获得了"五四"知识分子的自身角色确认。沈从文在后来的一些回忆文章中多次提到这些，甚至在新中国成立后的一些文章中，沈从文也多次以"五四"知识分子自我指称，毋庸赘述。

上述内容只是从表层描绘出沈从文与"五四"的关系，任何一个在"五四"余绪哺育下的青年都可能有类似的求学经历，拥有接触同质思想文化资源的可能性，因此这幅表层的心理图谱不能凸显沈从文这个独特的个体与"五四"新文学的深层次关系。沈从文是以怎样的方式介入"五四"新文学的？他在哪些方面继承了"五四"新文学的传统，又在哪些方面有所超越抑或后退？这一连串的核心问题都是上文所不能解答的。此外，上述内容都来自沈从文个人的回忆。而回忆都是有所取舍的，是遮蔽与重构后的现实。近年来，其可信度受到一些研究者的质疑。另外，关于从事文学的缘由，沈从文在其他的回忆性文章中有与上述内容大相径庭的表述：

> 有谁在旧军阀时代，未成年时由衰落过的旧家庭，转入到一个陌生杂牌部队，作过五年以上的小护兵司书的没有？若你们中有那么一个人，会说得出生活起始，将包含多少酸辛。这也是人生？就是人生。我就充分经验过这种人生。这里包含了一片无从提及的痛苦现实。你们女人中有作过小丫头童养媳的没有？作过□□小商店的小学徒，必须侍候许多人烟茶，并将一切小过失推置于她身上承担的职务没有？若有那么一个人，也会说出相似不同痛苦生活经验。否定因之在我生命中生长……⑥

> 凡曾经用我的同情和友谊作渡船，把写作生活和思想发展由彼到此的，不少朋友和学生都万万不会想到，这只忘我和无私的抽象渡船，原是从一种如何"现实教育"下造成的！我如不逃避现实，听狭隘的自私和报复心生长，二十三年后北方文运的发展和培养，会

成什么样子？不易想象。⑦

    我是受"五四"运动的余波影响，来北京追求"知识"实证"个人理想"的。事实上，我的目标并不明确，理想倒是首先必须挣扎离开那个可怕环境。⑧

对《边城》的创作初衷有这样的表述：

    我要的，已经得到了。名誉，金钱和爱情，全都到了我的身边。我从社会和别人证实了存在的意义。可是不成。我还有另外一种幻想，即从个人工作上证实个人希望所能达到的传奇。我准备创造一点纯粹的诗，与生活不相粘附的诗……

    因此每天大清早，就在院落中一个红木八条腿小小方桌上，放下一叠白纸，一面让细碎阳光晒在纸上，一面也将我某种受压抑的梦写在纸上。⑨

根据以上内容，结合早年在芷江发生"女难"与《水云》里反复提到的几个"偶然"，再加上《看虹录》等隐晦、模糊的爱欲抒写，一些立足于弗洛伊德的本能理论来解析沈从文的研究倾向在近几年蔚然成风。我认为这些研究角度虽然不失新颖，却没有将沈从文的思想理念、创作实践、情感倾向融会贯通，在整体的背景下做出相应客观而准确的定位，在一定程度上脱离了具体语境，有反历史主义的凌空絮叨之嫌。沈从文确实曾受过弗洛伊德主义的影响，这一点凌宇先生曾在2002年撰文⑩提及。但"生命"—"人性"的书写，民族品德的重造，白话文的重建，国家的重建是沈从文一以贯之的思想主线，最能体现沈从文的情感力度、思想深度、审美感染力、文本辨识度的地方也在这个部分。

另外，沈从文的思想内部包含启蒙主义的因子，但不能毅然决然地断言——沈从文是一个启蒙思想家。启蒙思想家需要拥有严密的思维体系和诉诸逻辑、推理、判断的表达方式。这一点也适应于对鲁迅的判断。李泽厚在 20 世纪 90 年代末到 21 世纪初，修正和完善了对鲁迅的评价，即从"鲁迅是中国近代影响最大、无与伦比的文学家兼思想家"到"一位具有巨大思想深度的文学家"。⑪其实无论鲁迅和沈从文，他们的启蒙思想不是诉诸逻辑思辨，而是在于文学化表达。鲁迅式的"本质直观"的文本策略与沈从文的"幻美"的艺术表达，是他们不同于 20 世纪其他启蒙思想家的显著标志。就上述引文来讲，对现实的"否定"、另外的"幻想"，都是文学化的表达。文学、诗意与现实本来就有天生的敌意，文学是人类的灵魂栖息之所，它为我们的存在提供了现实之外的一种可能性。所以，上述的这种文学化的表达与启蒙思想是并行不悖的。如果从更深层次来探讨，可以将鲁迅的两段文字放在一起来分析：

> 有谁从小康人家而坠入困顿的么，我以为在这途路中，大概可以看见世人的真面目；我要到 N 进 K 学堂去了，仿佛是想走异路，逃异地，去寻求别样的人们。⑫

> 我在年青时候也曾做过许多梦，后来大半忘却了，但自己也并不以为可惜。所谓回忆者，虽说可以使人欢欣，有时也不免使人寂寞，使精神的丝缕还牵着已逝的寂寞的时光，又有什么意味呢，而我偏苦于不能全忘记，这不能全忘的一部分，到现在便成了《呐喊》的来由。⑬

"走异路，逃异地，去寻求别样的人们"，为了难以忘却的旧"梦"，这与他在《我怎么做起小说来》里讲的"说到'为什么'做小说罢，我仍抱着十多年前的'启蒙主义'，以为必须是'为人生'，而且要改良这人生"⑭颇有出入。"启蒙主义"的概念是清晰和明确的，是主体可用主观能动性把握的客观实在，而"异路""异地""别样的人们""梦"却不是由主体产生的，而是从一个他力图探索的无法控制的世界中诞生的。竹内好将之与"幻灯片事件""找茬事件"的逻辑关联放在一起，认定"鲁迅的文学，在其根源上是应该称作'无'的某种东西"⑮。但竹内好并不否认启蒙者鲁

　　　　　　　　　　　　　　　沈从文的文学观

迅的存在，他认为启蒙者是既知的，他只是将方向放在鲁迅"回心"的那个唯一的时机，"去为在这时机当中鲁迅之所以成为鲁迅的原理，去为使启蒙者鲁迅在现在的意义上得以成立的某种本源的东西，做一个造型"⑯。同样道理，由沈从文的"否定因子""幻想"出发，也有可能找出启蒙者沈从文之所以为沈从文的某种本源性的东西。但我在这里不想做过多的理论阐释，因为这会剥夺沈从文思想的深邃性、多义性、丰富性。在本书的中间部分，我将逐一分析，力图还原一个鲜明的、独特的、具有启蒙思想的文学家沈从文。

二、"工具的重造"

真正从深层次体现沈从文与"五四"新文学赓续关系的，是他对"五四"与"五四人"的理解和他对工具重造、文运重建的理解。

沈从文认为"五四运动是中国知识分子领导'思想解放'与'社会改造'运动"⑰。文学革命有两个目标："一是健全纯洁新的语言文字；二是把它用来动摇旧社会观念基础。"⑱换句话说就是"把明白易懂的语体文来代替旧有的文体，广泛应用到各方面去"⑲，影响青年人的生活观念，并成为社会变迁的主要动力，这就是沈从文反复讲的"'工具'的运用"。其实，"白话文运动并不是'五四'才开始的，从裘廷梁提倡'崇白话废文言'起，到'五四'的时候，它已经有了二十年的历史。因此，白话取代文言，绝不只是一个文学语言的变革，它更是几代知识分子为了传播新思想而发动的整个书面语言的变革，本身就带有强烈的社会启蒙意义。许多旧学根底相当扎实、写白话文却并不怎样顺手的知识分子，所以也热烈地投身白话文运动，就是因为看到了白话文本身的这种启蒙意味"⑳。然而在二三十年代，由于民族危机阴影下的现实焦虑感与中国文人历来的实用主义观念，启蒙文学不可避免地带有严重的功利主义倾向。"启蒙"与"救亡"，"文学革命"与"社会革命"，文学与政治的关系始终是纠缠不清、相伴相生的。相比较，沈从文的文学观念较为单纯，自始至终都以文学为本位，即便是不可避免地卷入文学的论争、流派的归属、党派的站队,他的思考基点都是文学怎样改变人的心灵,文学如何改变做人的观念,文学如何能够促使民族有"向上"的理想与决心。所以,在沈从文的内心世界里,"文学革命"与"社会革命",文学与政治是判然有别的,他早年就用敏锐的直觉做出了这样的判断:

> 我是从乡下来的,就紧紧地抓着胡适提的文学革命这几个字。我很相信胡适之先生提的:新的文体能代替旧的桐城派、鸳鸯蝴蝶派的文体。但是这个工作的进行是需要许多人的,不是办几本刊物,办个《新青年》,或凭几个作家能完成,而是应当有许多人用各种不同的努力来试探,慢慢取得成功的。所以我的许多朋友觉得只有"社会革命"能够解决问题,我是觉悟得比较晚的,而且智能比较低,但是仍能感觉到"文学革命"这四个字给我印象的深刻,成为今后文学的主流。㉑

> 我初不反对人利用这文学目标去达到某一目的,只请他记着不要把艺术的真因为功利观念就忘掉到后脑。政治的目的,是救济社会制度的腐化与崩溃,文学却是一个民族的心灵活动,以及代表一个民族心灵真理的找寻。㉒

陈思和认为:"五四新文学包含了两种传统:第一种是新文学以文体的变革来适应启蒙的需要(比如用白话通俗地传播新思想),以文学为手段,承担起新文学运动中的思想启蒙任务;第二种是以新文学的文体革命过程同时也是审美观念的变革过程,用白话文建立起一种新的审美精神,它摆脱了传统文学中'文以载道'的陈腐观念,使文学的自觉与人的自觉联系起来,在现代意义上重新界定何为文学。这两种意义的启蒙,可以分别称为启蒙的文学与文学的启蒙。"㉓通俗来讲,"启蒙的文学"是以新文化运动中的启蒙思想任务为终极目标,以文学为手段;而"文学的启蒙"是不排除文学的启蒙功用,但同时注重文学的审美特质以及文学影响人的独特方式。新文化运动中,陈独秀与鲁迅等人都强调文学自身

　　　　　　　　　　　　　　　　　沈从文的文学观

的审美功能,两种启蒙意识应该并存。其实上溯到新文化运动之前,鲁迅在《摩罗诗力说》中就对"文学的启蒙"有过这样形象的表述:

> 盖世界大文,无不能启人生之闳机,而直语其事实法则,为科学所不能言者。所谓闳机,即人生之诚理是已。此为诚理,微妙幽玄,不能假口于学子。㉔

> 盖诗人者,撄人心者也。凡人之心,无不有诗,如诗人作诗,诗不为诗人独有,凡一读其诗,心即会解者,即无不自有诗人之诗。无之何以能解?惟有而未能言,诗人为之语,则握拨一弹,心弦立应,其声澈于灵府,令有情皆举其首,如睹晓日,益为之美伟强力高尚发扬,而污浊之平和,以之将破。㉕

他认为文学与科学的区别之处是文学能够"启人生之闳机",而"闳机"是玄妙而难以言说的;"文学启蒙"的方式是诉诸心灵的感应,不是单纯由外到内的宣讲和强加。应该说,这种体现文学审美精神的启蒙是更深入、更彻底的。然而,在 20 世纪二三十年代的文坛,"文学的启蒙"已与"启蒙的文学"逐渐脱节分裂,最终退守到周作人、林徽因、梁思成、朱光潜等"京派文人"所构建的抒发个人性灵、体现单纯学院风格的一隅。而"启蒙的文学"完成了从"人的文学"到"人生派文学"再到"为人生的文学"的逐渐转化,人的哲学与美学内涵也随之逐渐减少,全民族抗战爆发后,就连这种以解决实际生活问题为宗旨的"启蒙的文学"也被迫宣告结束。陈思和先生的这一论断产生于 20 世纪 90 年代初,随着学界对沈从文的发现和开掘,一条昭示着沈从文与"文学的启蒙"关系的路径隐然可见。沈从文将"生命""神性"引入"人性"的范畴,大大拓宽了"为人生的文学"的外延与内涵,克服了现代化语境中因语义操作层面的功利性而引起的粗糙化、概念化、模式化的文学表现形态;更重要的是,沈从文在"城—乡"互参中所指向的"生命存在形式",在"爱"与"美"的抽象之域所寄寓的人的诗性内涵,在一定程度上已经逸出了启蒙文学中普遍人性的范畴,有着存在主义的人学意味。

"文学的启蒙"是将"文学的自觉"与"人的自觉"紧密联系在一起的,单纯强调文学的审美性,并不能从根本上完成"文学的启蒙",所以沈从文在强调文学审美性的同时,也强调文学观念对"做人观念"的影响,强调人在接受新事物、新概念时所必需的主观能动性。

理解了沈从文的这种"文学的启蒙"立场,也就不难理解他对"五四"的落潮与文运衰落的分析和判断。他将文运的衰落归结为"工具"的"滥用"与"误用"——"五四"以来的"工具重造""工具重用"已得到社会认可,但在社会改造和个人生活方面发挥的作用甚少。例如,"五四"所提倡的一系列口号,如"自由恋爱""平民教育"等,并没有引起官僚、军阀、民众等观念的改变。更具体地讲,新文学与大学脱离,与教育脱离,依附商业和政治。过程是这样的:首先,"北方的作家遭受经济压迫,慢慢向南方移动,与上海剩余资本结合"㉖,然后,"这个带商品性得商人推销的新文学事业,被在朝在野的政党看中了,它又与政治结合为一"㉗。局势表面繁荣,实则糟糕。"农民文学""劳动文学""社会主义文学""革命文学""民族主义文学""普罗文学"的口号满天飞,但'问题'多,'作品'少"㉘。更为严重的是,"文运遭遇商业政治两种势力分割后,作家的'天真'和'勇敢'完全消失了,代替它的是一种功利计较和世故运用"㉙。也即"信仰真理爱护真理的五四精神,一变而为发财升官的功利思想;与商人合作或合股,用一个'听候调遣'的态度来活动,则可以发财。为某种政策帮忙凑趣,用一个阿谀奉迎态度来活动,则可以做官。发财做官的功利思想既变成作家创作活力,表面上尽管十分热闹,事实上已无文运可言"㉚。沈从文认为文运与商业、政治的结盟是与文运离开学校、离开教育分不开的。作为新文化运动策源地的北京大学,到1927年以后逐渐把精力放在音韵训诂方面,离新文化运动的精神越来越远。所以,一方面是学术研究脱离现代精神,走向保守和退化;另一方面是文运与商业、政治结盟后,唯实唯利的人生观潜滋暗长,并且以更加堂而皇之的方式,躲在"思想""信仰"的盾牌之下。因此要重建文运,

　　　　　　　　　　　　沈从文的文学观

"我们必须努力的第一件事:是从新建设一个观念,一种态度,使作者从商场与官场拘束中走出,依然由学校培养,学校奠基,学校着手"③,还要作者"都能从市侩的商品与政客的政策推挽中脱出,各抱宏愿和坚信,由人类求生的庄严景象出发,来表示这个民族对明日光明的向往,以及在向上途径中必然遭遇的挫折,承认目前牺牲俨若命定。相信未来存亡必然将由意志决定,再来个二十年努力,决不是无意义无结果的徒劳"②,在《长庚》里,沈从文将之称为"经典的重造"。

以上便是沈从文对文运衰落与文运重建的思考。他认为新文化萎缩的原因是新的做人观念没有深入人心,加之文学脱离学校,脱离教育,与商业、政治结盟,唯实唯利的做人观念取代了一切。基于这种原因,补救的方法就是从人类求生的庄严景象出发,建设新的做人观念,完成经典的重造和工具的重造。那么沈从文对文运衰落原因的认识有没有客观依据呢?要回答这个问题,我们必须首先考察一下20世纪初,中国知识分子的社会影响力的变化过程。这个过程分为两个阶段:"一个阶段是19世纪末到20世纪20年代末,是知识分子影响力的上升时期,知识分子借助大学、传媒和各种社团的公共网络,与城市资产阶级一起建构了一个足以与中央权力平行抗衡的民间社会。第二个阶段是20世纪30年代初到20世纪40年代末,是知识分子影响力的下降时期。"③知识分子影响力的下降与政治权力的变化是分不开的。在第一个阶段,由于清廷的内忧外患和北洋军阀的政权更迭,社会重心不断下移,知识分子才得以有发声的空间,而20世纪30年代以后,蒋介石国民政府的政权逐步稳固,权力渐渐向各个领域渗透,知识分子的影响力相应降低。而且在阶级冲突、政党冲突的大时代,知识分子难免被商业化和政治化,"逐渐从独立的'传统知识分子'蜕变为政治附庸的'有机知识分子'"③。知识分子与商业、政治结盟的最根本原因是社会局势全然摧毁了民间资本和文化权力的社会基础,知识分子不得不在夹缝中求生存,从而导致文运衰落。

沈从文没有亲历过"五四"新文学,他把"五四"精神概括为"天真"

和"勇敢",并把文运衰落的原因归结为新的"做人观念"得不到贯彻,重建文运的关键也是要加入"抽象观念",重新进行一次"做人运动"。许多论者觉得沈从文对"五四"的理解是模糊不清的,充其量只能算是一个概括性的观念、一个缺乏深度的感性印象,没有什么可以参考的价值。我的理解恰恰相反,越是这样的理解,越是能够体现出沈从文思考问题的独特方式。为什么他对"五四"的理解不是"民主""科学""自由""文明""时代的巨轮"?他来自偏远的南方一隅,不像那些欧风美雨浸淫日久的知识分子,有"久居兰室,不闻其香"的可能性。可想而知,那些"五四"新观念对初入都市的"乡下人"的影响应该不亚于一场思想风暴。然而,沈从文思考问题的着眼点在于"人"对"名词"的转化、吸收和利用,"人"将异己的、外部的质素聚合为一个全新的"自我"上,这一点难能可贵。因为在近现代的中国,"科学与民主始终未出现,而那两个口号亦未发生积极影响。几十年来,讲科学与民主的人,一直不了解科学与民主的精神,亦不了解其在西方首先出现之文化背景,而只是横断面地截取来以为诋诋中国文化的工具"⑤。与其囫囵吞枣式照搬与图解,不如发挥人的主观能动性,确立人的主体性来得实在。所以,鲁迅在新文学运动之前,预见性地提出"根柢在人"的主张。如果不是在附会,我认为沈从文对个体内部的"做人观念"的强调与鲁迅提倡"心声""内曜""主观之内面精神",主张"人各有己""朕归于我""掊物质而张灵明"是一脉相承的,体现了从对启蒙理念的横截面式的移植照搬,到确立"根柢在人"的思维方式的重大转变。也即强调人对中西文化资源的能动性的吸收、转换、利用,人的个体解放,人的主体性的确立。沈从文还有很多启蒙思想都与此相关,例如国民性的批判、民族品德的重造等。如果说鲁迅提出"根柢在人"观念的灵感来自19世纪欧洲诗人摆脱"物质""众数"的精神和个性的话,沈从文的"做人观念"则来自他读的"一本大书"——个体的实感经验。

"五四"新文学在启蒙文化思潮的推动之下确立起自身的进步性和合法性,启蒙诉求在"五四"新文学甚至20世纪中国新文学的建构中功不可没。然而,过于鲜明的现代性价值取向、过于突出的启蒙意图,也使"五四"新文学出现浅表化、单一化、图解化等倾向,这些弊端在削弱文学自身的审美感染力的同时,也使"启蒙"无法在文学的内部得到深化和发展。在这种局面之下,"文学的启蒙"将"启蒙"与"文学"勾连,将"文的自觉"与"人的自觉"打通,既强调文学的审美性,又强调人的确立,在一定程度上弥合了"文学"与"启蒙"之间的裂隙。但由于特定历史条件的限制,"文学的启蒙"在20世纪二三十年代逐渐式微,而沈从文却接续了这一传统——从他文学行为的缘起、他的"五四"观、他相应的文学主张出发,就会发现沈从文将启蒙主义的价值诉求与文学本位主义思想紧密地结合在了一起。一方面,他高举"五四"的旗帜,强调"做人观念";另一方面他主张"工具的重造",坚守文学本位,继承并发展了"文学的启蒙"。

第二节 "抒情"与"文学的自觉"

"抒情",是中国文学的一大传统。但中国传统文化又强调"礼"对"情"的制衡,所谓"哀而不伤""乐而不淫"就是各种势能动态平衡下的产物。到了宋代,理学家崇"理",他们认为情感是表层的,道德才是内核,再加上佛教的影响,"情"降到了与"欲"齐平的低下地位。真正高扬"情"的旗帜,反对"文以载道",宣扬文学独立精神的,是明末清初的公安派、竟陵派。因此,周作人把这两个文学流派看作"五四"文学的先声。而在学界明确提出"抒情传统"这一概念的,是陈世骧。20世纪60年代,他在美国提出这样的观点:和西方的荷马史诗与希腊戏剧相比较,抒情传统是中国文学引以为豪的地方。这一观点的提出,为中国文学的研究提供了新的视点。王德威就将抒情传统引入中国现当代文学研究[①]。在《"有情"的历史——抒情传统与中国文学现代性》一文中,王德威指出沈从文是现代文学"抒情主义"文学流派的重要代表人物,他用"抒情"疏离主流话语。在《事功和有情——1952年于四川内江》和《抽象的抒情》这两篇文章中,沈从文的这一文学主张表现得尤为明显。《事功和有情——1952年于四川内江》一文是作者在"土改"期间,无意中读《史记》后所发的感想。沈从文说:"管晏为事功,屈贾则为有情。因之有情也常是'无能'。"㉛

那么,应该怎样理解这里的"有情"呢?以《史记》的成书来说,对年代、史实的记录可谓"事功",列传却需要作者情感的融入和生命的倾注,即"必由痛苦方能成熟积聚的情——这个情即深入的体会,深至的爱,以及透过事功以上的理解与认识"㉜。沈从文之所以追抚典籍,感叹古人,是因为现实生活的不得志。面对翻天覆地的变化,沈从文难以适应,也难以接受,他能够做到的,只是埋首书卷,本着"德不孤,必有邻"的信念,将自己与历史传统相对照,相续接,借以排遣自己难平的孤愤。其实,在当时的环境下,"不仅他个人的文学无以应付,就是他个人的文学所属的五四以来的新文学传统也遭遇尴尬"㉝。《抽象的抒情》的主旨和《事功和有情——1952年于四川内江》相仿,即用文字记录个体生命的情绪和欲望,使生命得到延长扩大,这与他在20世纪40年代的《烛虚》等散文表达出的观念如出一辙。对王德威力图建构中国现代文学"抒情主义"话语体系的雄心笔者无意置喙,只是认为在沈从文研究方面,对历史本真性的还原比基于理论预设的阐释更能切中肯綮。从20世纪新文学的发展历程来看,"抒情"并非是对主流文学的根本性颠覆,有时它也表现为主流文学内部偏重文学性的一方对偏重功利性的一方的制衡。具体到沈从文而言,"抒情"则是他"文学的启蒙"的另外一种表达方式。

一、情与理的交融

与王德威对现代文学抒情传统的极力建构相反,更早的研究者侧重从批判和反思的层面认识"五四"文学的抒情传统,梁实秋就是其中的一位㉞。他主张理性对情感的调节和制约,这一点与"五四"启蒙文学的准则基本一致。胡适在《文学改良刍议》中,一方面强调情感在人性解放中的重要作用,认为"文学而无情感,如人之无魂,木偶而已,行尸走肉而已"[41];另一方面又强调文学要有深刻的思想,这种思想不是传统的"文以载道"中的"道",而是独出机杼的见地和独特的发现。胡适的这一观点,为"五四"启蒙文学定下了情理交融的基调。在西方启蒙运动中,休谟、卢梭都曾强调过"情感"的重要性。休谟认为"理性"一词只能用于推理与辨别真伪,而在价值判断中它是失效的。那么道德的根源究竟应该在哪里寻找呢?休谟最终在"人类的情感"[42]中,而不是外在理念和价值标准中找到了他要寻求的基础。卢梭主张应该从人类的情感和心灵中汲取经验,从而领悟到理性无法把握的真理,这一说法与休谟的观点一脉相承。需要特别指出的是,无论是休谟还是卢梭,他们之所以强调情感在启蒙中的作用,并不是为了情感与感官本身的解放,而是为了寻找人类道德的根源。这里所言的"道德",并非指我们通常所理解的外部的规则与律令,而是指人类的内在律令或形而上意义上的"自我"的根源,与中国传统文化中的"心学"有一定的相似之处。

综上所述,在西方启蒙思想家看来,"情感"和"理性"是启蒙的一体两翼,它们相辅相成,不可分割。有一点必须指出,"五四"新文学强调"情感",但这个"情感"不是对日趋僵化的"理性主义"的反转和对日益分裂的人性的弥合,而是用于人性解放的启蒙宏旨,这一点与西方启蒙运动迥异。因为在西方,"情感"是在启蒙运动的"理性主义"充分发展的基础之上才被提出来的,"情感"与"理性"体现了一种历时性的思辨,而在"五四"新文化运动中,"情感"与"理性"则表现为共时性的整合。同理,"五四"新文学提倡的"理性",也不包含西方分析还原、理智重建的方法论基础,而是一种价值、信仰和道德律令[43]。但尽管如此,"情感"与"理性"还是在本土的语义场构建了"五四"新文学的独特风貌。新文学发展到三四十年代,由于语义操作层面的功利主义的影响,越来越倾向于对社会问题的呈示和表现,倾向于单纯用"知识"和"理性"认识事物、思考问题、表现人性,离文学审美层面的想象、"情感"越来越远,沈从文就此状况,强调了"情感"的作用:

他们的心和手结合为一形成的知识,已能够驾驭物质,征服自然,用来测量在太空中飞转星球的重量,好像都十分有把握,可始终就不大能够处理名为"情感"这个名词……⑭

情感原出于一种生命的象征,离奇处是它在人生偶然中的结合。以及结合后的完整而离奇形式。它的存在实无固定性,亦少再现性。……人间缺少的,是一种广博伟大悲悯真诚的爱,用童心重现童心。而当前个人过多的,却是企图用抽象重铸抽象,那种无结果的冒险。社会过多的,却是企图由事实重造事实,那种无情感的世故。⑮

沈从文对情感的推崇,并不妨碍他对"理性"的重视,"情感"与"理性"从来就是一对不可分割的概念:

文学革命后,就可以用它燃起这个民族被权势萎缩了的情感,和财富压瘪扭曲了的理性。两者必需解放,新文学应负责任极多。⑯

更重要点是从生物学新陈代谢自然律上,肯定人生新陈代谢之不可免,由新的理性产生"意志",且明白种族延续国家存亡全在乎"意志",并非东方式传统信仰的"命运"。用"意志"代替"命运",把生命的使用,在这个新观点上变成有计划而能具连续性,是一切新经典的根本。⑰

在前一个选段中,沈从文将"情感"和"理性"并置,坚守了"五四"的"情""理"并重的文学观。在第二个选段中,沈从文强调的是从"理性"到"意志"的提升。总体来说,沈从文强调"情感"的重要性,也不否认"理性"的作用,将两者共同纳入"文学的启蒙"的体系之中。

二、情感的深度

梁实秋将批判新文学抒情传统的矛头指向"理性精神的匮乏",李欧梵更进一步,质疑新文学"情感"深度不足。在这里,我们看到由于知识结构不同而造成的视点不同。梁实秋有较好的国学基础,并深受白璧德的"新人文主义"的影响,所以他的论调有"新古典主义"的倾向;而李欧梵有较好的西学基础,他和夏志清等海外汉学家有一个共同之处——侧重于从世界文学的广阔视野出发来审视中国现代文学,在中西对比中发现中国现代文学的不足。例如,李欧梵就批判了"五四"抒情文学所揭示的人性深度与西方的差距[48]。这种对新文学缺乏情感深度的认识同样体现在沈从文的文论中。他在《现代中国文学的小感想》中把这种缺乏情感深度,只是单纯宣泄情绪的文学称为"粗暴"的文学。他的"情感"有着沉潜于人类"美""爱"抽象之域的宗教情绪的印记:

> 一种由生物的美与爱有所启示,在沉静中生长的宗教情绪,无可归纳,因之一部分生命,就完全消失在对于一些自然的皈依中。这种由复杂转简单的情感,很可能是一切生物在生命和谐时所同具的,且必然是比较高级文化所不能少的,人若保有这种情感时,即可产生伟大的宗教,或一切形式精美而情感深致的艺术品。[49]

> 我说的向善,这个名词的意义,不仅仅是属于社会道德一方面"做好人"为止。我指的是这个读者从作品中接触了另外一种人生,从这种人生景象中有所启示。对人生或生命能作更深一层的理解。……至于生命的明悟,使一个人消极的从肉体理解人的神性和魔性如何相互为缘,并明白人生各种型式,扩大到个人生活经验以外。这种激发生命离开一个动物人生观,向抽象发展与追求的欲望或意志,恰恰是人类一切进步的象征,这工作自然也就是人类最艰难伟大的工作。我认为推动或执行这个工作,文学作品实在比较别的东西更其相宜。[50]

"爱""美""生命"的引入,使沈从文对"情感"的理解多了一层哲学和审美的维度。在沈从文所处的那个时代,"启蒙的文学"与"文学的启蒙"都处于一个相对低迷的阶段:"启蒙的文学"逐渐由"人的文学"过渡到"人生派文学",最后再到"为人生的文学"。在这个过程中,"启蒙的文学"的丰富意蕴随之减少,抗战爆发后,连这种以社会问题为宗旨的"启蒙的文学"也被迫终止;而"文学的启蒙"一支也与"人的自觉"渐行渐远,最终退守到抒发个人性灵的方寸之地。在这种局面之下,沈从文作品中的内在精神,则以独异的姿态,代表了那个年代"文学的启蒙"的写作高度。

沈从文对"情感"深度的理解,与他对新文学的审美建构分不开,联想到他对鲁迅的评价:

> 于乡土文学的发轫,作为领路者,使新作家群的笔,从教条观念拘束中脱出,贴近土地,挹取滋养,新文学的发展,进入一新的领域,而描写土地人民成为近二十年文学主流。[51]

如果说,鲁迅"从教条观念拘束中脱出,贴近土地,挹取滋养",为新文学开创了朴质清新的乡土一派,那么沈从文对乡土文学的开拓性贡献,则在于"拓展了乡土小说的田园视景,强化了乡土小说的牧歌音响"[52],使"文学的启蒙"得以继往开来。沈从文之所以能够在乡土文学创作方面有所革新,是因为他独有的认识世界、表现世界的方式,是因为他对既定教条观念的超越。

沈从文非常注重形式,他在《从文自传》里说:"我记得迭更司的《冰雪因缘》《滑稽外史》《贼史》这三部书,反复约占去了我两个月的时间。我欢喜这种书,因为它告给我的正是我所要明白的。它不如别的书说道理,它只记下一些现象。即或它说的还是一种很陈腐的道理,但它却有本领把道理包含在现象中。"[53]沈从文力避文字表面的热情,他将厚重的思想融在现象之中,这便是他"抒情"的特点,这也正是他的作品很长时间以来不被理解的一大原因。在《习作选集代序》里,沈从文说:"我的作品能够在市场上流行,实际上近于买椟还珠,你们能欣赏我故事的清新,照例那作品背后蕴藏的热情却忽略了,你们能欣赏我文字的朴实,照例那作品背后隐伏的悲痛也忽略了。"[54]大多数读者和评论者受"思想""时代""农民文学""民族文学"等"名词"所累,被"血""泪"的表面情感所遮蔽,难以穷尽沈从文的情感深度。不过,也有像刘西渭这般慧眼独具的论断:"沈从文先生是热情的,然而他不说教;是抒情的,然而更是诗的。"[55]"诗意"的得来,不靠外在的标榜,而靠"材料或者作者的本质"[56]。因为认识事物,把握世界,沈从文向来是从"看"[57]而不是从"观念"出发。这种认识世界、书写世界的方式,在中国现代作家中是较为难得的。因为,现代社会是一个同质化的时代,人们的感觉往往为"知识""理性"所遮蔽,缺乏个体生命经验的参与。正如沈从文所讲的:"城市中人生活太匆忙,太杂乱,耳朵眼睛接触声音光色过分疲劳,加之睡眠不足,营养不足,虽俨然事事神经异常尖锐敏感,其实除了色欲意识以外,别的感觉官能都有点麻木不仁。"[58]那么怎样才能摆脱这种状况呢? 沈从文认为要"先忘掉书本,忘掉所谓目前红极一时的作家,忘掉个人出名,忘掉文章传世,忘掉天才同灵感,忘掉文学史提出的名著,以及一切名著一切书本所留下的观念或概念"[59],然后"用各种官能向自然中捕捉各种声音,颜色,同气味,向社会中注意各种人事。脱去一切陈腐的拘束,学会把一支笔运用自然,在执笔时且如何训练一个人的耳朵、鼻子、眼睛,在现实里以至于在回忆同想象里驰骋,把各样官能同时并用,来产生一个'作品,'"[60]。

三、"抒情"与"文学的启蒙"

沈从文在《抽象的抒情》里,将集体观念下的创作方式与"以个体为中心"的创作方式进行了对比,认为前者只有应时应景的作用,后者才有永恒的价值。沈从文在这里要论述的重点是文学的"个体性",这也正是《抽象的抒情》这篇文章的核心命意。首先,沈从文在开篇便说,生命是有限的,毁灭是必然的,只有将生命转化为文学艺术的形式,才能获得永生。言外之意,只有凝聚着生命的文学艺术才能穿越古今、贯通"人"

"我"。那么，怎样才能将生命转化为文字、形象、音符、节奏，使生命流转不息呢？沈从文在文章的中间特别强调了"情感动力"，这个"情感动力"并不来源于集体创作观念，而是来源于作家个人对书写的需要。正是基于这样的原因，沈从文才在后文中呼吁国家要为文学写作者留有一定的空间，允许"抒情"的存在。由此可见，沈从文之所以要强调"生命"和"抒情"，就是要强调"集体观念"之外的"个体观念"和"创作意图"之外的"审美因素"。这是因为文学虽然抒发的是人类的情感，记载的是人类的经验，但不是公共意识范畴内的情感与经验，而是蕴含着特定时空的生活元素，携带着独特的个体感知、记忆、心理结构、表达方式的情感与经验。另外，强调经验与记忆的个人性与私密性，并不是对个人、时感、经验的无原则放任，并不是对碎片化、即时性、物化性的顶礼膜拜。一个能够打动人心的文学作品，既来自个体经验，又超越个体经验，有着穿越时空的超拔能力和普世情怀。这两个方面，在沈从文的思想中是兼而有之的。沈从文追抚"以个体为中心"的创作方法，主张小范围内的"抒情"，就是提倡"宏大叙事"之外的"诗意叙事"，"集体话语"之外的"个体话语"；沈从文强调文艺要记录生命、转化生命，使生命穿越古今、贯通"人""我"，就是强调怎样用文学的方式将直接经验转化为历史经验、将个体真实转化为历史真实。这两个过程或者说一个过程的两个方面，在《抽象的抒情》中是并行不悖的。新中国成立之后，沈从文强调文艺的独特审美属性与创作规律，是针对"普遍经验""集体话语"对文学"个体性"的抹杀，针对文学的外部因素对内部因素的遮蔽。其实，沈从文对主流文学内部的审美建构是他文学写作历程中一以贯之的主题，"文学的启蒙"是体现这一主题的重要方面。下面以《萧萧》为例，来谈这个问题。

《萧萧》最初发表于 1930 年 1 月 10 日的《小说月报》。1936 年 7 月 1 日，修改后的《萧萧》发表于《文季月刊》第 1 卷第 2 期。^①在再刊本中，沈从文去掉了一些可有可无的闲笔，并在遣词造句方面多有用心，使得语言文字在表情达意方面更加贴切、顺畅、圆熟。对于一个具有自觉文体意识的小说家来说,这并不足为奇,因为怎样"炼字"是他们的必修课。除此之外,我觉得再刊本中的一些变化,体现了小说内在文本结构以及作家创作观念的不同。最显而易见的是再刊本对小说结尾的更改:

> 这儿子名叫牛儿。牛儿十二岁时也接了亲,媳妇年长六岁。……
>
> 这一天,萧萧抱了自己新生的月毛毛,却在屋前榆蜡树篱笆看热闹,同十年前抱丈夫一个样子。②

这两段文字是沈从文在再刊本上加进去的,初刊本只字未提,即到萧萧生了儿子,没有被迫沉潭,一家人又像以往那样过活,故事就结束了。如果不加后面的两段,萧萧的故事也是完整的,但加上这两段后,整个故事的韵味就有所不同了:萧萧对自己的命运浑然不觉,而下一代又重复着萧萧的命运,湘西下层人民的命运就这样循环往复,无休无止。这是典型的"五四"话语,饱含着作者对下层人民悲剧命运的深切同情,也寄寓着要改变他们落后的精神面貌、改变乡土封闭结构的启蒙意图。这种手法以及其背后的写作观念,在沈从文20世纪30年代以后的作品中较为常见。例如,《边城》中翠翠母亲的命运悲剧,作为全文的一根隐线,以互文的形式强化了翠翠命运的悲剧感。类似的还有《巧秀与冬生》中巧秀母亲的悲剧与巧秀悲剧的轮回,《湘行散记》中绒线铺的母女两代人命运的循环等。随着自我身份的确立和创作风格的成熟,沈从文的作品逐渐摆脱了早期的混沌,向更高的精神旨趣迈进。以《萧萧》来说,整部作品讲述了一个懵懂的湘西少女的混混沌沌的人生。本来给人家做童养媳是一件悲惨的事情,但十二岁的萧萧并不哭,她什么事情也不知道,稀里糊涂地做了人家的媳妇。嫁过来后,喝冷水,吃粗粝饭,反倒四季无病,身体康健。她的生命,就如同乡间的一棵树、一株草、一块石头,自自然然,朴素本真。即便被骗失身,怀了孩子,也不过是吃香灰、喝冷水,想办法"使她与自己不喜欢的东西分开",并没有用"道德""族规"等观念性的东西来自己吓唬自己,使自己的内心备受煎熬。事情实在瞒不住了,萧萧也想到过悬梁、投水、吃毒药,但她年纪太小,自然舍不得死。娘家人与夫家人最后决定将萧萧发卖,但由于主顾迟迟不来,这件事情就搁浅起来。到后来萧萧生了个团头大眼的儿子,发卖的计划就取消了。经过这些波折,萧萧的性情依然天真,她既没有因为遇人不淑而耿耿于怀,也没有效仿"女学生"追求新观念,更没有被"道德""族规"的抽象观念折磨得魂不附体,她的内在生命就如同石头一样坚硬,永远不为外界的伤害和外在的价值所动摇。除了萧萧之外,她的娘家人(伯父)与婆家人也纯朴本真。他们不忍心将萧萧沉潭,那么等待萧萧的自然是发卖。根据常理,丈夫可以在改嫁上收回一笔钱,当作赔偿损失的数目,这样的处罚也显得"极其自然"。时间一天天过去,一直没有合适的人家来看萧萧,萧萧只好住在丈夫家中。萧萧生了儿子之后,大家把母子二人照顾得好好的,再也不提发卖之事。萧萧周围人对所谓的"伤风败俗"之事的处理,完全是按照生活的自然走向顺势而为,按照人与人之间最朴素、最原初的情理行事,完全不同于鲁迅笔下的鲁四老爷、卫老婆子、祥林嫂的婆婆等人所组成的宗法制农村恶势力对祥林嫂的压迫与仇视。从萧萧到萧萧周围人所组成的人文、舆论环境,沈从文为我们描绘了一个不一样的湘西,这里封闭静止却能与自然相契,这里未被封建礼教以及现代文明开化,却能不被观念性的东西所困,保存着淋漓的生命元气。

如果说存留于湘西儿女身上的人性是"自然人性"的话,沈从文对他们的情感则是"自然情感",也即没有被外在观念所框定的、由内而外的、自自然然的情感方式,这种方式近似于前文休谟所讲的"自然情感",也类似于鲁迅所说的"朴素之民"的"白心"。这种情感方式是沈从文独有的认识世界、看待事物的方式,与道家的审美超功利性以及湘西巫楚文化的审美特质息息相关,它往往使沈从文的作品能够超越道德伦理的范畴,获得一种诗性的品格。如果说这是一个完整而自足的意义范畴的话,那么启蒙意图则是另外一个意义范畴。一个是站在启蒙者的立场上,对湘

沈从文的文学观

西儿女的循环式命运的深切同情,一个是从"物我齐一"的角度,以一个艺术家的眼光来描摹湘西儿女的"爱"与"哀愁";一个是外在的、道义的、现世意义上的"哀其不幸",一个是内在的、超越的、永世意义上的"悲天悯人";一个是有清晰指向的知识分子的道义担当,一个是最神秘莫测、暧昧不清的文人的审美追求;一个是"集体话语"的整齐划一,一个是"个人话语"的独步单行……这组极具张力的对话结构,给沈从文的文学作品带来"复调性"的色彩。提起"复调",我们首先会想到巴赫金对陀思妥夫斯基诗歌问题的基本概括:"有着众多的各自独立而不相融合的声音和意识,由具有充分价值的不同声音组成真正的复调——这确实是陀思妥耶夫斯基长篇小说的基本特点。"⑥受巴赫金这一理论的深刻影响,对鲁迅小说复调性的研究也一度成为当前学术的一大热点。⑥学界普遍认为,复调性在鲁迅的第一人称小说中表现得最为明显:故事讲述者"我"与故事中的人物之间有一种对话(或者潜对话)的关系模式,这种关系模式是两种相互独立又各不相融的声音和意识的显现,这两种声音和意识的对话与辩难,体现出了鲁迅自反性的思维机制。其实,除了鲁迅内在的思维机制具有自反性的特点之外,沈从文的思维也有这样的特点,这两个看似风格迥异的作家,在一些方面有着相似的精神理路。如果说"文学"与"启蒙"这两者在《萧萧》中处于潜在的对话性关系的话,《水云》则用第一人称的形式,将作者思想内部的两种声音的辩难推到了明面上:

> "难道我和人对于自己,都不能照一种预定计划去作一点安排?"
>
> "唉,得了。什么叫做计划?你意思是不是说那个理性可以为你决定一件事情,而这事情又恰恰是上帝从不曾交把任何一个人的?偶然和情感将来在你生命中的种种势力,说不定还可以增加你一点忧患来临的容忍力,和饮浊含清的适应力。"⑥
>
> "人应当有自信,但不许超越那个限度。而且得分别清楚,自信

与偶然或情感是两条河水,一同到海,但分开流到海,并且从发源到终点,永不相混。"⑥

　　"计划""理性""自信"是同一范畴,如果用在做人做事方面,是指预设一定的目标,然后运用各种工具将之实现,它强调的是一种目的合理性;如果用在文学创作上,就是"观念""意图"先行,并用之统摄自己所有的思绪、情感、意志。"偶然"与"情感"则属于另外一个意义的范畴,它强调人内在的自足性和价值合理性;如果用在文学创作上,则是主张"集体话语""公共意识"之外的"个人话语"与"审美超越性"。沈从文认为"自信与偶然或情感"是各有源头、"永不相混"的"两条河水",即强调这两者的相互独立性。而这两者的反复辩诘,则体现着沈从文精神世界内部的"理智"与"情感"的对话与冲突。

　　林毓生将鲁迅思想分为三个层次:一是显示的、有意识的层次,在这个层次鲁迅的思想呈现出明显的反传统倾向;二是有意识但未明言的层次,在这个层次他的思想又隐含着对传统文化的深深眷恋;三是下意识层次⑦。富有创见的是,林毓生并没有用"理智"与"情感"(也即"历史"与"价值"的二分法)的传统阐释模式来分析前两个层次的矛盾与冲突,而是认为"反传统"与"怀旧"都是价值与理性同一层面的问题。我认为这一论断对从根本上认识沈从文思想内部的"理智"与"情感"的对话与冲突有一定的借鉴意义。因为沈从文对"自然人性"的歌咏和对古旧中国的眷恋,不仅体现为一种自发的情感认同,还体现为一种自觉地对"现代文明"的理性反思。一方面,沈从文坚持启蒙主义的价值立场,用现代理性的眼光审视湘西世界的落后性与封闭性,反观湘西下层人民的蒙昧无知;另一方面,现代文明的失败经验又促使他能够以审慎的态度来对待时髦观念的植入,拒绝"生命"之外的任何价值体系。对旧文化与现代文明的双重失望,使沈从文在价值立场上表现出虚无主义的倾向。这种倾向在现代作家身上并不是独例,因为在当时的历史语境之下,整体性反传统的话语策略使他无法从容地面对价值选择的两难境地,因而也无法将中西文化的内部做出精准的分析与甄别。

从思想文化研究的方面来讲,"反传统"与"怀旧"是可以平均用力的研究对象,然而从文学研究的角度来讲,我们则更倾向于后者。因为文学就是生命之学,它记录着个体独一无二的生命经验,流淌着个体的生命意识和存在感知。对鲁迅而言,与其说"国民性批判"是他最具原创精神、最具文本辨识度的思想命题与话语方式,不如说那种对故乡、童年、亲情的反顾与怀念,那种对伦理纲常在日常生活层面所表现出来的温情的深深眷恋,才能安放鲁迅精神世界中最内在的自我。例如,《狂人日记》《药》《离婚》《阿Q正传》等启蒙主题突出的小说,其思想价值自然毋庸置疑,然而若论情感容量,《故乡》《孔乙己》《伤逝》《孤独者》《在酒楼上》一类融乡土风情、主观意绪与"启蒙意图"为一体的散文化小说比前者更胜一筹[①]。在《狂人日记》中,从"狂人"身陷重围、极端恐惧的"被迫害狂心态",到劝说大哥时的启蒙者姿态,这之间的"启蒙意图"显而易见,而文尾"救救孩子"的呼告,更是出离小说情节之外,给人以突兀的感觉;华老栓、夏瑜、陈士成被塑造成某一类人的代表,形象平板无个性;阿Q的形象是从不同人物身上"杂取"结合而成,是一个能代表普遍"国民性"的典型……这些文学形象是作者情感体验的抽象和凝聚,更是"启蒙意图"的彰显。这类文学形象的确能够给人以震撼,但这种震撼却是诉诸理性的,缺乏小说该有的情感容量和艺术感染力。与之相反,《故乡》的浓郁抒情笔调所渲染出的萧瑟悲凉的氛围,《伤逝》中充满忏悔与感伤的抒情笔调,《在酒楼上》用"铅色的"天、"白皑皑"的雪所勾勒出的凄清画面,以及亲情、伦理、日常琐事中的温情场面,都使这类作品多了"启蒙"之外的主题多义性空间、艺术想象性空间。

对沈从文而言,那种由启蒙意识所催生出来的对湘西儿女蒙昧性的反观、对都市"上等社会"虚伪性的批判,只是以共性的形态呼应了主流文学的价值诉求,而那种对旧中国的深深迷恋,那种对日薄西山的东方文化的无限怅惘才是他最具个体性的文学表达。例如,在《八骏图》《绅士的太太》等一系列揭露"上等社会"劣根性的作品中,存在着人物形象夸张化、漫画化、单一化等倾向。为了揭出"病根",甚至直接设置了"病人"——"人性治疗者"这样的情节框架,使"启蒙意图"一览无余。而在湘西系列题材的小说中,沈从文融思想于现象,动用各种感官,并叠加自身的情绪记忆,使想象、幻想脱离现实束缚,脱离陈腐观念的制约,丰富了作品的情感容量,增加了作品的艺术感染力。例如,《边城》中既表现了翠翠、傩送等湘西小儿女在义利取舍时的重义轻利、重情轻利和选择命运时的自主自为,也用浓重的抒情笔调写出了人与自然的契合,人面对自然和命运的惆怅和悲哀。这两种运思和笔调结合在一起,大大拓展了小说的思想空间和艺术空间。《萧萧》既写出了湘西社会自然人性的蒙昧无知,也写出了道法自然、"得天独全"的生命形式的内在诗性。值得反思的是,在沈从文20世纪40年代的乡土小说中,这种"个人话语"的存在空间逐渐被挤压,取而代之的是对乡土世界生存空间日益恶化的感知和由此所催生出来的对地方以及整个民族未来走向的隐忧。因此,在这个时期的小说创作中,现实性的因子逐渐扩张,并以绝对的优势掩盖了沈从文中期作品中的那种浑然天成的艺术风格。那种将自我客体化,将情感融于自然万物的写作手法,在沈从文20世纪40年代中后期的乡土小说中就这么消失于无形了。所以,就艺术效果方面来谈"文学的启蒙",我认为还是他的中期作品更有表现力——因为这些作品兼顾了"启蒙意图"之外的文学的"个体性"。

总之,无论是对鲁迅还是对沈从文来讲,那类从个体生命经验出发,包含着个人情绪记忆,浇注着个体生命意识和存在感知的抒情(或散文化、诗化)笔法的作品,才体现着文学启蒙者鲁迅和沈从文的生命核心所在,才构成一个作家不可取代的文学的起始和本源。这也正是本书反复讲的一个问题,我不是从思想家的角度来谈沈从文,而是从文学家的角度来谈沈从文的人学思想,谈他如何建构"文学的启蒙"。在这个过程中,"集体观念""启蒙意图"作为文学的外部因素,时刻都以异己的力量压迫着他的个体化的文化表达,并将之不断边缘化;反过来,后者又以更大的反弹势能,不断与前者对抗。而在"个人话语"与"集体话语"、"边缘话语"与"中心话语"的反复辩诘中，沈从文的思想深度才得以最大程度的彰显。

本章内容可以做出以下小结："启蒙"有西方传统和本土传统，从笛卡儿、狄德罗、休谟、卢梭等再到严复、梁启超、陈独秀等，虽然不能够整合为一条建构与重构、原发与衍生的完整清晰的脉络，但也能大致分清各自的走向。关键是这些思想不是鲁迅和沈从文所独创的，例如"国民性改造"，首先由日本舶来，经梁启超将之本土化，后又经过鲁迅、沈从文等人的深化和细化，逐渐成为 20 世纪文学的一大传统。而所谓"传统"，它的构成必然有普遍化与同质化的倾向，然而我要探讨的是普遍化之外的"个性"，也即沈从文对启蒙思想所做出的独特思考，因为这些因素构成启蒙者沈从文之所以在现代的意义上成立的本源，也是个体嵌入历史的契机与方式，这也正是我在本章中从"做人观念"和"抒情"两个核心概念出发，来寻找沈从文启蒙特性的缘由。从沈从文文学行为的缘起、他的"五四"观、他相应的文学主张出发，会发现沈从文将启蒙主义的价值诉求与文学本位主义思想紧紧地结合在了一起。一方面，他高举"五四"的旗帜，强调"做人观念"；另一方面，他主张"工具的重造"，坚守文学本位，继承并发展了"文学的启蒙"。沈从文的"抒情"与他所一贯坚守的"文学革命"的主张，以及他的"爱与美的新宗教""美育重造政治"的主张是一以贯之的，都体现着他对文学①本体性的坚守，彰显着"文学的启蒙"过程中文学内部因素对外部因素的纠偏与制衡。沈从文将"爱"和"美""生命"引入"抒情"的范畴，这样他的"抒情"就比同时代其他作家多了一层哲学和审美的维度；沈从文最具情感容量、最有艺术想象空间、最具审美张力的作品多出现在以湘西为题材的作品中，这些作品融"启蒙意图"与抒情格调为一体，记录着个人独一无二的生命经验，流淌着个体的生命意识和存在感知，是作家的生命核心所在，也是启蒙者沈从文之所以在现代的意义上得以存在的本源。

本章主要考察了沈从文与"五四"新文学传统的关联，从宏观的角度入手，界定沈从文的启蒙是"文学的启蒙"。那么，在以"文学"为手段进行启蒙的过程中,沈从文对自己进行了怎样的角色定位呢? 启蒙者的主体建构在他身上又是如何实现的呢? 这正是下一章要重点阐述的内容。

注释

①沈从文.沈从文全集:第 13 卷[M].太原:北岳文艺出版社,2009:361.

②沈从文.沈从文全集:第 13 卷[M].太原:北岳文艺出版社,2009:362.

③沈从文.沈从文全集:第 13 卷[M].太原:北岳文艺出版社,2009:374-375.

④沈从文.沈从文全集:第 13 卷[M].太原:北岳文艺出版社,2009:364.

⑤鲁迅.鲁迅全集:第 1 卷[M].北京:人民文学出版社,2005:437.

⑥沈从文.沈从文全集:第 27 卷[M].太原:北岳文艺出版社,2009:9.

⑦沈从文.沈从文全集:第 27 卷[M].太原:北岳文艺出版社,2009:19.

⑧沈从文.沈从文全集:第 12 卷[M].太原:北岳文艺出版社,2009:377.

⑨沈从文.沈从文全集:第 12 卷[M].太原:北岳文艺出版社,2009:110-111.

⑩凌宇.沈从文的生命观与西方现代心理学[J].南京大学学报(哲学·人文科学·社会科学版),2002(2):30-36.

⑪李泽厚,刘再复.彷徨无地后又站立于大地——鲁迅为什么无与伦比[J].鲁迅研究月刊,2011(2):90.

⑫鲁迅.鲁迅全集:第 1 卷[M].北京:人民文学出版社,2005:437.

⑬鲁迅.鲁迅全集:第 1 卷[M].北京:人民文学出版社,2005:437.

⑭鲁迅.鲁迅全集:第 4 卷[M].北京:人民文学出版社,2005:526.

⑮竹内好.近代的超克[M].李冬木,赵京华,孙歌,译.北京:生活·读书·新知三联书店,2005:58.

⑯竹内好.近代的超克[M].李冬木,赵京华,孙歌,译.北京:生活·读书·新知三联书店,2005:144.

⑰沈从文.沈从文全集:第14卷[M].太原:北岳文艺出版社,2009:133.

⑱沈从文.沈从文全集:第27卷[M].太原:北岳文艺出版社,2009:145.

⑲沈从文.沈从文全集:第14卷[M].太原:北岳文艺出版社,2009:133.

⑳王晓明.无法直面的人生——鲁迅传[M].上海:上海文艺出版社,1993:292.

㉑沈从文.沈从文全集:第12卷[M].太原:北岳文艺出版社,2009:385.

㉒沈从文.沈从文全集:第14卷[M].太原:北岳文艺出版社,2009:27.

㉓陈思和.中国新文学发展中的两种传统[J].中国现代文学研究丛刊,1990(12):34.

㉔鲁迅.鲁迅全集:第1卷[M].北京:人民文学出版社,2005:74.

㉕鲁迅.鲁迅全集:第1卷[M].北京:人民文学出版社,2005:70.

㉖沈从文.沈从文全集:第14卷[M].太原:北岳文艺出版社,2009:280.

㉗沈从文.沈从文全集:第12卷[M].太原:北岳文艺出版社,2009:80-81.

㉘沈从文.沈从文全集:第12卷[M].太原:北岳文艺出版社,2009:298.

㉙沈从文.沈从文全集:第14卷[M].太原:北岳文艺出版社,2009:299.

㉚沈从文.沈从文全集:第12卷[M].太原:北岳文艺出版社,2009:82.

㉛沈从文.沈从文全集:第14卷[M].太原:北岳文艺出版社,2009:300.

㉜沈从文.沈从文全集:第 14 卷[M].太原:北岳文艺出版社,2009:
135.

㉝许纪霖.启蒙如何起死回生——现代中国知识分子的思想困境[M].
北京:北京大学出版社,2011:25.

㉞许纪霖.启蒙如何起死回生——现代中国知识分子的思想困境[M].
北京:北京大学出版社,2011:33.

㉟牟宗三.生命的学问[M].桂林:广西师范大学出版社,2005:44.

㊱下文有关王德威《"有情"的历史——抒情传统与中国文学现代性》
一书对沈从文的"抽象抒情"的理解是否与本土语境相切合的论述,受张
莹莹的《从沈从文形象建构看王德威的"抒情"论》一文的启发,该文刊发
于《创作与评论》2016 年第 10 期。

㊲沈从文.沈从文全集:第 19 卷[M].太原:北岳文艺出版社,2009:
318.

㊳沈从文.沈从文全集:第 19 卷[M].太原:北岳文艺出版社,2009:
319.

㊴张新颖.沈从文的后半生:一九四八——一九八八[M].桂林:广西师范
大学出版社,2014:83.

㊵梁实秋曾经说过:"我们中国人的生活,最重礼法。从前圣贤以礼乐
治天下,几千年来,'乐'失传了,余剩的只是郑卫之音。'礼'也失掉了原
来的意义,变为形式的仪节。所以中国人的生活在情感方面似乎有偏枯的
趋势。到了最近,因着外来影响而发生所谓新文学运动,处处要求扩张,要
求解放,要求自由。到这时候,情感就如同铁笼里猛虎一般,不但把礼教的
桎梏重重的打破,把监视情感的理性也扑倒了。"见李欧梵的《现代性的追
求》(人民文学出版社,2010 版)第 88 页。

㊶胡适.文学改良刍议[J].新青年,1917(5):21-23.

㊷阿伦·布洛克.西方人文传统[M].董乐山,译.北京:群言出版社,
2012:68.

㊸汪晖.预言与危机(上篇)——中国现代历史中的"五四"启蒙运动

[J].文学评论,1989(3):21.

㊹沈从文.沈从文全集:第12卷[M].太原:北岳文艺出版社,2009:136.

㊺沈从文.沈从文全集:第12卷[M].太原:北岳文艺出版社,2009:190.

㊻沈从文.沈从文全集:第13卷[M].太原:北岳文艺出版社,2009:375.

㊼沈从文.沈从文全集:第12卷[M].太原:北岳文艺出版社,2009:40.

㊽李欧梵曾说:"五四这一代作家,总是用一些精粹的、生动的词汇诸如'方法'、'天才'、'能耐'、'动力'等来界说爱情。因此,爱情没有一个确定的内涵,而是一种动荡的情绪;它体现的不是一个思想的范畴,而是一股个人经历的激流。当时许多叫得非常响亮的抽象名词如自由、美和真等,也只是一些充满情绪的概念,它们来自那些执着于狂热举动的亢奋心灵……现代中国知识分子的灵魂总是那么热情奔放,躁动不安,这使他们很少去思考爱情所可能具有的哲学与神学的内涵。见李欧梵的《现代性的追求》(人民文学出版社,2010版)第97页。

㊾沈从文.沈从文全集:第12卷[M].太原:北岳文艺出版社,2009:120.

㊿沈从文.沈从文全集:第12卷[M].太原:北岳文艺出版社,2009:66.

(51)沈从文.沈从文全集:第16卷[M].太原:北岳文艺出版社,2009:287.

(52)凌宇.二三十年代乡土小说中的乡土意识[J].文学评论,2000(4):20.

(53)沈从文.沈从文全集:第13卷[M].太原:北岳文艺出版社,2009:323.

(54)沈从文.沈从文全集:第9卷[M].太原:北岳文艺出版社,2009:4.

(55)解志熙.爱欲抒写的"诗与真"——沈从文现代时期的文学行为叙论(中)[J].中国现代文学研究丛刊,2012(11):89.

⑤⑥解志熙.爱欲抒写的"诗与真"——沈从文现代时期的文学行为叙论(中)[J].中国现代文学研究丛刊,2012(11):89.

⑤⑦见《沈从文全集》第13卷(北岳文艺出版社,2009年版)之《从文自传》。原文为:"我看一切,却并不把那个社会价值搀加进去,估定我的爱憎。我永远不厌倦的是'看'一切。宇宙万汇在动作中,在静止中,我皆能抓定她的最美丽与最调和的风度,但我的爱好却不能同一般目的相合。我不明白一切同人类生活相联结时的美恶,另外一句话说来,就是我不大能领会伦理的美。接近人生时我永远是个艺术家的感情,却绝不是所谓道德君子的感情。"

⑤⑧沈从文.沈从文全集:第9卷[M].太原:北岳文艺出版社,2009:4.

⑤⑨沈从文.沈从文全集:第16卷[M].太原:北岳文艺出版社,2009:331.

⑥⓪沈从文.沈从文全集:第16卷[M].太原:北岳文艺出版社,2009:331.

⑥①《萧萧》的版本总共有6个,分别是初刊本、再刊本、初版本、选集本、文集本和全集本。《萧萧》最初于1930年1月10日发表于《小说月报》第21卷第1号;1936年7月1日,修改后的《萧萧》发表于《文季月刊》第1卷第2期;1936年11月再次修改后收入上海良友图书印刷公司出版的《新与旧》集子;1957年,迫于时代要求,沈从文修改了《萧萧》,将之收入人民文学出版社出版的《沈从文小说选集》;1983年,经过编校修改,《萧萧》收入花城出版社出版的《沈从文文集》第六卷;2002年,以《新与旧》版本为底本,《萧萧》收入北岳文艺出版社出版的《沈从文全集》第八卷。关于《萧萧》的版本问题,学者陈国恩、孙霞、陈杨萍、王文博等都有相关研究。因为论题的关系,本文将重点放在沈从文对《萧萧》的第一次修改(也即再刊本对初刊本的修改)上。

⑥②沈从文.萧萧[J].文季月刊,1936(2).

⑥③巴赫金.巴赫金全集[M].白春仁,顾亚铃,译.石家庄:河北教育出版社,1998:4.

㉔相关的研究很多,具有代表性的有:严家炎的《复调小说:鲁迅的突出贡献》,吴晓东的《鲁迅第一人称小说的复调问题》等。

㉕沈从文.沈从文全集:第 12 卷[M].太原:北岳文艺出版社,2009:97.

㉖沈从文.沈从文全集:第 12 卷[M].太原:北岳文艺出版社,2009:103.

㉗对于这三个层次的划分,详见林毓生的《中国意识的危机》。因为论题所限,作者重点阐述的是前两个层次。

㉘关于鲁迅的"启蒙意图"与"抒情笔调"之间的关系的阐述,受王晓明《无法直面的人生——鲁迅传》(上海文艺出版社,1993 年版)一书的启发。

㉙这里的"文学"也包括其他艺术门类,体现出一种"大"文学观。

第二章　"乡下人"的边缘立场
与启蒙者的建构

　　学界普遍认为,沈从文的"乡下人"自我身份是在《习作选集代序》中被确立起来的。[①]在与金介甫的信中,沈从文这样讲:"我作品中经常说自己是'乡下人',则可从良友公司《从文习作选题记》中得到解释,似乎比较具体。和一般常用这个名辞于作品中,稍有差别。"[②]可能是因为这句话,学界才会下此定论。《习作选集代序》中对"乡下人"的总结主要体现在性情与精神方面。其实在更早发表的《萧乾小说集题记》[③]中,沈从文对"乡下人"的这种性情与精神已经有了理性的认同,在1943年7月所写的《都市的刺激》中沈从文说得更为明确:"我自己常自称'乡下人',大意指的是精神性情方面而言。"[④]在1948年所写的《新党中的一个湖南乡下人和一个湖南人的朋友》中,沈从文把"乡下人"的这种精神性情和楚地的地域文化与楚人的民族气质相联系,为"乡下人"的精神特质找到了现实基础和文化根源。我认为,"乡下人"首先是一个"群"的概念,是由特殊地域孕育出来的具有相同精神气质、道德认知的一类人;更重要的是,"乡下人"还是一个"个体"的概念,他来自"群体",又从"群体"里抽离出来,时时用现代理性反观城市文明、"群体"和自身。本文的写作重心也放在后一个方面。此外,要从更深层面理解"乡下人"的特定含义、话语策略,必须结合沈从文的知识分子观念。因为"乡下人"的概念并不是孤立存在的,而是以"城市人"为参照系才提出来的,"城市人"特别是"智识阶级"(知识阶级)所认可和遵从的价值标准、生活方式、做人原则、生命形式、知识获得方式与生产方式都是令沈从文不满的,为了标明自己的反对立场,沈从文才用了"乡下人"的言说方式和话语策略。因而,本章第一节的中心任务就是研究沈从文的知识分子观,并借以从侧面来考察沈从文在"文学的启蒙"过程中对自身的角色定位。

第一节　对知识分子的批判、想象与重构

一、"乡下人"的边缘立场

在西方的启蒙运动中,知识分子扮演了一个非常重要的角色——启蒙的承担者。正如阿伦·布洛克所说的那样,启蒙运动的主体是知识阶层,而不是人民群众。以法国革命为例,贵族阶级与第三等级之间的矛盾和对立日趋尖锐化的时候,第三等级的激进领袖才对"启蒙运动的思想成果加以利用,并将其转化为革命口号:公民、社会契约、普遍意志、人权,以及那最有力量的自由、平等和博爱"⑤。在阿伦·布洛克看来,启蒙运动是以一场与它最初的信念一扫而光的反动而告终的。他的言外之意非常明显,即从原发意义上讲,启蒙运动的承担者应该是知识分子,启蒙运动应当将焦点放在意识形态领域的变革上,而不包括社会革命。在 20 世纪对启蒙的回顾与反思中,这种观点比比皆是。格奥尔格·皮希特就曾重申——启蒙的承担者是知识分子。与阿伦·布洛克从结果与初衷的对比中凸显启蒙的要旨不同,他更擅长从发生学的视角分析启蒙的承担者为什么会落在知识分子身上,他说:"理性在社会过程中客观化的产物总是表现为一个体系,更确切地说,总是表现为一个支配体系……理性是凝固和僵化在这些体系中的。它通过客观化这一举措而把自己与自由隔阂开了。理性在自己的产物面前不是自主的,而是他律的;只有在某种否定性即飘浮不定的个性中,理性才能获得相对于自己的产物的自由。这样,启蒙的承担者就成了知识分子。"⑥显然,相对于"理性"的"客观化"甚而"教条化",在实践中阐释、践行"理性"的知识分子更能体现出人类精神的自主性,这正合启蒙的初衷。同样,在中国近现代的启蒙思想中,对知识分子和文学家在启蒙中主导作用的认识也由来已久。从"士"乃四民之首的集体无意识到大力发挥新兴知识分子的中坚作用,重建"社会重心"的主张,知识分子一直是中国启蒙思想的

不容置疑的承担者。梁启超在《新民说》中明确指出,国民的各种优良素质,不是先天具有的,而是由精英启蒙的:

> 吾既以思想能力两者相比较,谓能力与思想不相应,为中国前途最可忧危之事。然则今日谈救国者,宜莫如养成国民能力之为急矣。虽然,国民者其所养之客体也,而必更有其能养之主体。苟不尔者,漫言曰养之养之,其道无由,主体何在? 不在强有力之当道,不在大多数之小民,而在既有思想之中等社会,此举国所同认,无待词费也。国民所以无能力,则由中等社会之无能力,实有以致之,故本论所研究之范围,不曰吾辈当从何途始可推能力以度诸人也,曰吾辈当从何途,始可积能力以有诸己而已。非有所歆于能力以自私,实则吾辈苟有能力者,则国民有能力。国民苟有能力者,则国家有能力,以此因缘,故养政治能力,必自我辈始,请陈数义,相策督焉。⑦

这种舍我其谁的启蒙者的精英意识在两代启蒙知识分子身上都有明显的印记。作为"五四"启蒙知识分子的典型代表,胡适号召北大师生做"学阀",主张"专家治国",这些主张都是精英主义立场的表现。

而在启蒙主义的精英意识充斥其间的现代知识分子群体中,沈从文的"乡下人"边缘立场显得格格不入。如果说早期的"乡下人"自我指称有着克服自卑心理、寻找个人坐标系的意味,那么在《从文自传》《边城》等标示着创作主体日臻成熟、文体风格逐渐形成、创作自信日趋确立的作品出台之际,"乡下人"的自我指称则表现为一种理性的自觉。这种自觉在 20 世纪 40 年代——对"爱""美"抽象之域进行精神跋涉的阶段,则直接表现为对知识分子的疏离。与"乡下人"的话语策略相对应,沈从文在每个阶段的文学潮流或所属群落中都是一个旁逸斜出的异数。在上海都市空间,他抨击了与商业合谋、内容浮泛浅薄的"海派"文学,对左翼文学中的激进派支流("革命加恋爱"小说)也颇有微词⑧;在西南联大

　　　　　　　　　　　　　　沈从文的文学观

的学院空间,他对自由主义知识分子,特别是以胡适为代表的英美派知识分子多有不满⑨,这种姿态又显现了他对自身所属阵营的疏离。综上所述,沈从文的"自我身份认定"和"角色所属"始终漂移不定,而这份漂移不定或言"错位"背后却由一个相对固定的主轴所支撑——以文学和艺术为本体,反对文艺的任何形式的"依附性"。

也正是这个原因,黄平在对中国现代知识分子群体进行分类时,将沈从文分在"非体制知识分子"⑩一类,许纪霖在研究都市空间视野中知识分子的自主性时,默认了黄平的观点,并力图在沈从文与丁玲的对比中体现知识分子选择共同体的自主性:崇尚理性与唯美的沈从文加入了北平自由主义的阵营,而倾向自由和反叛的丁玲则选择了上海的左翼文化运动。⑪然而,沈从文真的自始至终都是一个与丁玲分属两极的唯美派吗?不尽然。20世纪30年代,沈从文受胡适、徐志摩等自由主义知识分子的提携,在思想阵营上不免对之有所倾斜,在文学风格上深受周作人影响,与前期不加节制的"郁达夫式"自叙风格显然不同,用"理性、斯文、唯美主义"来概括沈从文这个时期的风格是不为过的。20世纪40年代,沈从文除了对"爱""美"之域的书写以外,还创作了大量杂文,表达他对"智识阶级"包括英美派知识分子的强烈不满(前文已提及这一点),甚至对周作人也有暗讽⑫,与《战国策》派的关系也暧昧不清⑬。这个阶段,沈从文醉心于生命——意志,对学院派知识分子的唯实唯利人生观以及其他苟且、敷衍的生命样态进行了激烈的批判,体现出知识分子干预社会的忧患意识和狂狷之气。在这个意义上,沈从文保留了中国传统知识分子——"士"的一些特点。有学者认为,现代知识分子与古代的"士"有一定的相似之处,其中"超越自身的利益而关怀更具有一般性普遍性问题的特质或品格"⑭就是其中的一点,但他同时认为,"从社会制度对人的制约程度或人对社会制度的依赖程度的角度出发,则不应将现代意义上的知识分子简单地看成士的历史延续"⑮。随着社会制度对人的制约和人对社会制度的依赖程度的增加,"传统知识分子"不可避免地蜕变为依附政治的"有机知识分子"⑯,这在20世纪40年代的西南联大学院派知识分子群体中也是大势所趋,而沈从文与这一群体的主动疏离,在一定程度上是对"传统知识分子"的回归。

二、用"抽象原则"重建知识分子

其实讨论沈从文究竟是"传统知识分子"还是"有机知识分子",是"波希米亚"还是"布尔乔亚",是"体制知识分子"还是"非体制知识分子",用意都是从一定的角度分析沈从文"乡下人"边缘立场所体现出的知识分子的独立性。也许这种独立性仅仅体现为一种姿态和意向,并不具备实践层面的可行性,但这种姿态和意向却提供了一种建构现代知识分子独立人格的可能性,而独立知识分子的出现,则预示着启蒙运动的来临[17];也许用以上的"名词"来给沈从文加冕是大而不当的,沈从文终其一生都刻意跟"名词"保持距离,况且现代"知识分子"这个概念的能指与所指本身就模糊不清[18]。正像我们无法用明晰的概念来界定"启蒙"的概念一样,我们同样无法对现代知识分子下一个完整且清晰的定义,因而也只有从后来者对知识分子的批判、想象和重构中才能对现代知识分子的内涵有一个深入和全面的把握;同样道理,对文学者(思想者)在知识分子群体中的划分,也不应单看其所属阵营,而是要看其对"知识分子"这一概念的个体化建构。也正是基于这样的考虑,笔者将在下文中以沈从文与自由主义知识分子的离合关系为例,力图透过漂移、疏离、龃龉的表层关系,揭示沈从文对知识分子的批判、想象、重构,借以考察沈从文对自身的角色认定。

沈从文深受胡适等自由知识分子的影响,相信"专家治国",这在他新中国成立前所写的《再谈差不多》《一般或特殊》《一种新的文学观》《"文艺政策"检讨》等文章中都有明显的体现。即便是在新中国成立后的自我检讨性质的文章中,他对这一点丝毫也不避讳:

> 对国家问题则因为看到国民党内部也总是争来打去,无个了结,官僚换来换去,全差不多,因此格外相信专家和专门知识。以为

国家的堕落是逐渐形成的，真正的转机，只有政治上到了各种专家来代替官僚执行政权，才会用科学和工业的进展，代替内战的消耗。[19]

在廿年前，曾一时迷信过英美科学技术的进步，用一个胡涂天真的脑子，幻想到本国将来，如果"专家执政"，必可人尽其才，才当其用，国家会真有一天完全不同，民主自由将有一个新的面貌实现。[20]

那么，这种"专家"类型的知识分子相对于古代的"士"，进步性体现在哪里呢？王汎森认为"专业主义"强调用应用性知识技能取代"通"儒的理想，或者说君子不"器"的观念，是一种历史的进步，他进而将两者的知识构成判定为"自然知识"和"规范知识"，也即前者是百工器物、是实用的，后者是道德、政治的原理[21]。"五四"知识分子虽然没有放弃道德上的修身，但"格物致知"毕竟被抬到了一个新的高度。胡适说："没有专门研究的人，不配担负国家和社会的重要责任。"[22]只有知识阶级和职业阶级的优秀人才才能组织一个可以监督政府、指导政府、援助政府的干政团体。中国知识分子的这一角色转变，在特定的时空具有历史进步意义，但这一反转的背面又包含着重"物力"而轻"道德"的隐患。也正是在这样的背景和基础上，沈从文对"专家"的想象和理解一开始就不同：

真正在求国家进步，由进步而得到解放，爱人类真理且为真理而致力的，或者倒是在各种科学研究室埋头工作的，各种事业上认真苦斗的，作地质调查的，作铁道水利建设测量的，改良农产的，办理乡村教育的。崇拜一个作家，只能支持你的空想，崇拜这个民族的无言者，却能够引起你对事实感到那种应有的庄严，把"战争"或"改造"这一类名词，看得更切实更具体。到各方面迫促战争或改造不可避免时，你才知道如何在本分上尽责；才会如何为人类正义而

尽责。㉓

　　社会真正的进步，也许还是一些在工作上具特殊性的专门家，在态度上是无言者的作家，各尽所能来完成的。中华民族想要抬头做人，似乎先还得一些人肯埋头做事，这种沉默苦干的态度，在如今可说还是特殊的，希望它在未来是一般的。㉔

　　沈从文将埋头于本专业的各行业知识分子称为"这个民族的无言者"，认为他们的工作是"庄严"的，相对于那些热衷于"战争""改造"一类名词的宣传者，沈从文更看重能够将口号落实到具体工作中的践行者。沈从文这种眼光与中国传统知识分子的"知""行"合一观念是分不开的。牟宗三认为能够认识事物只是主体确立的第一步，"主体尚需再推进一步而被建立，即，建立其为实践理性的，即，由认识主体再转进一层至实践主体。实践主体即是'道德的心'，抒发律令指导行为的意志自由之心"㉕。这一点其实回应了前文所引用的格奥尔格・皮希特的论点，即在启蒙运动中，"理性"不断面临教条化、僵死化的威胁，而在实践中阐释、践行"理性"的知识分子更能体现出人类精神的自主性，因而启蒙承担者落在知识分子身上，也正是因为知识分子在启蒙中担任角色的重要性，知识分子的人格建构才成为启蒙运动的应有之义。沈从文从实践出发，展开他对知识分子的批判，这种批判更多地表现在知识分子的道德层面：

　　儒家的"刚勇有为"态度，墨家的"朴实热忱"态度，道家的"超脱潇洒"态度虽涵育于一般人中，影响于"读书人"却不怎么多……这些读书人知识虽异常丰富，常因近代教育制度或社会组织，知识仅仅变成一种"求食"的工具，并不能作为"做人"的张本。"严肃"用于门户之见，与信心坚固无关。"潇洒"近似对事马虎，与思想解放无关。㉖

　　即以少数优秀知识分子而论，其中自然不乏远见者，明白如此

　　　　　　　　　　　　　　　　　　　　　　　沈从文的文学观

混,混不下去。但结果亦不免在宿命观趋势中付之一叹。或怀抱一种不合作傲世离俗情绪,沉默无声。毫无勇气和信心,以为人类的事既有错误,尚可由人手来重新安排,使之渐渐合理。顺天委命的人生观,正说明过去教育有一根本缺点,即是:只教他们如何读书,从不教他们如何作人。……"疑"既不能在生命上成为一种动力,"信"亦不能成为生命上一种动力。⑳

沈从文对知识分子的道德评判体现在能否在"做人"上贯彻知识分子应有的道德操守上,因此重建知识分子,就应重拾这些古训:

> 使读书人感觉某种行为可怕或可羞,在迷信、禁忌以及法律以外产生这种感觉,实在是一种艰难伟大的工作。⑳

"怕"和"羞"这两个字,与过去时代的鬼神迷信与性的禁忌在青年人情绪上的影响分不开,但沈从文侧重说明这两个字在"迷信、禁忌以及法律以外"对青年人的良性功用,这就与孟子提倡"敬畏之心""羞恶之心"有相似的语境和现实目的性。尽管如此,沈从文还是意识到,随着社会的发展,这两个字的原意正在丢失,他认为:"一切事物在'时间'下都无固定性。存在的意义,有些是偶然的,存在的价值,多于原来情形不合。"⑳因此,许多沿袭下来的"原则"已"陈旧了,僵固了,失去了作用和意义"⑳。这时就要用"抽象的原则"重造知识分子,而文学家正是理解和说明这些"抽象原则"的合适人选:

> 任何国家组织中,却应当是除了几个发号施令的负责人以外,还有一组顾问,一群专家,这些人的活动,虽根据的是各种专门知识,其所以使他们活动,照例还是根据某种抽象原则而来的。……高尚原则的重造,既无可望于当前思想家,原则的善为运用,又无可望于当前的政治家,一个文学作家若能将工作奠基于对这种原则的

理解以及综合,实际人性人生知识的运用,能用文学作品作为说明,即可供给这些指导者一种最好参考,或重造一些原则,且可作后来指导者的指导。㉛

　　沈从文虽然相信"专家治国",推崇专业知识,但他似乎更加关心知识分子的人格建构。用"抽象原则"来重造知识分子与用"抽象原则"来"重造经典",用"改造运动"代替"解放运动",用"做人运动"替代"做事运动"㉜的主张是一体的,都体现了沈从文对"人的自觉"的重视。还有一个不容忽视的问题,那就是为什么"高尚原则的重建"不能寄望于当前的思想家或政治家,却有望于文学作家呢? 沈从文将之归纳为两点:一是一般的所谓"思想家"或"政治家"倾向于用公文化的方式来处理这一问题;二是一些原则已经陈旧僵化,不能适应于当前的形势。因此,沈从文认为文学家如果能够结合实际人性人生知识,将这种原则综合起来,并用文学的形式加以表达,倒不失为一种有效的努力。在这里,沈从文还是强调文学的超功利性与包容性。在政治、商业等领域,唯利唯实的人生观随处可见,以致"高尚原则重建"也被世俗化、功利化、政治化,失去了它应有的深意,而文学却完全可以凭借它的超功利性接手这项重任。文学具有极大的包容性,它涵盖着人性深处暧昧多义、善恶难辨、明暗难分的方方面面,以模糊的宽阔避免了原则与教条对人生的僵化和窄化。沈从文之所以反复说"抽象原则",就是在强调文学的这种暧昧多义又不可分析拆解的特质。由沈从文用"抽象原则"重造知识分子,我们可以看到"文学的启蒙"所具有的双重含义:一方面,要用文学的方式将"做人观念"传达给启蒙对象,使他们获得"人的自觉";另一方面,也要用文学世界中的"抽象原则"完成知识分子的"自我启蒙"。

　　沈从文主张知识分子要有怀疑精神㉝,能"远虑"㉞,善"思索"㉟,这显然蕴含了用现代理性来重塑知识分子的意味,但一个有意思的现象是,即便在对现代理性的理解和采纳中,沈从文依然坚持了他一贯的道德主义的视野和民族文化重构的终极目的。例如,在对"远虑"的理解

　　　　　　　　　　　　　　　　　　　　　　沈从文的文学观

上,他间接引用了罗素的观点,强调了人的"精神向上"⑧的维度,与前文所提到"生命深度"㊿遥相呼应;在强调知识分子要运用现代知识和理性进行思考时,他呼吁知识分子不要成为政策的唯唯诺诺的奉行者和阐释者,而是要以民族的生存与发展为最终的落脚点㊼。总体来讲,沈从文对知识分子的建构,不同于高度推崇工具理性、科学主义的、以胡适为代表的自由主义知识分子㊽。前者偏重道德主义立场,后者倾向于工具主义立场,前者是从"个"出发的对人的主体性的标张,而后者则是从"群"出发的制度化建设。这种立场之别,是沈从文在 20 世纪 40 年代置身于自由主义知识分子(特别是学院派知识分子)阵营而产生不适感的深层原因;也正是这种立场之别,使沈从文多次以"乡下人"为遁词,将自我隔离于自由主义知识分子以及澎湃的时代激流之外,并站立在一个相对边缘化的立场上对现实进行远距离审视,完成他对知识分子的批判、想象和重构。

三、对知识分子独立性的坚守

史华慈认为 18 世纪的法国启蒙运动,有两种不同的精英意识,"一种是从笛卡儿发端,由伏尔泰、百科全书派所代表的技术工程趋向,他们相信社会的问题可以通过人类的理性能力得到解决,由一批充分体现了科学知识能力的工程师和技术专家,设计一套合理的制度以实现人类的乌托邦理想。另外一种是卢梭所代表的道德主义趋向,认为人类的科学与技术的每一次进步,都伴随着道德的相应堕落,要解决这一历史的困境,必须诉诸人的精神品格和道德灵魂的塑造"⑩。这两种精英意识在中国也同时存在,严复、章太炎、鲁迅就属于后一种。章太炎曾针对梁启超在《新民说》中提出的"公德"重于"私德"的观点,提出了不同看法。他认为道德高下的标准是"重然诺、轻死生",按照这种标准,农民的道德最高,其他底层劳动者次之,"知识愈进,权位愈申,则离于道德也愈远"㊶,这种反智主义的倾向体现了儒家内部的德性主义与知识主义的对立,表现在文化启蒙中,就是以道德建构知识分子和以知识建构知识分子的两种观念的对立。在这个大背景之下，沈从文自称"乡下人"，认同"抹布阶级"的人性标准与道德取向，尤其看重"义利取舍"中属"人"的取证，对保存在湘西特定时空中的生命形态给予了高度的褒扬；与之形成互参的，是对"智识阶级"为"名"而活的生命形态的贬斥。沈从文将"智识阶级"身上的"文明病"和道德堕落的原因归结为"教育"和"知识"[42]，这显然是章太炎的反智主义的隔空回响，然而值得一提的是，章太炎的"反智"并不真是要反"知识"，而是要反对以"知识"来划分阶层的不平等的社会分层机制[43]，反对只重视书本知识而忽略实践经验的知识获得方式，反对现代知识分子生成中的道德缺失。他对农民以及下层群众的推崇，并不表现为彻彻底底的平民主义，而是体现出对处于社会边缘地位、与下层群众亲厚、有实践经验的底层知识分子的呼唤。同样道理，沈从文的"乡下人"立场也体现了边缘知识分子对体制、对上流社会的不满倾向，这种以偏激方式表现出的个人意气，和建功立业的抱负是分不开的。沈从文在 20 世纪 40 年代所写的《狂论知识阶级》中含沙射影地批判了胡适等自由主义知识分子"安于现状"，缺乏"牺牲精神"，在其位不谋其政的行为，他说："所谓'知识阶级'和'政客'一样已成为一个无多意义的名词，国家一切设计全由专家负责，新的淘汰制度，却把一切真正优秀分子，从低微处提出来，成为专家的准备人才。"[44]这段带有自荐意味的话语，再次让人看到了沈从文对战时知识分子精神状态的忧心，对民族国家的责任意识，对现代知识分子的选拔机制、知识生产方式的个体化思考。

钱理群认为胡适的"专家治国"体现了知识分子对政权的依附性，这一点与洋务运动、戊戌政变的思路存在着内在的相似性，也即知识分子扮演的都是幕僚的角色。如果说"五四新文化运动是知识分子第一次从国家、政府走向民间，并试图建立北京大学这样的民间思想文化中心，以与国家权力中心相对抗；那么，现在，胡适又试图回到国家、政府的权力结构，并试图自己去占领中心位置"[45]，在这个意义上讲，知识分子与政治的关系出现了从"相对独立"到"依附性"的倒退。沈从文与胡适等自由知识分子的貌合神离，他的以道德为核心的、侧重实践层面的对知识分子的批判、想象、重构，甚至包括前文提到的他对知识分子依附于"商业""政治"而使"五四"文运衰落的批判，都有着一以贯之的内在理路，也即对文艺独立性的坚守，对知识分子独立性的坚守。这种坚守与"文学的启蒙"具有内在的一致性：文学的独立性，决定了"乡下人"与"知识分子"、"边缘"与"中心"的距离；而文学的独特形式，则决定了沈从文将"抽象原则"作为知识分子重建的依据。尽管这种坚守在实践层面很难展开，却不失为建构现代知识分子的一次尝试和努力。

第二节 "名""实"之间的角色定位

沈从文的启蒙是"文学的启蒙"，他的大部分有关启蒙的观点主要体现在对文艺论争、白话文运动、文运重建、经典重造的看法上，所以本节仅以沈从文与文艺论争、文学主潮的距离为横切面，借以考察沈从文的自我身份归属。也正是因为沈从文所坚守的是"文学的启蒙"，也即用文学的方式来还原人生世相，去除"名"的世界对"存在"的遮蔽，所以在考察沈从文在启蒙过程中对自身的角色定位时，我不是将重点放在直观层面呈现出来的启蒙主体面对启蒙对象时的精英意识或者民间立场，而是将重心放在启蒙主体对"理性""知识""科学"等启蒙时代的"名词"的态度上——是选择以"名词"和"旗帜"来自炫和标榜，还是选择俯下身来，力避表面的热度，深入研究实际问题，用个体的实感经验、主观精神来抵御、转化"名词"，并在这个过程中确立起主体性。因而，从这个意义上讲，我所讲的这个主体性，就是启蒙主体对文学介入程度的深浅——或者浮光掠影、蜻蜓点水，或者沉潜入底，与生命互证。

一、对鲁迅"战士"角色的评判

在论说"乡下人"的话语策略时，夏志清的论断可谓犀利。他说："像其他许多现代中国作家一样，沈从文出身虽然贫苦，但总算书香门第,绝非乡巴佬。但他既自称'乡下人',自有一番深意。一方面,这固然是要非难那班在思想上贪时髦,一下子就为新兴的主义理想冲昏了头脑,把自己的传统忘记得一干二净的作家;第二方面,他自称为'乡下人',无非是要我们主义一下他心智活动中一个永不枯竭的泉源,这就是他从小在内地就与之为伍的农夫、士兵、船夫和小生意人。"⑭夏志清的判断大体正确,沈从文的确是用"乡下人"的保守称谓来明志,主动疏离那些被"新兴的主义理想冲昏了头脑"的当红作家。其实,夏志清所归纳的两点,可以概括为一点,那就是轻"主义"重"经验",这既是一种创作方法,也是一种立场和姿态。具体到沈从文对自身的角色定位,我想先引入他对鲁迅的评价。沈从文曾在 20 世纪 30 年代⑮写了《鲁迅的战斗》一文,对鲁迅的"战士"身份做出了个性化的解读,他的判断感性而精准,有着诗性的智慧和穿透力,比诉诸逻辑推理的判断更是精准。但遗憾的是,学界对这篇文章的关注度并不高。其实对鲁迅的评价与判断,也是沈从文内心景观的折射,对鲁迅在文学运动中所充当角色的评判,也隐含着沈从文的自身定位,这也正是我由沈从文对鲁迅的评价来考察沈从文的自身角色定位的缘由。

《鲁迅的战斗》开篇就下了一个定论——"战士"的称号对鲁迅来说是实至名归的。中间部分对鲁迅面临的人生困境与鲁迅身上体现出的人性弱点并不避讳,但立意还是在于体现鲁迅的诚实和率真。例如对众口一词的"任性使气",沈从文认为这种"气"使鲁迅否定了自己的工作,"用俨然不足与共存亡的最中国型的态度,不惜自污那样说是'自己仍然只是趣味的原故做这些事',用作对付那类掮着文学招牌到处招摇兜揽的人物"⑯。在沈从文看来,即便只为"趣味同意气""即兴与任性"而去写文章,也强过那些"掮着文学招牌到处招摇兜揽的人物",前者求"实",后者求"名",前者"诚",后者"伪"。鲁迅的这种"遁名求实"的态度在沈从文看来是"最中国型"的,体现了"作人的美处"。最后,沈从文详细地分析鲁迅不要正义与名分的原因:

现在所谓好的名分，似乎全为那些伶精方便汉子攫到手中了，许多人是完全依赖这名分而活下的，鲁迅先生放弃这正义了。作家们在自己刊物上自己作伪的事情，那样聪明的求名，敏捷的自炫，真是令人非常的佩服，鲁迅明白这个所以他对于那纸上恭敬，也看到背面的阴谋。"战士"的绰号，在那中年人的耳朵里，所振动的恐怕不过只是那不端方的嘲谑。这些他那杂感里，那对于名分的逃遁，很容易给人发笑的神气，是一再可以发现到的。那不好意思在某种名分下生活的情形，恰恰与另一种人太好意思自觉神圣的，据说是最前进的文学思想掮客的大作家们作一巧妙的对照。在这对照上，我们看得出鲁迅的"诚实"，而另外一种的适宜生存于新的时代。⑲

多数人为"名分"而活，这是为沈从文所经常批判的，而本文的批判对象特指那些活在"名分"里的"伶精方便汉子"和"最前进的文学思想掮客的大作家"，对于这一类人，沈从文早在 1929 年 1 月 20 日《人间》月刊创刊词的《卷首语》中就曾不留情面地批判过。如果说上文的批判是为了凸显鲁迅"遁名求实"的姿态，那么下文的批判则是为了在对比映衬中体现自己的务实作风：

> 比起目下什么大将，高据文坛，文武偏神，背插旗帜，走狗小卒，摇旗呐喊，金钱万千，同情遍天下者，又真是如何渺渺小小之不足道！然而为了一种空空的希望，为了我们从这事业上可以得到生活的意义，干下来了。⑳

"一种空空的希望"，让人联想到周作人的《伟大的捕风》，周文和此《卷首语》都写于 1929 年，虽不能直接认定沈从文的观点来自周作人，但在此前后周作人对沈从文的影响是不容置疑的。沈从文后来写于 1940年 9 月的《从周作人鲁迅作品学习抒情》就摘引了周文的部分段落，同样写于 20 世纪 40 年代的《烛虚》，题目就与"捕风"有相似的内蕴。按照凌宇先生的解释，"烛虚"之虚有两解，"一为空、无，即一个与现实世界对立的虚幻境界——从人的生命法则而言，又恰恰是一个本真世界"⑤，这便包含了沈从文对现实与虚幻、有与无、空与实之间关系的个体化理解方式，即如果以客观现实为重心，那么现实以外就是空无，所谓的"捕风"与"烛虚"不过是虚妄；如果以"生命"为重心，那么现实世界则为虚妄。沈从文在写于1946年的《从现实学习》中借对战时乱象的揶揄再次表达了他对"现实"与"梦幻"的辩证理解，他说："一切如戏，点缀政治。一切如梦，认真无从。一切现实，背后空虚。"⑫沈从文的这种观点与鲁迅比较接近，或者说两人思考问题的方法和角度有相似之处。鲁迅认为启蒙主体要获得自觉，必须先"出客观梦幻之世界"⑬，因为如果一个人不能认识到客观现实的梦幻性，就无法超越自身的物质实在性，也就无法确立精神的自主性。本节的中心在于探讨沈从文在"名""实"之间的选择，以及由这种选择所显现出来的自我定位。那么探讨沈从文对"现实"与"梦幻"、"空无"与"实有"的认识到底有何作用呢？其实，两者有着共同的思维逻辑和精神机制。只有认识到"现实"的"梦幻"性，才能让主体脱离"物质""众数"的羁绊，获得精神的自主性；也只有认识到"名分"的虚妄、"名分""正义"所掩盖下的"依附性"打算、唯食唯利人生观⑭、"众数"对"少数"的压制，才能在旗帜、口号横行的局面之下，坚守精神的自由性，避免将精力分散到个人意气的发泄和表面文章的书写上，引导情感与思维向更高层次迈进，体会"生命"的深度，并将之扩大到个人经验之外，向人类的远景凝眸。值得一提的是，沈从文的这种思维方式在新中国成立前与新中国成立后都有着惊人的一致性，他在1957年所写的《跑龙套》中，用"跑龙套"角色来自嘲，并在自嘲之余，表达了对"遁名求实"的工作态度的肯定⑮。总体来说，遁"名"求"实"，从小处理解，表现为一种工作态度和做人姿势；从大处理解，则表现为一种思维逻辑和精神机制。这种思维逻辑和精神机制是使"启蒙理念"在本土语境着地生根、走向纵深的必要一环。从这个意义上讲，本节内容不仅是要揭示遁"名"求"实"背后的个体性选择以及这种选择背后的精神机制,而且更要揭示这种精神机制在启蒙中的作用。

二、中西启蒙运动中的"名"与"实"

要从更宏观的背景上理解这一点,必须大致梳理出西方启蒙运动中的"名""实"关系,以及其在中国本土的衍生、变异[56]。

对于启蒙的纲领和主旨,霍克海默和阿多诺的解释可谓经典,他们在《启蒙辩证法》中这样写道:"就进步思想的最一般意义而言,启蒙的根本目标就是要使人们摆脱恐惧,树立自主。……启蒙的纲领是要唤醒世界,祛除神话,并用知识替代幻想。'经验哲学之父'培根早就归纳了启蒙的主旨。"[57]为了方便阐述,我暂且将之分为两个方面:一是人的自主性的确立;二是把握世界,用知识代替幻想。然而,启蒙的纲领和主旨并没有在现实层面得以完成,取而代之的是自主性的沦陷和知识、理性对世界的遮蔽,启蒙再次成为神话。这种情况是怎样发生的呢?首先,在启蒙化的同时,自我脱离"肉体、血液、灵魂"[58]上升为"先验主体和逻辑主体"[59],但这种理性化的"自我"只是按照一定的程式将自身"设定为一个物,一种统计因素,或是一种成败"[60],这种被"知识""理性""权力"所拼凑起来的"自我"不能体现人的真正性质,是"异化"了的人。这样,主体最终除了"拥有必然伴随着自我的所有观念的那个永远相同的我思以外,便一无所有"[61]。其次,与"人"的自主性的沦陷(或言"异化")相应的是人把握世界的失效,培根所希冀的"人类心灵"与"事物本性"[62]的和谐一致并没有出现。这里没有用"认识世界"这一概念,是因为传统的"认识论""反映论"不能涵盖我要阐释的这一问题,而培根的"人类心灵"与"事物本性"是否和谐一致的说法,却为推进更深层次的阐释提供了一种可能性,而真正将这一问题提上更高哲学层面的是海德格尔。他认为"知识""理性"高度发达的现代是世界图像的时代,"世界图像并非意指一幅关于世界的图像,而是指世界被把握为图像了"[63],也即"惟就存在者被具有表象和制造作用的人摆置而言,存在者才是存在着的。在出现世界图像的地方,实现着一种关于存在者整体的本质性决断。存在者的存在是在存在者之被表象状态中被寻求和发现的"[64]，言外之意就是存在者的存在处于被遮蔽状态，而被遮蔽的原因在于"知识""理性"所构建出的体系和程式阻碍了人对事物的原初经验。在海德格尔看来，存在者的存在不是一开始就处于遮蔽状态的，"前苏格拉底的早期希腊是'存在历史'的'第一开端'"[65]；自柏拉图和亚里士多德以来的形而上学时代，是"存在被遗忘"的阶段；现代人则身处一个转折的阶段，要做到"去蔽"，达到"存在的澄明"，发挥第一个阶段人类实感经验的重要作用就成为必须。尽管海德格尔的思想是博大深邃和晦涩难懂的，但是他对"知识""理性""科学"的反思以及对实感经验的推崇是毋庸置疑的，这一点与霍克海默、阿多诺的看法如出一辙[66]。其实，在对启蒙的反思中，持这种观点的大有人在，尼采也是其中的一位。他对"知识""理性""科学"以及其变种对事物原初状态的扭曲给予了抨击，他说："它们未必只是宗教教条，也包括诸如'进步''普及教育''民族''现代国家''文化斗争'这些荒谬概念……现代所有的普通名词都披戴着人为的、不自然的装饰，因而比较聪明的后代将会谴责我们的时代扭曲和畸形到了极点。"[67]在普通名词横行的现代，"谁让概念、意见、掌故、书本横插在自己和事物之间，谁是为广义的历史学而生的，他就决不能初次地看事物"[68]，能否"初次看事物"在人类把握世界的过程中意义重大，因为它是架在"人类心灵"和"事物本性"之间的唯一桥梁。

通过对西方启蒙反思中的"名""实"之辩的梳理，我们可以大致得出这样的结论："概念""知识""理性"是人类把握世界的方式，这些方式随着启蒙运动的发展逐渐成为脱离实感经验的"符号""程式""体系"，并造成主体的陷落和存在的遮蔽，最终启蒙主宰了启蒙精神，人类失去了"自我"。只有还原人的"肉体、血液、灵魂"，恢复人与世界的原初关系，重视人的实感经验，才能从真正意义上实现启蒙的纲领和主旨，确立人的自主性，最终使"人类心灵"与"事物本性"和谐一致。对西方启蒙反思中的"名""实"之辩的梳理，只是为我们提供了一个宏阔的视域，正如前面已经讲过的，我们的核心任务是用他人的酒浇自己心中块垒，所以本土语境中的"名""实"之辩的具体所指就成为考察的重点。其实上一章所讲到的沈从文对"名词"的忽略和对"做人"的重视已经牵扯到了这一问题，但由于论说侧重点的不同，我把原初概念的界定和语义衍生的考察放在这一节进行，力求能在文化逻辑和具体历史境遇的双重背景之下，衡量沈从文对"名"与"实"的独特理解。

"名"在现代中国，不仅意味着"命名"，也即以"概念""知识""理性"来把握世界，而且意味着对外来"符号""理念""旗帜""标语"的浅表化认知和不加选择的套用，"名词"往往和"主义"不可分割。这不仅是沈从文的个人见解，李大钊、胡适、鲁迅都有相同的体认。胡适在北京大学开学典礼的演讲中就曾直言不讳地指出："现在所谓新文化运动，实在说得痛快一点，就是新名词运动。拿着几个半生不熟的名词，什么解放，改造，牺牲，奋斗，自由恋爱，无政府主义……你递给我，我递给你，这叫做'普及'。"⑩鲁迅在发表于 1934 年的《偶感》中也对这种"新名词"运动进行了批判，他说："每一新制度，新学术，新名词，传入中国，便如落在黑色染缸，立刻乌黑一团，化为济私助焰之具，科学，亦不过其一而已。"⑪追溯到"五四"新文化运动之前，鲁迅就对这一问题有着超前的洞见。在发表于 1908 年的《破恶声论》中，他就对假借"名词"的所谓"启蒙者"做出了批判。他按照这些人所假借的不同口号将其大致分为两类："一曰汝其为国民，一曰汝其为世界人。前者慑以不如是则亡中国，后者慑以不如是则畔文明。"⑫前者说曰："破迷信也，崇侵略也，尽义务也。"⑫后者说曰："同文字，弃祖国也，尚齐一也。"⑬这两类人外异而内同，形异而神同。他们动辄以"进化""文明"为挡箭牌，而对"科学""进化""文明"的具体内涵以及适用范围避而不谈；他们"掣维新之衣，用蔽其自私之体"⑭，与 19 世纪后叶的物质主义者一样，"重其外，放其内，取其质，遗其神"⑮，使人类的灵性之光黯淡；他们在"名词""正义"的掩护下以众虐寡，以"正"裁"迷"，压制了下层人民的信仰自由。也正是在这个意义上，鲁迅大声疾呼："伪士当去，迷信可存，今日之急也。"⑯鲁迅之所以称他们为"伪士"，不是说他们所提出的"科学""文明"等名词是假的,而是说他们对这些"名词"没有经主体的深入分析,没有个体生命的践行,因而"伪"。与"伪"相对,鲁迅推崇古民的"白心",所谓"白心"就是"把自己的内心和盘托出于人前这一种直率的态度。这是一种最积极地执着于自己内心的真实而不顾惧一切既成的价值和外界的条条框框、真率的心态"⑦。鲁迅认为"白心"现在很难得,"仅能见诸古人之记录,与气禀未失之农人"⑱。按照伊藤虎丸先生的解释,"气禀未失之农人"与"朴素之民"的"白心"可以成为先觉者"心声"的"共鸣器"⑲,成为外来精神的"接球手",换句话来说就是人必先执着于自己的内心,发挥"自性",才能摆脱"观念世界的执持"⑳,抵御和反击外来精神的袭击。

三、沈从文的遁"名"求"实"

沈从文的遁"名"求"实",可以从两个方面来理解,或言"实"包括两个含义。

1."实"感经验

鲁迅摆脱观念世界的束缚的利器是"自性""主观内面之精神",这种对"名词"的应对和防御机制的获得有个体的智慧和经验的成分,但更多的是基于对"十九世纪文明一面之通弊"㉑的反思和对本国维新派启蒙者失败经验的反观;而沈从文对"名词"却有本能的反感和天生的免疫,这可能来自他的特殊的知识获得方式和把握世界的方式。沈从文多次提到"常识""经验""自然"对自己的作用,我们甚至可以认为正是这些搭建起了沈从文的"自我"——一个有别于从学校和书本获取知识的大多数知识分子的独特个体:

> 这种人也许是个乡巴老,凡属新文人的风雅皆与他无缘。……他不一定会喝酒打牌,不一定常常参加什么会,不一定是个什么专家,不一定有"学位"或讲座。他观察社会,认识社会,虽无"专门知识"却有丰富无比的"常识"。㉒
>
> 然就近二十年教育发展说,习哲学偏重于书本诵读,文学更偏

重章句知识,人虽若不离"书本"思索却离了活生生的那个"人"。⑧

　　我同任何一个下等人就似乎有很多方面的话可谈,他们那点感想,那点观念,也大多数同我一样,皆从实生活取证来的。可是若同一个大学教授谈话,他除了说从书本上学来的那一套心得以外,就是说从报纸上学来的他那一分感想,对于一个人的成分,总似乎缺少一点什么似的。⑧

　　面对这些问题,你可相信人生极其复杂,学习的发展,并不建立在一个名词上即可见功,却在面对这个万汇百物交错并织的色彩和声音、气味和形体。⑧

　　教给我思索人生,教给我体念人生,教给我智慧同品德,不是某一个人,却实实在在是这一条河。⑧

这些实感经验,使沈从文贴近土地,贴近下层群众,贴近人的"肉体、血液、灵魂",远离来自"知识""概念"的对人的观念化理解,使"人的心灵"与"事物本性"能够和谐一致。鲁迅认为"朴素之民"的"白心"能够不为外界的条条框框所束缚,沈从文则认为"乡下人"的"童心与稚气"能够挣脱"名词"的羁绊和观念的束缚:

　　　所谓"乡下人",特点或弱点也正在此。见事少,反应强。孩心与稚气与沉默自然对面时,如从自然领受许多无言的教训,调整到生命,不知不觉化成自然一部分。……既不相信具有导路碑意义的一切典籍,也很感疑人所以活下来应付生存的种种观念与意见。目的与理想都是孩心与稚气向天上的花云与地面的水潦想象建筑起来的一□不切实际□□□特点,也形成□□弱点。⑧

　　　我生命中虽还充满了一种童心幻念,在某些方面,还近于婴儿情绪状态,事实上人却快八十岁了。⑧

正是拥有"童心与稚气"和"婴儿情绪",才能排除一切杂念,达到

"天人合一"的境界。这与老子所说的"涤除玄览"不无关联;保持这份"童心与稚气",就是保持"初次见事物"的状态,不被既定观念、习俗所遮蔽,永存本心。这与明代李贽的"童心说"相近,不同的是,"童心说"所要面对的是理学对人性的压制,而沈从文面对的不仅有"旧观念""旧名词"的渗透还有"新名词""新观念"的袭击。

在中国现代的启蒙运动中,第一代和第二代知识分子(包括维新派知识分子和"五四"知识分子)普遍推崇"民主""科学""知识""理性",也即本章第一节所讲的,他们主张用思想文化来解决中国问题。其实如果从本质上来讲,这与洋务派对"器物"的引进是如出一辙的,都体现了一种实体论的思维方式,也即他们关心的都是内容,不管是物质层面的还是观念层面的。对于主体的精神机制,也即消化、吸收、利用这些外来文明的主观能动性和自觉性是不在他们的考虑范围的,这就出现了前文所讲的——"名词"翻飞、"主义"横行,然而用生命信奉、践行者少,借"名词""主义"谋私利者众的局面。在这种局面之下,鲁迅对"伪士"的批判和对"白心"的主张,都体现了彻底的"反实体、反实念"⑱的思维方法,同样道理,沈从文对实感经验的推崇和对"童心"的提倡,也体现了拒斥"名词",固守"内面"的主体精神机制和思维逻辑。梁启超在《新民说》中明确指出,国民的各种优良素质,不是先天具有的,而是由精英启蒙的,因而他更看重"既有思想之中等社会",看重教育;而"民智未开"的"朴素之民",却因其拥有"白心"受到鲁迅的青睐,这说明鲁迅"不把人的价值作为来自知识和教养的外在附加之物来看待,而是看做一种内在于无伪饰的赤裸裸的心灵(白心)本身的东西。也就是说,鲁迅是把'人'作为被社会化规定以前的'主观内面之精神'来把握的"⑲;同样道理,"乡下人"的"童心"本身就形成了对"知识和教养"的对抗,但不同的是,鲁迅的"主观内面之精神",主要体现了从外部物质世界独立出来的意志,沈从文尽管也受尼采意志哲学的影响,但他的"童心"包含回归自然、回归本性的意向。

2.重视实际问题的解决

　　　　　　　　　　　　沈从文的文学观

在沈从文看来，"名辞内容，包含了'虚伪'，'浮夸'，'不落实'，'无固定性，'一会儿就成过去'，种种意义"⑪，这种"不落实"的作风，在文艺论争中的表现就是对和"正面问题"和"事实"的回避：

> 《语丝》对《现代评论》，《萌芽》对《新月》，这种战争虽好像总是"前进"对"保守"加以攻击，事实上经过一点点时间，也就可以把"前进"和"保守"位置互换。你说他是宗派主义，他说你是行帮主义，去正面问题常常不知不觉就离得很远的战，甚或由批评转入嘲讽，渐至于咬文嚼字，牵来扯去，个人私事与种种不相干问题，都混同在内，所争持的却是个人方面"与公道同在"。⑫
>
> 许多人不为事实而战，将为名分而战。⑬

在沈从文看来，文艺论争中的"名词"往往是和"主义"联系在一起的，"主义"多了，"问题"便被搁浅，这便是"名词"的虚伪性、浮夸性；如果用时间来衡量，"名词"的时效性也是非常有限的，由"名词"所判定的"前进"与"保守"也是相对的，这就是"名词"的"无固定性"；"名词"横飞、论争不断，其背后却是门户之见和个人私利，也即"依附性"的打算，这是沈从文所极力反对的。沈从文的遁"名"求"实"，就是要反对"名词"的虚伪、浮夸、不落实，主张解决实际问题，确立文学的相对独立性。但将所有的文艺论争理解为"私骂"，有淡化具体情境中的是非观念之嫌，因此鲁迅在《七论"文人相轻"——两伤》中对此进行了批评：

"纵使名之曰'私骂'，但大约决不会件件都是一面等于二加二，一面等于一加三，在'私'之中，有的较近于'公'，在'骂'之中，有的较合于'理'的，居然来加评论的人，就该放弃了'看热闹的情趣'，加以分析，明白的说出你究以为那一面较'是'，那一面较'非'来。"

"至于文人，则不但要以热烈的憎，向'异己'者进攻，还得以热烈的憎，向'死的说教者'抗战。现在这'可怜'的时代，能杀才能生，能憎才能爱,能生与爱,才能文。"⑭

鲁迅的批评是中肯的,沈从文的确忽视了文艺论争中的具体性和复杂性,否定了论争所具有的进步意义。但沈从文的观点也有自己的出发点和立场,那就是对纯文学的坚守,对好作品的追求。如果将目光再放远一点来考察,会发现沈从文的最终落脚点还是放在民族文化的重构、国家的重建上。在写于 1934 年的《编者复信》中,沈从文认为对"大众语"问题,不能只捉住"大众"二字,而要"通其意而不至于为名辞所蔽"⑮,认识到"大众语"讨论的实质是"一部分关心这个被毒物与其他恶势力充满国家的人,想从这问题在国家出路上贡献一分意见,做出一点事业"⑯。新中国成立后,针对整齐划一的口号式写作,他主张恢复以个体为中心的追求完整、追求永恒的写作方式,他说:"只要求为国家总的方向服务,不勉强要求为形式上的或名词上的一律。让生命从各个方面充分吸收世界文化成就的营养,也能从新的创造上丰富世界文化成就的内容。让一切创造力得到正常的不同的发展和应用。让各种新的成就彼此促进和融和,形成国家更大的向前动力。"⑰这种舍其形、求其质,遗其外、留其内,将民族文化的重构和国家的重建为宗旨的思维方式便是遁"名"求"实"的内在含义。如果从局部的角度来分析,沈从文视文艺论争必定与私利纠缠不清的观点是迂阔的;但如果从宏观的角度来看,沈从文将遁"名"求"实"的"实"放在文化和国家重建的大局之上,这与鲁迅并无二致。

鲁迅是"五四"新文化运动的主将,但他并不以导师自居。他曾说:"青年又何须寻那挂着金字招牌的导师呢? 不如寻朋友,联合起来,同向着似乎可以生存的方向走。你们所多的是生力,遇见深林,可以辟成平地的,遇见旷野,可以栽种树木的,遇见沙漠,可以开掘井泉的。问什么荆棘塞途的老路,寻什么乌烟瘴气的鸟导师!"⑱鲁迅说这句话的用意在于让青年明白前行的目标和范本是相对的,只有自己在实践中摸索才是王道,这句话当然包含了鲁迅的个体经验。由这句话,我们可以看出鲁迅不是以指导者的姿态出现的,而是以诚挚的对话者、经验的分享者姿态出现的。与此相应，鲁迅在"五四"新文化运动中也只是扮演了一个"客卿"^②的角色，无论是"问题"和"主义"之争，还是"科学"与"玄学"之辨，他都保持沉默，这种沉默不是来自一种贵族式的不介入的清高，而是源自他思考问题的不同理路，这种边缘性的处境，提供给他一种尺寸恰当的距离，使他能够看到被时代遮蔽的真相，提出比同时代人更深刻的命题。沈从文无论置身于都市空间，还是西南联大学院派知识分子所构成的空间，都是一个孤独的"乡下人"；在各种文艺论争、派别归属中，他都是一个沉默的边缘人；甚至在与现实的关系上，他始终都刻意保持着审美的距离。这种姿态当然与他"乡下人"的保守性与顽固性紧密相关，但更多的则体现为理性的自觉，自觉地疏离由"名词"堆积和拼凑起来的"进步"，自觉地将思考问题的基点落实到文化和国家的重建上，自觉地以一个"保守"者的审慎和清醒对现实进行观照和反思。也唯有这份"疏离"，才能使他更贴近生命的血液和灵魂，贴近实感经验，使"自己的心灵"和"事物本性"更加和谐一致，从而更加贴近启蒙的初衷。与"名词"的距离越远，与流行文学的裂隙越深，就越是能够体现出精神的自主性，因为这种自觉的拒斥和疏离比被动的迎合、虚伪的迁就、维持表面的一致需要更多的心理能量，而这种心理能量的多少也就决定了主体"嵌入"事物的深浅程度。

然而，沈从文与鲁迅的不同之处也是显而易见的。鲁迅非常重视人的精神力量，但在具体的启蒙中，他更在乎人的生存，《娜拉走后怎样》《伤逝》的成文都是基于这样的思考，上文的"能杀才能生，能憎才能爱，能生与爱，才能文"也是出自相同的思维逻辑；沈从文对政治、商业等外围因素有天生的敌意，他一直都在外界的风云变幻中供奉着内心的希腊小庙。这又回到了我们要说的中心话题——"文学的启蒙"上。

行文至此，本节可以做出以下小结：鲁迅不以导师自居，反以明暗之间的"影子"、彷徨于无地的"过客"来喻指自己的存在方式；沈从文自称"乡下人"，疏离了由"文坛大将""新文人"所编织的"名"的世界，在都市与乡村之外的无边抽象之域放逐自己的灵魂，成为精神的漂泊者和文化的流浪人。如果从价值论的角度来考察,这是一种虚无主义的立场;如果从生命主义的角度来考察,这是对人类有限性的体察——启蒙理性在内的"概念""知识""理性"并不是万能的,它们以普遍性的形态遮蔽了存在的具体性,所以只有依靠自己的生命经验,才能打破这种普遍性与有限性。在这里,我们再次看到"文学"对"启蒙"的解构与重建,也再次感受到沈从文文学观念的内部张力。

第三节 "乡下人"的现代内涵与"湘西神话"的文化策略

如果说前两节的重心在于阐释"乡下人"的边缘立场与启蒙者的身份认证上,那么这一节则重在阐述"乡下人"的文化内涵与启蒙者的建构。前者侧重于现实层面,后者主要侧重于文化和哲学层面;前者为后者提供本土语境与现实依托;后者为前者提供一种可能性。

一、"压扁人性的乡愿"——抗争传统儒学

上文已述,沈从文的"乡下人"概念,并不是孤立存在的,而是和"城市人"特别是"智识阶级"并置而互生意义的。那么,理解这一概念,我们不仅要从"乡下人"的字面意义以及每一个出现"乡下人"字眼的语段的具体语境出发,还要从《从文自传》《湘行散记》《湘行书简》《边城》等标志着沈从文"自我"确立的篇章和沈从文的文化批判与文化建构的整体面貌出发,观照"乡下人"的文化意义。

首先,沈从文从湘西走向大都市,经历了两个世界的对照:一个是经济落后而民风淳朴的乡村,一个是经济进步而道德沦丧的都市。这两个经验世界的对立,加深了沈从文对下层人民的情感认同,同时也划清了他与都市上流社会以及正统观念的界限。对于上流社会所公认的道德形态和价值标准,沈从文的反抗态度是明显的,而他反抗的具体表现就是能够发现虚伪、庸俗、狡诈、人格萎缩、人性扭曲总是与"智识阶级"、道学家、教授、文坛大将的头衔联系在一起,道德反而在被统治阶级认为是

肮脏、下流的下层人民身上保存得很完整,沈从文善于从名实之间的关系入手分析,分析经验中的"人事"与道德形态的关系,沈从文称自己的这套标准为"伦理道德标准"[⑩]。分析到这里,就要提到"乡愿"这个词,因为沈从文在多次提到"乡下人"的场合明确表示对"乡愿"的反感[⑩]。那么,什么是"乡愿"呢?"乡愿"其实就是古代儒者最为反对的一种人,无特操,无立场,墙头草,两边倒,对权贵有较强的依附性,《孟子》有些篇章就对这种人进行了批判。而与"乡愿"相对立的是"乡绅",后者具有严格的道德操守,独立于权贵,"从道不从君"[⑩]。钱穆、梁漱溟都曾对"乡愿"进行过批判。梁漱溟认为"乡愿"在社会上四面八方应付得很好,却没有自己生命的真力量。因此,发自生命的"狂狷"之气,不敷衍、不中庸,倒不失为"乡愿"的替代。沈从文对"乡愿"的理解也是由他的儒学观念作为支撑:

> 近二十年来习文史多侧重章句知识,因之乡愿陋儒点缀思想家间,本身难脱离圆光算命鬼神迷信,领导他人时当然不外乎彼如此。阿谀情趣若与热中打算相会合,即不免有类乎现代群儒铸九鼎行为发生。[⑩]

沈从文的原意是近年来在文史学习中,由于侧重章句知识而缺乏"做人原则"的输入,以至于使"乡愿"有机可乘甚至大行其道,现代知识分子失去独立立场,纷纷向权势靠拢,出现了类似"现代群儒铸九鼎"的不良局面。如果以上的选段只是点到为止,更为犀利的批判在《沈从文全集》中也俯拾即是。沈从文说:"儒家的哲学是一种'世故哲学',是建立在阿谀奉迎的基础上,有利于过寄食生活,可说是一种高等帮闲哲学,有利于在帮闲地位上做官的哲学。一切所谓儒术真传,基本核心都是在掌握有绝对实力的帝王身边,指点这些人如何做人,如何做官,如何在任何残暴愚蠢的统治下都可以做官向上爬,或混饭吃生儿育女。"[⑩]在这里,沈从文的态度颇有"狂狷"之气,但与梁漱溟等为代表的"新儒家"知识分子用"狂狷"来激活儒学的生命机体不同,沈从文的"狂狷"体现了"五四"以来启蒙知识分子的整体性反传统[⑩]的决绝姿态。众所周知,儒家主张建立以"仁义"为中心的道德体系,以"礼乐"为中心的教化体系。鲁迅就是经由儒家的"仁义道德"开始,发起对传统的激烈批判的。在《狂人日记》中他借"狂人"之口,将传统概括为"吃人";继而在其他篇章中将中国的文明概括为"安排给阔人享用的人肉的筵席"[⑪];将中国历史概括为"想做奴隶而不得的时代"与"暂时坐稳了奴隶的时代"的交替循环的过程。对于儒家所信奉的"礼",沈从文是这样评判的:"为尊者讳,为亲者讳,不犯逆鳞……一切公开的或隐蔽的道统心传,都奠基于对强权形成的霸道残暴和绝对愚蠢无知的恶势力的绝对认可,并维护这种政权的扩大和持久。"[⑫]这与鲁迅对儒家文化的整体性否定态度是一致的,而且沈从文与鲁迅思考的重心都放在揭露普遍道德标准和行为规范掩盖下的统治与被统治、支配与被支配、压迫与被压迫的人与人之间的关系。(需要额外说明的是,影响鲁迅的浙东文化在内的区域文化和民间文化与影响沈从文的湘西巫楚文化不在这里所论述的"传统"之内。)对于鲁迅而言,由于他对这种"从来如此"遮盖下的不平等关系的敏感,以及专属于他个体生命的阴暗记忆的不断回放、叠加、嵌入,以至于在他对都市人生、现代文明的批判中,仍然将侧重点放在揭露新的普遍信念、新的道德规范背后不平等关系的变种。例如,他对从辛亥革命到 20 世纪30 年代的中国"现代史"的断言为新旧统治者的"变法史",一部"瞒和骗"的历史,就是基于对统治方式产生以及变异的持久关注。与鲁迅的侧重点不同,沈从文在打量城市人群、现代文明时,却是以个体生命形态的完整性为依据的。

二、"吾丧我"——抗争现代文明

同样是对个体生命的关注,同样是基于争取"人"的价值的共同目的,鲁迅将"非人"的原因归结为从古至今、又从今返古的"奴隶性"的生产和再生产,这是一种纵向的眼光;而沈从文则将"吾丧我"的原因归结

　　　　　　　　　　　　　　　沈从文的文学观

为现代文明的"无根性"对个体生命完整性的践踏,这是一种横向的眼光。也许这样说还稍显武断,那么还是以沈从文对"乡愿"的更进一步的理解为例来谈:

> "我用不着你们名叫'社会'为制定的那个东西。我讨厌一般标准,尤其是伪'思想家'为扭曲压扁人性而定下的庸俗乡愿标准。这种思想算什么?不过是少年时男女欲望受压抑,中年时权势欲望受打击,老年时体力活动受限制,因之用这个来弥补自己并向人们复仇的人病态的行为罢了。"[⑩]

沈从文理解的"乡愿"标准,不仅仅是被儒家所贬斥的那种唯实唯利的、有强烈依附性的、缺乏道德向度的人生观,而是和"社会"这个名字联系在一起的、压制个体生命力的现代文明:

> 城市中人生活太匆忙,太杂乱,耳朵眼睛接触声音光色过分疲劳,加之多睡眠不足,营养不足,虽俨然事事神经异常尖锐敏感,其实除了色欲意识以外,别的感觉能都有点麻木不仁。这并非你们的过失,只是你们的不幸,造成你们不幸的是这一个现代社会。[⑩]
>
> 我发现在城市中活下来的我,生命俨然只淘剩一个空壳。譬喻说,正如一个荒凉的原野,一切在社会上具有商业价值的知识种子,或道德意义的观念种子,都不能生根发芽。[⑩]
>
> "吾丧我",我恰如在找寻中。生命或灵魂,都已破破碎碎,得重新用一种带胶性观念把它粘合起来,或用别一种人格的光和热照耀烘炙,方能有一个新生的我[⑪]。

沈从文认为,现代生活使人感觉麻木,"自我"正如"知识""观念"那样,只剩下一个"空壳",一种文化被连根拔起的时代病症正在逐渐蔓延,在这个过程中,"生命"失去了它自身的完整性,变得"破破碎碎"。从词源上考证,"吾丧我"来自《齐物论》,按照梁启超的解释,丧失的"我"是"幻我"[112],"幻我可丧则必有真我明矣。然此真我非感觉所能见,非名相所能形容,全立于知识系统之外"[113]。沈从文所言的"新生的我"与道家所言的"真我"同样都难以用知识、理性甚至语言来把握,这种思想在沈从文20世纪40年代的梦呓中比比皆是:

> 永生意义,或为生命分裂而成子嗣延续,或凭不同材料产生文学艺术。也有人仅仅从抽象产生一种境界,在这种境界中陶醉,于是得到永生快乐。……我不懂音乐,倒常常想用音乐表现这种境界。正因为这种境界,似乎用文字颜色以及一切坚硬的物质材器统统不易保存。……表现一抽象美丽印象,文字不如绘画,绘画不如数学,数学似乎又不如音乐。[114]

> 我正在发疯。为抽象而发疯。我看到一些符号,一片形,一把线,一种无声的音乐,无文字的诗歌。我看到生命一种最完整的形式。[115]

这里的"永生意义"与沈从文屡次提到的"生命"都是他在"爱""美"之境建构的"新生的我"(真我)的同一语;"这种境界"难以用文字来表述,正如"真我"独立于知识体系之外,不能用"名词"形容一般。沈从文从"爱"与"美"的抽象领域寻找"真我",与道家文化对艺术的自觉体认是一脉相承的,但沈从文立足于个体生命而展开的对现代文明的批判,与西方浪漫主义[116]以及存在主义都有一定的关联。在沈从文与西方存在主义的比较研究中,学者赵学勇、吴正锋都颇有建树,所以不再赘述。细论起来,西方存在主义哲学内部也是纷繁芜杂的,我在这里仅以尼采为例,来谈他的"自我"观念是如何影响到沈从文,沈从文又是怎样接受和转化,最后合成启蒙主体的"自我"观念。

1."乡下人"与尼采的"自我"观念

在《沈从文全集》中,沈从文有四处地方提到尼采[117],汪晖在《至道之

　　　　　　　　　　　　　　　　　沈从文的文学观

极,昏昏默默》中评了《烛虚》,认为从中可以看到尼采的影子。^⑩在这里,我主要从《沈从文杂文拾遗》以及此时期的一些作品中寻找沈从文思想与尼采思想的关联,并将这种关联与沈从文的前期作品做互文式论证。尼采的哲学思想是博大精深的,沈从文的思想与之的交集毕竟是有限的,我在此主要是从生命本体对传统形而上学的颠覆、对价值的重估和"'主体建构'的规划"(海德格尔语)方面讨论两者在"重建启蒙"上的相似之处,当然,是在哲学和审美方面对"启蒙"的重建。

在具体分析之前,我先对这种比较研究的价值略作说明。比较研究,以往偏重师承关系的范围,例如研究章太炎和鲁迅,沈从文和汪曾祺。这种研究方式有一定价值,但也容易走向偏狭和僵化,相反,考察来自不同的文化背景,又有思想原创性特点(凌宇、钱理群、金介甫认为鲁迅和沈从文是中国现代文学史上有思想原创性的作家)的研究对象在思考方式、精神特质、个体话语生成方式等方面的神似,倒不失为一种新的研究路径。

因为我的论题始终是围绕"启蒙"展开的,那么首先要界定一下尼采哲学与"启蒙"的关系。在西方,"启蒙思想家们在运用理性和提倡自由时,自始至终都是怀着产生实际结果的目的的"^⑪。因此,与政治以及其他社会因素的紧密联系是启蒙运动的应有之义,但同时也意味着启蒙哲学的先天不足。尼采一针见血地指出这一不足之处:"任何一种相信靠政治事件可以推开甚至解决存在问题的哲学,都是开玩笑的和耍猴戏的哲学。"^⑫尼采反对旧启蒙,倡导一种非革命的、非道德的,偏重个体哲学的启蒙方式,这种启蒙方式与前文所述的前期浪漫主义的启蒙方式在功用意义上都构成了启蒙哲学的反思、批判、重建。众所周知,尼采,还有包括叔本华、施蒂纳、基尔凯郭尔等现代主义哲学与理性主义一起构成了鲁迅的启蒙文化资源,这使得鲁迅的启蒙呈现出多种维度。在其思想内部,既有对普遍意义上的自由、平等、博爱等人类解放理念的高举和对现代民主制度的推崇,也有对个体意义上人的情感、意志等非理性主义的观照以及对现代文明的反抗,这两种反向的因素相互交织,成就了鲁迅启蒙的思维深度。20世纪40年代,置身于自由主义知识分子群体内的沈从文,以一反常态的狂狷和叛逆,对战时后方的上层建筑(包括纲要、计划、大学教育、白话文建设、美术字书写、知识分子现状)等问题开展了火力十足的批判,大有"价值重估"的意味。那么我们究竟应该怎样认识沈从文在这个时期的文化选择呢? 一方面,我认为这与民族危机所催生的文化焦虑分不开,在这个时期,不单是沈从文,还包括老舍,都对民族文化的孱弱无力与国民的劣根性表示了深深的忧虑;另一方面,沈从文在这个时期还深受西方存在主义的影响,他将对现代文明的憎恶反思与对国民"阉寺性"的批判杂糅在一起,以"反社会""反名教"的面孔显示出了一种审美的"现代性";他将尼采哲学中的"自我"观念与普遍性意义上的"自我"观念相融合,树立起了一个现代意义上的"自我"。需要指出的是,沈从文对尼采思想的接受,并不是单纯的照搬、机械的复制,而是在面对中国现实情境时,做出一个创造性的转化。与其说是尼采哲学影响了沈从文的启蒙观,不如说沈从文在面对中国问题、设计"现代化"方案(或言反向的"现代化"方案)时,感受时代裂变、体验个体存在的精神理路与尼采十分相似。所以,我的重点不是进行传统意义上的影响研究,而是把重点放在了两个平等主体的对话关系上,力图避免"比较文学的影响研究和平行研究"⑩中普遍存在的一些问题。

尼采同样思索着"普遍的匆忙和越来越快的生活节奏",思索着一切"悠闲和单纯的消失等现象",他沿着叔本华的途径,判断这个时代的总体特征——"文化整个被连根拔起"⑫。在这个日益世俗化的时代,人最大的不幸就是对"自我"的逃避,最终成为一个"没有核心的空壳,一件鼓起来的着色的烂衣服,一个镶了边的幻影"⑬。人用匆忙来掩饰焦虑,用繁华来掩盖空虚,用庸俗标准来替代"自我"的边界,使生命的核心成为一个"空壳"。那么,是什么原因造成人类的"逃避自我"呢? 尼采认为是人性的萎缩。在他看来,"人性的萎缩"既是一种现象,也是现象背后的原因。因为人类没有勇气成为自己,不敢承担自身的命运,所以只能用新的"名词"将自己层层包裹,最终使这些外围因素、异己力量成为

"自我"的替代品：

> 他们现在踏入的这个世界充斥着胡说八道；它们未必只是宗教教条，也包括诸如"进步""普及教育""民族""现代国家""文化斗争"这些荒谬概念；是的，人们可以说，现在所有的普通名词都披戴着人为的、不自然的装饰，因而比较聪明的后代将会谴责我们的时代扭曲和畸形到了极点。㉔

沈从文认为城市生活下生命只剩下一个"空壳"，"知识"和"观念"的种子难以生根，人人都活在"名分"中，违反"自然"，丧失生命活力，造成"吾丧我"的局面：

> 和尚，道士，会员，……人都俨然为一切名分而生存，为一切名词的迎拒取舍而生存。禁律益多，社会益复杂，禁律益严，人性即因之丧失净尽。许多所谓场面上人，事实上说来，不过如花园中的盆景，被人事强制曲折成为各种小巧而丑恶的形式罢了。一切所为所成就，无一不表示对于"自然"之违反，见出社会的拙象和人的愚心。㉕

尼采说"上帝死了"，也即上帝和教会的权威消失了，取而代之的是理性的权威。然而，在他看来，无论是中世纪的上帝，还是启蒙运动所提倡的理性权威、进步、大多数人的世俗幸福、文化、文明等，提供给我们的是一个超感性的彼岸世界，这个世界只会压制我们的肉身，使生命失去自身的完整性，也即上文所说的使"人性萎缩"。与此相对应，沈从文对个体生命完整性的诉求也是与他对现代文明的批判，这是不可分割的，现将有关文段并置如下：

> 他不是一个本己的意图、一个意志、一个目的的结果，不是用以

实现一种"人的理想"、一种"幸福理想"或一种"道德理想"的试验品,——想把他的本性转嫁到任何一种目的之上是极为荒谬的。我们发现了"目的"概念:实际上没有目的……人是必然的,人是命运的一部分,人从属于整体,人在整体之中,——没有任何东西可以判决、衡量、比较和谴责我们的存在,因为这意味着判决、衡量、比较和谴责整体……而整体之外别无它物。⑩

我真愿意到黄河岸边去,和短衣汉子坐土窑里,面对汤汤浊流,寝馈在炮火铁雨中一年半载,必可将生命化零为整,单单纯纯的熬下去,走出这个琐碎,慵懒,敷衍,虚伪的衣冠社会。⑩

所谓"乡下人",特点或弱点也正在此。见事少,反应强。孩心与稚气与沉默自然对面时,如从自然领受许多无言的教训,调整到生命,不知不觉化成自然一部分。⑩

正若对于明日犹可望凭知识或理性,将这个世界近于传奇部分去掉,人生便日趋于合理。信仰凤命的,又一反此种人能胜天的见解,正若认为"思索"非人性本来,倦人而且恼人,明日事不若付之偶然,生命亦比较从容自由,不信一切惟将生命贴近土地,与自然为邻,亦如自然一部分的,生命单纯庄严处,有时竟不可仿佛。至于相信一切的,到末了却将俨若得到一切,惟必然失去了用为认识一切的那个自己。⑩

人的存在,不能由外在的意图、意念、目的决定,存在的意义在于自身生命的光亮,因此尼采主张人们要从宗教教条和现代理性的双重桎梏中解放出来,勇于承担个体的生命,这样人类才能获得现代意义上的"自我";沈从文坚守"乡下人"的立场,"走到任何一处照例都带了一把尺,一把秤"⑩,用"实证生命"⑩的方式,反对生命样态的普遍性,反对"乡愿标准"和"知识""理性""名词"对生命完整性的践踏,用回归自然的方式,恢复个体生命的唯一性和完整性,或言"得天独全"⑩。这种"天人合一"的"乡下人"立场,体现了沈从文反抗现代文明的价值参照体系的独特之处,也体现了他的"自我"观念生成所依据的文化资源的独特之处,而赋予启蒙主体更多现代意义的,是沈从文关于"乡下人"的更多阐释:

> "我一定放弃任何抵抗愿望,一直向下沉。不管它是带咸味的海水,还是带苦味的人生,我要沉到底为止。这才像是生命。我需要的就是绝对的皈依,从皈依中见到神。我是个乡下人,走向任何一处照例都带了一把尺,一把秤,和普通社会权量不合。"[133]

> 我正在发疯。为抽象而发疯。我看到一些符号,一片形,一把线,一种无声的音乐,无文字的诗歌。我看到生命一种最完整的形式,这一切都在抽象中好好存在,在事实前反而消失。[134]

> 人有为这种光影形线而感兴激动的,世人必称之为"痴汉"。因大多数人都"不痴",知从"实在"上讨生活,或从"意义""名分"上讨生活。……超越习惯的心与眼,对于美特具敏感,自然即被称为痴汉。此痴汉行为,若与多数人庸俗利害观念相冲突,且成为罪犯,为恶徒,为叛逆。……然一切文学美术以及人类思想组织上巨大成就,常惟痴汉有分,与多数无涉,事情显明而易见。[135]

"乡下人"的边缘立场不仅体现了沈从文对"人与自然契合"的个体存在方式的感知与探寻,还包括"超越习惯的心与眼",对"现象倾心",向人类"爱"与"美"的抽象之域凝眸的意向。在"皈依"的宗教情绪中,"自我"满溢着生命活力,"生命"获得了它最完整的形式,人类的本质存在在更高层次上得以体现。尼采认为,人类要获得自我的存在感,一是要克服宗教教条和现代理性等观念形态的束缚,充分信任自身的感觉、情感、欲望等非理性因素,进而承担个体的命运,二是要超越自我,获得更高意义上的存在形式。他说:"你的真正的本质并非深藏在你里面,而是无比地高于你,至少高于你一向看做你的自我的那种东西。"[136]而只有在哲学家、艺术家、圣徒中,才能体现出这种生命力满溢的、超越性的"自我"。因为迷醉于思想和艺术[⑤]的时刻,"宛如最明亮最充满挚爱的烈火闪耀,在其光芒中我们不复理解'我'这个词;某种存在于我们本性的彼岸的东西正在时刻变为此岸的东西,因此我们最衷心地渴求由此及彼的桥梁"[③]。只有这个时刻,人们才有可能超越庸常状态,获得形而上意义上的"自我"。尼采主张"自我"的升华,必然就会对"消灭激情"的主张嗤之以鼻,他认为类似于基督教信条——"如果你的眼睛逗弄你,那么,就把它挖出来"的断灭式的对待激情的治疗手法就是"阉割"[③]。为了矫正这种错误倾向,尼采甚至在对罪犯及其同类的分析和判断中,也将主要矛头对准了驯服、平庸、阉割过的社会。他说:"罪犯类型,这是不利条件下强者的类型,一个病态的强者。他缺少荒漠,缺少某种更空旷、更危险的自然和生存方式,正是在这样的环境中,强者本能中的一切武器才能合法地存在。……我们这驯服的、平庸的,阉割过的社会,在这样的社会中,一个来自高山或者经历过海上冒险的天然之人,必然退化为罪犯。"[④]沈从文同样主张"自我"的超越,对醉心艺术、超越"自我"的"痴汉""罪犯""恶徒"大加褒扬,而对庸俗利害观念占据头脑、情感被世务"阉割"的无光无热的人生形态予以了批判:

> 世上多雅人,多假道学,多蜻蜓点水的生活法,多情感被阉割的人生观,多轻微妒嫉,多无根传说,大多数人的生命如一堆牛粪,在无热无光中慢慢的燃烧。[④]
>
> 然抽象的爱,亦可使人超生。爱国也需要生命,生命力充溢者方能爱国。至如阉寺性的人,实无所爱,对国家,貌作热诚,对事,马马虎虎,对人,毫无情感,对理想,异常吓怕。[④]

需要指出的是,尼采哲学中高扬的"自我",包括后来他所提倡的"权力意志",都是为反对卢梭以及卢梭之后启蒙思想中弱化生命的道德化倾向而提出的,因此不可避免地带有精英主义、贵族主义的印记;而沈从文源自"乡下人"立场的"自我"观念,虽然也有冲破儒家思想与现代文明双重桎梏⑩的现代内涵,甚至包含迷醉于"爱"与"美"抽象之境而获得形而上意义的哲学升华,但其始终无法脱离现实——这一"肉身"的具体存在。首先,沈从文的"乡下人"立场有明显的对下层人民的情感认同,虽然这种认同并没有向民粹主义方向发展,但却与尼采"超人哲学"的精英主义有天壤之别。其次,尼采的"自我"独立于群体、文化、社会,是对启蒙运动中的普遍主义、理性主义的反抗;而沈从文确立"自我"最终旨在民族文化的重构和民族国家的建立,感时忧国的现代性焦虑与中国知识分子的"实用理性"使沈从文没有走向尼采、海德格尔等西方存在主义对"自我"更深邃的探索之旅,而是在民族文化重构的现实基点上将尼采的非理性主义的"自我"与理性主义的"自我"整合在一起,树立起一个现代意义上的"自我"。

2."湘西神话"的文本策略与浪漫派的"自我"观念

沈从文自称"二十世纪最后一个浪漫派"⑭,然而在我们的印象中,沈从文与现代浪漫主义文学作家还是很有区别的。杨义在《中国现代小说史》⑯中,将创造社成员作为现代浪漫主义文学的主力军,浅草社、沉钟社和弥洒社为其"支流和余波",这是较为经典的总括;李欧梵在《现代性的追求》⑯《中国现代作家的浪漫一代》⑰中,将创造社、新月派与个别的左翼文学作家囊括其中,这是较为宽泛的总括。即便这样,这些现代浪漫主义作家的总体特征还是倾向于"情感""性的苦闷""革命"等单一化的话语范式,缺乏对历史文化的观照,"真正在文化与美学意识上接近西方近代原生浪漫主义文学的,应当首推沈从文"⑭。沈从文一方面继承了"五四"作家的启蒙使命,以"人性"的建构作为文学的基石,另一方面又以自己的充满远古风情、异域特色、神秘倾向的湘西书写中所蕴含的人文关怀和道德情感间接地与原生浪漫主义相接近,丰富了"五四"文学的表现内容,为"当前化""社会化""浅表化"的文学倾向注入了活力,使"五四"文学所蕴含的历史深度、文化信息量以及文学的表现形式等方面都有所突破。

要弄清这个问题,必须先厘清西方浪漫主义文学与启蒙文学的关系以及"五四"浪漫主义文学与"五四"启蒙的关系。一般认为[20]，西方浪漫主义文学在价值观念、审美判断等方面延续了启蒙文学所确立的标准，同时纠正了启蒙主义文学在进行中的理论偏颇。因此，在一定程度上，浪漫主义文学是启蒙文学的发展和深化。

再来说中国现代浪漫主义文学。首先从文学逻辑上说，中国的浪漫主义文学并不是在启蒙文学业已完成，并且暴露出理性主义的枯燥、对宗教观念的偏激、与自然的割裂、与道德根源的脱节等缺陷后才出现的。其次，从文学功用上讲，它与理性主义一同，担任了启蒙的任务。这也正是"五四"启蒙运动不同于西方启蒙运动的显著特点，也即各种分属于不同的思想体系、话语逻辑，并有可能相反相悖的思想观念交织在一起，共同构成"五四"启蒙的思想资源。这就构成了"五四"启蒙运动的历史使命与它用以完成这一历史使命的思想武器的内在分裂，汪晖据此分析了"五四"启蒙危机的内在成因。也正是这些驳杂的思想资源和单一的启蒙任务之间的不平衡，使"五四"浪漫主义主义作家来不及汲取原生浪漫主义的与宗教背景密切相关的博大的人文关怀（例如对"天意秩序"的呼唤和对"道德情感"的关注），而出现了语义操作层面的浅表化、政治化倾向。

在"五四"浪漫主义作家的文学世界中，自然是最浓墨重彩的一笔。徐志摩笔下的"康桥世界"中，康河、柔波、金柳、云彩……无不充满着一种自然之美，郭沫若的以《女神》为代表的浪漫主义诗歌中也存在着很多的自然意象，包括了日月星辰、地球宇宙、风雨雷电、山川河流等等。然而在这些自然景物和意象的背后，抒情主人公的形象是呼之欲出的，即中国现代浪漫主义文学作品中的自然在一定程度上是主体意识的投射。启蒙的一大贡献在于主体意识的发现，反映到人与自然、人与宗教的关系上则表现为主体与客体对立以及主体对客体的征服。然而，沈从文笔下的自然与人却是一个和谐的整体。换句话说，在沈从文的意识里，主体与客体并不处于对立的两极，而是处在一种相融共生的状态，这种人与自然的关系与道家的"天人合一"的整体观有关联，但其背后却隐现着

　　　　　　　　　　　　　　　　沈从文的文学观

现代文明的阴影——过度发达的理性和过度膨胀的主体意识将人的整体性割裂,与自然、与他人、与情感的分离使人成为孤立的"点状自我"⑬。于是,回归自然就成为人再度获得完整性的必经之路。如果说,"五四"浪漫主义作家在对自然的描绘中渗透的主体意识意味着人的发现,那么沈从文笔下人与自然相契状态的背后,则是人的分裂,沈从文在自然中寄托了寻找人类道德根源的诉求。

在沈从文所处的现代中国,与卢梭所处的时代,有着这样的共同之处——理性和知识的进步没有促使人的生命形态的完善与发展,反而造成人的堕落。这就是研究者反复提及的道德与历史发展的二律背反。

与卢梭的"回归自然"相对应,沈从文将自己的人文理想寄放在湘西。与现代文学史上的浪漫主义作家笔下的自然相比,沈从文笔下的自然包含了更多的道德诉求和人文情怀。沈从文的自然,是和"神"紧密相连的⑭,"神"的存在依赖三种条件——"人生情感的素朴""观念的单纯""环境的牧歌性"。

"神"在这里不是指宗教,沈从文说"神之一字在人生方面虽有它的意义,但它已成历史的,已给都市文明弄下流,不必需存在,不能够存在了"⑮,即指宗教意义上的"神"已经失去了其存在的历史性依据,注定是要消亡的。但他同时又认为:"神的对面原是所谓人类的宗教情绪,人类若能把'科学'当成宗教情绪的尾闾,长足进步是必然的。"⑯他认为虽然宗教本身已经不足取,但宗教精神与现代理性相结合,可以转化为个人以及民族进步的动力。其实沈从文的这种宗教观在现代思想家、作家那里是非常普遍的,从章太炎的"用宗教发起信心"到鲁迅的对小乘佛教"割肉喂鹰""投身饲虎"牺牲精神的推崇,都体现了一种用宗教获得超自然力量,为个体和民族机体注入力量的功用性目的。夏志清在《中国现代小说史·序言》中指出:"现代中国文学之肤浅,归根究底说来,实由于其对'原罪'之说,或者阐释罪恶的其他宗教论说,不感兴趣,无意认识。"⑰此言不虚。其实,早在 20 世纪 80 年代,凌宇先生就曾指出:"所谓的'神',乃是与原始宗教信仰相适应的,曾经在人类历史上出现过,而且在中国社会的某些特殊区域得以局部保存的原始道德形态。"⑥也就是说"神"不是一个抽象的概念,而是和特定的时空联系在一起。离开了这一特定的时空,道德就会失去它原有的含义。用沈从文的话来讲,就是"神"的存在与"人生情感的素朴""观念的单纯""环境的牧歌性"不可分割。因此,与其说沈从文与原生浪漫主义文学中的宗教意识相接近,不如说"沈从文的'田园气息',在道德意识来讲,其对现代人处境关注之情,是与华兹华斯、叶芝和福克纳等西方作家一样迫切的"⑥。国内一些学者从总体上认定沈从文的叙事是"道德浪漫主义叙事"⑥,也是基于这个方面的考虑。虽然沈从文所言的"神"与原生浪漫主义相比缺乏一种宗教背景,但沈从文通过自然来寻找人类"道德根源"和对"天意秩序"的呼唤是与原生浪漫主义一致的。

启蒙运动之后,"个人"从前现代的整体宇宙秩序中"脱嵌"出来,成为独立的个体,这个过程,也即沙拉汉所讲的从"外在授权的自我"到"内在授权的自我"⑥。虽然个体从秩序中"脱嵌"出来而获得了自主性,但不可否认的是,整体秩序在限定我们的同时也给了社会和生活一定的意义,在世界祛魅⑥之后,"人们不再有更高的目标感,不再感觉到有某种值得以死相趋的东西"⑥,而仅仅满足于渺小和粗鄙的快乐。在这种道德秩序缺失、整体性溃败的局面之下,对自然的回归,对"天意秩序"的重新呼唤就成为浪漫主义的一大使命。沈从文笔下的湘西,还处在"神"未解体的前现代社会。"地方统治者分数种,最上为天神,其次为官,又其次才为村长同执行巫术的神的侍奉者"⑥,这种社会结构保持了前现代的整体性,人们在这个整体秩序中自然而然地获得了"自我的认同、行为规范和价值标准",人与人之间的关系保持了原初的和谐状态。而沈从文的另外一个经验世界——现代化大都市却让人有更多的"无根性"体验,"无根"也就是"个体"从整体秩序中"脱嵌"出来,失去整体秩序所赋予的意义,而呈现出来的一种"无根"的状态,与这种状态相伴的是庸俗琐碎、唯实唯利的人生观对这个民族原有的重死轻生、重义轻利的道德根基的动摇。也正是在这个基础上，沈从文将两个经验世界对举，并提出"神的重建"的主张，将自己的人文诉求、道德理想灌注在对湘西世界的构建中，与原生浪漫主义的回归自然相契合。

沈从文与原生浪漫主义的相似之处还体现在另一方面。勃兰兑斯认为最初的浪漫主义在本质上"只不过是文学中地方色彩的勇猛的辩护士"[02]，他们的地方色彩就是"他乡异国、远古时代、生疏风土"，而这些还没有在主流文学中获得一席之地。主流文学在当时早已把"现代化"加之身上，并出现了千篇一律的可厌面孔。所以浪漫主义的出现，丰富了主流文学的表现形态，克服了普遍主义人性观的价值取向。沈从文笔下的湘西，是苗人的聚集区，其文化形态与受封建传统文化、现代文明影响下的中原地区明显不同，而上层社会却习惯将文化与道德等同起来，用"文明"和"野蛮"轻而易举地划出上层社会与下层社会、中心地区与边陲地区、汉族与少数民族的界限，从而确立和维护其政治秩序和文化伦理。沈从文站在西南边陲的少数民族立场之上，大胆赞扬"野蛮人"的活力，发掘湘西下层人民群众的道德优势，对现存的文化秩序提出挑战。在这个意义之上，可以说沈从文是从浪漫主义精神资源中召唤出了一种颠覆性的力量，用之对抗正统和普遍性。

通过对欧洲浪漫主义文学与中国现代浪漫主义与启蒙关系的纵向梳理，以及沈从文的浪漫主义书写方式与之的横向联系，可以发现沈从文要做出的努力，不是对"五四"以来文学的启蒙功能的推翻，而是选择了与之不同的文化参照系。如果说，"五四"启蒙文学以激烈的反传统倾向和"进化论"的历史观为行动的导向迈出了"向前看"的步伐，那么沈从文则以重建"湘西神话"、从民族古井中汲取泉水的文化策略，表现出了"向后转"的价值取向。其实，说"向后转"也并不确切，沈从文的"湘西世界"并不单纯是古旧中国的原版再现，而是寄托了沈从文"人性"重建理想的乌托邦，是上升时期的小资产阶级对理想"人性"的想象和赋形。从这个意义上讲，"向前"与"向后"都是相对的概念，对沈从文文学现象的"现代性"的讨论也不过是皮相之争。夏志清认为沈从文之所以被胡适等自由主义分子所看好,原因在于他"天生的保守性"⑧,国内许多研究者根据夏志清的这一论断,结合沈从文在抗战结束后对"人民革命"的抵触情绪,反复强调和渲染沈从文的自由知识分子身份和保守主义立场。其实,纵观其一生,沈从文虽然始终坚持自由主义立场,但与英美派自由主义知识分子也并非亲密无间。因为以胡适为代表的自由主义究其实质,"只是一种工具理性,是一种关于社会秩序和人性秩序的建构理论;自由主义从来拒斥形而上层面的意义问题,拒斥提供乌托邦的超越性理想,因而也就无法成为一种终极性的价值担当"⑧。而沈从文的"湘西世界"逸出了社会秩序建构的范畴,提供着人类乌托邦的超越性价值标杆的作用。

沈从文笔下的湘西儿女与卢梭描述的处于自然状态下的人类同样都是一种形而上的观念。不同的是,后者是对"人类最初起源"的形而上假设,而前者则是人之所以为人的形而上假设,沈从文的意图不是让人们重返桃源,而是"借桃源上行七百里路酉水流域一个小城小市中几个愚夫俗子,被一件事牵连在一处时,各人应有的一分哀乐,为人类'爱'字作一度恰如其分的说明"⑧。这里的"爱"便是属人的取证,沈从文是通过对人的生命形式的描摹,来使读者"认识这个民族的过去伟大处与目前堕落处"⑧,获得一种"勇气同信心"⑧,也即沈从文要将保留在湘西儿女身上的民族"优根性"纳入到"民族品德"重造这一启蒙宏旨中。

需要指出的是,在浪漫主义阶段,个人主义达到了最后的兴盛期,同时也陷入了无法逃避的迷宫。尽管个人与自然之间的和谐共鸣"为孤独的自我提供了一种伴奏,一个背景(a connection),这个背景将会缓和人类经验之有神论基础消失后所带来的后果"⑧,但"个人和自然之间的这种共鸣本身,最终还是对深化浪漫主义自我的孤立状态产生了影响"⑧,也即个人主义发展到浪漫主义阶段,出现了一个走不出的怪圈:由于理性对人的整体性的分割,使人只有通过回归自然的方式才能重新占有自身的完整性,而与自然和谐共鸣的最终结果是深化了自我的孤立状态,这也就是沙拉汉在《个人主义的谱系》中所说的浪漫主义的个人主义的

"循环论证"。查尔斯·泰勒更进一步,将这种从整体秩序中脱嵌出来的、独白式的、内在授权的"自我同一性"理解为一种自我幻觉,这种自我幻觉与"自我"的本真性相去甚远,因为"自我"本真性(或言"自我"同一性)最终还是依赖"自我"与他人的对话关系。同样道理,启蒙的触角也不能仅仅是指向"自我",而是指向社会、国家和他人,要指向"自我"与他人的对话关系,通过交互性最终实现人的解放。由此可见,将浪漫主义纳入启蒙的文化策略,本身就存在着巨大的悖论性,这种悖论性注定了启蒙的潜在危机,而这也正是沈从文文化策略的局限性所在。沈从文笔下的湘西世界,一方面固然是一种想象性的建构,另一方面也有着现实性的依托,这也就是上文所说的被湘西世界留存的前现代社会形态。然而,随着现代文明的入侵,"当地农民性格灵魂被时代大力压扁扭曲失去了原有的素朴"[⑩],那种希冀从湘西儿女身上寻找民族"优根性"的想法不得不搁浅,于是沈从文在 20 世纪 40 年代走向了"爱"与"美"的抽象之域,在抽象之中寻找"生命一种最完整的形式"[⑪]:

> 我不惧怕事实,却需要逃避抽象,因为事实只是一团纠纷,而抽象却为排列得极有秩序的无可奈何苦闷。[⑫]
>
> 阳光下还有些红黑对照色彩鲜明的瓢虫,各自从枯草间找寻可攀高的白草,本意俨若就只是玩玩,到了尽头时,便常常从草端从容堕下,毫不在意,使人对于这个小小生命所具有的完整性,感到无限惊奇。[⑬]

然而走进抽象就意味着远离具象,远离"自我"对社会的依赖性,谁又能够拔着自己的头发离开地球呢?沈从文时时感觉这种于现实无所依凭的抽象之域的跋涉无异于一次沉溺。在启蒙中,"自我"其实完成了两个向度的变化。一是觉醒之后与庸众、现存秩序、固有标准的脱离,这次"脱离"完成了意识层面的启蒙主体的确立;二是觉醒之后再次投入现实、置身庸众,这次"融入"完成了现实层面的启蒙主体的确立。完成了两个向度转变后的"自我"有着明确的方向感和现实感,而只完成第一个向度的"自我"永远沉溺在狭小的圈子内,沈从文那种在抽象世界中逡巡、徘徊、独语的"自我"观念就停留在这一阶段:

> 心甚跌宕,俨若对生存无所自主,但思依傍一物,方能免于入渊陷泥。然当前所依傍的本身,也就正像一个往"不可知"深渊中陷溺之物体。⑫

沈从文对这种沉溺有着理性的认识。他说:"一个人若尽向抽象追究,结果纵不至于违反自然,亦不可免疏忽自然,观念将痛苦自己,混乱社会。因为追究生命'意义'时,即不可免与一切习惯秩序冲突。在同样情形下,这个人脑与手能相互为用,或可成为一思想家、艺术家,脑与行为能相互为用,或可成为一革命者。若不能相互为用,引起分裂现象,末了这个人就变成疯子。"⑬沈从文清醒地认识到一个人如能将"抽象追究"与"行为"相互为用,就有可能成为革命者,也就是说沈从文在理性的层面对融入现实、改变现实的革命者是持肯定态度的,但在感性的层面,他却任自己向抽象的"深渊"沉溺到底,甚至走向"疯狂"也在所不惜。这种理性与感性的矛盾、意志与情感的纷争、现实与理想的纠缠,使沈从文思想世界的矛盾、悖论达到了一个顶峰:他一方面在湘西儿女身上发现了人之为人的本真性,肯定他们与自然的契合和与社会的远离,另一方面又认为这种"其生若浮,其死则休"⑭的生命形态"虽近生命本来,单调又终若不可忍受"⑮,希望他们能够"用划龙船的精神活下去"⑯,参与到社会竞争中来,"改变历史,创造历史"⑰;他一方面在抽象中寻找"生命的完整性",另一方面又对脱离具象、无现实依托的"抽象追究"保持警觉,主张"贴近生活"⑱;他一方面主张将个人的力量粘附到民族品德的重建、国家的重建上,另一方面却在任何一个群体中都异常孤独,感觉"楚人血液给我一种命定的悲剧性"⑲……在抽象与具象、出世与入世之间挣扎徘徊的沈从文,以他的个体生命承担了悖论性思想所带来的紧

　　　　　　　　　　　　　　　　　　沈从文的文学观

张和压力。他身上所体现的浪漫主义特质，是个人主义发展到极致的表现——回归自然并在自然中发现神性，使"自我"在从整体秩序"脱嵌"后摆脱孤立状态；但又在反面深化了"自我"的孤立状态，强化了"内在授权"的绝对性，使"自我"最终走向了"梦呓"和"独语"。这种被封闭在一个狭小的范围内、失去交互性的"自我"最终无法构成现实意义上的启蒙主体，这便是沈从文文化策略的局限性。当然，这不仅是沈从文的个人失败，而且是包含了文化逻辑的必然性和现实环境的局限性等诸多因素在内的时代悲剧。需要指出的是：在某些方面，沈从文确实与西方原生浪漫主义有神似之处，但除此之外，沈从文还深受尼采、伯格森、弗洛伊德、蔼理斯等西方思想家的影响，因此沈从文这个"二十世纪最后一个浪漫派"的精神底色是相当驳杂的。

综上所述，沈从文所言的"乡下人"，已经不单纯是空间意义上的乡下人。在与传统儒学的抗争中，"乡下人"显现了启蒙时代的"理性"；而与现代文明的抗争中，"乡下人"则以"反现代"的姿态，反思重构着现代"理性"。理性与非理性、现代与反现代这些历时性的文化哲学内容就这样矛盾地统一于"乡下人"的角色定位与文化策略的底部。

以上只是从观念的层面分析了"乡下人"的现代内涵、角色定位以及"湘西神话"在启蒙中的文化策略，要真正理解沈从文文学观念的启蒙主义内涵，还要看他在现代文学空间内的具体文学实践，因为"启蒙"本来就是外在于文学审美性之外的异质成分，所以怎样在具体的文学空间消解与"启蒙"相伴而生的普遍人性，怎样克服"启蒙"所带来的二元对立的思维方式，怎样用实感经验、文学想象来还原丰富的人性内涵，用文学的方式来重塑民族品德，都是"文学的启蒙"所要面临的切实问题。在下一章中，本文将从具体的历史时空出发，从沈从文的具体文学实践入手，来分析沈从文的人学思想，进而从更加纵深的层面阐释沈从文对"文学的启蒙"所做出的独特思考与贡献。

注释

①沈从文.沈从文全集:第9卷[M].太原:北岳文艺出版社,2009:3-4.

②沈从文.沈从文全集:第25卷[M].太原:北岳文艺出版社,2009:412.

③发表时间为1934年12月。

④解志熙.沈从文杂文拾遗[J].现代中文学刊,2014(2):27.

⑤阿伦·布洛克.西方人文传统[M].董乐山,译.北京:群言出版社,2012:90.

⑥詹姆斯·施密特.启蒙运动与现代性:18世纪与20世纪的对话[M].徐向东,卢华萍,译.上海:上海人民出版社,2005:382.

⑦梁启超.梁启超全集:第2卷[M].北京:北京出版社,1999:732.

⑧本书在第一章第二节有详细阐述。

⑨详见解志熙辑校的《沈从文杂文拾遗》。

⑩许纪霖.20世纪中国知识分子史论[C].北京:新星出版社,2005:407,410.

⑪原文为:"沈从文和丁玲,这一对一起从湖南内地来到沿海大都会的朋友知己,之所以后来分道扬镳,很大程度上乃是两人所羡慕和追求的文化惯习不同:沈从文希冀的是布尔乔亚的理性、斯文和唯美主义,而丁玲向往的是波西米亚式的自由、热烈和反抗激情,因此一个加入了北平自由主义的文艺沙龙,另一个投身于上海的左翼文化运动。"见许纪霖编著的《启蒙如何起死回生——现代中国知识分子的思想困境》(北京大学出版社,2011年版)第117页。

⑫解志熙.沈从文杂文拾遗[J].现代中文学刊,2014(2):29-30.

⑬沈从文曾撰文《读英雄崇拜》,有意驳斥陈铨的《论英雄崇拜》,并于1940年5月给一位读者回信中说:"把我和他(陈铨)并提,是一些莫名其妙的人在小刊物上写杂感时的技巧,与事实是完全不相符的。"因此学界认为沈从文与《战国策》派并无瓜葛。但最近的一些研究者(吴世勇、李扬、

解志熙)撰文考辨沈从文与《战国策》派的复杂关系,其中解志熙将施蛰存先生于1988年8月为纪念沈从文先生而写的一篇文章作为佐证,以示其关系之暧昧与复杂。施蛰存的原话是这样的:"从文一生最大的错误,我以为是他在四十年代初期和林同济一起办《战国策》……这个刊物的后果不知如何,但从文的名誉却因此而大受损害。"(解志熙《感时忧国有"狂论"——<战国策>派时期的沈从文及其杂文》)

⑭许纪霖.20世纪中国知识分子史论[C].北京:新星出版社,2005:407.

⑮许纪霖.20世纪中国知识分子史论[C].北京:新星出版社,2005:407.

⑯安东尼·葛兰西在《狱中札记》中将知识分子分为两类:有机的和传统的。

⑰见许纪霖编著的《20世纪中国知识分子史论》(新星出版社,2005版)第244页。原文为:"独立知识分子的出现预示着19世纪日本启蒙运动即将来临,这同18世纪欧洲以及20世纪中国的启蒙运动几乎是一样的。这三次启蒙运动的目标——自主,在日本被看作知识分子对于社会的责任。"

⑱王晓明.无法直面的人生——鲁迅传[M].上海:上海文艺出版社,1993:2.

⑲沈从文.沈从文全集:第27卷[M].太原:北岳文艺出版社,2009:144.

⑳沈从文.沈从文全集:第27卷[M].太原:北岳文艺出版社,2009:163.

㉑许纪霖.20世纪中国知识分子史论[C].北京:新星出版社,2005:109.

㉒胡适.胡适文集:第11卷[M].北京:北京大学出版社,1998:200.

㉓沈从文.沈从文全集:第17卷[M].太原:北岳文艺出版社,2009:153.

㉔沈从文.沈从文全集:第 17 卷[M].太原:北岳文艺出版社,2009:264.

㉕牟宗三.生命的学问[M].桂林:广西师范大学出版社,2005:16-17.

㉖沈从文.沈从文全集:第 14 卷[M].太原:北岳文艺出版社,2009:127.

㉗沈从文.沈从文全集:第 17 卷[M].太原:北岳文艺出版社,2009:257.

㉘沈从文.沈从文全集:第 12 卷[M].太原:北岳文艺出版社,2009:20.

㉙沈从文.沈从文全集:第 12 卷[M].太原:北岳文艺出版社,2009:4.

㉚沈从文.沈从文全集:第 17 卷[M].太原:北岳文艺出版社,2009:172.

㉛沈从文.沈从文全集:第 17 卷[M].太原:北岳文艺出版社,2009:171-172.

㉜沈从文.沈从文全集:第 12 卷[M].太原:北岳文艺出版社,2009:9.

㉝沈从文.沈从文全集:第 17 卷[M].太原:北岳文艺出版社,2009:258.

㉞沈从文.沈从文全集:第 12 卷[M].太原:北岳文艺出版社,2009:18.

㉟沈从文.沈从文全集:第 12 卷[M].太原:北岳文艺出版社,2009:15.

㊱沈从文.沈从文全集:第 12 卷[M].太原:北岳文艺出版社,2009:75.

㊲沈从文.沈从文全集:第 12 卷[M].太原:北岳文艺出版社,2009:74.

㊳沈从文.沈从文全集:第 14 卷[M].太原:北岳文艺出版社,2009:62.

㊴沈从文在《读书人的赌博》中用激愤的言辞暗讽胡适等自由主义知识分子,有些语句可将人物对号入座:"他们梦想'民治主义',可是却更适宜生活在一个'专制制度'中,只要这专制者不限制他们的言论,并不断绝他们的供给。这些人目前也有好处,即私人公民道德无可疵议,研究学问也能循序渐进慢慢见出成绩,虽间或有点自私,所梦想的好社会,好政治,都是不必自己出力即可实现,而且不能将生活标准降到某种程度。这些人在某一点上,常常是真正'个人主义者',对国家'关心'相当抽象,对个人

生命'照常'却极其具体。"详见《沈从文全集》第17卷(北岳文艺出版社,2009 年版)371 页。

㊵许纪霖.启蒙如何起死回生——现代中国知识分子的思想困境[M].北京:北京大学出版社,2011:59.

㊶章太炎.章太炎全集:第4卷[M].上海:上海人民出版社,1985:287.

㊷刘洪涛,杨瑞仁.沈从文研究资料[C].天津:天津人民出版社,2006:510.

㊸林㦿在《国民意见书》中详细阐述了当时以"知识"划分社会阶层的社会状况:"中国的人,同是汉族,同是黄帝的子孙,有什么上流、下流的分别,可不是个顶不平等的么!但现在中国的读书人,都是以上流社会自命的,凡不读书的人,如工、农、商、兵,共会党里面的人,都说他是下流社会。"

㊹解志熙.沈从文杂文拾遗[J].现代中文学刊,2014(2):26.

㊺钱理群.与鲁迅相遇·北大演讲录之二[M].北京:生活·读书·新知三联书店,2003:227.

㊻夏志清.中国现代小说史[M].刘绍铭,李欧梵,林耀福,等译.桂林:广西师范大学出版社,2014:146.

㊼具体是哪一年无确切记录,大概是 1930—1931 年间.

㊽沈从文.沈从文全集:第16卷[M].太原:北岳文艺出版社,2009:169.

㊾沈从文.沈从文全集:第16卷[M].太原:北岳文艺出版社,2009:169-170.

㊿沈从文.沈从文全集:第16卷[M].太原:北岳文艺出版社,2009:415.

51凌宇.从边城走向世界[M].长沙:岳麓书社,2006:398.

52沈从文.沈从文全集:第13卷[M].太原:北岳文艺出版社,2009:388.

53鲁迅.鲁迅全集:第1卷[M].北京:人民文学出版社,2005:57.

54这一观点本书将在下文进行详细阐述,这里姑且提到,暂不展开。

○55沈从文.沈从文全集:第 14 卷[M].太原:北岳文艺出版社,2009: 410.

○56这一点受金理的博士论文《抗争现代名教——以章太炎、鲁迅和胡风为中心》启发。

○57马克斯·霍克海默,西奥多·阿多诺.启蒙辩证法[M].上海:上海世纪出版集团,2006:1.

○58马克斯·霍克海默,西奥多·阿多诺.启蒙辩证法[M].上海:上海世纪出版集团,2006:23.

○59马克斯·霍克海默,西奥多·阿多诺.启蒙辩证法[M].上海:上海世纪出版集团,2006:23.

○60马克斯·霍克海默,西奥多·阿多诺.启蒙辩证法[M].上海:上海世纪出版集团,2006:22.

○61马克斯·霍克海默,西奥多·阿多诺.启蒙辩证法[M].上海:上海世纪出版集团,2006:20.

○62马克斯·霍克海默,西奥多·阿多诺.启蒙辩证法[M].上海:上海世纪出版集团,2006:1.

○63马丁·海德格尔.林中路[M].孙周兴,译.上海:上海译文出版社, 2014:84.

○64马丁·海德格尔.林中路[M].孙周兴,译.上海:上海译文出版社, 2014:84.

○65马丁·海德格尔.林中路[M].孙周兴,译.上海:上海译文出版社, 2014.

○66霍克海默和阿多诺认为启蒙的一个后果就是人的本能的退化和想象力的萎缩。在启蒙运动中,思想领域和经验领域是相互脱节的。详见马克斯·霍克海默、西奥多·阿多诺的《启蒙辩证法》(上海世纪出版集团, 2006 年版)第 28 页。

○67弗里德里希·尼采.作为教育家的叔本华[M].周国平,译.南京:译林出版社,2014:85.

㉘弗里德里希·尼采.作为教育家的叔本华[M].周国平,译.南京:译林出版社,2014:87.

㉙胡适.胡适文集:第 2 卷[M].北京:人民文学出版社,1998:65-66.

㉚鲁迅.鲁迅全集:第 5 卷[M].北京:人民文学出版社,2005:506.

㉛鲁迅.鲁迅全集:第 8 卷[M].北京:人民文学出版社,2005:28.

㉜鲁迅.鲁迅全集:第 8 卷[M].北京:人民文学出版社,2005:28.

㉝鲁迅.鲁迅全集:第 8 卷[M].北京:人民文学出版社,2005:28.

㉞鲁迅.鲁迅全集:第 8 卷[M].北京:人民文学出版社,2005:27.

㉟鲁迅.鲁迅全集:第 1 卷[M].北京:人民文学出版社,2005:54.

㊱鲁迅.鲁迅全集:第 8 卷[M].北京:人民文学出版社,2005:30.

㊲伊藤虎丸.早期鲁迅的宗教观——"迷信"与"科学"之关系[J].鲁迅研究动态,1989(11):19.

㊳鲁迅.鲁迅全集:第 8 卷[M].北京:人民文学出版社,2005:30.

㊴伊藤虎丸.早期鲁迅的宗教观——"迷信"与"科学"之关系[J].鲁迅研究动态,1989(11):22.

㊵鲁迅.鲁迅全集:第 1 卷[M].北京:人民文学出版社,2005:52.

㊶鲁迅.鲁迅全集:第 1 卷[M].北京:人民文学出版社,2005:54.

㊷沈从文.沈从文全集:第 17 卷[M].太原:北岳文艺出版社,2009:86.

㊸沈从文.沈从文全集:第 14 卷[M].太原:北岳文艺出版社,2009:171.

㊹沈从文.沈从文全集:第 13 卷[M].太原:北岳文艺出版社,2009:330.

㊺沈从文.沈从文全集:第 14 卷[M].太原:北岳文艺出版社,2009:348-349.

㊻沈从文.沈从文全集:第 11 卷[M].太原:北岳文艺出版社,2009:172.

㊼沈从文.沈从文全集:第 12 卷[M].太原:北岳文艺出版社,2009:87.

㊽沈从文.沈从文全集:第 16 卷[M].太原:北岳文艺出版社,2009:

395.

(89)伊藤虎丸.早期鲁迅的宗教观——“迷信”与“科学”之关系[J].鲁迅研究动态,1989(11):21.

(90)伊藤虎丸.鲁迅与终末论——近代现实主义的成立[M].李冬木,译.北京:生活·读书·新知三联书店,2008:70.

(91)沈从文.沈从文全集:第17卷[M].太原:北岳文艺出版社,2009:262.

(92)沈从文.沈从文全集:第17卷[M].太原:北岳文艺出版社,2009:116.

(93)沈从文.沈从文全集:第17卷[M].太原:北岳文艺出版社,2009:117.

(94)鲁迅.鲁迅全集:第6卷[M].北京:人民文学出版社,2005:419.

(95)沈从文.沈从文全集:第17卷[M].太原:北岳文艺出版社,2009:79.

(96)沈从文.沈从文全集:第17卷[M].太原:北岳文艺出版社,2009:79.

(97)沈从文.沈从文全集:第16卷[M].太原:北岳文艺出版社,2009:535.

(98)鲁迅.鲁迅全集:第3卷[M].北京:人民文学出版社,2005:59.

(99)钱理群.与鲁迅相遇——北大演讲录之二[M].北京:生活·读书·新知三联书店,2003:190.

(100)沈从文.沈从文全集:第17卷[M].太原:北岳文艺出版社,2009:87.

(101)在《小说作者和读者》《水云》等文中,沈从文用该词与“乡下人”并置,在《白魇》中进一步指出该词与儒学的关联。

(102)对“乡愿”的理解参考了秦晖的《新文化运动的主调及所谓被“压倒”问题——新文化运动百年反思(上)》。

(103)沈从文.沈从文全集:第12卷[M].太原:北岳文艺出版社,2009:160-161.

(104)沈从文.沈从文全集:第27卷[M].太原:北岳文艺出版社,2009:388.

⑩详细的观点和论断可参看林毓生的《中国意识的危机——"五四"时期激烈的反传统主义》(贵州人民出版社,1986年版)和林毓生的《中国传统的创造性转化》(生活·读书·新知三联书店,1988年版)。

⑩鲁迅.鲁迅全集:第1卷[M].北京:人民文学出版社,2005:228.

⑩沈从文.沈从文全集:第27卷[M].太原:北岳文艺出版社,2009:388.

⑩沈从文.沈从文全集:第12卷[M].太原:北岳文艺出版社,2009:94.

⑩沈从文.沈从文全集:第9卷[M].太原:北岳文艺出版社,2009:4.

⑩沈从文.沈从文全集:第12卷[M].太原:北岳文艺出版社,2009:23.

⑪沈从文.沈从文全集:第12卷[M].太原:北岳文艺出版社,2009:27.

⑫梁启超.梁启超全集:第11卷[M].北京:北京出版社,1999:3310.

⑬梁启超.梁启超全集:第11卷[M].北京:北京出版社,1999:3310.

⑭沈从文.沈从文全集:第12卷[M].太原:北岳文艺出版社,2009:24-25.

⑮沈从文.沈从文全集:第12卷[M].太原:北岳文艺出版社,2009:43.

⑯张清华先生在《抗拒的神话和转向的启蒙——对沈从文文化策略的一个再回顾》中对沈从文与西方原生浪漫主义的关联以及沈从文湘西题材作品中的文化策略在文化启蒙中的地位、作用、局限性都做了较为详细的阐释。本文将重点放在沈从文与尼采思想的比较研究中,与浪漫主义的比较研究则放在次重点的位置,所以将"乡下人"与尼采思想中的"自我"观念放在前面。

⑰《沈从文全集》中提及尼采的地方主要有这几处:(1)"尼采说:'证明一事是不够的,应该将人们向之引诱下去,或启迪上来。因此一个知识分子应该学着将他的智慧说出来,不碍其好像愚蠢。"见《沈从文全集》第17卷(北岳文艺出版社,2009年版)第259页。(2)"这种孤立主义如认为属于意识形态的反映,即易成为个人英雄主义,且多少有些感伤混和。这就当然有个发展性:和军人流氓政治结合,会成为法西斯思想。和哲学结合,会成尼采哲学。"见《沈从文全集》第27卷(北岳文艺出版社,2009年

版)第70页。(3)"思想形式既多方,更容易和个人情感结合,不是马克思条理谨严的,为人类社会的新设计,却是个人中心的纪德、尼采一流一些断片印象感想。"见《沈从文全集》第12卷(北岳文艺出版社,2009年版)第362页。(4)"无可避免,个人却守住一个尼采式的夸大而孤立的原则,即'脆弱文字将动摇这个虽若十分顽固其实并不坚固的旧世界,更能鼓励年青一代重造一个完满合理的新世界。"见《沈从文全集》第12卷(北岳文艺出版社,2009年版)第366至367页。

⑪汪晖.沈从文名作欣赏[M].北京:中国和平出版社,2001:544.

⑲阿伦·布洛克.西方人文主义传统[M].董乐山,译.群言出版社,2012:88.

⑳弗里德里希·尼采.作为教育家的叔本华[M].周国平,译.南京:译林出版社,2014:37.

㉑张新颖.20世纪上半期中国文学的现代意识(修订版)[M].上海:复旦大学出版社,2009:41.

㉒弗里德里希·尼采.作为教育家的叔本华[M].周国平,译.南京:译林出版社,2014:38.

㉓弗里德里希·尼采.作为教育家的叔本华[M].周国平,译.南京:译林出版社,2014:5.

㉔弗里德里希·尼采.作为教育家的叔本华[M].周国平,译.南京:译林出版社,2014:85.

㉕沈从文.沈从文全集:第12卷[M].太原:北岳文艺出版社,2009:14.

㉖见弗里德里希·尼采的《偶像的黄昏》(商务印书馆,2014年版)第41页。本注释内"我们"下面的着重号来自原文。

㉗沈从文.沈从文全集:第12卷[M].太原:北岳文艺出版社,2009:16.

㉘沈从文.沈从文全集:第12卷[M].太原:北岳文艺出版社,2009:87.

㉙沈从文.沈从文全集:第12卷[M].太原:北岳文艺出版社,2009:150.

㉚沈从文.沈从文全集:第12卷[M].太原:北岳文艺出版社,2009:94.

⑬①沈从文.沈从文全集:第12卷[M].太原:北岳文艺出版社,2009:124.

⑬②沈从文.沈从文全集:第12卷[M].太原:北岳文艺出版社,2009:150.

⑬③沈从文.沈从文全集:第12卷[M].太原:北岳文艺出版社,2009:94.

⑬④沈从文.沈从文全集:第12卷[M].太原:北岳文艺出版社,2009:43.

⑬⑤沈从文.沈从文全集:第12卷[M].太原:北岳文艺出版社,2009:31-32.

⑬⑥弗里德里希·尼采.作为教育家的叔本华[M].周国平,译.南京:译林出版社,2014:7.

⑬⑦在存在主义哲学家里面,叔本华同样强调艺术的重要作用,但他是从艺术能够使人安定、冷静的功效来强调艺术的价值,就其实质而言,这是一种禁欲主义的观念,与尼采对生命力的高扬有所区别。沈从文在20世纪40年代特别醉心于一个"力"的世界,所以本文认为沈从文这个时期与尼采思想有较为投契。但20世纪30年代,沈从文节制、含蓄的文体风格和美学观念与叔本华对静穆、平和的推崇可作比较观。

⑬⑧弗里德里希·尼采.作为教育家的叔本华[M].周国平,译.南京:译林出版社,2014:58.

⑬⑨弗里德里希·尼采.偶像的黄昏[M].李超杰,译.北京:商务印书馆,2014:41.

⑭⓪弗里德里希·尼采.偶像的黄昏[M].李超杰,译.北京:商务印书馆,2014:87.

⑭①沈从文.沈从文全集:第17卷[M].太原:北岳文艺出版社,2009:237.

⑭②沈从文.沈从文全集:第12卷[M].太原:北岳文艺出版社,2009:43.

⑭③金介甫最早认识到这一点,他的原话为:"沈从文认为城市和儒家社会同人类的需求是不相容的,因为它们鼓励对情感的压抑,湘西土著人民的生活和他们相反,是自发的健康的和'生机勃勃'的。"详见刘洪涛、杨瑞

仁编的《沈从文研究资料》(天津人民出版社,2006年版)第549页。

⑭沈从文.沈从文全集:第12卷[M].太原:北岳文艺出版社,2009:
127.

⑭杨义.中国现代小说史[M].北京:人民文学出版社,1986.

⑭李欧梵.现代性的追求[M].北京:人民文学出版社,2010.

⑭李欧梵.中国现代作家的浪漫一代[M].王宏志,等译.北京:新星出
版社,2010.

⑭张清华.抗拒的神话和转向的启蒙——对沈从文文化策略的一个再
回顾[J].中国现代文学研究丛刊,1996(11):180.

⑭最早阐述欧洲浪漫主义文学与启蒙文学关系的是勃兰兑斯:"这种
思潮直接反对的是十八世纪的某些思想,它那枯燥的理性主义,它对情感
和幻想的种种禁忌,它对历史的错误理解,它对合法民族特色的忽视,它对
大自然索然寡味的看法和它对宗教的错误概念,认为它是有意识的欺骗。
但是,在方向上和十八世纪的主要思潮相一致,也还有一股清晰可见的暗
流;其中所有的作家,有些仅限于文艺领域,另一些则在一切思想领域,都
向僵化的传统发起了攻击。他们都是一些有胆量、有魄力的人,'自由'这
个词对他们仍然具有激动人心的力量。"他认为,浪漫主义文学纠正了启蒙
主义文学在行进中的理论偏颇,甚至一些作家在还在价值观念、审美判断
等方面延续了启蒙文学中所确立的标准。因此,在一定程度上,浪漫主义
文学是启蒙文学的发展和深化。在后来的西方学者中,不乏类似观点的后
继者。弗雷德里·C·拜泽尔在《早期浪漫主义和启蒙运动》中有着与勃
兰兑斯如出一辙的判断:"把18世纪末德国的浪漫主义看作是启蒙运动的
死亡,那已经成为思想史上的一个陈词滥调。"他更进一步指出:"如果说
浪漫主义者就是启蒙运动的批评者,那么可以说他们也是启蒙运动的信
徒。因此,问题是要确定对每个时期而论,浪漫主义者在哪些方面接受了
启蒙运动,在哪些方面拒斥了启蒙运动。"紧接着,他从三个主要方面,寻找
到了早期浪漫主义对启蒙运动的继承的发展。一是激进批评和公众教育,
这是对启蒙运动的直接继承。二是提倡唯美主义,用唯美主义来实现启蒙

运动的理想、解决它所面临的显著问题。三是相信艺术,崇尚自然。当理性主义用一种否定性的、摧毁性的力量将世界分裂之际,艺术、自然、爱可以通过想象能力将分裂的世界整合,成为一个统一体。其实不仅在浪漫主义与启蒙运动的历时关系中才出现自然、艺术对理性的补充,即使是在启蒙运动内部,也存在这种共时性的弥补和修正。卢梭认为知识和理性并没有让人们变得更好,恰恰相反,它们使人类出现道德的堕落。启蒙主义的一大合法性依据就是公共利益,也是大多数人脱离基督教神学后的俗世幸福。但道德的根源显然不在公共利益上。于是卢梭从自然中找到了人类道德的潜在根源,他认为良心就是自然之声。所以,他对"野蛮人"的礼赞,也绝非要回到远古时代,"这种恢复与自然结盟或融合的方式,或者换种说法,通过文化或社会为一方,与自然的真正生命力为另一方的结盟与融合,来逃避精明的、依附他物的状态,逃脱舆论的压力和由它带来的野心"。所以从这个意义上讲,横亘在卢梭和前期浪漫主义者之间的界限是模糊不明的,有的西方后继研究者从谱系学来分析"自我的根源",就认定卢梭为浪漫主义的鼻祖。本条注释内的引文分别见:勃兰兑斯的《十九世纪文学主流》(人民文学出版社,1982年版)第5册第19页;詹姆斯·施密特编《启蒙运动与现代性:18世纪与20世纪的对话》(上海人民出版社,2005年版)第328页;詹姆斯·施密特编《启蒙运动与现代性:18世纪与20世纪的对话》(上海人民出版社,2005年版)第329页;查尔斯·泰勒《自我的根源:现代认同的形成》(译林出版社,2001年版)第552页;查尔斯·泰勒《自我的根源:现代认同的形成》(译林出版社,2001年版)第435页。

⑤查尔斯·泰勒认为以一种重构观点对待主体,就是"点状自我",持这种态度就是把自己认同为客观化和重构的力量。在洛克以及之后,这种"点状自我"在启蒙运动中较有代表性。

⑤《凤子》中有这样一段话:"你前天和我说神在你们这里是不可少的,我不无疑惑,现在可明白了。我自以为是个新人,一个尊重理性反抗迷信的人,平时厌恶和尚、轻视庙宇,把这两件东西外加上一群到庙宇对偶像许愿的角色,总拢来以为简直是一出恶劣不堪的戏文。在哲学观念上,我

认为神之一字在人生方面虽有它的意义,但它已成历史的,已给都市文明弄下流,不必需存在,不能够存在了。在都市里它竟可说是虚伪的象征,保护人类的愚昧,遮饰人类的残忍,更从而增加人类的丑恶。但看看刚才的仪式,我才明白神之存在,依然如故。不过它的庄严和美丽,是需要某种条件的,这条件就是人生情感的素朴,观念的单纯,以及环境的牧歌性。神仰赖这种条件方能产生,方能增加人生的美丽。缺少了这些条件,神就灭亡。我刚才看到的并不是什么敬神谢神,完全是一出好戏;一出不可形容不可描绘的好戏。是诗和戏剧音乐的源泉,也是它的本身。声音颜色光影的交错,织就一片云锦,神就存在于全体。在那光景中我俨然见到了你们那个神。我心想,这是一种如何奇迹!我现在才明白你口中不离神的理由。你有理由。我现在才明白为什么二千年前中国会产生一个屈原,写出那么一些美丽神奇的诗歌,原来他不过是一个来到这地方的风景纪录人罢了。屈原虽死了两千年,九歌的本事还依然如故。若有人好事,我相信还可从这口古井中,汲取新鲜透明的泉水!"见《沈从文全集》第7卷(北岳文艺出版社,2009年版)第163至164页。

⑮沈从文.沈从文全集:第7卷[M].太原:北岳文艺出版社,2009:163.

⑱沈从文.沈从文全集:第7卷[M].太原:北岳文艺出版社,2009:164-165.

⑭夏志清.中国现代小说史[M].刘绍铭,李欧梵,林耀福,等译.桂林:广西师范大学出版社,2014:9.

⑮凌宇.从边城走向世界[M].长沙:岳麓书社,2006:104.

⑯夏志清.中国现代小说史[M].刘绍铭,李欧梵,林耀福,等译.桂林:广西师范大学出版社,2014:146.

⑰张光芒.启蒙论[M].上海:上海三联书店,2002:146.

⑱丹尼尔·沙拉汉.个人主义的谱系[M].储智勇,译.吉林:吉林出版集团有限公司,2015.

⑲马克思·韦伯以"世界的祛魅"来表达超验秩序的解体。

⑳查尔斯·泰勒.本真性的伦理[M].程炼,译.上海:上海三联书店,

沈从文的文学观

2012:4.

⑯沈从文.沈从文全集:第7卷[M].太原:北岳文艺出版社,2009:107.

⑯勃兰兑斯.十九世纪文学主流:第5册[M].张道真,译.北京:人民文学出版社,1982:19.

⑯夏志清.中国现代小说史[M].刘绍铭,李欧梵,林耀福,等译.桂林:广西师范大学出版社,2014:149.

⑯许纪霖.另一种启蒙[M].广州:花城出版社,1999:157.

⑯沈从文.沈从文全集:第9卷[M].太原:北岳文艺出版社,2009:5.

⑯沈从文.沈从文全集:第8卷[M].太原:北岳文艺出版社,2009:59.

⑯沈从文.沈从文全集:第8卷[M].太原:北岳文艺出版社,2009:59.

⑯丹尼尔·沙拉汉.个人主义的谱系[M].储智勇,译.吉林:吉林出版集团有限公司,2015:128.

⑯丹尼尔·沙拉汉.个人主义的谱系[M].储智勇,译.吉林:吉林出版集团有限公司,2015:128.

⑰沈从文.沈从文全集:第10卷[M].太原:北岳文艺出版社,2009:5.

⑰沈从文.沈从文全集:第12卷[M].太原:北岳文艺出版社,2009:43.

⑰沈从文.沈从文全集:第12卷[M].太原:北岳文艺出版社,2009:121.

⑰沈从文.沈从文全集:第12卷[M].太原:北岳文艺出版社,2009:135.

⑰沈从文.沈从文全集:第12卷[M].太原:北岳文艺出版社,2009:86.

⑰沈从文.沈从文全集:第12卷[M].太原:北岳文艺出版社,2009:42.

⑰沈从文.沈从文全集:第12卷[M].太原:北岳文艺出版社,2009:150.

⑰沈从文.沈从文全集:第12卷[M].太原:北岳文艺出版社,2009:150.

⑱沈从文.沈从文全集:第11卷[M].太原:北岳文艺出版社,2009:281.

⑰沈从文.沈从文全集:第 11 卷[M].太原:北岳文艺出版社,2009:281.

⑱沈从文.沈从文全集:第 12 卷[M].太原:北岳文艺出版社,2009:38.

⑲沈从文.沈从文全集:第 12 卷[M].太原:北岳文艺出版社,2009:39.

　　　　　　　　　　　　　　　　沈从文的文学观

第三章　沈从文的人学思想

第一节　概述部分

沈从文在《抽象的抒情》中这样写道:"照我思索,能理解'我';照我思索,可认识'人'。"①这一句可视作沈从文思想观、生命观、文学观的总纲。那么究竟应该怎样理解这句话呢? 学界历来对此争论不休。但无论如何,从现代文学的历史时空出发,从沈从文的文学实践入手,来具体分析沈从文的"人"学思想,总归是解答这一问题的积极尝试。

一

沈从文对湘西理想人性的诗意抒写和对都市"阉寺性"人格的批判是相伴相生的,与此一体的还有他在"城—乡"互参中的文化价值选择以及文化价值选择中所包含的民族品德重塑的启蒙意图,这与"五四"新文学所开启的"人的文学"和"国民性改造"是一脉相承的。凌宇、赵园、解志熙等先生对此都有阐述。凌宇先生侧重从苗汉、中西文化的撞击的角度来分析沈从文的人学思想,从地域文化的角度来认识沈从文的"人性"书写,为后来的研究者提供了一个直抵内核的视点。这一视点,即便到了今天,仍不过时。然而,巫楚文化在哪些方面对沈从文的人学思想有影响? 沈从文的人学理想是通过哪一载体来实现的? 沈从文的人学思想构成包不包括西方的文化资源? 沈从文人学思想的局限性在哪里?如果要回答这些问题,就需要一个相对宏观的视域,将研究对象纳入其中;还需要一个相对微观的视域,对沈从文人学思想的内部构成做出更加清晰的厘定。赵园的视域相对宏阔,她认为沈从文作品中真正的"现代性"所在,以及他文化思想的价值所在,就是"关于人的改造的思想"。但她同时认为,沈从文的人性理想主要体现在"人"的意志品质方面,与现代文学中普遍存在的"奴隶性"批判的思想起点有所不同。[2]赵园先生的这一见解颇为透辟,但她只是点到为止,并没有沿着这一思路做出更深更细的分析,沿着这一路径继续走下去的是解志熙先生。[3]解志熙先生的创见在于发现了弗洛伊德(之前有学者论及,但不充分)、蔼理斯等精神分析学家、性心理研究者对沈从文"爱欲"观念的深刻影响,并将之作为贯穿沈从文三个时期文学表现的一根主线,凸显了沈从文这个"浪漫派"作家的生命观的底色。但这一观点,是否还有可以补充之处呢?其一,20 世纪二三十年代,青年们对弗洛伊德的认识深受鲁迅的译作《苦闷的象征》之影响,这部书的作者是日本的厨川白村,厨川强调了弗氏晚期的思想,而对弗氏早期思想中"性"的压抑部分有所淡化,也就是说他已经将弗氏学说中在下意识领域里的"利比多","去掉了它的性和爱欲成份,而变成一种带有个人主义意味的自求解放的生命力,把它作为文艺创作的起源,然后又借用佛氏学说中梦的理论,将之变成一种文学意象,成为'广义的象征主义'"[4]。其二,"爱欲"抒写在沈从文的作品中占了相当的比重,但沈从文还有为数不少的作品是"爱欲"抒写所不能涵盖的,例如《渔》《贵生》《虎雏》等表现湘西下层人民原始强力的作品。

二

要理清沈从文的人学思想构成,必须在思想源头上进行梳理。沈从文在《一个人的自白》中说,"思想"有根深蒂固的连续性,所以要看清"自己","由过去释当前,线索或比较容易明白"[5]。按照这种思维方法,由连续性的"过去"所叠加而成的《从文自传》,可以作为考察沈从文人学思想的主要依据。由《从文自传》可以看到,沈从文的人学思想大致可以分为三个源头——"自然""人事""人类智慧光辉"。"自然"和"人事"即沈从文在《我读一本小书同时又读一本大书》《我上许多课仍然不放下那一本大书》中的"大书",其中自然包括巫楚文化浸淫下的湘西世

沈从文的文学观

界的原始生命形态(既有原始生命强力的彰显也有"人与自然的契合"的本真生命形态)。"自然"和"人事"以个体生命经验的形式构成沈从文人学思想的根柢,也成为他日后思考异质文化的参照尺度和原始起点。沈从文接近"人类智慧光辉",有三个契机:一是在陈渠珍手下做书记,有机会看到宋及明清的旧画、铜器、古瓷、书籍、碑帖等;二是沈从文的姨父聂仁达(此人与熊希龄是同科的进士,"为人知识极博",沈从文经常听他谈"宋元哲学""大乘""因明""进化论");三是与来自长沙的印刷工人结识,看到了《改造》《向导》《新青年》《创造》《小说月报》《东方杂志》《新潮》等进步刊物,接触到了"五四"新思想。总体来看,《从文自传》里所讲的"人类智慧光辉"包括两种不同的文化因素:"一种属于以汉民族文化为主体的中华民族文化传统,一种属于绍介于近代,经'五四'新文化运动获得广泛传播的西方文化观念。"⑥在新中国成立后所写的《总结·思想部分》中,沈从文重申了自己的三个方面的思想来源⑦,并总结自己的思想基础是"个人自由主义的理性和观念"⑧,在同是新中国成立后所写的《我的学习》中,沈从文说:"思想形式既多方,更容易和个人情感结合,不是马克思条理谨严的,为人类社会的新设计,却是个人中心的纪德、尼采一流一些断片印象感想。"⑨从普遍意义上来讲,作家在新中国成立后所写的总结性文章难免会迫于形势的压力而出现夸大"不良思想基础"的问题,但沈从文在新中国成立后对自己思想基础的总结与新中国成立前所写的并无太大的区别,所以,可以以此为据,对沈从文的人学思想构成做出更加全面的把握。其实沈从文在新中国成立后多次说自己的思想基础是"个人主义"的,言外之意还是强调以上两种文化因素对自己的深刻影响。

三

研究沈从文的人学思想,无法回避"五四"时期由西方舶来的文化观念。这些西方文化观念不仅包括西方启蒙运动时期的思想文化观念,还包括文艺复兴时期的思想文化观念;在西方,这是分属不同文化逻辑的思想观念,在中国,这两种思想观念被统摄于"五四"新文化运动的思想体系之内。⑩周作人在《人的文学》中认为,"五四"新文化运动要完成对人的发现,就需要将欧洲分为不同阶段完成的人学工程纳入其中。其中第一步就是从四千余年的固有观念中挣脱出来,重新发见人,去"辟人荒",这就与文艺复兴时期的人学目标不无重合之处。⑪但需要指出的是,文艺复兴与"五四"新文化运动也有不同之处,那就是对待传统的态度,一个是要"复兴"传统,一个要"颠覆"传统,这是根本的区别,而"五四"时期的思想家与后来的学者之所以将"五四"新文化运动与欧洲文艺复兴作比较概观,主要在于两者在人的发现上的共同之处。

要明白两者在人的发现上的共同之处以及两者在建构人文传统和人学工程上的阶段性意义,就必须首先了解从文艺复兴到启蒙运动,人学思想经历了怎样的发展变化、存在怎样的内在性接续。大体来说,文艺复兴的主要贡献是对人的自然本性的肯定,强调要冲破神学的束缚,获得人的自主性。⑫而启蒙运动则崇尚自然法,崇尚理性,强调用新的秩序(包括思想文化、制度体制或言契约)来保障人的自由、民主、平等的实现。⑬"五四"新文化运动就其初衷来讲,是将以上两次运动毕其功于一役的总演习,至于最后在何种程度上达到预期的目,则另当别论。此外,文艺复兴时期对自然人性的张扬有一个客观的社会历史条件——新兴资产阶级的发展和壮大,"五四"时期的启蒙思想家则需要将之抽象化——将国族的人性作为一个整体来反思。放在这样的大背景之下,沈从文以"爱欲"为载体,以生命强力为核心,最终指向民族品德重造的人学思想便不难理解了。这里仍有两点需要解释:第一,将沈从文的文学创作放在"五四"新文化运动的大背景之下来考察,并将"五四"新文化运动的人学思想纳入到西方文艺复兴运动和启蒙运动所延续下来的人文传统中比对,其目的不是将沈从文的人学思想与西方文艺复兴时期的思想文化观念作简单的比附,而是从启蒙的人学目标、启蒙的原动力、启蒙的方式等方面对沈从文的人学思想做出诠释,并在相对宏观的视域之下判定沈从文人学思想的独特价值。第二,沈从文的思想是驳杂的,一如"五四"新文化运动的思想构成。人文主义与人本主义、理性与非理性、现代与后现代……分属不同文化逻辑的历时性的思想文化因子,在"五四"时期被纳入共同的启蒙宏旨之中,共同完成人的建构。其中,自然包括尼采、弗洛伊德、柏格森等哲学家的思想因子,这些思想因子与莎士比亚、拉伯雷、薄伽丘等所代表的文艺复兴时期的人文主义思想因子一同参与了"五四"新文化运动的人学思想构建,并力图完成欧洲文艺复兴时期的人学目标——将人从神学的束缚中解放出来,肯定人的世俗生活和自然本能,获得思想的自由和人格的独立。中国没有类似西方的神学传统,但阻碍中国人个性解放的主要障碍是封建伦理纲常,因此,陈独秀断言:"伦理之觉悟为最后觉悟之觉悟。"⑭于是,封建伦理纲常、宗制以及封建伦理所造成的国民的"奴隶性"人格就自然成为"五四"新文化运动时期的众矢之的。在这种背景之下,沈从文对国民"阉寺性"的批判自然带有反名教的意味。但正像金介甫指出的那样,沈从文的批判有两个向度,一个是儒教,一个是城市文明⑮(城市文明即现代文明),也即沈从文认为束缚人的自然本性的除了名教之外,还有现代社会的金钱法则以及现代文明下的制度、规范、价值标准。换言之,就是"社会""文化""教育"对身体的规训,使人丧失了生命的活力,并使文化也随之丧失了创新的活力,因此,只有先释放人的自然本性,使人重新占有人的本质,获得人的感受,并将这种本能上升为意志的层面,才能最终获得人的解放和文化发展的动力。这便是沈从文人学思想内涵的独特之处。

四

综上所述,我认为沈从文的人学思想内涵大体可以分为两个方面:一是对生命强力的呼唤,包括前期对湘西原始生命强力的颂扬和中后期对生命、本能、意志的标张;二是主张人与自然的契合,这与湘西巫楚文化以及中国传统文化的影响是分不开的,但又"和而不同",因为沈从文是将人与自然的契合放在启蒙主义的人学思想构成层面来考量的,所以这种"回归自然"便不是传统意义上的退守,而是超越意义上的"回归",

也即沈从文所讲的"新道家思想"。

沈从文的人学思想是一个生成的过程,不同的阶段,就会有不同的思想元素纳入其中,这就形成了思想的阶段性和发展性;但主体选择怎样的思想元素,又对这些思想元素做怎样的吸收、转化和利用,却受制于主体旧有的思想基础和思维逻辑,这又形成了思想的相对连续性。所以考察沈从文的人学思想的生成,就要考察其"常"中之"变"和"变"中之"常"。我认为,沈从文的人学思想生成大致经历了这样三个阶段:一是1928年之前,受郁达夫自叙小说影响,表现都市生活中的"生的苦闷"和"性的压抑",湘西题材小说的主题尚不分明,停留在猎奇与混沌的层面;二是1929年到抗战爆发前,受周作人和新月派文人影响,作品中流露出传统文人的审美情趣,歌颂湘西原始生命强力的文章也加上了道德与审美的视野;三是联大时期到新中国成立前,特别是联大时期,醉心于人类"爱"与"美"的抽象之域,并以此彰显生命、本能、意志。将沈从文的"人"学思想分为这三个阶段,并不意味着这三个阶段是彼此孤立并静止不动的,恰恰相反,这三者的关系是相互渗透、此消彼长的。例如第二个阶段,沈从文深受传统文化的影响,遵循"平和""节制"的美学主张,但不能说单单这个阶段沈从文才接触传统文化的因子,而是说时代境遇与个人生活的变化以及其投射于主体上的主观心态、情绪的变化(即"因缘时会")决定了沈从文在特定时期的文化选择,这种文化选择使传统文化的因子处于显性层面,其他文化因子暂且居于隐性层面;再如,第一阶段对"性的压抑"的抒写与第三阶段对生命、本能、意志的观照,彼此之间是相互流注、相互渗透的,前者侧重于具象,后者侧重于抽象,前者是后者的原点,后者是前者的升华。在这三个不同的阶段中,有两条暗线贯穿始终——对生命强力的观照和人与自然的契合,这两条思想暗线交织在一起,共同构成了沈从文人学思想的根柢。

考察沈从文的人学思想,还有一点需要特别指出:沈从文的人学思想主要存在于文学内部,而不包括人的全面解放得以实现的外围因素(包括经济、政治等诸多方面)。这是因为沈从文的启蒙是"文学的启蒙"，而"文学"只承担了"启蒙"的一部分任务——个体哲学意义上的人的重建，所以诸如"阶级斗争""社会革命"之类的意识形态变革就会被自动排除在外。在这里，有必要拿沈从文的人学思想与鲁迅的人学思想做一个对比。鲁迅早年高度赞扬"古民"的"形上"之追求，大力主张人的"主观之内面精神"，在中后期的文学实践中，他所开创的农民和知识分子两大题材依然关注人的精神病苦，关注启蒙者与启蒙对象的精神人格建构。但与此同时，鲁迅也关注人的物质生存，关注社会变革，关注"形上"观念所依托的现实社会。鲁迅的人学思想是一个全面而立体的概念，是一个复杂的系统工程，包括人的解放得以实现的"内部工程"与"外部工程"、"长远目标"与"现实目标"、"个体解放"与"群体解放"等一系列范畴、梯度、层级。相对而言，沈从文的人学思想比较单纯。他坚守"文学的启蒙"，求"远景"不求"近功"，重"内部"不重"外部"，用审美的方式表现丰富的人性和人生，探寻人最内在的生理、心理根基，表现人的诗意存在形式，大大拓展了现代文学史上人学思想的"形上"视野。

第二节　生命强力的彰显

关于人的改造的思想是沈从文人学思想的重要组成部分。经由都市—湘西两个经验世界的互参，他在湘西世界中寄寓了民族性格重造的思想，这种思想与鲁迅所开创的"国民性改造"一脉相承。然而，在逻辑严密、视野开阔、格局宏大、复杂多向的"国民性改造"思想体系中，沈从文的民族性格重造思想的体量并不宏大，但因个体经验和思维方式的不可复制性，他的这部分思想仍有较高的研究价值。我认为研究沈从文的民族品德重造的重点不是寻找其与"国民性改造"的总体思想的重合之处，而是要寻找出沈从文立足于个体实感经验与思维方式对人的改造问题的独特思考，这里面包括了体验的方式、思考的基点、思想的根柢等问题。我认为沈从文的民族品德重造是以"爱欲"/身体为载体和基点的。

"爱欲"的抒写是沈从文的文学世界当中较浓墨重彩的一笔。先以小说为例。无论是《阿黑小史》《柏子》《夫妇》《三个男子和一个女人》等湘西题材小说还是《扇陀》《爱欲》等根据佛经故事改编的小说,甚或是《媚金·豹子·与那羊》《神巫之爱》等以苗族传说为题材的小说,沈从文对人的体察都是以"爱欲"为载体的,特别是在《绅士的太太》《八骏图》等以都市上流社会为题材的小说中,沈从文所着力批判的"阉寺性"人格,也是基于"社会"对人的以"爱欲"为代表的自然本性的戕害。不仅小说是这样,在沈从文的文论、书信、散文中也可发现他对青年男女的"爱情""婚恋""情欲"的强烈关注和独树一帜的洞见。例如,在《论落华生》中,他将落华生的风格概括为"基督教的爱欲"与"佛教的明慧""近代文明与古旧情绪"的完美融合,不可不谓一种真知灼见;在《论中国创作小说》中,他赞赏淦女士的婚恋题材作品"在精神的雄强泼辣上,给了读者极大惊讶与欢喜"⑯;在《论汪静之的〈蕙的风〉》中,他对汪静之诗作中"情欲"的绘画意味给予了肯定;在《论徐志摩的诗》中,他将欣赏的眼光放在"爱欲"以及"爱欲启示"与诗人的"火焰热情"上。作为"人性的治疗者",沈从文开出的药方也往往以生理学和病理学为依据,特别是"性的压抑"怎样得到缓解和释放。例如在《给一个中学教员》中,沈从文认为人在三十岁以后才用得着"抽象观念",一个二十多岁的男子并不需要用"抽象观念"稳定生命,他需要的只是放下一切书本去恋爱或结婚,并"证实生命存在更生物的一面"⑰;在《给某教授》中,他为吴宓教授所开的第一个药方就是"结婚";在《凤凰》中,他写了存在于湘西部分妇女身上的放蛊、行巫、落洞三种"神秘"或"迷信"行为,但与读书人一概用"迷信"命名之有所不同,沈从文对此做出判断的依据仍然是生理学、病理学、心理学,他认为这三种歇斯底里的病症源于人神错综,情绪被压。所以,对于那些"落洞"女子,最好的治疗是"婚姻"。沈从文的这种生理学、病理学的眼光也投射到他的小说中来,直接影响他对情节的设置。例如《若墨医生》《八骏图》中的情节突转,让人觉得生命是坚固的、难以驾驭的和非理性的,来自生命深处的本能,随时可能将计划、规则、理性、意志推翻,生命正是在这种意义上呈现出它的神秘性。

一、都市空间的"爱欲"

与现代文学史上的张资平、叶灵凤等以抒写"爱欲"见长的作家不同，沈从文对"爱欲"的抒写并没有停留在感官的刺激、情感的宣泄上，而是将"性"的压抑视为"精神苦闷"的症状，并投之以深切的人文观照，在这一点上，沈从文与郁达夫颇为相似。谓予不信，请先参看沈从文写于1930年的《论汪静之的〈蕙的风〉》。学界在研究沈从文的人学思想时，往往忽略沈从文的文论，我觉得看看沈从文怎样评价别的作家，并找出一些不经意之间流露出来并带有规律性的认知，倒不失为一种更加客观的研究方式。《论汪静之的〈蕙的风〉》一开篇，沈从文就将对汪静之的评价放在五四运动对男女关系重新估价的大背景之下：

> 五四运动的勃兴，问题核心在"思想解放"一点上。因这运动提出的各样枝节部分，如政治习惯的否认，一切制度的惑疑，男女关系的变革，文学的改造，其努力的地方，是从这些问题上重新估价，重新建设一新的人生观。……除了一些人在论文上作解释论争外，其直接使这问题动摇到一般年青人的心，引起非常的注意，空前的翻腾的，还是文学这东西。⑩

这段文字告诉我们的重要讯息是：要建设"新的人生观"，关键是要用"文学"的方式动摇到一般青年的"心"。这句话可以视为"文学的启蒙"的另一个注脚。"五四"时期有大量的白话诗歌来抒写"生的苦闷"，例如刘半农的《学徒苦》《卖萝葡人》，胡适的《人力车夫》，周作人的《路上所见》等，但这些诗作能否动摇到"一般年青人的心"呢？沈从文认为它们缺少"翻腾社会的力"，读者只是从文字中找到了"尸骸复活的证据"。即便是胡适的《乐观》《威权》《死者》等注入了反抗意识的作品，也不免成为"柔软的讽刺"。沈从文接下去将批判的重心发在了"情诗"上，他说胡适的《如梦令》虽不缺少热情，但缺少"情欲的苦闷"，缺少"要求"，按照这种标准，他肯定了黄婉的这首《自觉的女子》：

> 我没有见过他，怎么能爱他？我没有爱他，又怎么能嫁他？[19]

沈从文认为这首诗里的"反抗与否认意识"，是"情欲的自觉与自尊"。然而"自觉"只是第一步，沈从文更看重"自觉"背后是否有强大生命力的支撑，在"眼泪还是气力"之间，沈从文选择后者，这也正是他给予《蕙的风》高度认可的内在原因，他说："在男女恋爱上，有勇敢的对于欲望的自白，同时所要求，所描写，能不受当时道德观念所拘束，几乎近于夸张的一意写作，在某一情形下，还不缺少'情欲'的绘画意味，是在当时比其他诗人年青一点的汪静之。"[20]与此形成互文式对照的，可以参看沈从文对朱湘的部分诗作的评价。他认为朱湘的部分"工稳美丽"的诗只限于"形式的完整"，缺乏一种"由于忧郁，病弱，颓废而形成的犷悍兴奋气息"，"离去焦躁、离去情欲，离去略带夸张的眩目"，难以动摇人心。由此可见，沈从文之所以看重"爱欲"的抒写，是看重"爱欲"背后所张扬的生命热情和活力，这种热情和活力能够动摇年青人的"心"，使他们对"生"有所"觉醒"，从而获得一个新的"做人观念"。

行文至此，有一个问题需要深入探讨："爱欲"背后的爆发力是怎样产生的呢？要理解这一问题，我们有必要借鉴一下尼采对"身体"的认识。在西方思想的长河中，尼采对"身体"的呼声最为强烈，为"身体"正名是尼采哲学的精要。尼采为什么要高扬"身体"呢？这是因为西方哲学的正统观念受二元对立思维方式的支配，将"人"分为"身体"和"灵魂"两个部分，"身体"是表象的、短暂的、非本质的，而"灵魂"则是内在的、永恒的、本质的。因此，从苏格拉底、柏拉图到奥古斯丁、笛卡儿、康德，"身体"都是一个被忽略和轻视的角落。尽管在文艺复兴时期，思想家们对"身体"有过一阵短暂的赞美，但其目标主要是针对封建神学，而不是"身体"的解放，真正将"身体"作为哲学的本体进行研究，是从尼采这里开始的。尼采打破了传统的二元对立结构，认为人首先是一个身体

　　　　　　　　　　　　沈从文的文学观

和动物性的存在,而理性只是"身体"的附属物。尼采将"身体"抽象化为"力",而"力"的构成只能存在于相互关系中。也就是说,"力"就是冲突,就是"力"的关系。在与理性的不断抗争中,"力"得以强化和彰显。尼采的后继者巴塔耶回应了尼采对"身体"的理解,他将"身体"具体化为"色情"(与我们通常所理解的色情有别)。当"色情"冲破世俗世界以及理性自我意识的重重阻力,走向自然本性的时刻,一种令人震撼的爆发力就产生了。尼采一系对"身体"的理解,从一个侧面深化了我们对沈从文"爱欲"观的认识:在与世俗宣战,与理性意识对决的过程中,"爱欲"的爆发力才得以体现——越是阻力重重、困厄百出,越是"忧郁""病弱""颓废",这股力量就越是"犷悍""炫目",越是能够"翻腾社会"。这股带有强烈反抗意识的力量,以毁灭的激情,张扬了满溢的生命活力。然而,书写"爱欲",表现"性的苦闷",就一定能够获得这种爆发力吗?这却是因人而异的。

　　抒写"爱欲",并用一个严肃的人文主义者的立场对待为封建道统、习见所不齿的"性的苦闷",这是沈从文和郁达夫的共同之处。郁达夫曾经说过:"种种的情欲中间,最强而有力,直接摇动我们的内部生命的,是爱欲之情。诸本能之中,对我们的生命最危险而同时又最重要的,是性的本能。"[①]由此看来,大胆露骨地向世人陈列自己的"性的苦闷",就不仅仅是"用一种惊世骇俗的姿态来强调自己情感模式的真实"[②],而且是从"性的苦闷"中发现自我、寻找自我的一种方式。由于受风行一时的日本新浪漫主义的影响,郁达夫的部分作品沿用了自然主义描写病态心理的手法,并隐含着一种用赞美罪恶来进行价值颠倒的倾向,这就形成了一种生命强力,借用沈从文的话来讲,就是"由于忧郁、病弱、颓废而形成的犷悍兴奋气息",但这种生命强力是用极端的、扭曲的形式表现出来的,所以更多的时候我们从"忧郁、病弱、颓废"中看到的只是微弱的生命意识,而由强大的生命活力和生命意志支撑起来的"新我"却很难见诸郁达夫的篇章。沈从文的"爱欲"抒写,虽然早期饱含着"忧郁",中后期浸透着"哀愁",但其内质却不乏"力量"和"热情"。下面以郁达夫和沈从文的文字来进行对比分析：

> 他在海边上走了一会，看看远岸的渔灯，同鬼火似的在那里招引他。细浪中间，映着了银色的月光，好像是山鬼的眼波，在那里开闭的样子。不知是什么道理，他忽想跳入海里去死了。
>
> 他摸摸身边看，乘电车的钱也没有了。想想白天的事情看，他又不得不痛骂自己。
>
> "我怎么会走上那样的地方去的，我已经变了一个最下等的人了。悔也无及，悔也无及。……"㉓
>
> 一个这样女人是比之于卖身于唯一男子的女人是伟大的。用着贞节或别的来装饰男子的体面，是只能证明女人的依傍男子为活，才牺牲热情眷恋名教的。说到娼，那却正因为职业的人格的失坠，在另外一意义上，是保有了自己，比之于平常女人保有的分量仿佛还较多了。㉔

这两部分文字都是写主人公宿妓之后的心理活动。在第一部分文字中，作者先用"鬼火""山鬼的眼波"两个喻体，形象地传达出主人公宿妓醒来后的惶恐；接下来又用一段心理独白表现了主人公的懊悔。"情欲"就像"鬼火""山鬼的眼波"那样"招引他"，使他沉溺其中，无法自拔，即便最终选择跳海，也不过是另一种形式的沉溺。"选择的自由""个体的觉醒"并没有在主人公身上有所体现，我们看到的只是被外力所压的无限缩小的"自我"，不管这份压力是来自弱国子民的自卑还是传统道德对主人公的潜意识的威压。郁达夫是对主人公宿妓后心理活动的刻画，也可以认为是作者从故事情节中跳出来并发表的一番议论，但这并不重要，重要的是这段话本身应该怎样理解。在世俗的价值标准内，文人宿妓和妇女卖淫都是为正统思想所难容的行为，应该大力贬斥的，但沈从文却借主人公的心理活动，表达了对这种行为的肯定，他认为普通女子保持贞洁，不过是为了装饰男子的体面，借以在男子身上谋生活，而娼妓虽不免人格堕落,却在另外一个方面保有了自己。这种大胆的论调,体现了一种僭越道德、颠倒价值的冲动。但与张竞生等性学家和一些主张性开放的社会学家不同,沈从文是用庄严而非戏谑的态度对待这一人生问题,并将着眼点始终放在"热情""生命活力""人格独立"等人文诉求方面,这一点与郁达夫相似。但两人的不同之处在于"反抗"力量的强弱。前者是在"病弱与颓废"中获得自我意识,后者则是在"反抗与叛逆"中获得自我意识;前者是一种"内倾式"的"自戕"和"反省",并始终走不出"自我"的狭小封闭的空间,后者是"外倾式的反叛",目标在动摇人心,改变现实。

在对都市男女的爱情、婚恋观念的批判中,沈从文的参考尺度放在人之为人的标准上,例如他对女子的评判:

> 现代女子是只因为自己的利益的拥护,才像这样子很可笑的活到世界上的。她们哭泣,赌咒,欢喜穿柔软衣裳,擦粉,做怪样子,这些专属于一个戏子的技巧,妇女总不可缺少,都是为男子的病态的防卫。男子们多数是阉寺的性的本能的缺乏,所以才多凭空的感疑,凭空的嫉妒,又不知羞耻,对于每一个女人的性格皆得包含了命妇的端庄同娼妓的淫荡,并且总以为女人只是一样东西,一种与古董中的六朝造像或玩具中的小钟,才把这些弱点培养在所有妇女的情绪上,终无法用教育或其他方法,使女子更像一个与人接近的女子。[㉕]

沈从文认为女子与人相远的原因在于维护自己的利益,将自己依附于男子,这一观点与前面所举例文如出一辙,但本文段的重心在于对造成这种依附性人格的原因分析。沈从文认为最根本的原因应该归结到男子的"阉寺性"人格,所谓"阉寺性"人格,也即由生理上"性的本能的缺乏",而出现的人格缺陷。具体表现就是"架子大""灵魂小","生命如一堆牛粪,在无热无光中慢慢的燃烧"[㉖]。这种人格近则殃及妇女,使她们不能获得一个健康的"人"的观念,远则祸害国家,因为"爱国也需要生命,生命力充溢者方能爱国"[27],而阉寺性的人,"实无所爱,对国家,貌作热诚,对事,马马虎虎,对人,毫无情感,对理想,异常吓怕。也娶妻生子,治学问教书,做官开会,然而精神状态上始终是个阉人"[28]。

沈从文对都市男女婚恋观念的认识,是以他的"爱欲"观念为根基的。所谓的"阉寺性",就是基于"身体"的判断。他"崇拜朝气,欢喜自由,赞美胆量大的,精力强的"[29],书写美好的身体,认为"神在生命本体",这些都是对健康身体以及自然人性的礼赞,对传统儒学以及现代文明所造成的病态人格、萎缩性生命的贬斥。

二、湘西世界的"爱欲"

无独有偶,沈从文对湘西原始生命形式的描摹也是"依靠人物的爱情、婚姻及两性关系形态获得它的定性的"[30]。凌宇先生认为,这种由爱情、婚姻及两性关系表现出来的原始生命形态是与湘西世界的现实基础分不开的。湘西地区,历来都是王权社会控制版图之外的"盲肠",所以一些为历史所遗忘的原始部落氏族制度与原始习俗在这里得到较好的保留,这就是两性关系的自由所借以产生的环境。正是在这样的环境里,青年男女的生命活力得到了极大的释放。《阿黑小史》《雨后》《夫妇》等对湘西小儿女无拘无束的情爱场景的书写自不用说,即便是取材于佛经故事的《扇陀》《爱欲》等小说,也冲破了道德和世俗的界限,跃动着由"爱欲"所散发出来的生命活力。与普遍存在于都市的、以金钱为基础的两性关系不同,湘西世界中的青年男女按照"以'爱'换'爱'"的方式确立双方的关系。正如《龙朱》里的这段话:"抓出自己的心,放在爱人的面前,方法不是钱,不是貌,不是门阀也不是假装的一切,只有真实热情的歌。"[31]有时为了显示与都市男女建立在名分上的做作、虚伪、浮夸爱情观的区别,为了彰显不为社会规训、文化压制的生命活力,沈从文在有些篇章中刻意贬低知识(语言)在爱情中的作用。例如在《神巫之爱》中,最终胜出的哑女是靠眼波流转中的爱意征服了年轻的神巫,言语在爱情中的作用却被放置到了可有可无之间,正如文中所言:"一个人用眼睛示意,用口接吻,是顶相宜的事了! 要言语做什么?"②《雨后》中的四狗,正因为不识字,才没有辜负时光,在合适的时间合适的地点行了人生的乐事。沈从文说:"为是要枯了,女人只是一朵花。真要枯。知道枯比其他快……总还有不够,这是认字的过错。四狗幸好不认字,不然这一对,当更不知道在这样天气下找应找的乐了。"③不识字,就不会为名教所缚,表现出来的就是一种直接坦荡的行为,一种"当下即是"的境界,生命不洋溢的人,气力不充沛的人,很难达到这种状态。

除了要逾越知识(言语)的藩篱,沈从文还经常将"爱欲"放在"生"与"死"之间来进行考验、试炼、萃取、提纯。《月下小景》中的故事发生在这样一个地方性风俗之中:该族认为处女是一种有邪气的东西,所以女子不能同她接触到的第一个男子结婚。若违反了这种规矩,等待女子的不是沉潭就是被抛到地窟窿里,男子虽然不受族规的硬性惩戒,但此后的命运也将被不幸笼罩着。所以年轻男女在第一个恋人身上,从不做那长远的梦。但乡长的独子傩佑与一个女孩子却是例外。他们狂热地恋爱,又保持一种有节制的友谊。但因无法在现实中安放他们的爱情,于是双双饮毒,用"死亡"战胜了"命运"。《爱欲》之三讲了这样一个故事:一匹母鹿所生的女孩子因容貌柔媚、知书识礼而受到国王的宠爱,后因其他妃嫔的构陷而痛失国王的宠爱,最后借自己的一千个儿子成功复位。然而,这个女孩子并没有因此而满足于她与国王之间的关系,因为她知道这层关系是建立在他们的孩子身上,他们之间曾有过的纯粹爱恋已经随着她容颜的衰老一去不返,最终她用一场哀婉决绝的表演结束了自己的生命。这则故事的原始素材来自《法苑珠林》中的《杂宝藏经》,但原文的故事情节到"王后复位"就结束了,"王后复位"以后的情节是沈从文自己加的。沈从文的改动有何用意呢? 我想首先是为了颠倒中国人的审美习惯,避免"大团圆"式的结局,打破"骗"和"瞒",将黑暗、残酷的人生底色还原给世人,这是"五四"以来中国现代作家的共同追求或言集体无意识。除此之外,我认为沈从文是借助这则故事,为"爱"下一个注解——"爱与死为邻"。《媚金·豹子·与那羊》里的媚金与豹子因为误会而自杀殉情,而造成误会的原因是豹子要在赴约之前找到一只纯白的小山羊,用白羊换取媚金贞女的红血。山羊越纯白,就越能代表媚金的无瑕,而山羊越纯白,就越难寻觅。于是,豹子迟到了,等待他的,已是倒在血泊中的媚金,而他要做的选择,则是把刀扎进自己的胸脯,让弥留之际的媚金含笑而终。从象征意义上来讲,"白山羊"意味着"纯洁","寻找白山羊"意味着维护"爱情的纯洁",而维护"爱情的纯洁",最终却只能用"死"来实现。因此,整个情节链条构成一个隐喻——"爱与死为邻"。在《三个男子和一个女人》中,三个身份各异的青年男子同时暗恋商会会长的女儿,但不巧的是,这个女孩子吞金而亡,下葬之后的新坟被人掘开,尸身也被人背走。当号兵与"我"纳罕之际,却不想豆腐铺的老板忽然不见了踪影。这篇小说用轻松的笔调、节制的语言讲述了一个让人匪夷所思的故事,但沈从文的目的不在猎奇,他在这则故事中仍然用"死"来试炼爱情。首先用横亘在豆腐铺老板的"生"和会长女儿的"死"之间的阻隔来试炼爱的纯度,结果豆腐铺老板抛家舍业,背尸而去,与会长女儿的爱恋虽生死之隔也不能断绝;再者,按照律法和乡规,盗尸者应问斩,豆腐店老板对此也是心知肚明的,但他仍然选择忠于自己的内心而漠视外部的社会规则,其实做出这一选择也就做好了引颈就戮的准备,外在的任何障碍也动摇不了他殉爱的决心。

在湘西这片"世外桃源",在人类情爱这个场域,统治一切的,不是外部的秩序、法律、道德、名分,而是"自然"。"爱"只有与"自然相契合",与"自然的神意合一",才能冲决外界束缚,超越生死,与"神性"相接近。这里的"自然",不仅仅是指自然人性、世俗欲望,还包括一种自然神意观:在泛神论基础上提出来的对天意秩序的肯定,在回归自然、听从内在律令的过程对人类道德根源的探寻。这里所言的"道德",并非指我们通常所理解的外部的规则与律令,而是指人类的内在律令或形而上意义的"自我"根源。关于这一点,前文已述,这里不再赘言。对自然人性的释放和对世俗欲望的肯定,是文艺复兴时期的人学目标,但由于这个时期的主要任务是反对宗教神权，所以"身体"的解放只能浅尝辄止，直到尼采，"身体"才被提到一个新的高度。回归自然，肯定天意秩序和内心律令，起始于自然神论，后经卢梭、华兹华斯、柯勒律治不断完善，最终成为浪漫主义的人学目标，但它出现的文化前提是：分析式、分解式的宏伟理性过度发展，造成情感的压抑。所以，只有回归自然，才能完成情感与理性的再次结合。而沈从文之所以提出"自然"的概念，是因为社会的规约、文明的压制，使表现在男女两性关系之中的生命活力消失殆尽，因而需要引入一个"自然"，使他们在自然人性的释放中重获生命活力；需要引入一个"神性"，使他们摆脱物态名分所压，重获生命的本真。沈从文从原始的情感形式中汲取的主要是一种动力，一种能使爱情和人生具有生命活力的酒神精神。爱欲的狂热冲动达到极限，超越死亡、自由、神灵，这就是"自我"最充分的实现。

在湘西儿女的情爱场面中，跃动着原始的生命活力。无论是用美丽的身体、动人的眼神、热情的歌声，还是用鲜血和生命，他们都遵循着用"爱"换"爱"的法则，而都市的两性关系，则一律受制于金钱法则，在物态的重压之下，人的个体性被抹杀，人的自然属性受到扭曲，爱情中的"神性"也逐渐消退。马克思在《1844 年经济学哲学手稿》中对货币对人的异化作用，做出了直接而具体的论述，他说："我们现在假定人就是人，而人同世界的关系是一种人的关系，那么你就只能用爱来交换爱。"[③]这句话在当时的效果可谓石破天惊，因为在此之前没有哪个时代会用假定的形式来对人的本质做出这样的描述，这要归因于 19 世纪的普遍焦虑，人们越来越意识到存在正受到占有的威胁，因此马克思认为人占有的物质财富越多，外化的生命就越大，异化的本质积累得越多。简言之，货币是人的存在中一切不真实的本原。由此，马克思将经济和社会革命作为克服人类异化的主要手段。然而，仅仅是反对占有是远远不够的，人类所受的压迫和人性面临的异化，除了来自货币和社会实体外，还来自"文化"——由各种相互作用的假定、思维方式、风格、习惯等所构成的统一的复合体，所以要反对机械或机械方式对人的思想观念、生活方式的影响,反对外部异己力量对人的占有、控制、异化。例如,尼采反对主体形而上学对人生命的践踏;福柯反对现代科层制对"身体"的规训。那么,湘西世界中的"爱欲"书写,又折射出沈从文怎样的人文理想呢?首先,他从苗汉两种文化的对比中,反对"实物""金钱"对爱情的腐蚀。他说:"地方的好习惯是消灭了,民族的热情是下降了。"⑤具体表现是:"女人也慢慢的像中国女人,把爱情移到牛羊金银虚名虚事上来了,爱情的地位显然是已经堕落,美的歌声与美的身体同样被其他物质战胜成为无用的东西了。"⑥这段话主要是从苗汉两个文化形态的对立中反对金钱对爱情的腐蚀,对人性的扭曲。美的歌声与美的身体是爱情的最重要的载体,甚至具有本体论的意义,这是沈从文对爱情本真性的独特理解。有些学者认为这种情感形态以及这种情感形态背后的人性基础太过简陋,缺乏现代理性的投射;而我认为沈从文对湘西原生爱情形式、生命形态的反顾,恰恰是一种现代的眼光。这种眼光与 19 世纪以来西方思想家对人性异化的反思不无重合之处,但与西方思想家的超前意识有所不同,沈从文是在现代文明于二三十年代的中国逐渐显露出其弊端的情况之下,结合自己的湘西生活经验,所做出来的独特思考。例如,他对都市青年男女在现代观念影响之下的不彻底的思想革命的批判,就是基于对"五四"的"立人"思想怎样在实践中生根的思考。他认为都市青年男女不配恋爱,因为他们的了解建设在一个"虚空抽象的倾心"上,结果将恋爱降到玩弄风情、玩弄名词、玩弄双重道德的水平;现代的名词与儒家的名教完成了合谋,做人的权利和义务也纠缠不清,最严重的是,名词的遮盖使青年男子的"阉寺性"人格蔓延横生,使青年女子失去了为爱疯狂的生命活力,而假如"女人们对于恋爱不能发狂,不能超越一切利害去追求,不能选她顶欢喜的一个人"⑦,那么这民族就无用。沈从文反顾湘西,就是反顾人类文明的童年阶段,他要在这个阶段寻找到元气淋漓的生命元素,并将之注入民族肌体之中,使之摆脱由黑暗沉重的传统与乱象横生的现代所造成的双重困扰。因此,从这个意义上讲,那些原始的情感形式在现代具有的意义就不能用其在历史进程中的落后地位来衡量。19 世纪英国作家、美术评论家罗斯金认为任何不允许制作者将其存在的本质注入制作的制作方式都生产死的物件，根据这种标准，他十分反感 19 世纪流行的建筑风格，而对盛行于中世纪中晚期的哥特式建筑情有独钟，因为他觉得哥特式建筑是唯一将人的生命本质熔铸其中的建筑风格。罗斯金的这种观点与卢梭的回归本性、返回自然的主张，以及尼采的恢复酒神精神的观点如出一辙。同样道理，沈从文之所以推崇湘西所存留的原始情感形式，是因为这种情感形式熔铸着生命的本质力量——"美的歌声""美的身体"。之所以说它们在爱情中居于重要地位，具有本体论的意义，是因为它们不能被其他实物所取代和置换，也不能被抽象观念所拆解、分析、归纳、衡量、比较，它们与"人"合成一个整体，构成存在本身。我们不能说罗斯金对哥特式建筑温情脉脉的回望是缺乏现代眼光的表现；同样，我们也不能说沈从文对原始情感形式的回顾是缺乏现代意识的明证。在对理想化的"人"进行描述的过程中，如果说形形色色的乌托邦主义者为我们展现的是一片未来的乐土，那么，卢梭、罗斯金、尼采、沈从文却将我们带回原始、蛮荒、蒙昧的往昔之地。但究其本质，两者并没有区别，因为后者也不过是对未来的想象和赋形。

三、"爱欲"的抽象与升华

沈从文 20 世纪 40 年代的文学作品大致可以分为三类：一是"乡土抒情小说"，以《长河》《雪晴》为代表；二是"文体实验"类作品，以《看虹摘星录》《烛虚》《七色魇》三部集子为代表；三是文论和杂文，宇宙之大，苍蝇之微，皆见诸笔端，延续了他感怀时局、关心民瘼的人文情怀。沈从文 20 世纪 40 年代的"乡土抒情小说"，延续他 20 世纪 30 年代的抒情笔调的同时，融入了对湘西儿女以及整个中华民族的历史命运的深切关怀，因此呈现出了"写实"的风貌，对以往的"牧歌情调"有所消解。其实，20 世纪 30 年代的那次回乡之旅，已经将湘西牧歌的衰音送入沈从文的耳朵，由此，对湘西以及整个中国民族历史命运的隐忧就充溢于沈从文的后期作品之中。以湘西儿女的原始生命强力而言，我们往往在沈从文的前期作品中,看到"以死为邻"的爱是怎样伴随着青春,成为青年男女生命中隐秘的势能,并与生命意识相缠绕、互动,最终一往无前,冲决一切,势不可当。沈从文喜欢用神秘诡谲、哀艳凄婉的故事套子包裹恣意释放的情欲,在幽微迷离的情致中寄寓青春隐秘的欢喜。而在中后期的"乡土抒情小说"中,沈从文的身份仿佛从一个只为"现象"倾心的艺术家,变成了一个关心民瘼的思想家,那种沉郁的调子和求实的风格印证了他潜在的身份体认。在《边城》中,他赞美妓女性情的醇厚以及她们"见寒作热"、为爱疯狂的生命热力。而到了《雪晴》中,他不能不为她们的最终命运而担心,他说:"一面是如此燃烧,一面又终不免为生活缚住,挣扎不脱,终于转成一个悲剧的结束。"⑱对于翠翠敢于主宰自己命运的生命活力的肯定,变为对巧秀私奔的忧心——不仅被"偶然"带走的东西一去不返了,就连她本身,"那双清明无邪眼睛所蕴蓄的热情,沉默里所具有的活跃生命力,都远了,被一种新的接续而来的生活所腐蚀,遗忘在时间后,从此消失了,不见了"⑲。为凸显人物悲剧命运的普遍性、恒常性,沈从文有意制造一些"轮回",例如,翠翠父母的悲剧在翠翠身上的复现,巧秀母亲的悲剧与巧秀悲剧的轮回,使人觉得笼罩在湘西妇女身上的悲剧命运仿佛亘古如斯,无法摆脱,人的内在自然中的原始生命活力,始终无法摆脱外部自然(命运)的制约,这便是沈从文从自然中获得的启示。对湘西儿女命运的深切关怀,一方面增加了沈从文作品的现实感,另一方面也使沈从文的"乡土抒情小说"走向了衰竭。一个作家,特别是像沈从文这样的有自觉文体意识的作家,当然不会在一种文体上原地踏步,短暂的停歇可能只是为再次腾空积蓄能量。果不其然,随着《烛虚》《看虹摘星录》《七色魇》等颇具文体实验色彩的作品集的发表,一个有着形式创新抱负和思想建构雄心的作家沈从文再次出现在读者的面前。《看虹摘星录》和《七色魇》两部集子延续了沈从文的"爱欲"抒写,具有自叙色彩和文类杂糅风格。在 20 世纪 30 年代的"乡土抒情小说"中,沈从文将"爱欲"转喻到湘西世界中,湘西世界既包含想象的虚构性、记忆的重构性,也包含具体性、实在性,这也许就是沈从文"希腊小庙"的坚实地基;在 20 世纪 40 年代的"爱欲"抒写中,沈从文徘徊于抽象与具象、梦幻与现实之间,并有意无意地将个人的情欲经验贯穿其中,以隐喻的形式传达出一种扑朔迷离的审美效果。总体来说,沈从文 20 世纪 40 年代的"爱欲"抒写是早期自叙体小说的一种回归,这种回归不是简单的重复,而是更具探索意义的回归。然而,沈从文 20 世纪 40 年代的"爱欲"抒写并没有为他带来更高的声誉,《新文学》编辑、许杰、郭沫若等人众口一词,指责《看虹录》是"色情文学",为日后《看虹录》的研究工作定下了一个灰色的基调;在 20 世纪末 21 世纪初的沈从文研究中,《看虹录》逐渐被"解冻",并被投以人文主义的目光;最近几年,随着《摘星录·绿的梦》的出土,沈从文 1930—1940 年的"情事"再次成为研究的热点。这一现象应该一分为二地看待:首先,生活经历本来就是一个作家斩不断的精神脐带,沈从文这种善于从"人事"上获取经验和智慧的作家更是这样,所以对 1930—1940 年的沈从文"情事"考证,有利于更"人性"地理解他的复杂性;其次,对具体历史情境的还原和对"当事人"的考证不能代替文学和思想研究本身,文学是源于生活并高于生活的,有同样生活经历的人,并不一定能够写出在思想含量、艺术水准方面相齐平的文学作品,其中,作家的感受能力、思想深度、写作才华的个体性差距占了主因。因此,了解作家的创作和思想,一方面固然要结合作家的生活经历,另一方面更要贴合文本,从作家对经验碎片的粘贴组合中,从文本所提供的若隐若现的情感和逻辑线索中,从文本与文本之间的互文式对照中,找出属于作家个人的审美志趣和思维机制。

"五四"新文学的一个重大发现就是——人的发现。人的发现又包括人本能原欲的发现。由于人的本能原欲的压抑而造成的"生的苦闷",是"五四"新文学所开启的一大叙事资源,从郁达夫的《沉沦》到沈从文的《看虹录》,从路翎的《饥饿的郭素娥》到张贤亮的《绿化树》再到王小波的《黄金时代》,表现"身体",并把"身体"与民族国家、现代文明、革命逻辑并置,用"身体"来解构那些冠冕堂皇、正襟危坐、义正词严的"秩序",正是这一叙事传统所提供给我们的精神资源、思维基点、方法手段。

所以，从这个意义上讲，文学不是不能表现"身体"，关键用怎样的态度去表现"身体"、表现"身体"的终极目的是什么。周作人在《人的文学》中提供给我们一个最简单鉴别"人的文学"和"非人的文学"的标准，这个标准就是作者的态度是"严肃"还是"游戏"。研读沈从文的《看虹录》《摘星录·绿的梦》[40]，我发现作品中有多处女性身体的细节描写，甚至有套用古典情色小说细节描写的痕迹，也许这就是沈从文的这些作品饱受诟病的原因。但情色小说的审美效果往往止于感官的享受，并在这份轻松的享受中躲藏着一个"文人狎妓"的游戏心态；而《看虹录》这类作品却有着浓郁的生命意识的流注，这股生命意识，已经超越了物质的、具象的层面，不再指向原始冲动，而是指向"身体"的象征层面。例如，《看虹录》的结构从一开始的牌楼独立、凝眸"空虚"，到中间部分的主客围炉夜话，再到最后的复归"空虚"，整个情节框架构成了一条生命的抛物线，而这条抛物线的起起落落又反映着生命的整个历程。生命流动不息，相互浇注，沈从文希望再过五十年，年轻读者仍然可以从这个作品中"产生一个崇高优美而疯狂的印象"[41]。这种生命意识的流淌，并不局限于这类作品，在新中国成立后所写的《抽象的抒情》中，沈从文这样写道："生命本身不能凝固，凝固即近于死亡或真正死亡。惟转化为文字，为形象，为音符，为节奏，可望将生命某一形式，某一状态，凝固下来，形成生命另外一种存在和延续，通过长长的时间，通过遥遥的空间，让另外一时另一地生存的人，彼此生命流注，无有阻隔。"[42]沈从文对生命意识在文学中的作用，以及"爱欲"在生命意识中的分量，都有着大体一致的看法和认识。在他看来，在文学中表现"爱欲"，使生命不朽，这不仅是一个作家的安身立命之法，也是文学和艺术的永恒法则。将"爱欲"与文学的发生联系在一起，这种观念本身就足以与那些"色情"文学划清界限了。沈从文对"爱欲"的抒写是以"身体"为载体的，却能超越"身体"，对人的存在做出形而上的思考，这种思考以抛弃"道德名词"为起点，以到达至真至美的境界为终点，有着强烈的"泛神论"的印记，正如文中所言："展露在我面前的，不是一个单纯的肉体，竟是一片光辉，一把花，一朵云。"[43]

　　　　　　　　　　　　　　　　沈从文的文学观

以及《水云》里的"我理会的只是一种生命的形式,以及一种自然道德的形式,没有冲突,超越得失,我从一个人的肉体上认识了神"[44]。沈从文在这个阶段还提出了"爱"与"美"的概念,这两个概念与生命的"神性"紧密相关:"爱"有生命的一切,就会发现"美",发现"美"也就发现了"神性",因为"美固无所不在,凡属造形,如用泛神情感去接近,即无不可见出其精巧处和完整处。生命之最高意义,即此种'神在生命中'的认识"[45]。理解了这句话,也就不难理解沈从文在《看虹录》的开头和结尾都提到的"神在我们生命里"的深刻含义。"爱"和"美"的境界就其实质来讲,就是一种艺术的境界,只有在艺术的境界中,人才能摆脱物质欲望、道德名分的束缚,使自然本性得到释放,使生命原有的完整性得到恢复,最终达至生命的最高形式——"神性"。沈从文在《烛虚》《水云》《关于西南漆器及其他》中曾多次对生命的"神性"状态进行描绘[46],对音乐、美术在构建生命"神性"中所起的作用有多次的阐述。概括来讲,沈从文所理解的生命的"神性"是一种以线条、声音、色彩、身体为依托,又摆脱了实物/身体的束缚,并朝着艺术的至真、至幻、至美之境进发的生命状态。在这种状态中,生命既是超拔的、清逸的、出世的、形而上的、充满宗教情绪的,也是肉身的、具体的、入世的、发着低烧的;在这种状态中,人的生命是敞开的,人的生命力是满溢的。其实,从对艺术的沉醋中见证和萃取满溢的生命力,是源自西方的一种文化重建路径,尼采就是醉心于这种文化重建之路的典型代表人物。他认为艺术是"人身上的一种自然力量"[47],在超越人自身的范围内规定着人的本质,规定着人的行为和人的能力。对人自身的超越,使人自身达到本质能力之完善的超越,出现在艺术的迷醉之中。迷醉不是情感的骚动和迸发,而是在最高的、最审慎的规定性的意义上的协调,是生命力满溢的状态。尼采之所以赞颂希腊,赞颂酒神精神,赞颂权力意志,就是要寻找一种本质和内在性之外的生命力,来为文化发展提供动力。

除了尼采之外,这种对艺术的人文主义诉求还可以上溯到早期浪漫主义。关于早期浪漫主义与启蒙的关系,我已经在前文做了详细的阐释,这里不再重复。这里要弄清的一个关键性问题:早期浪漫主义为什么格外推崇艺术? 这是因为,"当理性本质上是一种否定性的、毁灭性的力量时,艺术是一种肯定性的、创造性的力量。它有能力通过想象来创造一个完整的世界"⑱。所以,早期浪漫主义者坚信艺术能恢复人的信念,能将人与自然统一起来,实现人自身的完整性,重建人与社会的统一。如果单从观点来讲,沈从文与前者不无相似之处。例如,主张人与自然的契合,主张恢复人的完整性,主张对艺术和生命"神性"的皈依。当然,这两者背后的文化逻辑不尽相同。前者是针对启蒙理性对信仰的否定、对情感的排斥、对自然的远离、对人的完整性的破坏,后者则是针对文明、秩序、规则对人的自然本性的压制;前者致力于通过艺术召唤出"爱"的情感,并将之作为对理性的制衡,而后者则是透过艺术来捕捉满溢生命力,并将之作为文学创作、文化发展的根本动力(这一点又与尼采的思路相契合)。

对人的生命力的找寻和重造,一直是沈从文文学理想的重要组成部分,从前期和中期的具象层面的找寻到这个时期抽象层面的探寻,沈从文实现了从经验到体验的腾挪,他在这个时期有意从文化上、思想上为抽象意义被抽离、英雄维度被消解、庸俗主义大行其道的民族肌体重构一种形而上的参照系;他力图通过隐喻构造一个寓言,在整体性坍塌之际,保留一片文明的碎片和标本。换句话说,沈从文要在"神之解体"的年代重塑生命的"神性",用这种"神性"来结束无光无热的生命状态,给新的生命一种刺激启迪。

如果系统地研读沈从文这个时期的作品,就会发现一个致力于"文学经典的重造""民族文化的重构""国家的重建"的沈从文,一个专注与"生命""本能""意志"的沈从文,一个抒写"爱欲"又能充分发挥隐喻和象征并对写作抱有雄心的沈从文,这三种角色是如此矛盾地统一于一个人身上,以至于有些学者将这些矛盾与沈从文的"分裂性人格"相联系,并推论这些矛盾和分裂是沈从文在新中国成立前发疯的内部原因。应该说这些推论还是有一定道理的,但需要指出的是,这三种角色在沈从文的整个创作生涯中是贯穿始终的，只不过20世纪40年代外部环境的步步紧逼、内部想象资源的日趋枯竭，使沈从文所承受的"表达的焦虑"达到了极点，所以才会呈现出一个"呓语狂言"的独特阶段。因此，沈从文在这个阶段表现出来的思想上的矛盾与痛苦很有价值和意义，尽管这些矛盾、多向、悖论性的思想因子终不免被主流思想所覆盖，但它们却以旁逸斜出的姿态为我们提供了一种人的构建的可能性。因此，研究"爱欲"抒写在这个阶段的发展变化，就必须结合他在这个时期的思想动态，并将他在这个时期的所有作品进行互文式的对照，才能发现"常"中的"变"，理清"变"中的"常"。

四、沈从文"爱欲"书写中的"灵"与"肉"

沈从文对"人性"的理解、思考、重构都是以"爱欲"/身体为底衬的，这一点与"五四"时期对人的发现密不可分。"食色性也"，中国古代的典籍虽然也提到人的自然本性，但真正将人的包括"爱欲"在内的自然本性大张旗鼓地摊到桌面上，并用一个人文主义的庄严态度加以审视，是由"五四"开始的。周作人在《人的文学》中开宗明义地指出，"我们所说的人，不是世间所谓'天地之性最贵'，或'圆颅方趾'的人。乃是说，'从动物进化的人类'"[①]。关于"从动物进化的人类"这句话，他强调了两个要点，一是"从动物"进化，二是从动物"进化"。第一个要点强调人的动物性，第二个要点强调人对动物性的超越，综合这两个要点，周作人主张灵与肉的二重性。周作人的这种主张当然来自译介于"五四"时期的西方文学/文化思想，而西方文学/文化思想又是一个驳杂的范畴，可以用区域/国别做出横向的划分，也可以用时期/时段做出纵向的划分，就人学思想而言，如果要追踪溯源，则大体可按照西方的两大文化源头来进行分类：希腊传统和希伯来传统。希腊传统是肉身的，希伯来传统信奉灵魂永生；希腊传统信奉现世主义，希伯来传统信奉灵魂永生。这两大传统对"五四"作家的影响是巨大的，周作人就受到希腊文化的影响。希腊文化中对肉身的推崇，是与"爱"与"美"的特质联系在一起的，主导要素是人类的爱欲,周作人将此作为祛除国民积弱性格萎靡弊端的良方,他认为"中国人实在太缺少求生的意志"㊾,"常以平和忍耐自豪"㊿,其实却是"消极的衰耗的症候"㊿。所以,当务之急是给国民来一点"兴奋剂",恢复固有的元气和"健全的生活"。需要指出的是,希腊文化推崇"爱欲",但并不排斥"精神","精神"和"爱欲"一直处在一种相互缠绕、相互为用的状态之中。希腊神话的美感来自其饱满的爱欲气息,而爱欲气息的传达则来自紧张的情节,来自主体之间的精神交织,来自不可言说的存在和命运,这一切又使得希腊神话具有人类精神的原型性特征。换言之,在希腊神话中,"爱欲"与"精神"是一物的两面,一体的两端。希腊人主张"冷静"和"节制",但这并不构成对"爱欲"的束缚,而是促使"灵"与"肉"的更高形式的谐调。基于这种认识,周作人判定"希腊主义"的人性形式是人类发展史上值得称颂的理想人性形式。与希腊文化的"灵肉"谐调论相比较,希伯来文化则主张禁欲主义。不是用"冷静""节制"来调和,而是彻底根除。关于这一点,尼采以《新约》中的一段话为例证,证明了基督教禁欲主义的实质。这段话的原文为:"如果你的眼睛逗弄你,那么,就把它挖出来。"㊿这是《新约》中的一段富有警示性的名言,被中世纪奉为金科玉律,却被尼采大力抨击。他认为这是一种极端形式的愚蠢,一种"阉割"式的治疗——把惩戒的重点放在"灭绝"上,是一种典型的蔑视生命、践踏生命、仇视激情的论调。由对基督教反生命主义的激烈抨击,尼采提出了"激情升华"的概念,力图使欲望得到"升华、美化、神化",他的文化实践也由此展开:从早期对希腊精神的推崇,到晚期对权力意志的膜拜,尼采执着于对人的内在生命强力的找寻,执着于人的生命本身,反对外在秩序、规则、真理对生命完整性的破坏。尼采对肉身、现世的推崇,对艺术之"爱""美"特质的观照,都是希腊精神的隔空回响。沈从文主张"贴近泥土",吸收"阳光雨露","成为生物之一种",但也主张思索,主张释放人性,与自然相契合,也提倡生命的超越性。他说:"一个人不仅仅能平安生存即已足,尚必需在生存愿望中,有些超越普通动物肉体基本的欲望,比饱食暖衣保全首领以终老更多一

　　　　　　　　　　　　　沈从文的文学观

点的贪心或幻想,方能把生命引导向一个更崇高的理想上去发展。"[54]沈从文还提出的"人性"与"神性"、"生活"与"生命"的概念,将"灵"与"肉"并举,提倡生命的超越性。除此之外,沈从文还提倡对"爱憎哀乐"的"节制",主张一种"谐调"的人性,这些论调都与周作人的"灵肉谐调"论相契合。沈从文在《从周作人鲁迅作品学习抒情》中用大量篇幅引用周作人的《新希腊与中国》,可见周作人的人学思想对他影响之深。20世纪40年代的沈从文,在抒写"爱欲"的同时,对人类的"爱"与"美"的抽象之境也有所观照,对"生命""意志"表现出了前所未有的倾心,这当然与尼采思想的影响是分不开的(尼采思想隶属于希腊传统)。

如果单从沈从文的文论、散文、杂文来看,沈从文的生命主义似乎有着清晰的指向——"灵肉协调"论,如果将《边城》等创作于中期的小说也放入其中,这个观点同样成立;但如果将沈从文的前期小说和后期小说("爱欲"主题的小说)也纳入其中,就会发现他的生命主义的朝向似乎有些暧昧不清。例如他提出"神在生命本体"的同时,也提到"从一个人的肉体上认识了神"[55],这是否意味着"灵即是肉"呢?再加之,沈从文的"生命"—"人性"观除了受希腊文化一脉的影响之外,还受弗洛伊德、蔼里斯等人的影响,这一点已被凌宇、金介甫、吴立昌、解志熙等学者证实。驳杂的思想因子使沈从文的人学思想朝肉身/本能方面偏移成为可能。学者李雪莲进一步探源沈从文"灵肉谐调"的人性观,并指出沈从文在具体文化实践中对"灵肉谐调"人性观的偏离和对"五四"以来思想解放、身体解放的回应。李文的观点较为新颖,但我只想补充一点:这种表现在观念层面和文学实践层面的人学思想的反差,不仅表现在沈从文身上,鲁迅身上也存在类似的问题。在发表于1903年的《斯巴达之魂》中,鲁迅赞颂了斯巴达战士的那种英勇无畏的血性气质,这是对"人"应有的意志品质的思索;在《文化偏至论》中,鲁迅提倡"掊物质而张灵明,任个人而排众数"[56],主张一种能"出客观梦幻之世界"[57]的"主观之内面精神"[58];在《摩罗诗力说》中,鲁迅对拜伦、裴多菲等西方的"精神界之战士"大加褒扬,赞颂他们"刚健不挠,抱诚守真;不取媚于群,以随顺旧俗"⑳的精神品质。综合而言,早期鲁迅着意于人的精神和意志塑造。中期鲁迅延续了他一贯的对人的精神世界的关注。他说:"我的取材,多采自病态社会的不幸的人们中,意思是在揭出病苦,引起疗救的注意。"⑪正是基于这样的价值诉求,鲁迅开始了以表现农民和知识分子的两大题材的创作,鲁迅审视农民和知识分子的眼光有一个重合之处——那就是他们的精神"病苦"。在塑造涓生、吕纬甫、魏连殳等知识分子形象方面,鲁迅着力突出他们徘徊在生与死、理想与现实、自救与沉沦、光明与黑暗、自我与他者之间的精神悲剧;对于下层群众,鲁迅依然将关注的焦点放在他们的精神病苦上。除了关注人的精神,人的肉体生命以及人的肉体生命得以存在和发展的物质条件也同样被纳入鲁迅的人学思想体系之中,不过这一思想大致出现在"五四"以及"五四"之后。在《华盖集》的《忽然想到(六)》中,他为自己的文化实践活动以及青年人的人生目标定下了这样一个标准:"一要生存,二要温饱,三要发展。"⑫在中期所写的《娜拉走后怎样》《伤逝》等篇章中,在晚期的《病后杂谈》等篇章中,均有这种思想的流露。在这个时期,对人的生物生命和人的生命得以存在的物质条件的关注已经成为鲁迅的"生命主义"的中心。为此,李长之认为鲁迅的思想根本上并没有超出"人得要生存"的生物学观念,并由此判断鲁迅不是真正意义上的思想家。李长之的观点得到了日本学者竹内好的认可,他说:"李长之之说是一个卓见。"⑬但如果要说鲁迅的"生命主义"完全没有脱离生物学的观念,也并不确凿,鲁迅早期对西方物质主义和众庶统治的驳斥,对"主观之内面精神"的推崇,不就是对人的生物学观念的超越吗?更重要的是,鲁迅引入西方"精神界战士"的意力主义,不仅仅是对人的"意志品质"的输入,而且是对现代主体如何定义、如何生成的思考。然而吊诡的是,当启蒙落入现实层面时,鲁迅越来越多地关注人的生物生命和物质生存条件,呈现出"由灵到肉"的思想轨迹的发展变化。那么,"灵"与"肉"在鲁迅的思想意识中有着怎样的关系、分别处于怎样的位置呢? 这是一个比较复杂的问题,我仅以鲁迅的译著《出了象牙之塔》和鲁迅的后记为例,来管中窥豹。众所周知,

　　　　　　　　　　　沈从文的文学观

《苦闷的象征》这部书的作者为日本的厨川白村,鲁迅于 1924 年将之译介到中国来,不久之后,鲁迅又将厨川的另一文艺评论集《出了象牙之塔》里的论文陆陆续续译介过来。所以,后者完全可以作为前者的姊妹篇来研究和赏读。在《出了象牙之塔》这部集子中的一篇名为《从灵向肉和从肉向灵》的论文中,厨川说:"将西洋的,尤其是英美人的生活,和我们日本人的一比较,则在根本上,灵和肉,精神和物质,温情主义和权利义务,感情生活和合理思想,道德思想和科学思想,家族主义和个人主义,这些两者的关系上,是完全取着正相反的方向的。"⑥厨川的论说范围是广阔的,我们的论说对象是"灵"与"肉"的关系,所以只取他在这个方面的观点。他认为西洋人的生活,从古以来就比东洋人"物质底得多,肉底得多",在这样的基础之上,他们才"立道德,信宗教,思哲理"。例如,19 世纪的欧洲思想界之所以产生理想主义、精神主义、神秘主义,正是物质文明走到尽头的结果,也即在物质和理智的充分发展之后,才会兴起"灵的觉醒"。这种"从肉向灵"的顺向进程,也使西洋文明比东洋文明"更自然,更强大";而日本则处在一个悬浮的状态,一方面是"肉不彻底",另一方面是精神颓败、艺术衰落。两相对比,厨川得出这样的结论:"日本人的生活改造,倘不首先对于从肉向灵的这根本的问题,彻底地想过,是不行的!"⑥厨川以日本的国民性为出发点,将问题意识放在东西方文化的大背景之下,所得出的判断不可不谓一种真知灼见。其实,他所说的西洋的"从肉向灵"的文明发展进程,与我在本章开头所说的从文艺复兴到启蒙运动再到存在主义思潮的文化逻辑是同构的。值得一提的是,鲁迅的后记也专门提到了厨川的这一观点,并将之与中国的现状联系在一起,他说:"著者所指摘的微温,中道,妥协,虚假,小气,自大,保守等世态,简直可以疑心是说着中国。尤其是凡事都做得不上不下,没有底力;一切都要从灵向肉,度着幽魂生活这些话。"⑥鲁迅认为不论是在日本还是在中国,出现在国民身上的精神颓败,是与"从灵向肉"的文化心理模式以及这种模式所形成的集体无意识分不开的。言外之意,要医治国民的精神颓败,就要从根本上改变这种文化心理模式,遵循"从肉向灵"的文明发展规律。其实,鲁迅之所以译介《苦闷的象征》《出了象牙之塔》,一方面固然是受弗洛伊德主义的影响,另外一方面也是因为弗氏的观点以及厨川对国民性的分析在某些方面与他自己的思考不谋而合,并在一定程度上回应和激活了那些盘桓于脑际的思想雏形,而这一雏形里就有尼采的印记。至于尼采对早期鲁迅的影响,那是自不用说的。针对"灵魂"与"身体"的关系,尼采曾经说过这样一段耐人寻味的话:

> 人们必须首先说服身体。……对于民族和人类具有决定性意义的是,人们应当从正确的地方开始文化事业——不是从'灵魂'开始(这是牧师和半牧师的致命的迷信):正确的地方是身体,姿势,饮食和生理学,其余的皆由此而生。[⑥]

尼采主张人们要从"身体"开始文化事业,而不是从"灵魂"开始,这与弗氏和厨川的观点如出一辙。有意思的是,如果完全按照厨川的观点来推论,那么19世纪以后的欧洲已经实现了"从肉向灵"的转变,而实际情况是,作为19世纪末的先觉者,尼采高扬"生命主义",主张"身体"优先;作为后继者,弗洛伊德关注"本能""原欲",将尼采的"生命主义"进一步拓展。这些文化/文明进程的复杂性和多向性,是厨川的见解所不能涵盖的,但也不能因此就否定厨川的见解,因为他始终是从如何改造本国国民性的问题出发来寻找西方文化资源的。如果说尼采、弗洛伊德一派对"灵""肉"关系的理解是以强大的文化逻辑和哲学谱系为支撑,那么厨川和鲁迅则更多的是从现实出发的权宜之计。在厨川和鲁迅的思想意识深处,不是不清楚"灵"与"肉"的应然状态[⑦],只是面对国民"微温、中道、妥协、虚假、小气、自大、保守"的人格形态,面对造成这种人格的封建专制和现代宰制,他们所能选择的最佳文化策略是先将压在中国人意识深层次中的本能原欲释放出来,在这个基础之上,实现人性的觉醒和意志的提升,最终完成启蒙的人学目标。其实,这种文化策略和启

　　　　　　　　　　　　　　沈从文的文学观

蒙路径在"五四"时期很有代表性,朱德发就曾指出:"'五四'文化先驱们不同程度地选择了进化论的生存竞争说、生命意志说、生命强力说、生命冲动说、精神分析说等,虽然这些学说存在着明显差异,但它们却有一个共同的功能或特质,即把人理解为宇宙的一种生命现象,把人类社会的生存发展理解为生命的系统,强调人的生命冲动、原始强力以及向上的竞争力和冲决逆境的反抗力"⑱,"正是这种生命哲学意识形成一股强劲的启蒙优势"⑲。

在这样的背景和前提之下,沈从文的"爱欲"书写就构成对"五四"文学中的"人的解放"主题的回应。针对普遍存在于都市的"阉寺性"人格,主张为青年输入一个健康雄强的人生观,然而,怎样向青年输入健康雄强的人生观,以增加他的意志力呢? 首先,沈从文反对一种概念式的输入,反对"从灵向肉"的逆向路径。在《论郭沫若》一文中,沈从文借对郭沫若的评价明确地表示了这一观点。他主张"在年青人心上,注入那爆发的疯狂的药"⑳,但这药应该"包在一种甜而习惯于胃口那样东西里",这样才能送下去。结合自己的生命体验,结合新文学的表现内容,沈从文选取了"爱欲"这个题材和文学表现空间,作为他"国民性改造"的切入口。在《论汪静之的〈蕙的风〉》文章一开篇,沈从文就将对汪静之的评价放在"五四"运动对男女关系重新估价的大背景之下,强调"爱欲"书写与人生观重建的重要关系,这显然是一种"从肉向灵"的人格重造路径。需要指出的是,即便是书写"身体",表现"爱欲",沈从文所看重也不是"爱欲"本身,而是"爱欲"背后的人的自觉以及人的生命强力。或许可以这样说,如何在文学中体现人的感觉、人的醒悟、人的完整性,沈从文选择"爱欲"这个载体;而真正融入作品,体会到一种"燃烧的情感",感应到"一点怀古的幽情",获得一种"信心和力量",那也就不必拘泥于形式,局限于载体,执着于"虚相"了,道家所说的"得意而忘言,得鱼而忘筌"也正是基于同样的道理。

其实,如何认识"从肉向灵"的人性重建之路,如何认识"本能"/"身体"/"欲望"与 20 世纪文学的关系也已成为一个亟待解答的问题。在这里，我们有必要参考王德威的一个观点，他认为"欲望"在晚清以来的文化/文学中，已经不单单是指饮食男女，更是"遥指了现代人如何定义主体、发挥主体的起点"[71]，他从大处着眼，将谭嗣同的"爱力"说、王国维的"意欲说"、鲁迅的"摩罗诗力"说都纳入其中，并认为主体只有与"肉身"相连接，才能脱离抽象。他说："在主体和肉身相互为用的形构下，欲望重新在20世纪被提出来，作为定义现代的中国人或中国人性的一个重要界面。"[72]这段话为我们认识"人性"在20世纪中国的特有内涵提供了一个可资借鉴的观点，也为我们全面认识沈从文的以"爱欲"为底衬的人学思想提供了一个相对宏大的视野。

总之，在显示的、辩难的层面，沈从文坚持灵肉谐调论，主张"生命"对"生活""神性"、对"人性"的超越，主张要用文学的武器，来"动摇到一般年青人的心"[73]。这是典型的"五四"启蒙主义话语。但在内在的、隐示的文本层面，沈从文更倾心于"本能""身体"，醉心于"爱欲"背后的生命强力。这首先是由启蒙主义在现实层面的文化策略所决定的：面对国民无光无热的"阉寺性"人格，面对传统儒学和现代文明对"身体"的宰制与规训，启蒙者只有先将人的"身体"解放出来，才能在这个基础之上，实现人的觉醒，最终完成启蒙的人学目标。此外，沈从文以"爱欲"为底衬的书写方式，又使他作品的语体风格、内在结构、意图旨趣在一定程度上逸出了启蒙主义文学的范畴，具有超越时代的先锋性。这是因为，沈从文的启蒙是"文学的启蒙"，文学的审美性使作家在从事创作的过程中，不得不把触角伸向个体经验中最具暧昧性、多义性、私密性的底部，甚至更加无法言说的超验层，在这个过程中，作家手中的一支笔有时也并不听大脑的使唤，直到落笔的那一刻，他才清楚自己在写什么。关于这一点，许多作家[74]在写创作谈时都曾提及，沈从文作为一个"只为现象倾心"的情感型作家，当然也概莫能外。文学的多向性、多义性、多汁性赋予沈从文的作品驳杂的底色，然而用"身体至上""无思想""色情文学"来评判他的作品显然也是偏颇的。相反，对"身体"的极力书写，对"爱欲"抽象化表达，对至真、至幻、至美的生命体验的倾心，使他对人的表现,超越了同时代的大部分作家,达到了"身体"观念化、象征化的层面。在这里,我们再次见证了"文学"对"启蒙"的消解与重建,见证了沈从文的人学思想的内部张力。

第三节　人与自然的契合

启蒙运动的一大贡献就是人的主体性的发现,这种主体性不仅体现为人对宗教、王权的对抗和颠覆,也体现为人对自然的控制。于是在那个时期的文学作品中,我们往往看到,与新兴资产阶级的开拓创新精神相伴而生的是他们对自然的征服和占有,例如《鲁宾孙漂流记》《浮士德》等。而在"五四"新文学内部,特别是在浪漫主义文学中,"自我"的主体意识往往是由日月山川、风雨雷电、宇宙地球、金柳柔波等自然意象来传达,这是人对自然的另一种形式的支配,例如郭沫若的《女神》、徐志摩的《再别康桥》等。到了20世纪二三十年代,随着乡土小说田园视景的拓展,一些作家(例如废名、沈从文等乡土抒情派作家)将自己的主观感情渗入客观景物之中,使人物与景物水乳交融。这种主客交通、物我浑融,不仅仅体现为一种创作方法,更体现为一种如何表现自我与他者的艺术观和如何认识人与自然的宇宙观。以沈从文的湘西题材作品为例,那种人与自然相契合的境界就体现了他的整体论宇宙观。

一、以人与自然的契合为形态

首先,人与自然的相互映衬,是湘西风景风情画的基本构图方法。例如,在《边城》中,沈从文并没有刻意地点出山城人家居所的位置、建筑风格,而是借用春夏秋冬的时序以及不同季节的风景风俗,行云流水般地带出了人的所在:"近水人家多在桃杏花里,春天时只需注意,凡有桃花处必有人家,凡有人家处必可沽酒。夏天则晒晾在日光下耀目的紫花布衣袴,可以作为人家所在的旗帜。秋冬来时,人家房屋在悬崖上的,滨水的,无不朗然入目。黄泥的墙,乌黑的瓦,位置却永远那么妥帖,且与四周环境极其调和。"⑦人与自然和谐,不仅仅体现在静态的风景画上,还体现在人物性格、气质的养成上。沈从文笔下的少女,天真善良、纯朴本真,那股灵秀之气无不是得益于山山水水的滋养。例如:"翠翠在风日里长养着,故把皮肤变得黑黑的,触目为青山绿水,故眸子清明如水晶。自然既长养她且教育她,为人天真活泼,处处俨然如一只小兽物。人又那么乖,如山头黄麂一样,从不想到残忍事情,从不发愁,从不动气。"⑦如果说自然将灵动之气赋予翠翠的话,则将原始混沌赋予了萧萧。萧萧能在那样的处境之下生存下来,并且在经受了那样一场劫难之后,仍然不丧失性格中的天真纯朴,这不能不归功于自然,正如沈从文所言:"几次降霜落雪,几次清明谷雨,都说萧萧是大人了。天保佑,喝冷水,吃粗砺饭,四季无疾病,倒发育得这样快。婆婆虽生来像一把剪,把凡使给萧萧暴长的机会都剪去了,但乡下的日头同空气都帮助人长大,却不是折磨可以阻拦得住。"⑦萧萧不识字,也没有烦恼,她的存在,就像自然界中的任何一片树叶,随风雨摆动,随时序枯荣,但任何挫折都无法阻抑它内在生命的成长,任何外在价值标准都无法破坏它生命的完整性。自然不仅把这种生命的完整性赋予了人类,也赋予了其他的生灵。20世纪40年代,跋涉于人类"爱"与"美"的抽象之域的沈从文,经常会在不经意间为一些微小生物侧目,感慨自然给予它们的"神性",例如《绿魇》中对瓢虫的"发现":"阳光下还有些红黑对照色彩鲜明的瓢虫,各自从枯草间找寻可攀高的白草,本意俨若就只是玩玩,到了尽头时,便常常从草端从容堕下,毫不在意,使人对于这个小小生命所具有的完整性,感到无限惊奇。"⑦在沈从文看来,人与其他生物同沐阳光,共生共荣,共同组成一个和谐的整体。自然赋予人和其他生物的灵性则在于"无机心",即不易为外界所动,而正是这种静态的生命形式,才接近生命的本来,将生命的素朴和完整保存下来,展现出一派涤尽尘埃的澄明之境。

其次,在沈从文的文学世界中,人与自然的关系还显现为人与命运的关系,因为命运也是自然的一种延伸。《边城》讲述了湘西茶峒这个地方的几个凡夫俗子被"人事"所牵的"爱"与"哀愁"。"爱",因其朴素、纯洁的质地,而在被摧毁时越发让人"哀愁",而越发"哀愁",也就越见其"美丽"。如天时阴晴,如潮起潮落,"爱"的来临不可预期;如星,如虹,"爱"的逝去不可挽遮。天保大老的溺亡、白塔的坍倒、老船夫的猝然长逝,一切"人事"的悲哀和自然的悲哀都仿佛是冥冥中注定的。翠翠可以任自己的灵魂被歌声"浮起",但无法确定那个为她唱歌的青年人是否可以等到;老船夫为了避免翠翠母亲的命运在翠翠身上重演,在翠翠的婚事上煞费苦心,却不料被顺顺父子误会,终使好事难成;二老能够抵御"碾坊"的诱惑,忠于自己的内心,却难以接受大老的死讯,最终离家而去,留翠翠独守渡口。在强大的命运(自然)面前,个人的力量是渺小的,"自然似乎永远是'无为而无不为',人却只像'无不为而无为'"㉗。然而,沈从文并没有走向宿命论。正是"偶然"的势能,才更能凸显人物在命运旋涡之中的挣扎,更能增加读者对人物的"爱与哀悯"。《静》的故事发生在战时的后方,岳珉一家的女眷们在一个小镇暂住,等候家中男子们的消息。连绵不休的战乱,使岳珉母亲的身体每况愈下。她时不时咳血,却总是面带微笑。岳珉看到母亲蜡黄的脸,忍住悲哀,强颜欢笑。大嫂在裁纸,大姐坐在床边,想检查母亲的小痰盂,母亲不允许,用手拦阻,后来大姐还是看到了,只是摇头。三个人都勉强微笑,且故意将话题引向一个久远的故事,以此来解除眼前的悲戚。尽管母亲的重病给岳珉带来难以排遣的愁绪,但她毕竟还是一个天真的孩子,她会和北生(外甥)一起爬上晒楼,眺望远方的菜园、小庙、桃花,也会想到许多自己的问题,特别是去上海读书的愿望。与这个年龄的女孩一样,岳珉做着甜蜜和轻柔的梦,但她料想不到的是父亲已经在前线殉职了。这是一个用微笑掩盖泪痕,用轻松消解沉痛的故事,它最让人动容的地方在于人物面对困苦时的平静和克制,这或许能够为沈从文所说的"人类求生的庄严"下一个很好的注脚。在《夜》中,沈从文仍旧展示了他讲故事时的从容不迫——"我"与四个同伴迷了路,就投宿到一个老者的家中。当天晚上,六人围坐火边,用轮流讲故事的方式来消磨这漫漫长夜。轮到老人来讲,他缄口不语,实在推脱不了,他就带"我们"走进了他的小房——房中除了一些杂物之外，就是一张床，床上躺着一个死去的老妇人。面对"我"的惊讶，老者依旧泰然自若，并说："这是我的故事，这是我的一个妻，一个老同伴，我们因为一种愿心一同搬到这孤村中来，住了十六年，如今我这个人，恰恰在昨天将近晚饭的时候死去了。若不是你们来我就得伴他睡一夜。……我还得挖一个长坑，使她安静静的睡到地下等我。"[®]老者阅尽世事沧桑后的平静，体现出一种喜怒不行于色的沉稳，一种面对生死的达观，一种承担命运的尊严。同样是写以悲剧为终的命运，沈从文没有写"血"和"泪"，没有写外部的经济困窘和阶级压迫，而是写了常情、常态下的几个凡夫俗子面对生老病死以及命运中的"偶然"势能时的爱憎与取舍。或者接受分定，或者渴望挣扎，或者用微笑代替眼泪，或者达观而平静，他们都不曾逃避命定的苦难和困厄，他们身上都承担着灵魂该有的重量。如果说经济压迫以及其他外在劫难所造成的悲剧是社会苦难剧，那么人处天地之间的命运悲剧则是一种存在意义上的悲剧，社会苦难剧有望通过阶级斗争或者其他外在方式来解决，而人类的内在精神难题却永远没有答案，所以从这个意义上讲，沈从文文学世界里的人类精神视景还是比同时代其他作家宽广。如果说以上的对比主要侧重沈从文与乡土写实派作家的比较，那么再看沈从文与其他自由派作家的区别。例如，同样是关注俗世生活的细部，同样是在琐碎之中窥奇观，沈从文对人生的透视显得比张爱玲开阔和深邃。张爱玲的文学世界一头是人生的虚无与苍凉，一头是多汁、鲜活、具体的俗世生活细节，在两者之间，躲藏着一个天才早慧而又拒绝精神探险的少年老成的心灵；而沈从文对人生虚无、命运无常的理解是以现实为基础的，他并不拒绝任何形式的精神历险，并以沉潜到底的姿态来接近"神性"，在"偶然"与"意志"、"生命"与"生活"、"梦幻"与"真实"、"此岸"与"彼岸"之间不断丈量着灵魂的深度与宽度，称量着"生命"与"庄严"的重量。只不过由于楚人特有的细腻、敏感和丰沛想象力，以及个体独有的节制、含蓄，沈从文擅长用平静克制的语调叙述命运悲剧，习惯用轻柔的幻想来平衡生命中无法言说的沉重。然而能够理解到这一点的人历来寥寥无几,正如沈从文说的:"我作品能够在市场上流行,实际上近于买椟还珠,你们能欣赏我故事的清新,照例那作品背后蕴藏的热情却忽略了,你们能欣赏我文字的朴实,照例那作品背后隐伏的悲痛也忽略了。"⑩

最后,人与自然的关系,也表现为天、地、人的和谐统一,这一点在《边城》《凤子》《长河》中比比皆是。因为学界历来比较关注《边城》与《凤子》,而对《长河》重视不足,所以我就以《长河》为重心来谈这个问题。《长河》写的是吕家坪小码头以及附近的萝卜溪的人与事,时间是1936年秋。从19世纪末到20世纪30年代,中国社会的大变动逐渐波及这个湘西一隅,随之而来的,是人们生活方式的改变。沈从文在题记和第一章中,描绘了这种改变:"时髦青年"衣襟上必插"两支自来水笔","手腕上带个白金手表",衣冠入时,派头洋气,并用"时代轮子""帝国主义"一类空洞字句点缀文章。末了是毕业,结婚,回家,回到"原有那个现实里,等待完事";女学生中思想比较时髦的,做派与以上男子大同小异。这些"时髦青年"的所作所为,对乡下的大多数人并无意义,反而使农村的那点正直朴素消失殆尽。沈从文站在常识、常情、常理的角度讽刺了那些追求时髦、与土地断绝关系的青年男女,并对那种空喊口号、不关其心、唯实唯利的伪进步人士展开了批判。这一点让人联想起鲁迅在《破恶声论》中对"伪士"的批判。那些高调宣扬"现代"理论的人,之所以被鲁迅称为"伪士",不是因为他们所秉持的理论主张是虚假的,而是因为他们虽然宣传这些理论,然而内心却并不信奉,他们缺乏对外来理论的体系化研究,也缺乏对本民族文化精神进行深入分析的意识和能力,只是依附权威或多数,顺势而呼罢了。这种顺势而呼,没有改变他们的内心,却影响了下层群众的信仰自由。针对这种局面,鲁迅提出了"伪士当去,迷信可存"的主张,他说:"虽中国志士谓之迷,而吾则谓此乃向上之民,欲离是有限相对之现世,以趣无限绝对之至上者也。人心必有所冯依,非信无以立,宗教之作,不可已矣……"⑫鲁迅主张"迷信可存",原因有二:一是迷信可以使"向上之民"内心有所依靠;二是宗教所显现的形上追求,和人与自然契合的自然本性并行不悖,是人安身立命的根本所在。鲁迅在这里既是论证"迷信"存在的必然性与合理性,也是在论证人的完整性——人与自然本性、风俗、文化根基是一个整体,单纯依附于"现代"的理论,而将人连根拔起,必然导致"本根剥丧,神气旁皇";人如是,国亦然,任何将思想、制度当作可以从"文明的整体性(也可以叫做历史的结构性)"⑧中任意分割出来的想法都是荒唐可笑的。

　　沈从文在批判所谓的进步人士对"现代"的浅表化理解时,肯定了"常识"与"迷信"对农村妇女身心健康的益处,他说:"当地大多数女子有在体力与情感方面,都可称为健康淳良的农家妇,需要的不是认识几百字来讨论妇女问题,倒是与日常生活有关系的常识和信仰,如种牛痘,治疟疾,以及与家事有关收成有关的种种。对于儿女的寿夭,尚完全付之于自然淘汰……一切生活都混合经验与迷信,因此单独凭经验可望得到的进步,无迷信搀杂其间,便不容易接受。但同类迷信,在这种农家妇女也有一点好处,即是把生活装点得不十分枯燥,青春期女性神经病即较少……迷信另外一种形式,表现于行为,如敬神演戏,朝山拜佛,对于大多数女子,更可排泄她们蕴蓄被压抑的情感,转换一年到头的疲劳,尤其见得重要而必需。"⑨在沈从文看来,"常识"与"迷信"是与人的生活经验密不可分的,是经过了时间检验的人类智慧的结晶,相对于那些从书上得来的文化概念,它们更具生命力。此外,这些"常识""迷信"与人、天、地相契合的自然本性密不可分,它们与仪式、风俗、文化一道,构成了人的根系,而要彻底铲除这些根系,必然会使人的整体性受到损伤。正是带着这种隐忧,沈从文写下了"现代"对湘西的冲击,写下了人心的浮动。但与此同时,他也写下了湘西的"变"中之"常",写出了人与地的亘古不变的关系。众所周知,中国农民对土地有一种天然的依附性情感。与中原地区的农民有所不同,吕家坪以及附近地区的农民并不完全依靠土地过活,一些人厌倦了地面上的生活,靠运输货物,逐渐过起了"水上人"的生活。但无论是"在地面生根"的农民还是"吃水上饭"的农民,一例敬天礼地,信天委命,与日月同升降,将自己的根牢牢地系在土地和水面之上。在第一章《人与地》中,沈从文用夹叙夹议的方式,表现出了人与土地的关系。那种对土地的深深眷恋，不仅仅体现为农民的集体无意识，更体现为作者对自身精神血脉、文化基因的追认。除了直白的论说之外，沈从文还擅长描摹民俗风情画，将农民与天地的亲厚融入其中，例如第三章滕长顺一家打发四时节令的情景等。那种天水一色、人神同悦的场景，不仅仅体现为沈从文的构图技法，更体现为沈从文的审美理想以及这种审美理想背后的整体论宇宙观。《长河》的最后一章是《社戏》，很多学者认为这一结尾是硬凑的，也有一些学者认为这一结尾蕴蓄了"抒情诗气分"，体现了作者驾驭大题材时的从容心境。我觉得如果将第一章《人与地》和最后一章《社戏》联系起来，这个问题就不难回答了。以天—地—人的和谐为始，以天—地—人的和谐为终，沈从文有意构建一个整饬的序列，一个完整的生命形式——人不是一个孤立存在的点，而是始终处于天地宇宙万物之中，是整体中的一个部分。由此联想到《湘行书简》，沈从文之所以说那些人（湘西下层人民）"太大了"，是因为他们未曾与土地断绝关系，未曾与自然分离。

沈从文将人放在自然之中、天地之间，有意凸显一种秩序观念。例如在《凤子》中，沈从文首先写了镇筸城独特的地理位置和整饬有序的外部结构，然后又写了镇筸城无为而治似的统治结构和精神秩序："兵皆纯善如平民，与人无侮无扰。农民皆勇敢而安分，且莫不敬神守法。商人各负担了花纱同货物，洒脱的向深山村庄里走去，同平民作有无交易，谋取什一之利。地方统治者分数种，最上为天神，其次为官，又其次才为村长同执行巫术的神的侍奉者。人人洁身信神，守法爱官。"⑤镇筸城民风淳朴，秩序井然，生机盎然，这一切要归功于当地人对自然的皈依，归功于自然秩序给人的道德启示，正如沈从文所讲的："日光温暖到一切，雨雪覆被到一切，每个人民皆正直而安分，永远想尽力帮助到比邻熟人，永远皆只见到他们相互微笑。向善为一种自然的努力，虚伪在此地没有它的位置。"⑥在沈从文看来，自然根本上是善的，而令人堕落的现代文明却阻断了人类与自然的联系，因此只有重返自然，摆脱依附他物的状态和由文明的铠甲所构成的虚假幻想，才能找到人之所以为人的本源性存在。由此可见,对湘西世界的礼赞,寄寓了沈从文由自然寻找人类道德根源的诉求。需要指出的是,这里所说的"道德",往往逸出"道德规范"的藩篱,有着更为广泛的内涵。例如,在《水云》中,沈从文引用了这样一句话:"地上一切花叶都从阳光挹取生命的芳馥,人在自然秩序中,也只是一种生物。"^⑥与前文一以贯之,这句话是在强调一种秩序观念,强调人的有限性。那么,无限的自然秩序给有限的人怎样的启示呢?沈从文在《绿魇》中这样说道:"于是我会从这个绿色次第与变化中,发现象征生命所表现的种种意志。如何形成一个小小花蕊,创造出一根刺,以及那个在微风摇荡凭藉草木银白色茸毛飞扬旅行的种子,成熟时自然轻轻爆裂弹出种子的豆荚,这里那里还无不可发现一切有生为生存与繁殖所具有的不同德性。这种种德性,又无不本源于一种坚强而韧性的试验,在长时期挫折与选择中方能形成。"^⑦显而易见,沈从文这里所言的"德性"已经不单单是道德品性,而是指自然本性;"意志",也不是指决定达到某种目的产生的心理状态,而是一种积极进取的生命精神。"德性"与"意志"连在一起,是指由自然秩序所规定的、充沛的生命元气。在沈从文看来,自然是善的蓄水池,更是生命力的原发地,只有皈依自然,听命于自然秩序和内心呼声,才能摆脱物质的压迫与观念的辖制,重获生命的内在深度与完整性。有些时候,"生命元气"是与"爱"联系在一起的,正像"爱"的无法言说那样,沈从文的秩序观念同样难以用清晰的语言来界定,尤其是"呓语狂言"时期。例如他对"美"的秩序的认识:"爱与死为邻,我因此常常想到死。在有生中我发现了'美',那本身形与线即代表一种最高的德性,使人乐于受它的统制,受它的处治。人的智慧无不由此影响而来。典雅词令与华美文字,与之相比都见得黯然无光,如细碎星点在朗月照耀下同样黯然无光。"^⑧"美"中的秩序,就像光与影一样瞬息万变,难以捕捉;又像"爱"本身一样,永远无法站在它的外围评头论足,只有深入其中,才能感受到它的真谛:"如中毒,如受电,当之者必喑哑萎悴,动弹不得,失其所信所守。"^⑨这种与"爱"相关的,充满神秘性的秩序观念让人联想起西方浪漫主义。西方浪漫主义的观念源于自然神

沈从文的文学观

论的秩序。自然神论的代表人物蒲柏认为,"爱"与秩序是联系在一起的,"爱的链条"是万物提供给彼此的内在连接,在这种连接之下,万物和谐地发挥自身的功能。浪漫主义在汲取自然神论这一观念的同时,进一步阐释了这种"秩序"的不可言说性。也即浪漫主义的秩序观念不是由分解式理性能够把握的原则组织起来的,它的秩序原则并不普遍有效,而是和个体生命经验紧密相关,表现为一种不可言说的"爱"与"生命"之流。

二、以民族文化重建为现实目标

《易乾凿度》里这样说:"孔子曰:《易》者,易也,变易者,不易也……不易者,其位也。天在上,地在下;君南面,臣北面;父坐子伏,此其不易也。故《易》者,天道人道也。"⑩这显然是中国古人为人间伦理秩序寻找依据的明证,后世的统治阶级以及幕僚文人也往往以此为据,来确立封建秩序的终极意义上的合法性。那么,沈从文对"天—地—人"三位一体观念的推崇,是否意味着一种文化保守主义倾向呢? 要回答这一问题,首先要看沈从文对道德的认识。在《论读经》中,沈从文这样写道:"道德既由于人与人的关系而产生,因此多数的道德无固定性,常随人类需要立一个标准,它的价值也就在那并无绝对固定性上面。人类自然不能缺少道德,但道德也同法律政治一样,有些本质不变,形式则常常得变动。积极提倡道德的有两种人:一为政体统治者的帝王,一为思想统治者的宗教家。对道德取抗议态度的有三种人:一为有见识的思想家,二为诗人,三为革命者。前两种人照例拥护固有道德,后三种人却常常否认道德,修正道德,或创造一种新道德。"⑫沈从文的这段话,是针对20世纪30年代国内自上而下的"恢复固有道德"的口号以及风行一时的"读经运动"有感而发的。他首先分析了道德的本质以及局限性,然后又分析了道德形式的多变性,最后批判了统治者顽固不化、死守教条的荒唐行径,肯定了"对道德取抗议态度的三种人",主张用"抽象"重建道德。道德既然是"抽象"的而不是具体的,那么沈从文对蕴含在湘西世界的道德形态的礼赞,就不是拘泥于形式的恋旧和文化意义上的怀古,而是以怀古形式表现出来的对未来的属望。他有意对"这个民族较高的智慧,完美的品德,以及其特殊社会组织"⑱做一份记录,并力图从这种特定时空的道德形态中提取人类理想道德的内核,将之作为道德重建的参考依据。这个过程,伴随着感性与理性、具象与抽象、特殊与一般的激荡与交融。正是依托感性、具象、特殊,理性、抽象、一般才不至于被架空,也即避开了沈从文所说的那种"想在沙基或水面上建造崇楼杰阁"⑲"用抽象重建抽象"⑳的凌空虚蹈;同样道理,只有完成了向理性、抽象、一般的升华,才能摆脱形式,超越时空。另外,从现实基础来讲,沈从文所处的湘西社会,是远离封建皇权和家族制度的化外之地,因而他对自然秩序的推崇,并不是站在"土绅士"的立场对往昔的深情回望,而是以"人性的构建者""文明的记录者"的身份对湘西巫楚文化、东方民间宗教的泛神论思想的遥祭;他所说的"常",也并不是封建社会的"伦理纲常",而是指与这个民族的生活经验、生存智慧、情感认同方式有关的民族文化本根。他曾这样写道:"东方宗教信仰的本来,乃出于对自然壮美与奇谲的惊讶,而加以完全承认。由皈依自然而重返自然,即是边民宗教信仰的本旨,人虽在这个背景中凸出,但终无从与自然分离。"㉑文化考古不是沈从文的最终目的,对理想"人性"的重构才是他矢志不移的方向。即便徜徉于自然,他念兹在兹的仍是民族人格的塑造:"一个民族或一种阶级,它的逐渐堕落,是不是纯由宿命,一到某种情形下即无可挽救? 会不会只是偶然事实,还可能用一种观念一种态度而将它重造? 我们是不是还需要些人,将这个民族的自尊心和自信心,用一些新的抽象原则,重建起来? 对于自然美的热烈赞诵,传统世故的极端轻蔑,是否即可从更年青一代见出新的希望?"㉒沈从文认为东方民间宗教来自人们对自然的皈依。由皈依自然而重返自然,是边民宗教信仰的本旨,也为社群的建立提供终极意义上的道德根源。因此,如何拯救我们这个日趋堕落的民族,如何进行道德的重建,还需从民族文化的源头出发,寻找民间宗教的本旨,从自然之美那里,获得一种超越性的抽象观念,将之作为道德重建的基础。沈从文的这种思路,与鲁迅如出一辙。在《破恶声论》中,鲁迅这样写道:"顾吾中国,则夙以普崇万物为文化本根,敬天礼地,实与法式,发育张大,整然不紊。覆载为之首,而次及于万汇,凡一切睿智义理与邦国家族之制,无不据是为始基焉。以是而不轻旧乡,以是而不生阶级;他若虽一卉木竹石,视之均函有神閟性灵,玄义在中,不同凡品,其所崇爱之溥博,世未见有其匹也。"⑧鲁迅认为东方民间宗教以对自然的崇拜为基础,这种万物有灵的朴素观念又为社会秩序的井然有序提供了依据。在这里,鲁迅同样不是为封建礼治秩序寻找其合法性依据,而是力图在东方文化的本根上寻找一种原始的、自发的"天性的爱",并将之作为人间伦理的根基。需要深究的是,尽管在早期的几篇论文中,鲁迅提到了中国人的"敬天礼地",并用"秋肃""天地闭矣"等表示自然现象的词语来比喻民族文化的衰退,但他笔下"宇宙天地"并不是外在于人的、有着独立秩序的、向人提供某种启示的终极之所,而是会随着人的精神状况(文明发展状况)的改变而改变的另一个"人间"——与"精神界之战士"的反抗与挑战精神相对应的是"无时无物,不禀杀机"的宇宙秩序;与人的精神退化相应的是"寂漠为政,天地闭矣"的宇宙景观……在这里的"宇宙天地"已经不再是天意的显现,而是人类精神的投射。在中期所写的《野草》中,鲁迅依然把"宇宙天地"的意象作为终极背景,较具有代表性的是《秋夜》的画面:"我的后园"有"两颗枣树";枣树之上是"奇怪而高"的天空和"冷眼"的星星;枣树之下是做着梦的"小粉红花"、乱撞的"小飞虫"、"夜游的恶鸟"和"我"以及"我"脚下的地面。由上到下看来,这幅秋夜图是"天—地—人"三位一体的;但仔细品味就会发现,这幅图画的韵味并不体现为"天人合一"式的和谐与静穆。那直刺天空的枣树、苍翠可爱的小青虫、天宇之下律动的万物才是整幅画卷的点睛之笔。与之相反,"奇怪而高"的天空、"冷眼"的星星和被枣树刺得"窘得发白"的月亮只是为地上生灵的活动提供了一个背景,它们自身存在的意义却乏善可陈。邀来"天宇",并欲与之对话,却不是用"泛神"的情感去面对,取而代之的是"戏谑"的态度和"漠视"的口吻,这便是秋夜图所折射出来的"秩序观念"。也许用"秩序观念"这个词并不恰当,因为鲁迅要表现的始终是一种强烈的主体精神,一种自我审视与渴望行动兼而有之的精神指向,一种随时可以冲破天地的意志力量。这份强大的精神力量不仅表现为对天地的反抗和斗争,而且表现为对自身命运、内部精神冲突的承担。于是,这份强大精神的持有者,不仅是一个战士,而且还是一个失败者、忏悔者、求乞者。当强大的失败感和悲剧感占据心头之时,人必失向之所信所守,这个时候,正是"天地"的出场之际,正如司马迁所言:"人穷则反本,故劳苦倦极,未尝不呼天也。"⑬然而尽管"举手向天",这个求乞者口唇之间依然是带着人间烟火味的"眷恋与决绝,爱抚与复仇,养育与歼除,祝福与诅咒";尽管"奋飞""旋转""升腾",并最终"弥漫"于"太空",但"朔方的雪"依然是"孤独的雪",永远无法融入"神性"的天地。可以这样说:在《野草》里,弥漫于天地之间的直白呼告与诗意潜流是"一个现代东方无神论者暂时绝望于现代性的'人'的神话之后(《失去的好地狱》《狗的驳诘》),下意识里瞬间获得的竹内好所谓'非宗教的宗教性体验'"⑭。

三、以"世界主义"为延伸

查尔斯·泰勒认为古代世界的社会想象体现了一种整体的宇宙观,人们生活在"人、神、自然"的统一秩序之中,并在这种整体性关系之中获得自我认同、行为规范、价值标准。在经历了五个世纪的"长征"之后,"自我"从前现代社会的整体宇宙之中脱嵌而出,成为自由独立的个体。然而,在世界祛魅、个体脱嵌之后,人们不再能够将"自我"与"超越自我"的更大视野相联系,因此失去了更高的目标感和"某种值得以死相趋的东西"⑮,而仅仅满足于粗鄙的快乐。这种失去"超越自我"背景条件的"自我",是以幻觉形态的个体自主性为支撑的,最终必然会丧失本真性的理想。而浪漫主义者的"自我"与完整的世界观联系在一起,他们将启蒙运动中枯燥的理论化人生观再度精神化,强调人与自然的一体性,为脱嵌之后孤立的"自我"提供了一种神秘莫测的、类似于宗教的背景,缓和了世界祛魅后的一些不良后果。

在古代中国，家国天下是以"自我"为核心的整体框架，"自我"上与"天"接，从"天道"中获得终极价值标准；下与"家国"相连，在现实层面获得自我认同。自晚清以来，民族国家意识被提到了一个空前的地位，而替代天下主义的则是平等、自由、博爱等普世价值标准。到了新文化运动时期，知识分子们普遍认为"家族、地方、国家皆是被人制造的、需要破除的偶像。在茫茫宇宙之中，唯有人类和个人是唯一真实的。人类世界具有普世的公理与价值，而个人的价值和意义只有置于世界的普世架构和人类的历史长河之中才能得以理解"[102]。"五四"落潮之后，文运逐渐衰落，由商业和政治所带来市侩人生观无孔不入，平等、自由、博爱等"五四"精神受到了严重冲击，人们在物态所压之下，失去了生命的完整性。对于这一点，沈从文是有深刻体会的，他说："生命中储下的决堤溃防潜力太大太猛，对一切当前存在的'事实'、'纲要'、'设计'、'理想'，都找寻不出一点证据，可证明它是出于这个民族最优秀头脑与真实情感的产物。只看到它完全建筑在少数人的霸道无知和多数人的迁就虚伪上面。政治、哲学、文学、美术，背面都给一个'市侩'人生观在推行。"[103]对于金钱法则对人的操控，沈从文深表厌恶，他说"人与人关系变得复杂到不可思议，然而又异常单纯的一律受'钞票'所控制"[104]，"钞票越来越多，因之一切责任上的尊严，与作人良心的标尺，都被压扁扭屈，慢慢失去应有的完整"[105]，所以沈从文断言这是一个"'神'之解体"的时代。"神"在这里具体是指与镶嵌于宇宙秩序中的终极价值相契合，并能体现人的本真性理想的、有更高目标感和更和谐程式的生命形态。在环境单纯、人情朴素的湘西世界，人与自然、天神处在一个整体之中，并从这个整体之中获得道德规范和价值标准，一切都那么自然，顺理成章。然而到了现代社会，个体从宇宙整体秩序中脱嵌出来，"所有权"便成为"自我"合法性的基础，即现代人是通过对财产的占有来获得存在感的，套用笛卡儿的经典句式，就是"我占有，故我在"。在这个一切以物质利益为轴心的占有性社会中，个人只是欲望的主体，而不是道德的主体，那种前现代社会所赋予的历史感与社群归属感在这个时代已经消失殆尽，个人沦为一个个的原子，孤独地面对社会。而社会也逐渐沦为保护个人"所有权"的工具性存在，不再具有价值的属性。正是在这个意义之上，沈从文大呼"吾丧我"，"生命或灵魂，都已破破碎碎，得重新用一种带胶性观念把它粘合起来，或用别一种人格的光和热照耀烘炙，方能有一个新生的我"⑩。至于怎样才能寻找到这种"带胶性观念"，是沈从文终其一生所思考的问题。他反顾"神之存在，依然如故"的湘西世界，就是要重新打通人与自然的关系，力图在"天—地—人"的整体结构之中，寻找一种宇宙秩序，并将之作为人类道德的根源；他希望人们赞颂"自然"，皈依"自然"；主张人们在无功利性的审美活动中体会宇宙的秩序和生命的"神性"，并将世故人生观抛于脑后，甘于做沉醉艺术的痴汉。从这些方面来看，沈从文与西方浪漫主义还是有几分相像的。他们的共同点在于：都对"自我"提出了一个带有循环色彩的假设，即"自我"首先要从自然中分离出来，获得"内在的授权"，然后还要再次接受宇宙秩序的监督，完成人类理性与宇宙理性的重新融合。经过这个过程，从整体中脱嵌的人重新获得了一个"超越自我"的背景。与西方浪漫主义不同之处在于：沈从文是从浪漫主义的文化逻辑逆向而行，最终完成启蒙主义的"立人"目标；而西方浪漫主义则是针对启蒙运动中的功利主义理论，倡导一种超越性的背景，借以中和现代"自我"的孤立性、单极性。当然，以上对比所侧重的是沈从文的人学观念与西方浪漫主义的"神似"之处，并不是严格意义上的影响研究。沈从文人学观念的合成因素是驳杂的，其中自然也包括湘西巫楚文化观念和传统道家思想里的"天人合一"观念，还包括佛学和基督教神学。这些思想因子不断碰撞、汇合，与沈从文的生命体验一起，构成了他的整体论宇宙观。由于学界对之早有阐述，所以我在这里就不再赘言。

上文已经指出，自晚清以来，民族国家意识空前高涨，天下主义日渐衰微。而到了"五四"时期，家族、国家被看作需要铲除的对象，"自我"可以绕过国家，直接与代表天下主义的自由、博爱、平等普世价值相沟通。沈从文的一生,是致力于民族国家重建的一生。在抗日战争时期,沈从文的民族国家意识尤为强烈,在这一点上,他与现代文学史上的作家并无很大区别。但沈从文毕竟是"五四"的余波所哺育的知识分子,他对"自我"的理解不可能不带有无政府主义和世界主义的印记,其中就包括对自由、民主、平等、和平、博爱等普世价值标准的推崇。沈从文对普世价值的推崇与他对政治和宗教的否定是一体的两面。在他看来,政治和宗教"庄严背后都包含了一种私心,无补于过去而利于当前"⑩,使人们只知道在"实在""名分"下讨生活,从而失去人之为人的深度精神视景。因此,他主张"文学革命",主张"为人类的远景而凝眸",主张用文艺来表现"人类求生的庄严景象"和"抽象的永生愿望",这些都是对宗教与现代政治压制下的狭窄、扁平、单极的"自我"的纠偏;此外,宗教感情所造成的隔阂和现代政治偏见的存在,造成人与人之间不必要的矛盾和对立,并最终使"战争"愈演愈烈。针对这种局面,沈从文提倡"爱与美的新宗教",主张"美育重造政治"。在他看来,艺术是全人类智慧的结晶,是"连接人类苦乐沟通人类情感一种公共遗产"⑩,它能够中和人与人之间的对立意识,使"爱与合作种子"生根发芽,为人与人之间新型关系的重建打下基础。以往学界关注较多的是沈从文在西南联大时期所表现出来的民族主义倾向,而忽略了世界主义在他思想中的分量。这有可能将沈从文在不同时段所表现出来的思想倾向割裂开来,从而遮蔽贯穿沈从文思想内部的一条隐线。诚然,在民族危机的巨大阴影之下,任何一个有良知的作家都会表现出不同程度的焦虑,沈从文也不例外。他对国民"阉寺性"人格的批判,以及他对"民族品德重造"的个性化思考,甚至他对"生命—权力—意志"学说的一度倾心,都显现着他面对民族危机时的焦虑。但我认为,他的民族主义是以世界主义为底衬的。上文已经讲过,"五四"时期"自我"观念的一大特点是"小我"和"大我"的融合,也即"自我"可以绕过国家,直接与代表天下主义的自由、博爱、和平等普世价值相沟通,所以"以个体为底衬"也是以"普世价值为底衬"。其实,仔细研读沈从文在抗战时期所写的文章,就会发现民族与人类、过去与未来、短暂与永恒往往是相互交织、并行不悖的。例如他对这个国家的"做人的无形观念"的认识："勇敢与健康,对于更好的'明天'或'未来'人类的崇高理想的向往。为追求理想,牺牲心的激发……更重要点是从生物学新陈代谢自然律上,肯定人生新陈代谢之不可免,由新的理性产生'意志',且明白种族延续国家存亡全在乎'意志'……"⑩又如他对文学经典的认识："积极的,我们还可以希望作家各自努力来制作那种经典;真的对于大多数人有益,引导人向健康,勇敢,集群合作而去追求人类光明的经典。同时尚留下一点点机会,许可另外一种经典也能够产生,就是那类增加人类的智慧,增加人类的爱,提高这个民族精神,丰饶这个民族感情的作品产生。"⑩沈从文倾心于"人类的崇高理想""人类光明",并以此来激发民族精神,提高民族竞争能力。因此,这个被激发出来的"民族精神"便不再是狭隘的民族主义,而是蕴藏着"人类之爱""人类智慧"的"向上之精神"。对普世价值的推崇是沈从文思想内部一以贯之的主线,即便是在新中国成立后所写的文章中,这条线索仍旧隐然可辨。例如,在《抽象的抒情》中他这样写道："生命在发展中,变化是常态,矛盾是常态,毁灭是常态。惟转化为文字,为形象,为音符,为节奏,可望将生命某一种形式,某一种状态,凝固下来,形成生命另外一种存在和延续,通过长长的时间,通过遥遥的空间,让另外一时另一地生存的人,彼此生命流注,无有阻隔。只要求为国家总的方向服务,不勉强要求为形式上的或名词上的一律。让生命从各个方面充分吸收世界文化成就的营养,也能从新的创造上丰富世界文化成就的内容。"⑩文学的本质是抒情,是将生命转化为文字,使之穿越时空,获得永生,而这种流注着生命的文学也必然是超越"个人权力"和"集体权力"压制、体现人类共通感情的文学,它既以个体为中心,也以普世价值为参考。关于"自我"的观念,关于国族意识与世界主义,沈从文并没有给出系统的理性阐释,而是将零星、琐碎的观点蕴藏在他对文学的理解之中——包括"文运的重建""文学经典的重造""抽象的抒情"等一系列文学主张。由这些文学主张,我们看到沈从文对另一种秩序(普世价值)的推崇。

沈从文的文学观

四、在"立人"中的意义与局限性

总之，沈从文的秩序观念，折射出了他的整体论宇宙观，而这种宇宙观又与他的生命主义密不可分。在沈从文的思想深处，人是一个整体。首先，人与自然是一个整体，自然秩序可以将道德秩序启示给人，又可以将充沛的生命元气赋予人，自然在一定程度上弥补了"神性"维度缺失所带来的道德失范和生命萎缩；其次，单个的人与人类也是一个整体，只有将"小我"融入"大我"、融入"人类历史的长河"，用"明天"来引导"当前"，用"人类智慧"来烛照"小我"之"无明"，才能使速朽、有限的"小我"永生不朽，才能使"生命流注，无有阻隔"。这种秩序观念并不预示着人的主体性的丧失，并不意味着人面对自然、面对世界、面对历史时的俯首听命。相反，这种秩序观念为人提供了一个更大的、类似于宗教的超越性背景，使人重获一种久违的历史感和归属感，它随时监督人的理性，让对话、敬畏、反思、忏悔成为可能。在西方的启蒙运动中，"自我"观念的形成经历了一个从"外在授权"到"内在授权"的转向，一个从"宇宙整体论"到"人类中心主义"和"个人主义"的转向。但无论怎样，他们的"自我"观念始终处在宗教的背景之上，无论是自然神论对"天意秩序"的呼唤还是浪漫主义对"万物有灵"的信奉，理性的人总会有感性的、精神的、超越性的人来平衡。而中国缺乏这种宗教传统，因而在启蒙者的"立人"标准中，人之为人的超越性背景是缺失的。以鲁迅为例，尽管他在早期论文中肯定了中国人的"敬天礼地"，并高呼"迷信可存"，但他的目的并不是提倡宗教，而是要反对"伪士"——那些对中西文化只有皮毛之见却鼓吹"现代"的启蒙者；他曾经用宇宙自然的现象来象征文明的兴衰，但这些也只是为了从侧面或者反面来衬托人的精神；《野草》中的过客、求乞者、游魂，与天地对话，在天地之间祈祷、诅咒、忏悔、彷徨，但并不融入神性的世界；他信奉进化论，却并不相信未来，相信生命主义却并不把自己置于"生命"的一侧，他关心"生命"，却只关心具体的人的"内部生命和生物生命"[112]，未能将"生命"放到更广阔的宇宙和世界中去思考。这也难怪,因为鲁迅思考的重心是人与人之间的不平等关系以及这种不平等关系的生产机制,所以关注人在这种不平等关系下的扭曲和变形,关注中国人的"奴隶性",便成为鲁迅的视点。也正是在这个意义上,伊藤虎丸认为《狂人日记》中所表现的"立人"不是"世界观"意义上的,而是"伦理学"意义上。但若以此来断定鲁迅的人学思想的局限性,也是武断的。因为话语操作层面所带来的"当下性"和政治性,不可避免地使中国的启蒙具有面向现实的特点,而历史"中间物"的态度立场与客观地位,决定了"五四"先驱的抗争并不以希望为始终,而是在与绝望的抗争中体现出主体的意志和生命的意义。其实,鲁迅的生命主义更多地是以未"开口"⑬的形式沉淀于文本的底部:例如,《故乡》中,他希望生命与生命之间不要有隔膜,"要一气";在《小约翰》的引言中,他高度评价了"与造化为友""和自然合体,以天地之心为心"的童话境界。这样说来说去,似乎又回到了起始:沈从文与鲁迅,两个看似差别很大的现代作家,在对某些问题的思考上,呈现出近乎一致的理路;他们的"生命主义",有着相似的精神底色。所不同的是,鲁迅具有更强的现实感,而沈从文则面向未来,为"人类的智慧"倾心,朝"人类的远景"凝眸。

需要指出的是,查尔斯·泰勒提出"大脱嵌"的观点,旨意不在于就事论事,而是要呼吁一种新型的人与人之间的关系——人不是孤立的原子,而是一个社会性的存在,因而只有在交互性之中,才能够最终获得存在的合法性。与此相一致,启蒙的触角也不能仅仅是指向"自我",而是指向社会、国家和他人,要指向"自我"与他人的对话关系,最终实现人的解放。沈从文的启蒙是"文学的启蒙",而"文学"只承担了"启蒙"的一部分任务——个体哲学意义上的人的重建,所以他的人学思想主要存在于文学内部,而不包括人的全面解放得以实现的外围因素(包括经济、政治等诸多方面)。与此相应,他的整体论宇宙观和生命主义,虽然为现代"自我"提供了一种类似宗教的超越性背景,使"自我"重获了精神向度,但仍固守一隅,缺乏与社会、国家、集体、他人的对话性关系,因而不具有启蒙的现实可行性,这便是沈从文人学思想的局限性所在。

注释

①沈从文.沈从文全集:第16卷[M].太原:北岳文艺出版社,2009:527.

②赵园.沈从文构筑的"湘西世界"[J].文学评论,1986(6):66.

③他指出:"由爱欲扩展至全人性之至善至美的乡土抒情,成为沈从文自20年代末以来直至抗战爆发前夕这一重要创作阶段的主导情调。这样的乡土抒情着力宣叙人性之超越一切的美与善,尤其是爱欲之冲决一切羁绊的美与力,成为那个美轮美奂的人性桃花源里最美也最有力的存在。这不仅与左翼作家注重经济——阶级分析的农村叙事迥然有别,而且也与'五四'及20年代鲁迅等作家旨在批判国民性的乡土写实叙事显著地'和而不同'。"(见解志熙的《爱欲抒写的"诗与真"——沈从文现代时期的文学行为叙论》第98页)

④李欧梵.铁屋中的呐喊[M].尹慧珉,译,长沙:岳麓书社,1999:246.

⑤沈从文.沈从文全集:第27卷[M].太原:北岳文艺出版社,2009:5.

⑥凌宇.从苗汉文化和中西文化的撞击看沈从文[J].文艺研究,1986(2):67.

⑦沈从文.沈从文全集:第27卷[M].太原:北岳文艺出版社,2009:100.

⑧沈从文.沈从文全集:第27卷[M].太原:北岳文艺出版社,2009:100.

⑨沈从文.沈从文全集:第12卷[M].太原:北岳文艺出版社,2009:362.

⑩蔡元培在为《中国新文学大系》做的总序《中国的新文学运动》中,就把文艺复兴与"五四"新文学作比较概观。

⑪原文为:"欧洲关于这'人'的真理的发现,第一次是在十五世纪,于是出了宗教改革与文艺复兴两个结果。第二次成了法国大革命,第三次大约便是欧战以后将来的未知事件了。"(见周作人的《人的文学》)

⑫在文艺复兴时期的作品中,我们往往看到"凡是那些服从生命本身的自然冲动以求在社会活动中自觉实现的人,包括实现自然情欲的满足和个人财产状态的充分发展的人,就体现着崭新的值得赞颂的美德。他们是新世界的建设者,也是理想的人格目标,因而也是完美无缺的人的象征。反过来,凡是在美好的言辞、华丽的辞藻的掩饰下来谋求生命自然冲动满足的人,借助神的教谕渔猎美色和财产的人,就是肮脏的伪君子,在他们身上体现着人世间的恶"。见刘再复《共鉴五四》(福建教育出版社,2010年版)第 180 页。

⑬阿伦·布洛克.西方人文传统[M].董乐山,译.北京:群言出版社,2012:49.

⑭陈独秀.吾人最后之觉悟[J].新青年,1916(6):1-2.

⑮刘洪涛,杨瑞仁.沈从文研究资料[C].天津:天津人民出版社,2006:549.

⑯沈从文.沈从文全集:第 16 卷[M].太原:北岳文艺出版社,2009:210.

⑰沈从文.沈从文全集:第 17 卷[M].太原:北岳文艺出版社,2009:326.

⑱沈从文.沈从文全集:第 16 卷[M].太原:北岳文艺出版社,2009:84.

⑲沈从文.沈从文全集:第 16 卷[M].太原:北岳文艺出版社,2009:86.

⑳沈从文.沈从文全集:第 16 卷[M].太原:北岳文艺出版社,2009:87.

㉑郁达夫.郁达夫文集:第 5 卷[M].花城出版社,生活·读书·新知三联书店香港分店,1983:266.

㉒李欧梵.现代性的追求[M].北京:人民文学出版社,2010:99.

㉓郁达夫.郁达夫文集:第 1 卷[M].花城出版社,生活·读书·新知三联书店香港分店,1983:52.

㉔沈从文.沈从文全集:第 3 卷[M].太原:北岳文艺出版社,2009:283-284.

㉕沈从文.沈从文全集:第 5 卷[M].太原:北岳文艺出版社,2009:138.

㉖沈从文.沈从文全集:第 17 卷[M].太原:北岳文艺出版社,2009:237.

㉗沈从文.沈从文全集:第 12 卷[M].太原:北岳文艺出版社,2009:43.

㉘沈从文.沈从文全集:第 12 卷[M].太原:北岳文艺出版社,2009:43.

㉙沈从文.沈从文全集:第 16 卷[M].太原:北岳文艺出版社,2009:324.

㉚凌宇.从边城走向世界[M].长沙:岳麓书社,2006:202.

㉛沈从文.沈从文全集:第 5 卷[M].太原:北岳文艺出版社,2009:327.

㉜沈从文.沈从文全集:第 9 卷[M].太原:北岳文艺出版社,2009:422.

㉝沈从文.沈从文全集:第 3 卷[M].太原:北岳文艺出版社,2009:276.

㉞特里林.诚与真:诺顿演讲集·1969-1970 年[M].刘佳林,译.南京:江苏教育出版社,2006:121.

㉟沈从文.沈从文全集:第 5 卷[M].太原:北岳文艺出版社,2009:356.

㊱沈从文.沈从文全集:第 5 卷[M].太原:北岳文艺出版社,2009:356.

㊲沈从文.沈从文全集:第 5 卷[M].太原:北岳文艺出版社,2009:350.

㊳沈从文.沈从文全集:第 10 卷[M].太原:北岳文艺出版社,2009:417.

㊴沈从文.沈从文全集:第 10 卷[M].太原:北岳文艺出版社,2009:417.

㊵沈从文.梦与现实[J].裴春芳,辑校.十月,2009(2).

㊶沈从文.梦与现实[J].裴春芳,辑校.十月,2009(2).

㊷沈从文.沈从文全集:第 16 卷[M].太原:北岳文艺出版社,2009:527.

㊸沈从文.沈从文全集:第 10 卷[M].太原:北岳文艺出版社,2009:338.

㊹沈从文.沈从文全集:第 12 卷[M].太原:北岳文艺出版社,2009:117.

㊺沈从文.沈从文全集:第 17 卷[M].太原:北岳文艺出版社,2009:

360.

㊻典型的语句有:“我正在发疯。为抽象而发疯。我看到一些符号,一片形,一把线,一种无声的音乐,无文字的诗歌。”(见北岳文艺出版社 2009 年版的《沈从文全集》第 12 卷第 43 页)“我一定放弃任何抵抗愿望,一直向下沉。不管它是带咸味的海水,还是带苦味的人生,我要沉到底为止。这才像是生命。我需要的就是绝对的皈依,从皈依中见到神。”(见北岳文艺出版社 2009 年版的《沈从文全集》第 12 卷第 94 页)

㊼尼采.权力意志[M].孙周兴,译.北京:商务印书馆,2013:944.

㊽詹姆斯・施密特.启蒙运动与现代性:18 世纪与 20 世纪的对话[M].徐向东,卢华萍,译.上海:上海人民出版社,2005:336.

㊾周作人.人的文学[J].新青年.1918(6):27-37.

㊿沈从文.沈从文全集:第 16 卷[M].太原:北岳文艺出版社,2009:265.

(51)沈从文.沈从文全集:第 16 卷[M].太原:北岳文艺出版社,2009:265-266.

(52)沈从文.沈从文全集:第 16 卷[M].太原:北岳文艺出版社,2009:266.

(53)尼采.偶像的黄昏[M].孙周兴,译.北京:商务印书馆,2013:27.

(54)沈从文.沈从文全集:第 12 卷[M].太原:北岳文艺出版社,2009:66.

(55)沈从文.沈从文全集:第 12 卷[M].太原:北岳文艺出版社,2009:117.

(56)鲁迅.鲁迅全集:第 1 卷[M].北京:人民文学出版社,2005:47.

(57)鲁迅.鲁迅全集:第 1 卷[M].北京:人民文学出版社,2005:57.

(58)鲁迅.鲁迅全集:第 1 卷[M].北京:人民文学出版社,2005:54.

(59)鲁迅.鲁迅全集:第 1 卷[M].北京:人民文学出版社,2005:101.

(60)鲁迅.鲁迅全集:第 4 卷[M].北京:人民文学出版社,2005:526.

(61)鲁迅.鲁迅全集:第 3 卷[M].北京:人民文学出版社,2005:47.

(62)竹内好.近代的超克[M].李冬木,赵京华,孙歌,译.北京:生活・读书·新知三联书店,2005:7.

(63)鲁迅.鲁迅译文集:第3卷[M].北京:人民文学出版社,1958:180-181.

(64)鲁迅.鲁迅译文集:第3卷[M].北京:人民文学出版社,1958:196.

(65)鲁迅.鲁迅译文集:第3卷[M].北京:人民文学出版社,1958:285.

(66)尼采.偶像的黄昏[M].孙周兴,译.北京:商务印书馆,2013:90.

(67)厨川白村在《从灵向肉和从肉向灵》中这样讲道:"为人类的最象样的生活,那无须再说,是灵和肉,内容和外形之间,都有浑然的调和,浑然的融合的生活了。"

(68)朱德发.五四文学新论[M].济南:山东文艺出版社,1995:53.

(69)朱德发.五四文学新论[M].济南:山东文艺出版社,1995:53.

(70)沈从文.沈从文全集:第16卷[M].太原:北岳文艺出版社,2009:157.

(71)王德威.抒情传统与中国现代性:在北大的八堂课[M].北京:生活·读书·新知三联书店,2010:73.

(72)王德威.抒情传统与中国现代性:在北大的八堂课[M].北京:生活·读书·新知三联书店,2010:73.

(73)沈从文.沈从文全集:第16卷[M].太原:北岳文艺出版社,2009:84.

(74)最著名的是列夫·托尔斯泰在回忆他在塑造安娜·卡列尼娜这一人物形象时所说的那段话,这段话已经被文学理论教材引为经典。

(75)沈从文.沈从文全集:第8卷[M].太原:北岳文艺出版社,2009:67.

(76)沈从文.沈从文全集:第8卷[M].太原:北岳文艺出版社,2009:64.

(77)沈从文.沈从文全集:第8卷[M].太原:北岳文艺出版社,2009:259.

(78)沈从文.沈从文全集:第12卷[M].太原:北岳文艺出版社,2009:135.

(79)沈从文.沈从文全集:第16卷[M].太原:北岳文艺出版社,2009:340.

(80)沈从文.沈从文全集:第5卷[M].太原:北岳文艺出版社,2009:171-172.

㉛沈从文.沈从文全集:第 9 卷[M].太原:北岳文艺出版社,2009:4.

㉜鲁迅.鲁迅全集:第 8 卷[M].北京:人民文学出版社,2005:29.

㉝伊藤虎丸.鲁迅与终末论——近代现实主义的成立[M].李冬木,译.北京:生活·读书·新知三联书店,2008:120.

㉞沈从文.沈从文全集:第 10 卷[M].太原:北岳文艺出版社,2009:21.

㉟沈从文.沈从文全集:第 7 卷[M].太原:北岳文艺出版社,2009:107.

㊱沈从文.沈从文全集:第 7 卷[M].太原:北岳文艺出版社,2009:138.

㊲沈从文.沈从文全集:第 12 卷[M].太原:北岳文艺出版社,2009:92.

㊳沈从文.沈从文全集:第 12 卷[M].太原:北岳文艺出版社,2009:138.

㊴沈从文.沈从文全集:第 12 卷[M].太原:北岳文艺出版社,2009:23.

㊵沈从文.沈从文全集:第 12 卷[M].太原:北岳文艺出版社,2009:24.

㊶赵园.地之子[M].北京:北京大学出版社,2007:1.

㊷沈从文.沈从文全集:第 14 卷[M].太原:北岳文艺出版社,2009:75.

㊸沈从文.沈从文全集:第 7 卷[M].太原:北岳文艺出版社,2009:79.

㊹沈从文.沈从文全集:第 9 卷[M].太原:北岳文艺出版社,2009:2.

㊺沈从文.沈从文全集:第 12 卷[M].太原:北岳文艺出版社,2009:190.

㊻沈从文.沈从文全集:第 16 卷[M].太原:北岳文艺出版社,2009:340.

㊼沈从文.沈从文全集:第 12 卷[M].太原:北岳文艺出版社,2009:138-139.

㊽鲁迅.鲁迅全集:第 8 卷[M].北京:人民文学出版社,2005:29-30.

㊾傅德岷,赖云琪.古文观止鉴赏辞典[M].上海:上海科学技术文献出版社,2008:182.

⑩郜元宝.鲁迅精读[M].上海:复旦大学出版社,2012:172.

⑪查尔斯·泰勒.本真性的伦理[M].程炼,译.上海:上海三联书店,2012:4.

⑩许纪霖.现代中国的家国天下与自我认同[J].复旦学报,2015(5):50.

⑩沈从文.沈从文全集:第12卷[M].太原:北岳文艺出版社,2009:39.

⑩沈从文.沈从文全集:第12卷[M].太原:北岳文艺出版社,2009:104.

⑩沈从文.沈从文全集:第12卷[M].太原:北岳文艺出版社,2009:159.

⑩沈从文.沈从文全集:第12卷[M].太原:北岳文艺出版社,2009:27.

⑩沈从文.沈从文全集:第12卷[M].太原:北岳文艺出版社,2009:104.

⑩沈从文.沈从文全集:第14卷[M].太原:北岳文艺出版社,2009:375.

⑩沈从文.沈从文全集:第12卷[M].太原:北岳文艺出版社,2009:40.

⑩沈从文.沈从文全集:第17卷[M].太原:北岳文艺出版社,2009:133.

⑪沈从文.沈从文全集:第16卷[M].太原:北岳文艺出版社,2009:527-535.

⑪伊藤虎丸.鲁迅与终末论——近代现实主义的成立[M].李冬木,译.北京:生活·读书·新知三联书店,2008:334.

⑪鲁迅在《野草》中有这样一句话:"当我沉默着的时候,我觉得充实;我将开口,同时感到空虚。"

第四章　文学实践与人的具体性

在"五四"新文化运动中，启蒙者往往以真理在握的"布道者"姿态面对启蒙对象，自上而下地对他们进行思想的传播、真理的灌输、道德的宣讲。启蒙者的这种姿态，一方面保证了它所派生的文学叙事不会偏离包括"启蒙""现代性""线性时间观"在内的既定轨道，另一方面却使启蒙者在作为文学叙事者的时候，失去了对人的普遍性之外的个体性的深入探索，失去了从实感经验出发的对事物的"第一眼"感受。在这种局面之下，启蒙对象往往被抹杀了具体性，成为独立于现实之外的空洞符号。沈从文由个体的实感经验出发，开展"文学的启蒙"，必然会以不一样的眼光来看待启蒙对象。

第一节　"妇女解放"问题中的性别及其他

一、关注性别差异

妇女是大众启蒙的对象，无论是在西方启蒙运动中还是在"五四"新文化运动中，妇女的教育和解放都是启蒙的应有之义。对妇女问题的看法，鲜明地体现了一个人的启蒙观，这也正是本节考察沈从文对妇女问题看法的初衷。此外，有关沈从文的"妇女观"（包括他在议论性文章中对妇女问题的看法和小说中流露出的对女性的情感倾向和价值选择），在学界一直是个颇有争议的话题。有的学者认为沈从文的"妇女观"是"男性中心主义"的，缺乏"五四"新文学中的民主思想；沈从文对女性和下层人民的描写，缺乏生活感受、艺术表现的现代特征[1]。我认为这种观点是片面的。首先，"妇女解放"这个名词本身就是男性启蒙者炮制的一个名词。启蒙者,作为具体的人,不可避免地受到因袭的重负,连"启蒙之父"鲁迅都在所难免,何况沈从文。其次,"五四"确实提出了"人的解放""妇女解放"等诸多命题,但具体做怎样的人和怎样做人,却没有任何方案可参考。再次,形而上的人的启蒙和具体的、有社会层次差别的"大众启蒙"在"五四"启蒙文学中并没有彻底分开,这就造成启蒙的"非历史化"倾向,沈从文对妇女问题的看法就是承接上述问题而展开的。最后,沈从文的部分作品,特别是反映上流社会妇女婚恋观的作品,有对现代女性生存境遇的体贴和观照,对于女性的出路,沈从文虽然没有像胡适、鲁迅、瞿秋白那样给出体系性的思考,但他对现代女性精神、灵魂也是体察入微的,这些都不失为现代的眼光。

联大时期,由于民族生存危机的日益加重,知识分子的忧患意识也随之达到了一个新的顶点。沈从文在这个时期写下了大量的杂文,披露了战时知识分子阶层的群体性堕落,并以他一贯的"人性"疗救者的立场,提出了"文运重建""国民品德重造"等主张,将"五四"新文化运动以来由鲁迅所开启的"国民性"改造传统进一步深化和发展。其中,对"妇女解放"的个体化认识就是一个典型的例子。这里仍有一点需要说明,沈从文对"妇女解放"问题的认识,是与他的国民性改造思想相伴而生的,我们不能离开进化论、民族国家意识来谈这个问题。也正是这个阶段,沈从文的以"生命"—"人性"为核心的一系列思想观念与民族国家意识联系得最为密切。汤尼·白露的《中国女性主义思想史中的妇女问题》一书的导论中有这样一段话:"近代中国历史中的女性主义思想,是关于当代民族及其发展研究的一个重要的组成部分。无论其问题是纯正民族文化还是对自然文化观的响应,无论关切的是资本和劳动力的动员还是种族改良、国际竞争、全球公平或对'性别消费主义'的批评,女性主义意识和关注的问题一直都是民族思想批评传统的一部分。"② 由这句话,我们可以得到的启示是:研究沈从文对"妇女解放"问题的认识,首先就是要理清他究竟在哪些方面与"五四"以来的女性主义思想传统有交汇之处,又在哪些方面有所突破并进而丰富和深化了这一思想传统的内涵。

沈从文曾经在《一周间给五个人的信摘录》里说："一个女人本来就要你们给她思想才会思想,给她地位她才有地位,同时用'规则'或'法律'范围她,使她生活得像样一点,她才能够有希望像样一点!"③这段话似乎是妇女在男女关系中处于"第二性"的最好注解,但沈从文与女权主义者的女性本位主义立场显然不同,在对妇女问题的看法上,沈从文与"五四"以来的男性启蒙者并没有很大区别。一些学者夸大沈从文的"男性中心论",往往拿这段话作为例证。其实联系这封信的下文就会发现,沈从文是从男子在塑造妇女中所承担的责任的角度立论的,本意不在贬低女性。沈从文确实也曾用这样一段话来作为衡量女性价值的尺度:"一个女子在自然派定那份义务上,如何完成她担负的'义务'。"④但除了这份自然属性,沈从文同样在乎女子的社会属性和精神品质。在《南行杂记》中他用戏谑的语调写道:"一百个穿皮领子新式女人中间,不到五个够格。每一个女人脸上倒并不缺少那憔悴颜色。每一个女人都像在一种肉欲的恣肆下受了伤。每个人都有点姨太太或窑姐儿神气。也许是到街上走的或是坐在汽车里在街跑的,全部是属于野鸡一类,还有所谓'家鸡''飞鸡'是还'无缘识荆'吧。"⑤沈从文确实肯定女性的自然属性,但他主张女性在"自然派定的那分义务上",体现出人的"庄严"。在《真俗人和假道学》中,沈从文对单纯追逐表面时髦而忽视内心修养的女子给予了讽刺。他说:"另有种年青女人,袭先人之余荫,受过大学教育,父母精神如《颜氏家训》所谓欲儿女学鲜卑语,弹琵琶,以之服侍公卿,得人怜爱。鲜卑语今既不可学,本人即以能说外国语如洋人为自足。力尚时髦,常将头发蜷曲,着短袖衣,半高跟鞋,敷厚粉浓朱,如此努力用心,虽劳不怨。然而一身痴肉,一脸呆相,虽为天弃,不甘自弃。或一时搔首弄姿,自作多情,或一时目不邪视,贞节如石头。两者行为不同,精神如一:即自觉已受新教育,有思想,要解放,知爱美!凡此种种,常不免令人对上帝起幽默感。好像真有一造物主,特为装点这个人生戏场,到处放一新式傻大姐,说傻话,作傻事,一举一动,无不令人难受,哭笑不得。这种人应当名为'新的假道学'。"⑥在《烛虚》中，沈从文继续将批判的矛头指向新式的"太太""名媛""贵妇"等上流社会的妇女，指陈她们用赌博来消磨生命，用"太太"名分在社会上讨生活的行为，并指出这种行为缺乏对国家和人的思考，缺乏人之为人的社会属性。

沈从文对"太太""名媛""贵妇"等上层妇女的批判，可以追溯到更早之前所写的《绅士的太太》。在《绅士的太太》阶段，沈从文主要是站在"城—乡"互参的道德立场之上，为上等人"造一面镜子"，照射出他们在"名""实"之间的悖谬的话；在联大阶段，沈从文则跨越了"城"—"乡"、"苗"—"汉"的界限，将上流社会的面影与国族寓言相联系，将上流社会妇女身上的庸俗主义人生观与国民劣根性相参照，并由此展开了对中国庸众文化所产生的社会历史根源进行了深入的挖掘。那么，"太太""名媛""贵妇"这一阶层在中国现代化进程中有何文化意义上的标本价值呢？其实，正如中国现代资产阶级脱胎于封建地主一样，中国都市的"太太""名媛""贵妇"阶层也是这两种生活结合的产物。从外在文化层面来讲，她们接受了新思想，已成为"新女性"；但从内在修养上讲，她们不学无术、庸俗无聊、唯实唯利，是十足的"寄生虫"。她们既不受"妇德""妇道"等封建文化观念的束缚，又缺乏现代女性应有的独立人格与高雅情趣，是不折不扣的、现代中国文化断层的典型性病例。在现代文学史上，我们不难看到子君、丽石、莎菲、孙舞阳、章秋柳等具有性别觉醒意识的独异者形象，也不难看到她们介于亲情与爱情、传统与现代、情感与理智之间的挣扎与徘徊。但我们很少看到一个男性作家能够站在生活的内部，从文化惰性这一独特的视点来披露常态下的女性及整个民族的生存现状，这不能不说是沈从文对国民性改造传统的一份独特贡献。当然，在他所处的那个年代，也出现了《骆驼祥子》《猫城记》《华威先生》等一批揭露国民劣根性以及都市文明病的文学作品。但相对而言，女性的生存空间更为狭窄和闭塞，因此因袭的重负、人性的晦暗在她们身上更为密不透风。所以，将她们沉潜于历史地表之下的庸常生活展现出来，就能在一定程度上冲破主导意识形态的遮蔽，将社会和文化的结构性缺损突出和放大。

沈从文将这种庸俗人生观的产生原因归结为"女子教育的无计划"，"这无计划的现象，实由于缺乏了解不关心而来。在教育设计上俨然只尊重一个空洞名词'男女平等'，从不曾稍稍从身心两方面对社会适应上加以注意'男女有别'"[⑦]。由此可见，沈从文既重视女子的自然属性也重视女子的社会属性，特别是"五四"启蒙运动所提倡的女子精神人格的塑造；沈从文提倡"男女有别"，是在"男女平等"的基础上提出来的，并不是对"五四"民主思想和价值体系的反转，而是对启蒙如何降落在现实语境的具体化思考。

在西方启蒙运动中，启蒙者大多并不关心把对男人进行启蒙的可能性与对女人进行启蒙的可能性分离开来，这也正是启蒙为女性主义者所诟病的一大原因。女性主义者用经验的真实强调女性在生理基础、社会分工等方面的具体性和历史性，而男性启蒙者则认为启蒙的对象是一个普遍的对象。"虽然康德说'要有勇气运用你的理性！'，但这个勇气究竟从何而来，它在个人生活中碰到了什么冲突，什么因素干扰它的实现，对这些问题，康德漠不关心。"[⑧]换句话来讲，启蒙运动的对象是真实的、具体的、有差别的个体，而启蒙者却无视这种差别；理性的运用是有条件的，而启蒙者却把理性看作一个普遍的、非历史的才能。这一理论与实践相脱节的缺陷不可能不影响到"五四"启蒙运动。其实上溯到维新派知识分子，用"天赋人权"的观念解释"男女平等"，本身就有无视男女差别的倾向。康有为在《大同书》中说"男与女虽异形，其为天民而共受天权"[⑨]，"其聪明睿哲同，其性情气质同，其德义嗜欲同，其身首手足同，其耳目口鼻同，……其能游玩作止同，其能执事穷理同。女子未有异于男子也，男子未有异于女子也"[⑩]，肯定妇女在"天赋人权"方面拥有和男子一样的权利时，并没有对妇女的特长和优势做出说明，也没有对男女的具体"权利"和"义务"做出界定。与之相承，"五四"启蒙知识分子将"妇女解放"副部标题纳入"人的解放"的总标题中，这就不可避免地在操作层面出现了以"男女平等"观念置换女性解放具体内涵的功利化倾向。

　　　　　　　　　　　　　　　沈从文的文学观

这种功利化倾向呈现出两大弊端：一是在如何重新做人、重新做怎样的人方面标准不明确；二是男女对立观念的形成。

关于第一个弊端，姜义华在《理性缺位的启蒙》中指出："《新青年》对民主的内涵作了多重阐发，但是，大多目标明确，如何实现却常常流于空洞化。《新青年》要求人们能够确立'自主自由之人格'，却未指明如何在实际生活中打破家族宗法制度的枷锁，如何切实改变落后分散的自给自足的小生产方式；《新青年》要求人们都有思想与言论的自由，却未指明如何使人们摆脱愚昧状况，能够思想，能够表达自己的要求。"①这就出现了启蒙目标的明确性与具体方案的模糊性之间的矛盾、口号的简陋粗疏与现实的复杂具体的矛盾，这些矛盾也预示着"五四"启蒙运动的不彻底性。《伤逝》就讲述了"启蒙"面对具体生活的尴尬处境。一开始，涓生对子君"谈家庭专制，谈打破旧习惯，谈男女平等，谈伊孛生，谈泰戈尔，谈雪莱"，子君"总是微笑点头，两眼里弥漫着稚气的好奇的光泽"，她似乎也的确受到了新思想的感染，否则不会毅然决然地说出那句："我是我自己的，他们谁也没有干涉我的权利！"然而子君似乎并没有做好迎接新生活的准备，与涓生同居后的她整日忙于家务，"似乎将先前所知道的全都忘掉了"，甚至变得与一个庸俗无聊的家庭主妇没有什么两样。因此当涓生遭受失业的打击，当他们的爱情无所附丽的时候，涓生选择了分手，同时也把死亡带给了子君。以往人们多从女性成长的角度来解析《伤逝》，认为女性不应把家庭生活当作人生的全部意义，要时刻更新自己，与男性并肩作战，方能立于不败之地。但其实《伤逝》又何尝不是一部涓生自己的忏悔录呢？如果说子君没有做好踏入新生活的心理准备，涓生一样没有。接受新思想，独立于庸众和世俗之外，只是启蒙的第一步，启蒙还需要从云端降落下来，面对具体的人与事，这样才能真正在现实层面展开。涓生的问题在于，他对后者的思考并不深入。虽然他知道"人必须活着，爱才有所附丽"，知道"人的生活的第一着是求生"，但他对求生路上男女两性的分工并没有太多的认识，对子君在家庭生活中扮演的角色并不认同，特别是在失业的重压之下。当他高举"人生要义"的旗帜,将"真实"的重担卸下给子君的时候,其实也就是用进化论的优胜劣汰来掩盖自身爱的能力的匮乏以及因袭的男权意识。《伤逝》其实是在拷问如何将启蒙与现实生活相接轨,如何重新做人的问题。关于这一点,沈从文深有体会。他说:"'重新做人'虽已成为一个口号,具尽符咒的魔力,可是,如何重新做人,重新做什么样的人,似乎被主持这个运动的人,把范围限制在'争自由'一面,含义太泛,把趋势放在'求性的自由'一方面,要求太窄。初期白话文学中的诗歌,小说,戏剧,大多数只反映出两性问题的重新认识,重新建设一个新观念,这新观念就侧重在'平等',末了可以说,女人已被解放了。可是表示解放只是大学校可以男女同学,自由恋爱。"⑫在《长河》中,沈从文对"妇女解放"思潮对女学生行为方式的影响做了更加细致的描摹,表露出对"摩登""爱情""创造""解放"等名词的怀疑。在沈从文看来,这些名词无异于现代文明包裹之下的新的"愚昧",要打破这些新式"愚昧",使"妇女解放"落到实处,就需要对妇女输入"比当前更进步更自重的作人知识"⑬和"更美丽更勇敢的人生观"⑭,用"改造运动"代替"解放运动",用"做人运动"代替"做事运动",用人的主观能动性和知行合一的方式消化、吸收、利用新兴名词,最终完成启蒙理念与启蒙实践的统一。(关于这一点,第一章有详述,这里不再赘言。)关于第二个弊端,沈从文认为"男女平等"的观念忽略了男女在根本上的"不同",只争取生活上的机会均等,按照这样的目标,妇女必然以目下能得到为满足,以得不到为受压迫,"自然产生对立感觉"⑮,但妇女一旦像男子一样得到了知识、权力和地位,不平等事实依然会存在,所以沈从文认为求"男女平等"要另想办法。他给出的方案是"让几个通人性有知识的专家,来从男女性心理方面入手,假定男女实需要'合作',不必'对立'"⑯,并使男女"在分工合作情形上各自产生一种尊严感,这尊严感中实包括了'权利'和'义务'两种成分"⑰。由此可见,沈从文的主张不是要推翻"五四"所确立的"男女平等"的现代意识,而是要在实践层面践行启蒙理念,将启蒙的对象看作具体的、真实的、有差别的个体,针对不同的个体,确立相应的"权利"和"义务",克服浮在表面的"对立"观念,用"合作"的态度对待"妇女解放"的问题。沈从文的这种观点与梁启超十分相似,梁启超说:"男女的聪明才力,不能认他有差等,却不能不认他各有特长。据多数学者所说,女子的创造力,不如男子,男子的整理力,不如女子。这个原则,我是承认的,诸君别要误会,以为说女子创造力比较差,便是看轻了女子,须知社会是要不断的创造不断的整理,这两种事业,正如车的两轮,鸟的双翼,缺一不可,断不能说整理的功劳比创造的功劳有优劣之分。教育的目的,总要使受教育的人各尽其性,发挥各人最优长的本能,替社会做最有效率的事业。"⑱在梁启超看来,"男女平等"不是绝对的平等,而是以男女在才能倾向的差别为基础的相对的平等,真正做到"男女平等",必须在教育上做到"各尽其性",这个"各尽其性"的观念,在沈从文的思想世界中也占据着重要的位置,男女之间的差别,以及后面要说的上流社会妇女与下层社会妇女、中间阶层与下层人民的差别,以及与这种差别相对应的启蒙方式的差别,都以这四个字为出发点。其实,尊重差别,即尊重个体性,在意识形态作为看待世界基本方法的时代,人的个体性、事物的本真性已被遮蔽,甚至人与人之间的关系也被简化,男女之间的对立、阶级之间的对立、敌我之间的对立……对立无处不在,然而除去原则性的分歧,这种不必要的对立和人与人之间关系的简化,"必然会形成一种不健康的隔阂,猜忌,消耗"⑲,与解决实际问题无益,沈从文主张的男女要从"对立"转向"合作"就是从这个立场出发的,在可资借鉴的"重新做人"标准还未出台之际,在"妇女解放"运动在实践中仅落实到"性自由"层面的时候,承认男女之别,并主张在具体分工中体现"尊严感",在"尊严感"中享有"权利"并承担"义务",这种观点怎么说都不是一种倒退。

无论是第一个弊端还是第二个弊端,妇女问题的终极解决还有待于国民品德的重塑,关于这一点,沈从文的认识是相当深刻的。他说:"谈起妇女问题时,问题或许在彼而不在此,在两性对于'家'的看法,由义务感与生命稳定安全感而变为享乐感自私成分增多,似进步实退化,从期望说为日益贴近事实,从生活说为日益违反自然。由'家'而引起个人对于'人'的印象与感想,认为很是一个问题,即无论男女,'热情'的缺乏是种普遍现象。"[20] 其实,无论是对"妇女解放"的浅表化认识,还是男女对立关系的日益加剧,其背后都是自私庸俗的人生观在作祟,追求享乐、逃避义务、违反自然,看似进步实则倒退。沈从文进而将这种观念与时下大多数人的生命观相联系,找出了病根所在,他说:"许多人活下来生命都同牛粪差不多,俨然被一种不可抗的命定聚成一堆,燃烧时无热又无光"。[21] "在政治上或男女关系上,目下似乎都流行一种风气,即用一个宦寺阴柔风格来活动,从阿谀、驯顺、虚伪、见技巧,为时髦人生观。"[22] 沈从文将"妇女解放"纳入"人的解放"和民族品德的重塑,本身与"五四"启蒙主义的理路并无二致,他对妇女解放的现代内涵的认识也并不比陈独秀、李大钊、瞿秋白更深刻,但他的卓异之处就在于对"妇女解放"问题的具体化思考,他的以个体经验为基础的对启蒙对象的观照,在一定程度上克服了启蒙理念的非历史化和现实语境的复杂性之间的矛盾与冲突。

二、观照人的精神与灵魂的隐秘之地

对于下层妇女,沈从文多以挖掘她们身上的道德优势为出发点。例如,萧萧等处于原始蒙昧阶段的乡间女子的天真纯朴,翠翠、夭夭等的善良、聪明与自主自为,甚至吊脚楼和渡船上的妓女也有朴实多情的一面。对于上流社会的妇女,沈从文的眼光不完全被道德主义立场所覆盖,无论是对上流社会妇女身上庸俗人生观的批判,还是对这个阶层复杂人性的观照,沈从文把立足点放在他的生命观上,从"生命"如何贴近"土地"、接近"生物",又在何种程度上脱离"生物",引人向上出发,从"生命"中的"神性"如何与"魔性"为缘,又摆脱"魔性"出发,沈从文开始了他对上流社会妇女的精神灵魂的探索之旅,下文便以《一个女剧员的生活》《如蕤》《都市一妇人》三个作品[23]为例,来探讨这个问题。

这三部作品皆以女性在婚恋中的个体选择为主线。《一个女剧员的生活》的主人公萝、《如蕤》的主人公如蕤、《都市一妇人》的主人公将军遗孀都出身上流社会,受过中等以上的教育,耳濡目染了上流社会的习俗和风范。萝置身于"爱情"的四面围攻——导演士平、演员陈白、周姓学生,三个年龄不同、性格不一的男子分别以不同的方式对萝展开了攻势。陈白用谦谦君子的风范靠近萝,导演士平用中年人的谨慎、世故步步为营,周姓学生用未经斧凿的天真坦露爱意。置身于"爱情"的包围之中,萝不免也有隐秘的喜悦,但更多的是鄙视与烦闷,因为萝在他们每个人身上都发现了致命的弱点。陈白对感情"貌作热情却毫无真心",用谦卑掩盖妒忌,用淡然掩盖冷血,生命无光无热;相对于陈白,士平的妒忌之心有过之而无不及,不同的是,隐藏方式更加巧妙。如果说陈白还有一丝可以被"虚荣"点燃的生命的幽微火光,那么士平则像一沟死水,清风都吹不起半点涟漪,生命的火光,早已在无人知晓的某个时刻坠入了深不见底的心灵枯井,只留一副庸俗、虚伪、狡黠的躯壳,令人生厌;周姓学生倒是一派天真,但天真中的孱弱却让他缺乏承担爱情重量的力量和气魄,在爱情的面前,他是一个失去自我的"奴隶"。陈白和士平的虚伪、庸俗、孱弱,他们没有勇气正视自我的需要,倾听自我的声音,承担自我的命运,他们将自己严严实实得包裹在"习惯""名分"的"套子"里,任凭自己成为一个"空了心"[24]的人,周姓学生并没有生活在"套子"里,但他的根本问题在于他压根儿就没有"自我",没有承担"自我"的勇气,何来"自我"?

这三个"符号"般空虚的男子,怎样才能承担起爱情的重量呢?爱情,之所以在文学中是一个永恒的主题,是因为生命力的满溢或者匮乏在其中都会纤毫毕现。在西方文学长廊中,我们看到为报复丈夫的负心而不惜杀害自己亲生孩子的复仇女神美狄亚,看到因美女海伦而起的特洛伊战争,看到为爱舍命的骑士……我们在爱情悲剧中认识了人性的伟大,"人类的主体性只有在这没有最终胜利的希望但又永不妥协的奋斗中才表现得最最充分"。[25]在中国文化的内部,由于占统治地位的儒家文化对个体生命力的压制,再加之释道所提供的补充,也只是消极逃遁,不撄人心,因此中国的悲剧形式所体现的往往是个人的、刹那的、没有时间上的绵延性和空间上的广延性，缺乏上升为人类普遍经验的可能性。中国古典文学缺乏以婚恋表现人性的文学样式，即便是有，充斥其间的，要么是宣扬封建正统观念，要么是对情欲的变态发泄，很少看到具有崇高感的爱情悲剧，甚至悲情的表现也不多。需要强调的是，我在这里提到"悲剧意识"，不是指沈从文作品中缺乏"悲剧意识"，而是指他笔下的上流社会人物的生命形态缺乏人性的英雄维度和承担爱情的生命力。在沈从文的湘西题材作品中（例如《边城》《月下小景》《媚金·豹子·与那羊》），充溢着能"疯狂"能"赴死"的担当爱情的原始生命活力，也正是"湘西"与"都市"的生命形态的价值互参，使沈从文越发清醒地认识到都市上流社会的人性萎缩。不是吗？陈白在得知爱情失败的时刻，哪里流露出半点的悲伤？不过是虚荣心受挫而已，接下去，他又马上自得起来，因为他要将这个消息告诉士平，想到士平的神气，他就笑了。这哪里是悲情？分明是毫无价值的游戏，正像他的职业需要装饰和表演那样，他的真实生活也充满了"表演"和"装饰"，或许他已经无法分清生活和演戏的区别，或许他也没有必要分清，因为大家都如此，连同他的观众也皆是"为了一个浅显的社会讽刺剧，疯狂的拍掌，热心的欢迎"[26]，他"哺糟啜醨"又何妨？在这里，我认为小说标题里的"剧员"二字就是一个隐喻，暗含了局中人在台上、台下的各种表演。这些人将本应是一幕爱情悲剧的剧本上演成了小丑轮番上阵的滑稽剧和众声喧哗、不知所云的闹剧。将军的遗孀同样被上流社会的庸俗、虚伪所熏染，与萝的朴素诚实、冰雪聪明相比较，她的聪明多了很多世故的成分，人游戏于她，她便游戏于人，游刃有余地穿梭在男人之间，品尝到"复仇的满足"。经过无数次的"爱情的蹂躏"，无数次的逢场作戏，她对上流社会的浮华失去了兴趣，她需要一种"节欲的母性的温柔厚道的生活"[27]，于是命运给她送来了老兵将军。然而，短暂的幸福过去，老兵将军死了，她不得不重新思索自己的下半生。如蕤生活的环境相应单纯。然而，她最怕千篇一律的爱情模式，因为这会抹杀人的个性，正如文中所言："都市中人是全为一个都市教育与都市趣味所同化，一切女子的灵魂，皆从一个模子里印就，一切男子的灵魂，又皆从另一模子中印出，个性特性是不易存在，领袖标准是在共通所理解的榜样中产生的。一切皆显得又庸俗又平凡，一切皆转成为商品形式。"[28]她想摆脱这种庸俗标准，"找寻使她生活放光同时他本身也放光的一种东西"[29]。与那个单纯男孩子的相遇，不能不说是一种非同寻常的奇缘，之后的猜忌、误会，以及猜忌、误会之后的不远不近的友情，友情之后的感情升温，整个过程都与一般都市爱情的经典桥段不搭界。然而，当彼此之间的爱意确定之际，男孩子却用"温习功课"的方式代替"爱的更新"。于是，他们沿着记忆的方向去寻找大海，然而走到近前了，却发现是一座坟。"大海"，是他们最初相遇的地方，也意味着爱情的起点。"大海"往往与新生、奇幻联系在一起，这就寄寓着他们爱情的起点充满了令人"惊讶"的新奇之美；"坟"的最古老和原初的寓意是死亡。虽然西方文学对"坟"的寓意有新的阐发[30]，但就中国现代文学而言，"坟"的寓意能够达到西方现代、后现代的语义能指的，并不多见。沈从文这里用"坟"，显然也是取其最基本的含义——死亡，在这里特指爱情的死亡。果不其然，在后文的对话中，这种暗示也隐然可见。

　　"回忆使人年青了许多。"男的自语的说着。

　　但那女的却自心中回答着："一个人用回忆来生活，显见得这人生活也只剩下些残余渣滓了。"[31]

　　由以上分析可以看到，没有经济挤压，没有恶势力的威压，没有封建家长的专断，这三个女性依然面临困境，她们深深地陷入了由上流社会的"平庸之恶"所制造的泥淖之中，直到生命中的"偶然"的出现。萝拒绝陈白、土平、周姓男子的求爱之后，遇到了宗泽，后者以大胆、直率，甚至有些"粗卤"的方式向萝表达爱意，萝于是也做了一个出人意表的决定——与宗泽订婚。一个偶然的机会，将军的遗孀结识了一个热情、大胆的青年军官，于是她关闭多年的心门被突然打开，两人很快结了婚。但不久，她便买通卖药人弄瞎了年轻丈夫的眼睛，之后与丈夫在返回老家的路途中双双葬身水底。出现在如蕤生命中的最后面的那个"偶然"是她自己制造的,仅留下了一封短信,她便离开男孩子,辗转自己的新生活去了。然而萝为什么会选择宗泽?小说中只有这一点文字,若隐若现地显示着萝的心迹:"她只记起宗泽先生的一些言语,而这些言语,平时又像全是为自己生活一种工具,只有在那人面前时,才被他把这工具夺去,使自己显得空虚的。她检察她自己,为什么在此人面前始终是软弱的理由,才知道是这人并不像一般人爱她,所以在被凌逼情形下,她是已经看到自己败在这人面前了。"[32]然而,宗泽的男子气概是他真实人格的显现还是在女性面前的刻意伪装?萝与宗泽最后会走向幸福的彼岸吗?这些问题沈从文都没有回答。将如蕤最终离开男孩子的原因归结为熟悉的地方没有风景,爱情需要时时更新,只是一般读者的生活经验所能给出的最寻常解释,包括前面对"大海"和"坟"的解释,也不过是由果索因,未必符合沈从文的原意。因为在如蕤给男孩子所留的这封信中,依然有令人费解的地方:"我不知为什么,总觉得走了较好,为了我的快乐,为了不委屈我自己的感情,我就走了。莫想起一切过去有所痛苦,过去既成为过去,也值不得把感情放在那上面受折磨。你本来就不明白我的。我所希望的,几年来为这点愿心经验一切痛苦,也只是要你明白我。现在你既然已明白我,而且爱了我,为了把我们生命解释得更美一些,我走了,当然比我同你住下去较好的。"[33]信中所说的"把我们生命解释得更美一些",与他们之间爱情的结束也并无必然的联系。那么应该怎样理解这句话呢?没有人能够给出一个确切的答案。

对于婚恋中的道德,沈从文的眼光并不死板,他曾说过:"端静自好是女子的美德,但倘若这个人,在生理一方面,她需要得比平常人更多的热情,正如她的饮食分量一样,她因为这点理由,选择了两次三次,多同两个人接近,她不能算是不道德的。"[34]"忠于自己,觉得自己生活的尊严,并不是胆小如鼠洁身自好苟延日子了事。"[35]按照这种标准来理解将军的遗孀似乎并无不妥,但忠于自己,勇于选择,并不等于任凭肉欲的支配,沈从文重视爱情中的精神灵魂的一面,这在《八骏图》对上流社会声色犬马的讽刺中以及《边城》对湘西小儿女的灵魂之爱的赞美中皆可体现。那么，在将军的遗孀与年轻军官的结合中，是真爱占了上风还是因为"生疏增加了爱情，寂寞培养了爱情"㊱？双双殒命的结局是上帝无意中造成的爱情悲剧吗？或者是不是可以说唯有这样的结局才能成就凄美的爱情？没有人知道，沈从文也无意回答。面对人生百态，沈从文永远是个艺术家，他用感官捕捉现象，用绘画传达意绪，但他不分析。

通过爱情婚姻来探讨妇女解放问题，并在妇女解放问题中凸显人的解放，是"五四"新文学的一个话题，这种人的文学的表现形式是与当时占支配地位的反映论紧密相关的，反映论的视角就是强调文学要表现社会和时代，并在对现象的描绘中蕴含对社会发展规律的观照。所以谈有关这一主题的文学现象，必须先谈与之对应的中国社会发展史和思想发展史上的"妇女解放"运动。李泽厚说："妇女解放可以作为社会解放的某种尺度。在五四以后，新一代知识妇女由观念革新所带来的行为改变，正具有这种意义。它是个性解放问题，同时却又是政治性问题。因为它所引起的反应正是政治性的压制、干扰、打击、破坏，它激起的是保守派、卫道者的攻击、诬蔑、丑化、迫害。从胡适提倡易卜生的《傀儡家庭》的巨大反响到鲁迅为女师大风潮痛斥章士钊、杨荫榆，都反映了这一特色。"㊲李泽厚认为"妇女解放"运动是个性解放问题，也是政治问题，那么反映到文学中来，"以反封建来张个性"便成为"妇女解放"主题小说的主旋律。然而"沈从文对都市上流社会妇女爱情与婚姻形态的描写，不是从反封建束缚起步，而是注目于'开放女禁'、获得了爱情婚姻的自由以后"㊳。另外，从思想武器上来讲，马克思主义的经济决定论动摇了"五四"启蒙主义的文化决定论。因为相对于思想文化来说，经济更有决定作用，"经济问题的解决，是根本解决。经济问题一旦解决，什么政治问题、法律问题、家族制度问题、女子解放问题、工人解放问题，都可以解决"㊴。这样的思维逻辑体现在文学中，"五四"启蒙作家往往着意于从"经济独立"的优先性上考虑妇女的解放问题，鲁迅的《娜拉走后怎样》《伤逝》都基于这一思想根柢。与经济决定论密切相关的唯物史观同样在文学中作品中有所反映，"问题小说"和"左翼小说"就是例证。后者往往以"走出家庭，摆脱封建束缚"为始，以"孤军奋战，重新被黑暗吞噬"为终，来构思"妇女解放"主题小说的情节主线，并将女主人公个人奋斗的失败与"个人主义的穷途末路"紧密联系在一起，认为只有尊重唯物史观，将个性的张扬与共产主义理想的信仰相结合，将"个体解放"融入"集体解放"，将"小我"融入"大我"，才能获得一个完整的意义世界。与这类小说不同，一些女作家往往将个体生命体验注入"妇女解放"主题小说的创作，使此类小说获得了生命质感和历史的纵深感。品读这些作品，往往能够感受到超出阶级和时代之外的普遍人性，体会到女性生命深处的隐痛、徘徊、孤独、绝望，只不过这些情绪是通过换汤不换药的新式婚恋表现出来，她们黯然的眼神、苍凉的手势、蒙眬的泪眼中，有对"妇女解放"的失望，也有对女性身份所属的绝望。然而不管怎样，这份绝望背后，都有一个确定的意义所属——只有深切的希望在前，才有彻底的绝望在后。希望与绝望，分属意义的两极，它们是同一光源下，同一物体的光面和阴影面，它们都不缺乏时间的向度和具体的意义所指。然而，你却很难从沈从文的作品中寻找到这种时间的向度和具体意义的所指，他的小说永远以混沌和模糊的面目出现，很难用反映论中的唯物史观来参照阅读，也很难用普遍人性来涵盖。如他的这三个姐妹篇，是在什么情况下写的？有对"偶然"与"必然"、"应然"与"实然"、"意志"与"情感"的观照吗？有对"妇女解放"之路的探索吗？我们都不得而知，唯一可以肯定的是他一贯的对精神和灵魂的观照，这种观照，可能就是他所说的"生命"的"神性"与"魔性"怎样相互为缘，"偶然"与"情感"的势能是怎样影响一个人的生命，"现象"比"分析"重要。不由得联想到启蒙的词源学意义。"启蒙"（enlightenment）的词根为"发光"（light），加上前缀"en"，有使动化的意味，意思就是"使发光"，也就是摆脱愚昧、无知的黑暗状态而走向光明。那么按照这种解释，"启蒙"的作用也应包括如何"去蔽"，包括如何还原事物的本真存在。存在主义认为，事物的本真性存在从柏拉图、亚里士多德开始就一直处于被"遮蔽"的状态，特别是到了启蒙理性高度发达的现代社会,我们看到的只是被"知识""理性"重新编码后的图像,并不是事物的原本面貌,因此海德格尔曾用"世界图像化的时代"来为"现代"命名。在文学的场域,人的本真性被"遮蔽"也是不可避免的"现代"顽疾。正如前文所讲,"因果律""唯物史观"等"意义世界"先于人的具体性、个体化"存在"而存在,赋予人以整体性的意义世界,并提供方向明确、轮廓清晰的阐释结构。然而,人的本真性"存在"是先于"意义世界"的,情感、情绪、体验也是先于"理性"的,"现象"是先于"意义"的,所以对"意义世界"的过分推崇,对意识形态的过分关注,就会造成人的本真性存在的"遮蔽",致使"人的文学"缺乏超越历史与时代的普世向度。正是在这种情况下,沈从文对个体精神与灵魂的观照才格外有意义。从另外一个意义上讲,沈从文的启蒙是"文学的启蒙",也即这种启蒙是以"文学"为路径,依靠作者与读者之间的心灵感应与情感共振来实现的,这就形成了与其他社会分析型作家截然不同的文本策略和启蒙方式。正是情感的充沛性、意义的模糊性才成就了沈从文的启蒙"个性"。我在第一章已经说过,沈从文是一个有着启蒙思想的文学家,而不是那种诉诸逻辑思辨的思想家,我不是从思想家的角度来谈沈从文,而是从文学家的角度来谈沈从文的人学思想,以及这些思想因子是如何像"盐溶于水"那样不着痕迹地汇入他那情感充沛的文学世界,又是怎样在有意和无意之间丰富了"五四"新文学的意义表现空间。文学(包括启蒙文学)的眼光,"应是徘徊在那些暧昧的、模糊的、不可言说的区域,而不应过度迷恋价值决断的快意。丰富性,有时指的就是复杂性和模糊性"[①],而铿锵与斩截,往往会造成对事物本真面目、人类心灵内面、历史皱褶深处的"遮蔽"。所以,多少年后我们回顾启蒙文学,那些具有披荆斩棘般气魄、雷霆万钧样势能的应时应景之作早已被放入了历史的故纸堆,反而是沈从文这种格局不大、意义不显的作品更能够让人回味。因为他关注了人类精神和灵魂的最善恶难辨、最暧昧不清而又最难以捕捉的细部,用含混的丰富描摹了"存在"的敞开之境,还原了社会人生的真相,也许这才符合启蒙的要义。我在这里既无意对沈从文这三个姐妹篇做更多的穿凿，也无意对沈从文的启蒙特质做更多的附会，只是从一点真切的阅读感受出发，用"留白"的方式表达对评论对象的敬意，也借以表达对人类认知有限性的敬畏。

第二节 "各尽其性"中的阶层差异

一、下层人民与知识阶级的两个世界

上节已经提到，在沈从文的思想世界中，"各尽其性"的观念不仅是他看待"男女平等"的一个尺度，而且是他区别上流社会妇女与下层妇女、中间社会和下层群众的一个标准。对于上流社会的妇女，沈从文的眼光是相当严苛的，他曾多次抨击上流社会妇女虽然接受现代教育，但做人标准、行为方式却依然守旧，循着"太太""贵妇"的名分，追求生物欲望的满足，过着无光无热的人生；而对于下层妇女，甚至吊脚楼上的妓女，沈从文的眼光又是相当温厚的，不仅认为她们从事的职业与道德无违，而且还善于从她们身上发现道德的光辉，甚至连她们的敬天礼地、信天委命都给予肯定。这两种明显的差别，难道是"乡下人"立场掩盖下的双重标准吗？非也。原因就在于"各尽其性"这四个字。沈从文认为"蒙庄齐物，所证即为物之不齐，乃物之性"^⑪。"各尽其性"就是要承认阶层差别，在承认阶层差别的基础上确立启蒙对象在整体结构中的位置，对于"中产阶级分子"来讲，他们接受过良好的教育，是社会的中坚力量，与此相应地，他们也应在启蒙中扮演重要的角色。沈从文说："新的文学观，毫无疑问，它应当在启迪征服社会中层分子着眼。"^⑫出于这样的考虑，与此相对应，沈从文认为文学观念来教育群众，"远不如运用法规教育群众，又简便又能得用"^⑬。沈从文将社会中层分子与群众区别对待，其着眼点在于启蒙对象的认知差异，这是一种重实效的思维方式。如果再从更深的层面来分析，这种思维方式还与沈从文的整体论人性观^⑭有关。在沈从文看来，孤立的人是不存在的，人总要与自然本性、族

群风俗、文化本根紧紧缠绕在一起；同样道理，民间底层的精神状态也不是孤立存在的，它总是与这一阶层的经济状况、受教育程度等因素密切相关。面对北平的"看客"，沈从文说："似乎是鲁迅先生，写了一篇文章，就北平羊肉铺杀羊时许多人围看情形，说北平市民极残忍，这批评不公平。就我经验说来，事实上不受教育的人看杀人时，同读书人看一本书情绪受刺激相差不多。"⑤在沈从文思想逻辑的起点，"读书人"和"群众"是分属于不同的世界的。所以，以"读书人"的眼光来看，"群众"的围观是精神麻木，而以"群众"的眼光来看，"围观"不过是打发时间的一种方式而已，因为许多群众无事可做，街头自然成了他们的学校，"他们缺少机会在书本上搜索知识同趣味，便只好到街头发现那个"⑥，"认清这一点，能够想办法，来把报纸当作一个教育机关，在给他们趣味以外还同时输入一点有用知识，实在是一件好事情！就北平市民环境看来，他们不止需要近代国家的公民常识，还充分需要国难中国民意识，而且也相当能够承受一点学术知识"⑥。沈从文对"群众"围观现象的反应就是这么不愠不火，对"群众"的启蒙和教育，他侧重于从具体方法上给出指导，然而对上流社会的庸俗人生观，沈从文则表现出强烈的孤愤，往往口诛笔伐，连绵不止。这两种明显不同的态度，体现了沈从文对"各尽其性""有生不一"的理解。在沈从文看来，下层群众在"自然上各担负自己那分命运，为自己，为儿女而活下去。不管怎么样活，却从不逃避为了活而应有的一切努力"⑧。他们的生是"庄严忠实"的，如果按照"各尽其性"的标准来衡量，他们在自然和社会所派定的命运下，已经做到"尽性"了，因此任何对他们精神痛苦的发现和同情都是隔靴搔痒。沈从文用沉重的笔调说道："读书人的同情，专家的调查，对这种人有什么用？若不能在调查和同情以外有一个'办法'，这种人总永远用血和泪在同样情形中打发日子。地狱俨然就是为他们而设的。他们的生活，正说明'生命'在无知与穷困包围中必然的种种。读书人面对这种人生时，不配说'同情'，实应当'自愧'。正因为这些人生命的庄严，读书人是毫不明白的。"⑨对存在于湘西下层妇女中的放蛊、行巫与落洞等读书人所认为的"迷信"和"愚行",沈从文同样给予了切合实际的分析,他用了现代生理学、病理学、心理学的方法考察了湘西下层妇女这三种"迷信"的成因,认为这三种"迷信""同源而异流,都源于人神错综,一种情绪被压抑后变态的发展"[50] 妇女通过这些迷信活动,可排遣她们遭到压抑的欲望与情感,所以这种"迷信"在特定的时空有其存在的合理性,而"一知半解的读书人,想破除迷信,要打到它,否认这种'先知',正说明另一种人的'无知'"[51]。在这里,沈从文的用意当然不是将"提倡科学、反对迷信"的启蒙观念反其道而用之,而是强调一种因地制宜、因人制宜的思考问题的方式,这也就是前面所讲的"以不齐为齐",只有联系启蒙对象的具体情境,把启蒙对象看作鲜活的生命个体,而不是"普遍的人",才有可能使启蒙真正降落在现实境遇。

二、关注阶层差异与启蒙在现实语境中的着陆

将本土文化资源纳入到对启蒙意识的整合中,沈从文并不是第一个。章太炎曾说:"言公理者,以社会抑制个人,则无所逃于宙合。然则以众暴寡,甚于以强陵弱。而公理之惨刻少恩,尤有过于天理。乃知庄周所谓'齐物者,非有正处、正味、正色之定程,而使万物各从所好',其度越公理之说,诚非巧历所能计矣。若夫庄生之言曰:'无物不然,无物不可。'与海格尔所谓'事事皆合理,物物皆美善'者,词义相同。然一以为人心不同,难为齐概;而一以为终局目的,藉此为经历之途。则根柢又绝远矣。"[52]章太炎这段话是针对"公理观"代替"天理观"后,近代社会出现的以"公理""正义""多数"的名义对个人的压制,章太炎借用"齐物论",是从否定的一面彰显个人的存在价值,以此来抵制"公理观"对个人自主性的戕害;沈从文借用"齐物论",则是为了凸显启蒙对象的阶层差距,主张要根据启蒙对象处境的历史性、具体性来判断其在启蒙中所居的结构并采用与之相对应的启蒙策略。换言之,在沈从文看来,启蒙并不是一个"出世"的形而上的存在,而是有着内在空间和结构的历史性存在。这样说并不是在否定沈从文对启蒙的形而上建构,而是说沈从文

　　　　　　　　　　　　　　　沈从文的文学观

的启蒙思想包括了两个方面,既有对启蒙的形而上的建构也有具体的构想,这两个方面有相互咬合的一面,也有相互抵牾的时候,正是它们彼此之间的碰撞、交织、咬合、抵牾构成了沈从文思想内部的张力。

阿伦·布洛克总结法国启蒙运动时认为,"启蒙主要不是一场政治运动,而是一场思想运动;它所寻求的是改革,而不是革命;它的对象主要是知识阶级,而不是人民群众"[53]。然而后来激进派领袖对启蒙运动的思想成果加以利用,使启蒙运动将最初的信仰一扫而光。关于此,弗里德里希·格迪克也有相同的认识,他说:"启蒙运动必须以中产阶级[Mittelstand]作为它的实际起点,因为他们是国家的核心;启蒙的光芒只是从这里逐渐传向两个极端——上流阶级和下层阶级。"[54]然而在西方启蒙运动中,公共的、跨地域的、渐进的、分层次的启蒙方案并没有在实践层面得以展开,这种现状,使大众启蒙呈现出盲目化、一刀切的倾向,这也成为后来的研究者反思的一项重要内容。对于向农民输入过多的文明理念是否有价值,约翰·路丁·埃瓦德指出:"给予他们所有种类的书刊、故事、寓言,使他们习惯于把自己运送到一个思想的世界,使他们睁眼看到他们自己所处的、无法改进的贫穷状况,使他们因为太多的启蒙而不满足于自己的命运,把他们转变为对地球上资源的不均分配废话连篇的哲学家——这才真正毫无价值。"[55]如果说对启蒙的结构性缺乏必要的认识是西方启蒙运动的一个缺憾的话,那么这种缺憾同样存在于"五四"启蒙运动中。"五四"启蒙运动一开始就是在民族危机的催逼之下产生的,启蒙与救亡的双重变奏伴随现代中国启蒙运动的整个过程。在这个过程中,平民主义与精英主义、士大夫意识与民粹意识往往是相伴而生,启蒙的结构性也一直是一个悬而未决的命题。在"五四"新文学中,启蒙者看待知识分子和农民的眼光往往存在着交叉点。鲁迅说:"我的取材,多采自病态社会的不幸的人们中,意思是在揭出病苦,引起疗救的注意。"[56]正是基于这样的价值诉求,鲁迅开始了两大题材的创作,而鲁迅审视农民和知识分子眼光的重合之处就是聚焦他们的精神"病苦"。在对涓生、吕纬甫、魏连殳等知识分子形象的塑造上,鲁迅突出了他们徘徊在生与死、理想与现实、自救与沉沦、光明与黑暗、自我与他者之间的精神悲剧，这一点容易理解，知识分子本来就以思想丰富、触觉敏锐而著称，这些特质也决定了他们对精神创伤的非比寻常的敏感度。而耐人寻味的是，对于下层群众，鲁迅依然将关注的焦点放在他们的精神病苦上。闰土的一声"老爷"里所折射出来的人性麻木显然要比他穷苦的处境更加摄人心魄；华老栓用"人血馒头"来给小栓治病的愚行背后的精神麻木是启蒙者感到悲凉彻骨的深刻原因；《祝福》的深刻之处在于表现出了"神权、族权、夫权"对妇女的精神压迫，致使她们活着时惶恐不安，死了也似孤魂野鬼没有依傍。然而，揭露出知识分子的精神病苦，尚有催人奋进之效，揭露出下层群众的精神病苦，却有可能使他们在梦醒之后无路可走，这也许就是《祝福》中的"我"面对祥林嫂的灵魂有无的问题时，感到左右为难的深刻原因。而对这一难题的持续思考，也导致了鲁迅对自我和启蒙的双重怀疑，在这个意义上，我认为鲁迅后期放弃小说创作，而以"匕首""投枪"式的杂文来与对手短兵相接不是没有道理的。

三、底层启蒙思想的多向性

前文已述，沈从文是将"以不齐为齐""各尽其性"等本土文化资源纳入到对启蒙对象的结构性理解上的。对于知识分子，他自始至终都在进行批判与重建，侧重于一种精神上的启蒙；对于下层人民，他给予深切关怀和理解，侧重一种具体方法、措施的输入。然而，对于下层人民的生命形式与精神状态，沈从文的思考同样存在着多向性。首先，下层人民"从不逃避为了求生而应有的一切努力"[57]，他们的欲望同悲哀是"神圣"[58]的，他们的生是"忠实庄严"[59]的，读书人不配对他们说同情；其次，他们同自然融合，很从容地各在那里尽其"性命之理"[60]，然而"其生若浮，其死则休"[61]，"虽近生命本来，单调又终若不可忍受"[62]，倘若用"知识或理性，将这个世界近于传奇部分去掉"[63]，"人生便日趋于合理"[64]。在这里，沈从文显然是在用现代理性的眼光来打量下层人民，希望用"知识和理性"重新安排他们的人生，使之获得历史发展的合理性。沈从文说:"这些不辜负自然的人,与自然妥协,对历史毫无担负,活在这无人知道的地方。另外尚有一批人,与自然毫不妥协,想出种种方法来支配自然,违反自然的习惯,同样也那么尽寒暑交替,看日月升降。然而后者却在改变历史,创造历史。一分新的日月,行将消灭旧的一切。我们用什么方法,就可以使这些人心中感觉一种'惶恐',且放弃过去对自然和平的态度,重新来一股劲儿,用划龙船的精神活下去?"⑤本来,与自然相契合是个体生命获得本真性的必要条件,然而从参与历史、改变历史的角度来衡量,这种生命形态只能扮演局外人的角色,只有参与竞争,用"惶恐"代替"自然和平",用"划龙船的精神"代替"恬淡自足",才有可能参与历史、改变历史。在这里,沈从文的思想出现了矛盾。沈从文最初用"性命之理""有生不一""各尽其性"来理解启蒙对象的差异性,尽"性命之理"既是对下层人民生命形态的概括,也可以理解为沈从文为下层人民所设计的"出路",当然这里的"出路"显然不同于社会学家以及社会分析型作家对农民的革命方向的设计,而是侧重于对农民的生命形态观照。这一点,也是由"文学的启蒙"所决定的。然而,与自然契合的、最合乎理想的、静态的、封闭的生命形态在历史的进程中始终是前途未卜的,因而沈从文对包括湘西在内的旧中国下层人民的生存前景深表忧虑,他一方面希望这些纯朴善良的下层人民融入社会、参与竞争、创造历史,另一方面又担心现代文明的侵蚀会剥夺下层人民身上原有的纯朴和善良,这种深刻的矛盾构成了沈从文启蒙思想的特质。所以从这个意义上讲,认为沈从文打量妇女和下层人民的眼光缺乏现代意识的观点,缺乏对沈从文思想内部的复杂性和悖论性的体察。我认为,对上流社会妇女生命形态的理性观照和对知识分子的批判与重建,体现了沈从文的现代眼光;对下层人民的悲悯,并不是"五四"民主思想的倒退,而是站在反现代基础上的对理想人性的观照和对启蒙对象的具体化、历史化考量,这种"反现代"的"现代性",彰显了沈从文启蒙思想的多向性,也成就了他的思想深度。

还有一点需要指出的是:下层人民的精神状态与他们所受的经济压

迫息息相关,因此要想彻底改变他们的精神面貌,必须同时改变他们的经济/社会地位。对于这一点,沈从文不是不知道,但他也深知这个问题很难从根本上得到解决。所以,在思考下层人民的出路问题时,他主张下层人民要改变静态、封闭的生存状态,参与到社会竞争中,用"划龙船的精神"活下去。这是一种用竞争意识淡化阶级意识的主张,符合改良主义者在底层启蒙问题上所持的基本观点。⑩

第三节 "原人意味"中的个体真实性

一、本土语境中的弱化

康德认为,启蒙就是"人类脱离自己所加之于自己的不成熟状态。不成熟状态是指没有能力运用自己不经他人引导的知性。'不经他人引导的知性'就是理性引导的知性"⑥。沿着康德的理性主义传统,查尔斯·泰勒以歌德、席勒、洪堡和荷尔德林等人的作品为例,深入研究了所谓的"表现主义"思潮。该思潮强调一种真正自我引导的生活必定包含个性:"每一个人不可替代的独特性应该渗透和引导他/她的一切作品和行动。"⑧哈贝马斯则主张把康德的"公共—普遍的"的自主性观念与个性化的、浪漫主义—表现主义的张力结合起来,他说:"理想的交往共同体包含两个乌托邦计划。其中每个计划分别模仿在惯常实践中仍然融合起来的两个要素中的每一个:道德—实践的要素和表现主义的要素……我们不妨想象一些个体,他们通过社会化而成为一个理想共同体的成员;他们在同等程度上获得了一种身份,这种身份包括两个互补的方面,一个进行普遍化,另一个进行特殊化。一方面,这些在理想条件下成长起来的人学会在一个普遍主义的框架中调整自己,也就是学会自主地行动。另一方面,他们学会运用这种自主性来发展各自的主观性和独特性,而正是那种运用使他们与其他每个道德行为主体处于平等的地位。"⑧换言之,启蒙的进程是一个自我客观化、普遍化的过程,而个人的

　　　　　　　　　　　　　　　　沈从文的文学观

真实性则从另一个侧面彰显了自主性概念的内部张力，并预设了一个尚未被彻底工具化的生活世界的存在，这一点正是哈贝马斯的一大见解。以上理论昭示着：在启蒙的过程中，启蒙者要尊重启蒙对象的个体真实性和思想独立性，以启发他们的理性为目的，通过对话、沟通、探讨等方式培养他们使用理性的能力；启蒙者和被启蒙者在原则上是平等的个体，他们之间应建立一种"相互主体性"的关系，而不是自上而下的教导、灌输、命令。然而在实践的层面，启蒙者与被启蒙者在精神上并不平等，这就造成了"侵略""压迫"的可能性，好在西方社会是一个尊重契约的社会，启蒙中的契约可将两者之间的权利义务合理分配，并使个人与国家之间的关系处在一个相对合理的状态。然而，"如何在启蒙对象身上重现启蒙者脱离蒙昧的过程"[20]却是被"五四"启蒙思想家所忽略的问题。以鲁迅为例，早期所提出的"此我""自性"等概念指称的是具体的、真实的而非普遍性的人；"朕归于我""人各有己"，是"要求人成为一种具有深刻自我意识能力的独特个体"[21]。这是针对启蒙者的主体性的建构，根据西方康德一系的启蒙理论，启蒙者的主体建构同样适用于被启蒙者的主体建构，在启蒙过程中应充分关注启蒙对象的个体真实性和独特性，但这一点却被鲁迅所忽略。在写于 1933 年的《我怎么做起小说来》中，他这样说道："说到'为什么'做小说罢，我仍抱着十多年前的'启蒙主义'，以为必须是'为人生'，而且要改良这人生。我深恶先前的称小说为'闲书'……所以我的取材，多采自病态社会的不幸的人们中，意思是在揭出病苦，引起疗救的注意。"[22]鲁迅对"启蒙主义"的理解是"为人生"，并"改良这人生"；揭出"病态社会的不幸的人们"的"病苦"，"引起疗救的注意"。在这项宏大而系统的"启蒙主义"工程中，启蒙者的"精神导师"身份不言而喻，来自启蒙者的这份精神优越感在鲁迅的作品中也无处不在，特别是那些启蒙意图比较明显的作品。虽然鲁迅能娴熟地运用白描手法来刻画人物的形象、能以诗意的笔墨来渲染气氛，能运用反讽的手法来制造间离效果，但总体而言，他笔下的农民和下层知识分子往往是愚昧、麻木、精神变态的代言人，是彰显作家创作意图的精神符号。这类人物不乏性格的多面性和丰富性,但缺乏生命的质感,之所以会这样,我认为原因大致有两点:一是作家本人底层生活经验的不足。鲁迅不乏农村生活经验,但他毕竟出身于名门望族,虽然家道中落,但耳濡目染的依然是士绅的精英主义文化,所以尽管他对底层人民群众有着发自天性的亲厚,但他始终没有与他们同在一个屋檐之下,对他们怎样受难,怎样度日,对他们的爱恨哀愁,始终是有隔膜的。二是过于强烈的精英意识和启蒙意图将生命原有的鲜活性、有机性、多向性遮蔽,将人与土地、人与生活、人与命运、人与存在的隐秘联系阻断。当然,鲁迅不是不具备体察生命、宇宙的能力,在他早年所写的论文和中年所写的《野草》中,都有这种博大的生命意识的流注,关键是在对启蒙对象的书写上,鲁迅缺乏对他们的个体真实性的观照,缺乏对他们生命形态的独特性的尊重。其实,从严复的"开民智",到梁启超的"新民",再到鲁迅的"国民性改造",都隐含着一种企图从精神层面对被启蒙者进行操控的倾向,这种具有中国特色的"启蒙哲学",并不能从根本上体察到启蒙对象的生存状态。

二、个体经验与记忆中的还原

在这种背景之下,沈从文对启蒙对象的个体真实性的观照就格外有意义。他在 1934 年的回乡之旅中,曾以信的形式这样写道:"我爱这种地方、这些人物。他们生活的单纯,使我永远有点忧郁。我同他们那么'熟'——一个中国人对他们发生特别兴味,我以为我可以算第一位!但同时我又与他们那么'陌生',永远无法同他们过日子,真古怪!我多爱他们,五四以来用他们作对象我还是唯一的一人!"③沈从文之所以说"与他们那么'陌生'",是因为他用现代理性来反观乡下人的生命状态,发现"我"与"他们"的精神之隔,这也是典型的现代知识分子的共感;他之所以说"我同他们那么'熟'",是因为他在"共情"的基础之上来理解"他们"。在理性的层面,他将自己抽身而出,以现代理性反观这些乡下人;在情感的层面,他再次投身其中,将自己客观化、对象化。"五四"以来,以底层人民为书写对象的作家有很多,为什么沈从文说他是"唯一的一人"呢?我觉得可以理解为沈从文对驾驭这种题材的自信。沈从文的自信来源于他对底层生活的深入了解,来源于他对底层人民个体真实性的发掘。但需要指出的是,沈从文的生长环境与真正的底层相去甚远,相反,他的家族在当地颇有名望(能人辈出的军人世家),这就决定了沈从文从小的见识与普通乡下孩子必然不同。那么,沈从文何以能够做到与底层人民那么"熟"呢?这要归功于沈从文独有的认识世界的方式——不从观念出发,只从生活中取证,保留生活的原生态与整体性。这倒不是说他的作品是对客观生活的如实记录,与之相反,他的作品总是充满着浪漫情调与写意手法,连他自己都承认,《边城》是一个幻想,一个传奇,一首"与生活不相粘附的诗"[⑦]。所以,这里所说的"从生活中取证",并不是要对客观生活进行一五一十的记录,而是要忠实于自己的内心,重视个体经验与记忆的真实性。沈从文写湘西的底层人民,特别是水手、妓女、船夫,往往只用三言两语,就将他们的音容笑貌刻画得极为传神,让人感觉这些人本来就应该是这样说,这样笑,这样恨,这样过活。之所以能够达到这样的表达效果,是因为经验与记忆在作者头脑中的不断累积,以及作者对艺术真实性的不懈追求。所以从这个意义上讲,正是"文学"的审美性使沈从文能够突破"观念""意图"的束缚,将整体性的生活原貌、底层人民的个体真实性还原。

会明是军队里的一个伙夫,样貌体面,性情却"天真如小狗,循良如母牛",所以在军队里就只有当伙夫的份儿。他冲向前线去,"不为国家迁都或党的统一",只因为"冲上前去就可以发三个月的津贴";他期待前线的战事能够快点进行,只是为了避免"那太难看太不与鼻子相宜的六月情形"——天气炎热之后,战死者的尸体就会爬满蛆虫、散发恶臭。当然,他也有自己的梦想:"一幅阔大的树林,树林中没有会说笑话的军法……"但当这一切无望实现的时候,他喂鸡,很细心地料理它们,并从中收获幸福,那些依稀的梦想就在可有可无之间了。会明的内心世界是原始混沌的,他存在的价值仿佛只是活着本身,这个评价也可用在萧萧身上。当十二岁的萧萧嫁入婆家之时,"又不害羞,又不怕,她是什么事也不知道,就做了人家的新媳妇了";十五岁的萧萧"高如成人","心却还是一颗糊糊涂涂的心";被诱骗失身后,"她常想,我现在死了,什么都好了。可是为什么要死?她还很高兴活下去,愿意活下去"。她想"死",并不是出于对贞操观念、家族观念的畏惧,而是出于对未来隐隐约约的恐惧。支撑她"活下去"的,也不是什么外在的生活理想和信念,而仅仅是活着本身,或者说是她的那些苍白、琐碎、无聊的梦:"梦到后门角落或别的什么地方捡得大把大把铜钱,吃好东西,爬树,自己变成鱼到水中各处溜……"当一切复归平静、下一个轮回即将开始之时,萧萧"抱了自己新生的毛毛,在屋前榆蜡树篱笆间看热闹,同十年前抱丈夫一个样子"。十年前抱着丈夫的萧萧是懵懂的,十年后遭遇变故的萧萧依然如故。如果说自我意识开始于自我与他人、自我与环境的区隔感,那么萧萧和会明显然不具备这种自我意识;如果说现代意义上的"个人"是"由一个自然人的单位指称,而成为民族、社会、国家的结构部件('个体'),再进而从中独立出来,确立自足的归属性和主权,让人可以理直气壮地说'我属于我自己'"⑤,那么萧萧和会明便离这种标准更远。凌宇先生将沈从文笔下的湘西生命生态分为四个层次:"原始的生命形态""自在的生命形态""个体自为的生命形态""群体自为的生命形态"。按照这种分层,萧萧和会明当属第二层——自在的生命形态⑥,也即主体与环境只是一种自然的顺应,在社会历史发生了演变的情况下,主体与环境将会出现失调。但我认为沈从文不单单是站在现代理性的高度俯视众生,他更多的时候是用平视的眼光来体贴他们的哀乐得失、体察他们的个体真实性、认识他们存在的价值。在沈从文看来,造成萧萧与会明的主观意识与客观环境不协调的原因在于他们主体意识的蒙昧,但从另外一个方面来讲,正是这种与客观环境的混溶不分,正是这种懵懂、混沌的"泥土性"才使他们的人格的完整性得以保全,用沈从文的话来说就是"得天独全"。夏志清在谈到这一点的时候曾经拿萧萧的身世和福克纳小说《八月之光》里的利娜·格洛芙来进行对照,并指出:"沈从文对人类纯真的情感与完整人格的肯定,无疑是对自满自大、轻率浮躁的中国社会的一种极有价值的批评。这种冷静明智的看法(vision),不但用于浑朴的农村社会适当,而且用于懒散的、懦弱的、追求着虚假价值的、与土地人情断绝了关系的现代人,也很适宜。"⑰其实在《萧萧》中,沈从文有意在情节发展中点缀了"女学生"的形象,不过读者对这一形象的了解完全来自"祖父"等乡下人的见闻。沈从文采用这种限知视角来塑造"女学生"的形象,一方面固然是为萧萧的故事提供一个时代的背景;另一方面则是用复调的形式,暗示着乡土世界的丰富性和包容性——一切浮夸的、外来的价值标准在乡下人看来都是无根的,终将被土地所吞噬和掩盖。沈从文似乎还借这两种生命形态的对比发出这样的询问:难道萧萧舍弃那些苍白、无聊、琐碎的梦想,用"女学生"所代表的现代价值标准来重新编织自己的生活,她的生活会更真实吗? 其实,外在的价值会导致一种特别的虚假,尼采对"文化庸人"的批判就是着意于此。为了抛开文化的陈词滥调,西方的浪漫主义作家往往选择一些现代生活的边缘人,在他们身上寻找一种真实性,这种真实性是与生存的意义联系在一起的,而生存的意义"就是变得顽强的意义。顽强不是强大,卢梭、席勒和华兹华斯都不关心进攻、统治这类向外拓展的活力,他们关心的是这样的活力:它想方设法要坚守中心,要保持自我周身的完整,要使自己成为一个统一体,刀枪不入,持久,自主,他必须是这样的人,哪怕行动上做不到"⑱。与西方浪漫主义作家相似的是,沈从文也选取了一些边缘人作为书写的对象(例如不谙世事的少女、垂暮而超然的老者、不合时宜的士兵等),借以表现"生命"的多方性与坚固性。例如,萧萧等少女的存在,就如同山间的一株草,一棵树,得风而起,得雨则兴。外在的物质困苦不能阻止她的生长,陈旧观念与时髦观念也一样不能动摇她生命中最核心的部分,她们就那么完整、坚固地存在着;那些饱经沧桑、智慧通透、超然物外的老船夫,看惯了世事的变迁,却依然朴素善良,庄严忠实;那些被当作笑料的不合时宜、不懂变通的军人,永远活在自己的世界中,不需要自己可怜自己,也不需要外界的同情。这些人的世界自成一体,绝不普

遍化,正如沈从文在《湘行书简》中所讲:

> 我们在大城里住,遇到的人即或有学问,有知识,有礼貌,有地位,不知怎的,总好像这人缺少了点成为一个人的东西。真正少了些什么又说不出口。但看看这些人,就明白城里人实实在在缺少了点人的味儿了。……我赞美我这故乡的河,正因为它同都市相隔绝,一切极朴野,一切不普遍化,生活形式生活态度皆有点原人意味。㉙

在沈从文看来,都市里的人有学问、有知识,并用最高级的文化思想作为衡量道德的标尺,用普遍性代替特殊性,流失了人之为人的真实性;与之相反,湘西儿女的生命形态却保有"原人意味",不失人之为人的真实性。如果我们不是站在居高临下的立场上来看待他们,就会发现他们生命的真实性,并在他们身上找到自己。

此外,沈从文对下层人民个体真实性的观照与他的历史意识密不可分。在《历史是一条河》中,他这样写道:"我们平时不是读历史吗? 一本历史书除了告我们些另一时代最笨的人相斫相杀以外有些什么? 但真的历史却是一条河。从那日夜长流千古不变的水里石头和砂子,腐了的草木,破烂的船板,使我触着平时我们所疏忽了若干年代若干人类的哀乐! 我看到小小渔船,载了它的黑色鸬鹚向下流缓缓划去,看到石滩上拉船人的姿势,我皆异常感动且异常爱他们。"㉚在这里,沈从文肯定了下层人民与"真的历史"的关系,但他的用意并不是站在唯物史观的立场之上,强调"劳动人民是历史的创造者",而是从文学的角度,强调了个体生命真实性与历史真实性的关联。㉛因为令他动容的,不是下层人民在改造自然或改朝换代中的根本性力量,而是他们在亘古如斯的劳作中,在担负自身命运的过程中,所表现出来的"庄严忠实",所折射出来的人的存在感——"破烂的船板"记载着过往的生命痕迹,"拉船人的姿势"中饱含着生的执着,联想到海德格尔对一双普通的农妇鞋子的诗意描写:"从鞋具磨损的内部那黑洞洞的敞口中,凝聚着劳动步履的艰辛。这硬邦邦、沉甸甸的破旧农鞋里,聚积着那双寒风料峭中迈动在一望无际的永远单调的田垄上的步履的坚韧和滞缓。……这鞋具里,回响着大地无声的召唤,显示着大地对成熟谷物的宁静馈赠,表征着大地在冬闲的荒芜田野里朦胧的冬眠。这器具浸透着对面包的稳定性无怨无艾的焦虑,以及那战胜了贫困的无言喜悦,隐含着分娩阵痛时的哆嗦,死亡逼近时的战栗。这器具属于大地(Erde),它在农妇的世界(Welt)里得到保存。"[22]

三、在思想与文学史中的意义

众所周知,形而上学的一个基本观点是,人的本质并不由人本身所决定,而是由外在于人的先验原则所决定。在这个基础之上,形而上学承认人的普遍性、抽象性、非历史性而否认人的个别性、具体性、历史性。然而,"启蒙"并不是要用生活之外的先验原则批判生活,用异己的力量批判人,用"本质"取代"存在",就其本质而言,"启蒙"是一个去本质化的概念,一个信仰的维度,一种宽泛的倾向和一种反思批判的能力,它内在于现实,并为现实提供一种历史性的、具体性的诊疗方案,它批判一切异己的势力,为人的存在之敞开提供一种可能性。正因为如此,摆脱普遍性,捍卫个体的独特性与真实性是当代启蒙哲学要面对的一大课题。为了将这个问题表述得更加清晰明了,我在这里需要引入另外一个概念——"消极自由"。所谓"消极自由",是"积极自由"之外的另外一种自由的形式,它强调不能被普遍性化约束的个体存在的合法性,"自由在这一意义上就是'免于……'的自由,就是在虽变动不居但永远清晰可辨的那个疆界内不受干涉"[23]。也就是说,这是一个多样化的世界,每个人都有存在的合理性与合法性,每个人的存在价值(或言合理性与合法性)不是外界授予的,而是与生俱来的,捍卫"消极自由"就是捍卫个体的真实性与独特性。然而在中国现代启蒙主义文学作品之中,我们极少看到作家对启蒙对象的个体真实性的观照。相反,受启蒙主义的二元对立思维方式的影响,现代作家往往将启蒙对象塑造为愚昧、落后、没有内在价值的一类人。这类人是彰显启蒙意图的精神符号,却不是有血有肉有生命的人。或言,这类人有着人的类本质属性,却没有人的个体独立性,他们的尊严与价值,有待外界的唤起与给予。然而,沈从文却从他们的身上发现了尊严——单单是"活着",便有尊严⑭。这在现代文学史上不能不说是一个"创见"。为什么说是一个"创见"呢?延安时期的文学不是将工农大众的地位提升到一个新的高度吗?在这个时期,工农大众被视为革命的主体,"民族的脊梁"⑮,作家为了将这一阶层的革命性召唤出来,常常深入生活的内部,了解他们具体真切的社会经验、情感经验、心理动向、价值归属。为此,作家同样需要克服对社会的观念化理解和对工农大众的浅表化、程式化书写等毛病,使作品更能贴近工农大众、贴近生活。然而,需要指出的有两点:一,延安时期文学作品对工农大众的极力书写,是源于马克思主义经典理论以及毛泽东思想对工农大众在革命中的地位确认,这在根本上也是一种"理念先行"的创作方式;二,对工农大众的书写,重在表现无产阶级的群体意识,而不是个体的具体性与真实性。沈从文的源自个体经验的对下层人民的个体真实性的观照,承接了"五四"新文学的"个性主义"传统:"启蒙"的价值诉求使沈从文将下层人民作为书写的对象,而文学的审美性使他在一定程度上能够摆脱外在观念的束缚,用经验与记忆将生活的整体性、原生态还原,在对人的存在、人的真实性的发掘方面,不经意地达到了西方浪漫主义文学的意义深度,这让我们再次见证了"文学"如何以越界的能量,对"启蒙"进行内化与重构。

注释

①赵园.沈从文构筑的"湘西世界"[J].文学评论,1986(6):63-65.

②汤尼·白露.中国女性主义思想史中的妇女问题[M].沈齐齐,译.李小江,审校.上海:上海人民出版社,2012:4.

③沈从文.沈从文全集:第17卷[M].太原:北岳文艺出版社,2009:

沈从文的文学观

183.

④沈从文.沈从文全集:第9卷[M].太原:北岳文艺出版社,2009:277.

⑤沈从文.沈从文全集:第11卷[M].太原:北岳文艺出版社,2009:81.

⑥沈从文.沈从文全集:第17卷[M].太原:北岳文艺出版社,2009:236.

⑦沈从文.沈从文全集:第12卷[M].太原:北岳文艺出版社,2009:4.

⑧詹姆斯·施密特.启蒙运动与现代性:18世纪与20世纪的对话[C].徐向东,卢华萍,译.上海:上海人民出版社,2005:480.

⑨李泽厚.中国近代思想史论[M].合肥:安徽文艺出版社,1999:471.

⑩李泽厚.中国近代思想史论[M].合肥:安徽文艺出版社,1999:471.

⑪姜义华.理性缺位的启蒙[M].上海:上海三联书店,2000:89.

⑫沈从文.沈从文全集:第12卷[M].太原:北岳文艺出版社,2009:6-7.

⑬沈从文.沈从文全集:第12卷[M].太原:北岳文艺出版社,2009:9.

⑭沈从文.沈从文全集:第12卷[M].太原:北岳文艺出版社,2009:9.

⑮沈从文.沈从文全集:第14卷[M].太原:北岳文艺出版社,2009:156.

⑯沈从文.沈从文全集:第14卷[M].太原:北岳文艺出版社,2009:149.

⑰沈从文.沈从文全集:第14卷[M].太原:北岳文艺出版社,2009:156.

⑱梁启超.梁启超全集:第13卷[M].北京:北京出版社,1999:3958.

⑲沈从文.沈从文全集:第16卷[M].太原:北岳文艺出版社,2009:534.

⑳沈从文.沈从文全集:第14卷[M].太原:北岳文艺出版社,2009:153.

㉑沈从文.沈从文全集:第14卷[M].太原:北岳文艺出版社,2009:153.

㉒沈从文.沈从文全集:第 14 卷[M].太原:北岳文艺出版社,2009:153-154.

㉓凌宇先生认为这三个作品是反映上流社会妇女摆脱庸俗生活、追求独异生活的姐妹篇。

㉔我在第二章曾借用尼采所用的这个词汇。

㉕王富仁.悲剧意识和悲剧精神[J].江苏社会科学,2001(1):115.

㉖沈从文.沈从文全集:第 6 卷[M].太原:北岳文艺出版社,2009:246.

㉗沈从文.沈从文全集:第 7 卷[M].太原:北岳文艺出版社,2009:181.

㉘沈从文.沈从文全集:第 7 卷[M].太原:北岳文艺出版社,2009:337.

㉙沈从文.沈从文全集:第 7 卷[M].太原:北岳文艺出版社,2009:340.

㉚尼采在《墓之颂》里指出:"我向你致敬,我的意志! 有坟墓的地方才有复活。"(见尼采的《查拉图斯特拉如是说》,北方文艺出版社,1988 年版)

㉛沈从文.沈从文全集:第 7 卷[M].太原:北岳文艺出版社,2009:354.

㉜沈从文.沈从文全集:第 6 卷[M].太原:北岳文艺出版社,2009:368.

㉝沈从文.沈从文全集:第 7 卷[M].太原:北岳文艺出版社,2009:356-357.

㉞沈从文.沈从文全集:第 14 卷[M].太原:北岳文艺出版社,2009:331-332.

㉟沈从文.沈从文全集:第 14 卷[M].太原:北岳文艺出版社,2009:332.

㊱沈从文.沈从文全集:第 7 卷[M].太原:北岳文艺出版社,2009:188.

㊲许纪霖.二十世纪中国思想史论[C].上海:东方出版中心,2000:81.

㊳凌宇.从边城走向世界[M].长沙:岳麓书社,2006:194.

㊴李大钊.再论问题与主义[J].每周评论,1919(35).

㊵谢有顺.那些坚固的东西都烟消云散了——新世纪文学、《鲤》、"80后"及其话语限度[J].文艺争鸣,2010(2):23.

㊶沈从文.沈从文全集:第 14 卷[M].太原:北岳文艺出版社,2009:

207.

㊷沈从文.沈从文全集:第 12 卷[M].太原:北岳文艺出版社,2009:51.

㊸沈从文.沈从文全集:第 12 卷[M].太原:北岳文艺出版社,2009:51.

㊹在第三章,笔者阐述了沈从文的整体论宇宙观。其实沈从文的人性观也可被前者所涵盖。沈从文并不孤立地看待人性,他认为人性与具体的生理基础、社会条件密不可分。

㊺沈从文.沈从文全集:第 14 卷[M].太原:北岳文艺出版社,2009:84-85.

㊻沈从文.沈从文全集:第 14 卷[M].太原:北岳文艺出版社,2009:85.

㊼沈从文.沈从文全集:第 14 卷[M].太原:北岳文艺出版社,2009:85.

㊽沈从文.沈从文全集:第 11 卷[M].太原:北岳文艺出版社,2009:188.

㊾沈从文.沈从文全集:第 11 卷[M].太原:北岳文艺出版社,2009:381.

㊿沈从文.沈从文全集:第 11 卷[M].太原:北岳文艺出版社,2009:395.

○51沈从文.沈从文全集:第 11 卷[M].太原:北岳文艺出版社,2009:398.

○52章太炎.章太炎全集:第 4 卷[M].上海:上海人民出版社,1985:449.

○53阿伦·布洛克.西方人文传统[M].董乐山,译.北京:群言出版社,2012:89.

○54詹姆斯·施密特.启蒙运动与现代性:18 世纪与 20 世纪的对话[C].徐向东,卢华萍,译.上海:上海人民出版社,2005:279.

○55詹姆斯·施密特.启蒙运动与现代性:18 世纪与 20 世纪的对话[C].徐向东,卢华萍,译.上海:上海人民出版社,2005:283.

○56鲁迅.鲁迅全集:第 4 卷[M].北京:人民文学出版社,2005:526.

○57沈从文.沈从文全集:第 11 卷[M].太原:北岳文艺出版社,2009:253.

㊽沈从文.沈从文全集:第 11 卷[M].太原:北岳文艺出版社,2009: 267.

㊾沈从文.沈从文全集:第 11 卷[M].太原:北岳文艺出版社,2009: 253.

⑥沈从文.沈从文全集:第 11 卷[M].太原:北岳文艺出版社,2009: 280.

⑥沈从文.沈从文全集:第 12 卷[M].太原:北岳文艺出版社,2009: 150.

⑥沈从文.沈从文全集:第 12 卷[M].太原:北岳文艺出版社,2009: 150.

⑥沈从文.沈从文全集:第 12 卷[M].太原:北岳文艺出版社,2009: 150.

⑥沈从文.沈从文全集:第 12 卷[M].太原:北岳文艺出版社,2009: 150.

⑥沈从文.沈从文全集:第 12 卷[M].太原:北岳文艺出版社,2009: 280-281.

⑥梁启超将"中层社会"作为启蒙的主要对象,就是出于对底层"民德"的深刻认识,作为一个改良主义者,梁启超的底层启蒙观念也是非常复杂的。

⑥马克斯·霍克海默,西奥多·阿多诺.启蒙辩证法[M].渠敬东,曹卫东,译.上海:上海世纪出版集团,2006:71.

⑥詹姆斯·施密特.启蒙运动与现代性:18 世纪与 20 世纪的对话[C].徐向东,卢华萍,译.上海:上海人民出版社,2005:493.

⑥詹姆斯·施密特.启蒙运动与现代性:18 世纪与 20 世纪的对话[C].徐向东,卢华萍,译.上海:上海人民出版社,2005:514.

⑦高远东.现代如何拿来[M].上海:复旦大学出版社,2009:120.

⑦汪晖.反抗绝望——鲁迅及其文学世界[M].石家庄:河北教育出版社,2000:77.

72鲁迅.鲁迅全集:第4卷[M].北京:人民文学出版社,2005:526.

73沈从文.沈从文全集:第11卷[M].太原:北岳文艺出版社,2009:132-133.

74原文为:"可是不成。我还有另外一种幻想,即从个人工作上证实个人希望所能达到的传奇。我准备创造一点纯粹的诗,与生活不相粘附的诗。情感上积压下来的东西,家庭生活并不能完全中和它,消蚀它。我需要一点传奇,一种出于不巧的痛苦经验,一分从我'过去'负责所必然发生的悲剧。换言之,即爱情生活并不能调整我的生命,还要用一种温柔的笔调来写各式各样的爱情,写那种和我目前生活完全相反,然而与我过去情感又十分相近的牧歌,方可望使生命得到平衡。"(见北岳文艺出版社2009年版《沈从文全集》第12卷第110页)

75高远东.鲁迅的可能性——也从《破恶声论》寻找支援[J].鲁迅研究月刊,2003(7):6.

76四个形态的划分详见:凌宇《从边城走向世界》(岳麓书社,2006年版)第439页。

77夏志清.中国现代小说史[M].刘绍铭,李欧梵,林耀福,等译.桂林:广西师范大学大学出版社,2014:158.

78特里林.诚与真:诺顿演讲集·1969—1970年[M].刘佳林,译.南京:江苏教育出版社,2006:96.

79沈从文.沈从文全集:第11卷[M].太原:北岳文艺出版社,2009:171-172.

80沈从文.沈从文全集:第11卷[M].太原:北岳文艺出版社,2009:188.

81即便是在新中国成立之后,沈从文所关注的依然是群体、主流之外的个体性、边缘性存在。例如,《抽象的抒情》对文学的个体性的强调;又例如,一些手绘以及附言也暗示了他一贯的文学观念。这里仅举一个例子:"声音太热闹,船上人居然醒了。一个人拿着个网兜捞鱼虾。网兜不过如草帽大小,除了虾子谁也不会入网。奇怪的是他依旧捞着。"

㉒马丁·海德格尔.林中路[M].孙周兴,译.上海:上海译文出版社,2014:16.

㉓以赛亚·伯林.自由论[M].胡传胜,译.南京:译林出版社,2003:195.

㉔沈从文的原话是"庄严"。

㉕1934年,鲁迅在《中国人失掉自信力了吗》中指出:"我们自古以来,就有埋头苦干的人,有拼命硬干的人,有为民请命的人,有舍身求法的人,□□虽是等于为帝王将相作家谱的所谓的'正史',也往往掩不住他们的光耀,这就是中国的脊梁。这一类的人们,就是现在也何尝少呢?他们有确信,不自欺;他们在前扑后继的战斗,不过一面总在被摧残,被抹杀,消灭于黑暗中,不能为大家所知道罢了。"

第五章　人学目标的实现路径、方式与契机

第一节　文学的路径：践行"文学革命"的长远目标

在谈论到沈从文对"五四"新文学传统的续接时，我曾用陈思和先生对"五四"新文学传统的两大分类标准（"启蒙的文学"和"文学的启蒙"）来认定沈从文的文学属于"文学的启蒙"一支，也即除文学的启蒙功用之外，同时注重文学的审美特质以及文学影响人的独特方式。以上的判断其实已经涉及沈从文启蒙方式的独特性问题，但仅限于两大类标准之间的粗略对比分析，缺乏更个体化、更细致入微的探究。下文就以他对"文学革命"的独特理解为例，来谈他独特的启蒙方式。

一、对文学与人性的信仰

在《从现实学习》一文中，沈从文回忆了他从事文学的初衷以及他对"文学革命"的基本认识。他说："社会必须重造，这工作得由文学重造起始。文学革命后，就可以用它燃起这个民族被权势萎缩了的情感，和财富压瘪扭曲了的理性。两者必需解放，新文学应负责任极多。"[①]沈从文对"文学革命"的认识在《纪念五四》《五四和五四人》《我的学习》《从新文学转到历史文物》等文章中也有体现，因为观点大致相同，所以在这里就不再一一列举。值得注意的是，沈从文所提出的"工具的重造""经典的重造"也是以理想形态的"文学革命"为参照，对文学发展的不良倾向的匡正。其实，现代文学史上的"文学革命"，强调思想文化的优先性，强调人的思想体系建设和世界观改造，借以区别于那些强调政治权力、经济生产方式的社会改革理论。在这一点上，沈从文与"五四"知识分子

并没有很大的区别。在《新文学转到历史文物》中，沈从文就承认了自己对"文学革命"的理解与践行来自胡适的影响。伴随着对"文学革命"理想的憧憬，沈从文对"文学革命"的长期性、复杂性也有所认识，这一点在《新文学转到历史文物》《〈沈从文小说选集〉题记》《我怎么就写起小说来》等文章中皆有体现。这一点，也丝毫不能说明沈从文的见解就比别人更高明，因为"五四"知识分子大多在"文学革命"之初就对其长期性和复杂性具有深刻的认识。沈从文的独特之处在于，他以乡下人的执拗死死守住了"文学革命"，并以"看远景而不求近功""为而不有"的态度，将这项工程往前推进，正如他自己所言："我这个新从内地小城市来的乡下人，不免呆头呆脑，把'文学革命'看得死板板的，相信它一定会在将来起到良好作用。不过想把文学完全从因袭陈腐旧套子公式脱出，使它和活生生的语言接近，并且充满新的情感和力量，变成一个有力的武器，有力的新工具，用它来征服读者，推动社会，促之向前，决不是一回'五四'运动，成立了三五个文学社团，办上几个刊物，同人写文章有了出路，就算大功告成。更重要还应当是有许多人，来从事这个新工作，用素朴单纯工作态度，作各种不同努力……我既然预备从事写作，就抓住手中的笔，不问个人成败得失，牢牢守住'但知耕耘，不问收获'来作下去吧。"②沈从文的这番话也被他的文学实践所证明：从接触"五四"新思想而离开湘西，到对"玩票""白相"的"海派文学"的批判，到提倡"工具的重造""经典的重造"，再到对"爱"与"美"之境的观照，沈从文对于"文学革命"的理想始终没有动摇。当然，他也意识到"文运的衰落""神之解体"，"文学革命"是怎样成为别人谋食的工具，那些拥有良好教育背景的"智识阶级"又是怎样背弃初衷、退化堕落。然而这一切无法动摇他的"文学理想"，也无法改变他对文学与政治关系的定论。金介甫在谈及这个问题时指出："沈从文跟他的启蒙者一样，是从新式军队生活中开始觉醒。他是靠'文学革命'而不是从搞立宪政治中走向成熟。他相信文学理想的力量。"③这一判断是准确的。与一般的知识分子不同，沈从文获得知识与智慧的方式是靠"社会这本大书"，所以他的文学理想、价值观念也因建基于实践而更有定力。除此之外，沈从文对"文学革命"的信心还来源于他对"人性"的信仰。沈从文自始至终都相信"人性"，尽管他对都市空间"人性"的扭曲以及湘西世界"人性"的堕落有所洞悉，但他对在"神之解体"的年代重建"神性"依然有信心。他对人性的信仰"同生物科学、基督教的博爱、和平主义，以及印度的宇宙整体论等信仰并行不悖"④，这种信仰使他自始至终都对"政治""革命""暴力"有所抵触。与左翼文人不同，他将文学作为"重造人类关系"的手段⑤，这也正是他对"文学革命"的别样理解。

与沈从文对"人性"的恒久信仰不同，鲁迅对"人性"更多地持一种怀疑主义的态度：他曾在《我怎么做起小说来》里讲道，自己写小说的初衷是"启蒙主义"，也即是"为人生""改良这人生"，但也曾在《呐喊·自序》中说自己写小说的缘由在于那些不能忘却的旧梦；他主张推翻人肉的宴席，"创造这中国历史上未曾有过的第三样时代"⑥，也曾一次次沉浸于黑暗的心理经验之中，产生对自我以及外部世界、过去与未来的双重否定；他高举"启蒙主义"的同时遁入"虚无主义"的深渊，相信"文学革命"的同时怀疑"文学革命"，推崇"独异个人"的同时又对"庸众"的可改变性表示绝望。其实，一个知识分子对启蒙的信念，应该是以他对人性的信念为基础的，一旦这个信念发生动摇，那么整个启蒙的信念就会动摇。且不说现代中国的历史语境消磨了鲁迅对启蒙的信念，单是在"五四"文学革命之前，鲁迅就以"任个人""排众数"的主张划开了启蒙者与被启蒙者之间的界限。那种心与心之间的隔膜，似乎在一开始就预示着启蒙者必将陷入"无物之阵"的结局；那种对"人性"的极度绝望，也在暗示着启蒙的虚妄。这种在启蒙之初甚至在启蒙之前就表现出来的犹疑、绝望与悲壮的激情交织在一起，为鲁迅的启蒙主义定下了一个激扬又低沉的基调，其实这也并不仅仅是个人气质使然，鲁迅与其他从事"文学革命"的左翼文人在特定的历史语境之下都会拥有某些革命的品格。这些革命品质，在一定程度上催生出了非此即彼、非友即敌的单一思维方式，把一切处于中间地带的、可用情感弥合的人性都归纳到政治意识上去,窄化了"人性"的宽度,也窄化了"文学革命"的内涵。

这种单一的、对立的思维方式很少见诸沈从文的思想内部,他总是倾于寻找"人性"的共通之处,从生理学、心理学、历史文化学、宗教学的角度看待一切纷争,然后又从这些角度出发来寻求纷争得以彻底解决的方案。当然,这一切的前提仍然是他对"人性"的坚定不移的信念,对"五四"时期所提倡的人道主义和世界主义的坚守。这种观念反映到人与人关系的重造上,就是对"高"与"下"、"精英"与"庸众"等对立性关系的彻底摒除,换而采用一种悲天悯人、物我齐一的态度来对待各种纷争与对立。关于这一点,《抽象的抒情》里的表述最为详尽:"如把一切本来属于情感,可用种种不同方式吸收转化的方法去尽,一例都归纳到政治意识上去,结果必然问题就相当麻烦,因为必不可免将人简化为敌与友。人与人的关系简单化了,必然会形成一种不健康的隔阂,猜忌,消耗。"⑦在沈从文看来,"情感"是比"政治意识"更为宽泛的一个领域,因为它可以"用种种不同方式吸收转化"很多问题,而"政治意识"的泛滥则会将人与人之间的关系简化,造成不必要的矛盾与对立。在这里,沈从文依然是在强调文学的本体性,强调情感在人与人之间关系重造中的重要作用。

二、与梁启超启蒙话语形态的相似之处

沈从文的这种文学观念不仅是步"五四"知识分子的后尘,更是继承了维新派知识分子的衣钵。在《小说与社会》《文艺政策探讨》《湘人对新文学运动的贡献》《文学与青年情感教育》《新党中一个湖南乡下人和湖南人朋友——我所知道的熊希龄》等文章中,沈从文特别强调了梁启超、吴稚晖、林纾、严复以及同时期的志士仁人熊希龄、谭嗣同所做出的贡献。在上述维新派人士之中,沈从文尤其强调了梁启超对推动白话文所做出的贡献。仔细研读沈从文所写的《小说与社会》《文学与政治》等文章,竟与梁启超的《论小说与群治之关系》有几分神似,而与鲁迅所写的《关于知识阶级》《关于文学与革命问题》《文学与社会》《文艺与政治

的歧途》大异其趣。除了文风之外,我认为沈从文与梁启超等维新派知识分子在启蒙主义话语形态的相似之处体现在以下三个方面。

1.对小说启蒙功能的高度重视

晚清以来,如何"鼓民力、开民智、新民德"⑧,如何"新民",并在此基上构建现代民族国家,已经成为启蒙主义的主要方向。而小说以其通俗性与感染力,被维新派思想家视为改造民德的一大途径,梁启超就曾这样说道,"欲新一国之民,不可不新一国之小说"⑨,将小说放在"新民"的重要位置之上。

沈从文写了大量文章来强调小说对"输入一个健康人生观"的重要意义,在他看来,小说是思想的最好载体,也是抵御商业、政治所形成的文化强制观念和庸俗人生观的有力武器。在《小说作者和读者》中,他说"能把生命引导向一个更崇高的理想上去"⑩的工作是"人类最艰难伟大的工作"⑪,而"推动或执行这个工作,文学作品实在比较别的东西更其相宜。而且说得夸大一点,到近代,这件事别的工具都已办不了时,惟有小说还能担当"⑫。正是基于这种认识,他才极力推进小说作者和读者的人生观改造,并从思想深度、审美趣味等多方面对他们开展引导,为小说的普及、小说水平的提高做出了贡献。除此之外,沈从文在作家的思想建设、文学经典的建设等方面均提供了可资借鉴的观点,这些都是对小说建设的补充和发展。例如,在写于 1934 年的《元旦日致〈文艺〉读者》中,沈从文这样说道:"我们实在需要些作家! 一个具有独立思想的作家,能够追究这个民族一切症结的所在,并弄明白了这个民族人生观上的虚浮,懦弱,迷信,懒惰⋯⋯他又能理解在文学方面,为这个民族自存努力上,能够尽些什么力,且应当如何去尽力。"⑬至于什么是真正的文学经典,他有这样的新解:"真的对于大多数人有益,引导人向健康,勇敢,集群合作而去追求人类光明的经典。同时尚留下一点点机会,许可另外一种经典也能够产生,就是那类增加人类的智慧,增加人类的爱,提高这个民族精神,丰饶这个民族感情的作品产生。"⑭沈从文对小说(文学作品)启蒙功能的推崇,与梁启超如出一辙。

2.不拘一格,重视普及

在新文化运动中,思想启蒙的发声阵地主要是"一刊"(《青年杂志》后更名为《新青年》)和"一校"(北京大学),这就在一定程度上决定了新文化运动的精英主义立场,以至于当代的部分学者用"学院派的启蒙"来总括新文化运动的特点。与之有所不同的是,清末民初的思想启蒙受众更广,影响更大,更具策略性,是一场真正面向大众的启蒙。在维新派知识分子中,梁启超可以称得上是一个公共知识分子。一方面,他通过大众媒体把普通的群众作为自己的听众;另一方面,他积极营造媒体,创办报刊,成为清末民初公共言论界最积极和有创见的启蒙者。在创办报刊,普及文化的同时,他找到了一种适合大众媒体的文体(他称之为"新文体"),这种文体易为大众所接受,但又不是对他们的俯就,如果用教育学的原理来解释这种启蒙的效果,那就是让启蒙对象"跳一跳就能摘到桃子"⑮。

如果说梁启超的主要贡献在于启蒙话语的理论建构的话,沈从文则用文学实践丰富和细化了梁启超的理论。文学作品对受众的影响是以纸媒为中介的,也就是说,受众在此过程中并非身体性在场,而是精神性在场,这就使那种面对面的情绪感染、言语交流、讯息互动成为不可能。那么如何在这个虚拟空间中,用丰沛的情感、通俗的形式来调动受众的积极性,达到启蒙的功效呢? 沈从文在这个方面的尝试不可谓不多:他朴质清新的文风很容易为大众所接受;他善于从民间故事、少数民族传说、佛经故事取材,又能够汲取《圣经》、民间歌谣、中国古典史传文学的艺术形式和表现手法,非常贴合大众的接受能力和审美习惯,而这也正是他在小说建设上所致力追求的一个目标——"用作品和读者对面"⑯。那么,还有哪些方式方法能让作品更贴近读者呢? 沈从文对此展开了深入的思索。在写于1942年的《短篇小说》中,他这样说道:"新文学运动,若能做到用作品直接和读者对面,这方面可做的事,即从娱乐方式上来教育铸造一个新的人格,如何向博大、深厚、高尚、优美方面去发展。且启发这个民族的感情,如何在忧患中能永远不灰心,不丧气,增加抵抗忧患的韧性,以及翻身的信心,就实在太多了。"⑰沈从文所说的"作品"不仅包括文学作品,也包括其他艺术门类的作品,在更早所写的《谈谈木刻》(1939)一文中,他这样说道:"乡下艺术中的年画之中的'老鼠嫁女',现横幅的形式,如何容易使它事件展开?用粗重的线,有刺激性的颜色,如何使乡下人在视觉上得到习惯的悦乐?用多大纸张,使它当成装饰物贴到板壁上时,方能供乡下人欣赏。假如转换题材,想用'炮打东洋人'、'全民抗战'一类题材制作画面,题目庄严,却必需注入若干快乐成分到画面上去,方能够产生效果?"⑱这种因人、因时、因地制宜的对艺术形式的思考,体现了沈从文对大众的贴近。

3.迂回包抄,具有策略

启蒙是一个系统的社会工程,牵扯到政治体制、思想文化、学校教育等诸多方面,梁启超非常懂得迂回策略,他往往避开正面突击,从外围问题开始,逐层包抄,直抵核心。

在这一点上,沈从文与梁启超也有相似之处。这首先要从沈从文的职业角色谈起。与学院派知识分子不同,沈从文是以写小说起家的,而且是兼报刊编辑、教材编纂者、物质文化研究者为一身的小说家,他在诸多领域都有所涉猎甚或有所建树,如文学、音乐、美术、书法、雕刻、瓷器、丝绸、建筑等。因此,除了对小说的建设以及小说作者与读者的人生观重建这个方面之外,沈从文还对儿童教育、妇女教育、大学生教育、文艺副刊编辑工作、文化重建、上层建筑重建等方面均有所思考,而这些思考都沿着这样一条主线展开——民族品德的重建。这种面向大众、讲求迂回策略的启蒙方式与梁启超十分相似。

如果单看一篇文章,或者单就其中的某一个领域而言,沈从文的启蒙主义文学观并不比同代的知识分子更高明。因为在那个时代,比他理论基础更扎实、思想更深刻的知识分子大有人在,他的充满感性色彩的、沉溺于琐碎枝节的文章并没有很多的亮点。但是,如果将这些文章按照时间的顺序排列在一起,或者按照内容分门别类地汇聚起来,气势便骤然而生了。一个人能写出几篇文章或者是从一个领域来阐发自己的启蒙观点并不足为奇，但如果一个人终其一生、乐此不疲、事无巨细、广设方法来思考人生观建设和民族国家重建，那么，再琐碎平庸的工作也趋于不平凡了。沈从文不是宗教信徒，但他几乎以殉教的方式来完成这一切，这一点与鲁迅没有什么两样。只不过，鲁迅用"冰"与"火"、"爱"与"憎"铸成一种不妥协、不折中的品质和姿态，而沈从文的作品则与家乡的那派清波一道，随物赋形、流动不居，以水的品格铸就了一种无形无声、柔韧不息的风格。这种风格的形成，得益于沈从文对文学与人性的信念，得益于他对文学本体性的坚守。

第二节　感性的方式之一：高举"爱"与"美"的旗帜

沈从文在 20 世纪 30 年代末所提出来的"爱与美的新宗教""抽象观念的重建"与他在 20 世纪 40 年代所提出的"美育重造政治"以及新中国成立后提出的"抽象的抒情"是一脉相承的，都致力于理想人性的重建和民族国家的重建，是"文学革命"思想在抽象领域的延伸和发展。沈从文像是一个与时俱进的结果主义者，只要有助于理想人性的重建，"文学""哲学""抽象的观念""美育"在他看来都可为我所用。

一、抵御宗教与"现代政治"

沈从文高举"爱"与"美"的旗帜，主要是抵御宗教与现代政治对青年人生观的不良影响。最近十年，一些学者在分析沈从文的"美育重造政治"中，将重心放在"现代政治"这个范畴，强调沈从文对"现代政治"的个性化建构。这种观点无疑是对沈从文的拔高。客观地讲，沈从文对"现代政治"的理解是肤浅和片面的，别的先不提，就说《北平通信》里的用乐曲播放来代替城市管理的想法以及《苏格拉底谈北平所需》里的"花园"设想就显得荒诞不经。当然，沈从文是在暗讽旧政权，并对风雨飘摇中的北京城连同它的文化历史表示悲悼，这一点无可厚非。但问题是沈从文借以暗讽旧政权甚或"现代政治"的依据仍然是他对理想人性以及如何实现理想人性的构想，而不是他对"现代政治"的宏观性把握。当然，这也并不是说沈从文的想法就是完全没有道理的，任何人看待问题都是从自己的角度和立场出发，这个角度和立场又是由先天禀赋、人生经验、知识结构、思维习惯等因素和合而成，因此不可避免地带有一定的局限性。这种带有局限性的立场和角度就是伽达默尔所说的"视域"。总体而言，沈从文的"视域"就是他的"生命观"，以及在此基础之上对理想人性以及如何实现理想人性的构想，这也就决定了沈从文看待"现代政治"以及宗教的眼光。

首先，在沈从文看来，宗教和政治在"庄严背后都包含了一种私心，无补于过去而利于当前"[19]，使人只知在"实在""意义""名分"上讨生活，缺乏对美、对生命的深度和完整性的感受与理解。而只有用超越习惯的心与眼，丢开一切功利性的目的，保持对"美"的敏感，才能真正见出世界之全，体会到人的真正含义，在真正意义上产生一种"崇高庄严感情"。其次，宗教和现代政治将"战争""强迫""统制""专横""阴狠"等不良观念与情绪输入给青年，只有用文学和艺术、用"爱"和"美"的抽象原则才能对这些观念和情绪净化廓清，使人重获身心的健康。在写于1946年的《定和是个音乐迷》中，沈从文这样写道："三十年来虽明白社会重造和人的重造，文学永不至于失去其应有作用。爱与同情的抽象观念，尤其容易和身心健康品质优良的青年生命相结合，形成社会进步的基础。但在当前少数人病态残忍情绪扩张所作成的局面下，任何伟大文学，对之能发生如何作用，就不免感到困惑——可是却保留一点希望，即文学或其他艺术，尤其是最容易与年青生命结合的音乐，此一时或彼一时，将依然能激发一些人做人的勇气和信心，使之对一切不良现实所作成的信仰敢于怀疑，承认以外还知否定，于明日将来接受更大挫折时，始终不至于随便倒下或退逃躲避。"[20]沈从文对这一点的认识与他的切身感受分不开。沈从文是个"弄文学的人"，文学既是他否定现实的动力，也是他的生命得以提升的动力。除此之外，其他艺术形式也在沈从文的生命中占有一定分量。在《关于西南漆器及其他》《题旧书元稹〈赠双文〉诗》以及他在1949年病中所写的新诗三首中,沈从文强调了音乐与美术在自己生命中的重要作用,认为这些艺术形式能够净化了"都市文明文化形成的强制观念",给人以力量与信心。而这种力量与信心的获得,并不靠经典的教义,而是靠合乎生命之最高意义的光与色,形与线等感性材料;对这些材料的把握,也并不靠概念、推理、判断,而是靠情感和直觉。沈从文称这种由文学和艺术所营造的、超越宗教和政治的抒情为"生命的抒情"和"抽象的抒情"。很显然,沈从文这里所说的这种"抒情",已经不仅仅是一种"浪漫主义"的创作方法,而是一种认识个人与社会、历史与现实的世界观,是一种如何使启蒙对象获得信心、拥有力量的启蒙方式。另外,宗教感情所造成的隔阂和现代政治偏见的存在,造成人与人之间的不必要的矛盾和对立,并最终使"战争"愈演愈烈;而政治万能所造成的哲学贫困又使中国的很多青年人用"信仰"代替"思想"与"学习",将"中国问题"交给统治者,又在一定程度上助长了战争的气焰。在这种局面之下,美育的作用便不可低估。因为艺术是全人类智慧的结晶,是"连接人类苦乐沟通人类情感的一种公共遗产"[①],它能够中和人与人之间的对立意识,使"爱与合作种子"生根发芽,为人与人之间新型关系的重建打下基础。

二、重造人的心理本体

沈从文提出的"爱与美的新宗教""美育重造政治"并不是对"五四"知识分子所提倡的"科学""理性"的反对,而是对其的完善和补充。在《苏格拉底谈北平所需》中,沈从文这样写道:"吾人实深信人类明日之新信仰建立,将于美术与科学两者综合作成之情绪理性基础上,可得到合理发展及永久稳定,吾人学校之师生,即将为此种高尚信仰之先驱与证人。"[②]可见,沈从文并不是从对立的角度来认识艺术与科学的关系,而是将两者共同视为理想人性重建的基石。新文化运动之后,理想形态的启蒙理念逐渐着陆,在获得历史性的同时也部分地丧失了原有的内涵。例如,"科学"本来是"重分工而合作"的,但在中国的科学教育中,

"公民道德则宜为人所同具"㉓。在这种现实境况之下,沈从文大力提倡一种"研究'人'出发之'人性科学'"㉔,强调美育在"人性科学"教育中的重要作用,是十分必要的。

对美育的提倡,并非沈从文的首创。早在 1915 年,蔡元培就提出"以文学美术之涵养,代旧教之祈祷"㉕的主张。1917 年,他发表了题为《以美育代宗教说》的演说,此后又多次以类似的题目发表演说,强调美育在启蒙中的重要作用。故此,沈从文在《苏格拉底谈北平所需》《美与爱》等文章中说自己的见解源于蔡元培的"以美育代宗教说",也是不足为奇的。蔡元培将"科学"和"艺术"看作现代文明的两大推动力。"科学"能够解放思想、破除愚昧,起到"理性启蒙"的作用。"艺术"能够陶冶感情、提升精神,起到"感性启蒙"的作用。所以,只有将这两种启蒙方式结合起来,双管齐下、勠力并行,才能够使国人拥有"健全人格"。在这一点上,沈从文颇有同感,不过沈从文对美育的重提,主要是抵御宗教与现代政治对青年人生观的不良影响,纠正"科学教育"的弊端,也即是针对新文化运动的经验和教训;而蔡元培提出"以美育代宗教说"是针对新文化运动初期所盛行的"宗教救国"思潮。蔡元培站在启蒙主义的立场之上提倡"民主""科学",必然会反对宗教,因为宗教与这些启蒙理念是水火不容的。值得注意的是,蔡元培所信奉的启蒙理想是人道主义和世界主义,他之所以倡导艺术、反对宗教,是因为他认为要推行人道主义和世界主义教育,就要培养国民的意志,而意志之进行,常与知识和情感为伴,所以要将人道主义和世界主义教育贯彻到底,必须借助美育。与美育相反,宗教是陈旧的、保守的,它人为地制造了人与人之间的隔膜,也不具有永恒性和普世性,与人道主义和世界主义背道而驰,所以应该将之取缔。沈从文主张博爱、和平、道德、自由,他往往从病理学、心理学、人类学、文化历史学的角度来看待人与人之间矛盾与斗争;他信奉恒久的、普世的、超越的"人性",反对被宗教所禁、被物态所压、被金钱所控、被"名辞"所困的"人性";他主张要向青年输入"雄强"的人生观,主张民族要能"疯狂",主张把生命引导向一个更崇高的理想上,认为"这种激发生命离开一个动物人生观,向抽象发展与追求的欲望或意志,恰恰是人类一切进步的象征"㉖。那么用怎样的方式来激发青年的意志,使他们获得信心和力量呢? 沈从文首先想到的是"文学革命",即用文字来"撼动人心",用文字来点燃这个民族被权势压抑的情感。然而文字的作用也是有限的,在某些时候,甚至不及音乐、美术、数学。于是,本着一种大的"文学观",沈从文提倡"爱与美的新宗教""美育重造政治",主张用多种艺术形式来完成"抽象观念"的重建,用那些凝结人类智慧、饱含人类共同情感、体现生命最高形式的艺术来净化并提升青年的灵魂,增加他们的勇气和信心。值得注意的是,沈从文是以他的理想人性重建为原点来提出"文学革命""爱与美的新宗教""美育重造政治"等主张的,也是以此为原点来展开他对宗教与"现代政治"的批判的,所以在一定意义上,可以说是他的启蒙理想决定了他的启蒙方式——用"爱""美"来重建人性。这种独特的启蒙方式,又从一个侧面凸显了沈从文这个浪漫派作家的特质。

沈从文认为"人间缺少的,是一种广博伟大悲悯真诚的爱"㉗。无独有偶,鲁迅早年东渡扶桑,与同道中人许寿裳谈论国民性问题时,也曾指出我们这个民族缺乏的是"诚与爱"。那么,怎样启蒙民众,激发他们的"诚与爱",并最终使民族精神得以重建呢? 鲁迅采取的方式是"揭出病苦",以"引起疗救的注意"㉘;沈从文则主张用"爱和美的新的宗教",来"煽起更年青一辈做人的热诚激发其生命的抽象搜寻,对人类明日未来向上合理的一切设计,都能产生一种崇高庄严感情"㉙。由此可见,对于民族品德的重造,鲁迅选择逆向而行,由揭示国民的精神病苦出发,将矛头指向产生这种病苦的封建统治方式以及这种统治方式的现代变种;沈从文则选择正面引导,用"爱"与"美"来疏导情感、净化心灵,达到精神重建的功效。为什么会有这种反差呢? 根本的原因在于沈从文的启蒙是文学㉚范围内的启蒙,它关注的是人的情感、本能、意志,是人的内在价值,更侧重于"从形而上的意义上来重建国人的心理本体"㉛,因而沈从文高举"爱"与"美"的大旗,将"人心"的净化与改造作为启蒙的重中之

　　　　　　　　　　　　　　　沈从文的文学观

重。

第三节　感性的方式之二：捕捉情感与本能的瞬间

康德认为，"启蒙"就是"人类自己所加之于自己的不成熟状态"[32]。按照这种理解，蒙昧与黑暗是"自我招致的"，这也就意味着要彻底摆脱"自我招致的不成熟"状态，也只能靠个人自主性的觉醒，而不是靠外界的教化。显而易见，康德提出的是一种平等主义的启蒙观念。那么，人类怎样摆脱"自我招致的不成熟状态"，进而确立自己的主体性地位呢？也即"启蒙"是靠"理性"还是"非理性"？在这个问题上，西方思想家一直众说纷纭，莫衷一是。[33]在"五四"新文化运动中，"科学"作为一面大旗，被"五四"先驱高高举起，彰显了理性主义在新文化运动中的绝对优势。然而，陈独秀、蔡元培等思想家却主张要在理性启蒙之外，加强对人的情感与本能的利导，用审美教育的方式来完成"人心"的重建。沈从文的审美教育思想承接了这一派的主张，并将这种"感性启蒙"方式不断深化和细化。由于沈从文的审美教育思想以及这种思想背后的启蒙意图多呈现在文本的显示层面，所以学界对此多有关注[34]；而在沈从文的小说以及抒情意味浓厚的散文中，这种思想则忽明忽暗、闪烁不定地呈现在文本的隐示层面，因此往往被学界所忽略。本节内容就是将重心放置在沈从文这类作品的幽深的底部，用人学的视角，来洞察沈从文的生命主义，以及生命主义与启蒙契机的关联。

首先还是要从沈从文对启蒙对象个体真实性的观照谈起。[35]认识到启蒙对象的个体生命的真实性，并不意味着沈从文完全认同这种生命形态，其实关于"人为什么而活下去"的疑问一直盘旋在他的脑际，始终没有一个统一的答案。在对湘西儿女的"原人意味"大加赞赏之后的第二天，沈从文在写给妻子的信中这样说："这人为什么而活下去？他想不想过为什么活下去这件事？……多数人爱点钱，爱吃点好东西，皆可以从从容容活下去的。这种多数人真是为生而生的。但少数人呢？却看得远一点,为民族为人类而生。这种少数人常常为一个民族的代表,生命放光,为的是他会凝聚精力使生命放光! 我们皆应当莫自弃,也应当得把自己凝聚起来!"㉟沈从文希望这些"为生而生"的湘西儿女能够改变历史,创造历史。他说:"我们用什么方法,就可以使这些人心中感觉一种'惶恐',且放弃过去对自然和平的态度,重新来一股劲儿,用划龙船的精神活下去?"㉟

沈从文希望将一种竞争意识引入湘西儿女的生活中来,使他们战胜自然、征服自然,由"自在"走向"自为"。那么,究竟用怎样的方式来启发下层群众的自主性呢? 在谈到沈从文对启蒙对象的结构性分析时,我认为:对于知识分子,他自始至终都在进行批判与重建,侧重一种精神上的启蒙;对于下层人民,他给予深切关怀和理解,侧重一种具体方法、措施的输入。能够认识到启蒙对象的阶层差异性,并在这种差异性的基础之上采用相应的启蒙方式,充分显示了沈从文的迂回策略。但这种具体方法、措施的输入并不能算是真正意义上的启蒙,充其量只能算是启蒙的"辅助性工程"。尽管启蒙需要迂回,需要先解决"外围问题",需要"时间",但启蒙也有一个坚固不变的内核——脱离自己所加之于自己的不成熟状态,对启蒙者来讲,启蒙的要义就是如何启发启蒙对象的自主性。沈从文对下层人民的生命本真性的观照,决定了沈从文启蒙方式的独特性——将启蒙对象看作有独立价值的、有潜能的个体,并力图从启蒙对象身上寻找启蒙的契机。其实,在对沈从文启蒙方式的独特性的分析中,学界所依凭的主要是《虎雏》这个文本(包括《虎雏再遇记》《一个爱惜鼻子的朋友》对虎雏的补充性叙述)。《虎雏》大致讲述了这样一个故事:"我"那个做军官的六弟来上海时,带了一个勤务兵。这个勤务兵乖巧有气派,使"我"十分中意。于是,"我"决定让他接受新式教育,在他身上"创造一种人格"。然而,由于好斗的本性,他打死了人,不得不逃往深山大泽。"我"最终也不免有这样一番领悟:"至于一个野蛮的灵魂,装在一个美丽盒子里,在我故乡是不是一件常有的事情,我还不大知道;我所知道的,是那些山同水,使地方草木虫蛇皆非常厉害。"㊲这则故事包含了沈从文对启蒙的独特思考:启蒙对象的原始蒙昧与生命活力是紧密相连的,而自上而下、自外而内的教导与塑造不但会扼杀他们的生命活力,还会阻断他们与自身生存环境的血肉联系。在这里,我们可以看到沈从文对"横向移植"式启蒙方式的否定。那么,应该用怎样的方式来启蒙呢?下面以《丈夫》《贵生》《八骏图》三个作品为例,来谈沈从文对于这个问题的独特思考。[39]

众所周知,沈从文是一个不折不扣的文体家,他非常注重小说的技法、技巧,并能够行云流水般地将记忆、想象做出"戏剧化处理"。其中,怎样设计情节,怎样收束全文便是"戏剧化处理"的一个重要的环节。汪曾祺在论及《边城》的结尾时,引入了古典文论的"度尾"和"煞尾"两种笔法,认为这种笔法在《边城》各章兼而有之;凌宇先生认为除了《边城》之外,《牛》《生》《丈夫》《如蕤》等小说的结尾,也是"煞尾"的典型例子;学者王本朝将此范围进一步扩大,并按照创作时段将之进行了更加细化的研究。那么,为什么沈从文如此热衷于"煞尾"呢?首先,从小说的情节发展看,"煞尾"往往是一种"突转","突转"表现为"作品中的人物行为或故事发展的结局突然转向与情节表面指向相反的方向"[40]。其实,"突转"也就意味着"发现",意味着对原有认知体系、思维程式、审美习惯的颠覆与重建。面对同质化的世界,面对"一律受'钞票'所控"[41]的机械化时代,沈从文力图还原出另一个经验世界,这个世界是一个"多方的""不普遍化"的别样的存在物。因此,"突转"也就应运而生:在"突转"中体会生命的"多方",在"突转"中发现被俗世拙像所遮蔽的生命本真性。与普遍化的、与自然分离的生命形态不同,沈从文笔下的人物贴近泥土、与日月同升降、与自然相契合。自然而然间,草木的一荣一枯、天气的阴晴变化、水的流动不居、"星""虹"的转瞬即逝,汇成了沈从文心中挥之不去、念兹在兹而又无力遮挽的那个"偶然",再加之"一切充满了善,充满了完美高尚的希望,然而到处是不凑巧"[42]的人事,宿命论和不可知论便由此产生,"爱"与"死"、"美丽"与"忧愁"也由此缠绕于"楚人命定的悲剧"之中。在这种情感基调和文化氛围之中，那些情节的"突转"正应和了"偶然"的势能，为沈从文的小说蒙上了一层神秘主义的面纱。但除此之外，我认为还可以从另外一个角度认识"突转"中的"发现"：从接受美学的角度来看，"突转"起到了"陌生化"的效果，读者在"反常"中获得"惊异"的审美体验，并在"惊异"中获得感知另类生命形态、人生体验的契机；从创作者的角度来看，他的意图显然不是仅仅局限于带领读者来领略别样的风景，应该还有更深一层的意图。我认为有一类情节"突转"尤其值得探究——主人公在外界环境的催逼之下，凭借"内心挣扎"或者"转念一想"，做出一个出人意料的选择或者决定，使结局转向与情节表面指向相反的方向。这类小说中的"突转"更能够体现"发现"的内涵——"发现"自身的身份和处境，"发现"内心的声音。

《丈夫》讲述了一个乡下男子看望在船上卖淫的年轻妻子的故事。按照情节发展的表面线索，那个丈夫会在第二天中午到水保家吃酒，晚上陪老鸨看大戏，随后一人回转乡下。可是第二天"水保来船上请远客吃酒时，只有大娘同五多在船上"，"两夫妇一早皆回转乡下"。这一情节的"突转"与人物身份和处境的"发现"密切相关。在日益萧条的农村，年轻的丈夫把妻子从乡下送出来卖淫，自己留在家中安分过日子，本着"名分不失，利益存在"的原则，也还能将日子这么过下去。而真正认识到"名""实"之间的巨大裂隙，认识到丈夫的权利丧失殆尽是在探望妻子之后。与妓船上的妻子刚一碰面，便被妻子的"城里人"派头弄得手足无措，好在妻子问起钱、问起乡下的猪，这才让丈夫获得了些许的存在感；一到晚上，衣着考究、派头十足的嫖客便接二连三地上船招妓，丈夫便很知趣地钻回后舱，不过也不免有些落寞；更晚的时候，水保上了妓船，并让丈夫传话给妻子，要她晚上不要接客，单等水保。水保走后，丈夫的第一反应是欣喜，他有着乡下人的呆性情，以能够结交这么个尊贵人物为荣，并由此猜想到这人一定是妻子的熟客，妻子一定从他身上得了不少钱，而这钱最终也必然有一部分归自己，他没有理由不欣喜。对于金钱对乡下人灵魂的腐蚀，对于"现代文明"对农村的冲击，沈从文毫不避讳，在更早之前的《边城题记》中，他就曾经直言："二十年来的内战，使一些首当其冲的农民，性格灵魂被大力所压，失去了原来的朴质，勤俭，和平，正直的型范。"⑬在之后的《长河题记》中，他用更加沉郁的笔调回应了以上内容，并对湘西的历史命运以及整个中国农村的历史命运表现出了深深的忧虑。那么怎样改变这种状况呢？沈从文从反面做出了回答："'现代'二字已到了湘西，可是具体的东西，不过是点缀都市文明的奢侈品……抽象的东西，竟只有流行政治中的公文八股和交际世故。"⑭在沈从文看来，"口琴""京戏""大炮台""三五字香烟"等代表现代时尚的具体事物，以及"时代轮子""帝国主义"一类空洞字句，非但不能改变农村的面貌，反而使当地农民性格灵魂被时代大力压扁，失去了原有的素朴。如果说"与日月同升降，与自然相契合"的生命形态带有一种原始的蒙昧，那么，由"具体事物"和"抽象名词"聚合而成的"现代"则代表了一种新的形态的蒙昧。接着上文的故事情节来讲：在金钱所编织的网络之中，丈夫对自己权利丧失的事实是浑然不觉的，这是一种被"现代文明"的外衣所包裹着的"蒙昧"，它与当地风俗的变迁相伴相生，侵蚀着农民的精神和灵魂，并逐渐内化为当地农民的"生存逻辑"，最终必然导致农民身上的"内在自我"的丧失。"启蒙"就是要让启蒙对象觉醒，重新占有"内在自我"。在沈从文看来，人的精神的改变是无法从外部强加的，只能寄望于启蒙对象自身，发掘他们身上的潜能，开出反省的道路。所以我认为《丈夫》中的情节"突转"另有深意：丈夫决定带着妻子回乡的那一瞬间，也就是丈夫从耻辱中认清自己身份的那一瞬。在此之前，丈夫的所思、所做被困在金钱所编织的网络之中，与周围环境产生割裂。这一瞬间，丈夫终于冲破金钱的迷雾，在耻辱中意识到了丈夫应有的"权利"和"人"应有的"尊严"：

　　　　应当吃饭时候不得吃饭，人饿了，坐到小凳子上敲打舱板，他仍然得想一点事情。一个不安分的估计在心上滋长了，正似乎为装满了钱钞便极其骄傲模样的抱兜，在他眼下再现时，把和平已失去了。……胡想使他心上增加了愤怒,饥饿重复楸着了这愤怒的心,便有一些原始人不缺少的情绪,在这个年青简单的人反省中长大不已。⑮

应当说,是"饥饿感"强化了他内心的愤怒,然后逼迫他重新发现了自己的尴尬处境——"丈夫"的"名"与"受辱者"的"实",所以"一些原始人不缺少的情绪",便"在这个年青简单的人反省中长大不已"。丈夫的这一"反省",不是靠思想、理念、信念的从外到内的输入,而是靠自己的内在生命的复苏。沈从文有意寻找"蒙昧人的自发生命力"⑯,以此作为启蒙的契机。类似的例子还有《贵生》。贵生是地主五爷的长工,他勤劳、朴实,"远近几里村子上的人,都和他相熟,都欢喜他"。五爷也会时不时用一点小恩小惠犒劳他,但贵生并没有意识到这是地主收买人心的手段,反而"心中很不安,必在另外一时带点东西去补偿"。真正撕开地主的伪善面具,让贵生对他们之间的关系有清醒认识的,是"金凤事件":贵生和五爷都看上了桥头开杂货铺老板的女儿金凤,杂货铺老板本来准备招贵生为婿,但经不住金钱的诱惑,将女儿许配给了五爷。情节发展到这里,人物之间的矛盾冲突便达到了高潮。一方面是地主凭借金钱恣意践踏长工的"爱"的权利,另一方面是长工的"爱"的权利的彻底丧失;一方面是地主对女性的绝对的垄断权,另一反面则是长工在婚恋场的绝对劣势。在这种情况之下,也许只有信天委命才可以说服自己,鸭毛伯伯也正是用这些话来劝贵生认命:"一切真有个命定,勉强不来。"然而一贯信天委命的贵生,却冷不防将自己的房子连同杂货铺一同烧了,然后一走了之。这一情节的"突转",看似突兀,实则合情合理。贵生的那把"怒火",昭示了乡下人"不认命"的原始强力。尽管这股强力不可避免地带有原始的荒蛮之气(贵生报复了杂货铺老板,却放过了罪魁祸首五爷),却提供了冲破现有秩序(包括社会秩序和观念秩序)的一种可能性,而这股原始强力一旦接受现代理性的指引,必然会成为启蒙的动力。沈从文写过一篇名为《虎雏》的小说,表达了他对"野蛮灵魂"的礼赞,同时也表达了他对缺乏现代理性烛照的原始强力的隐忧。在写于1934年的《虎雏再遇记》和《一个爱惜鼻子的朋友》中，他再次表现出了对与深山大泽相契合的原始强力的"敬重"⑰。其实，沈从文是从"过去"与"当前"、"常"与"变"的纵向维度来提倡"民族品德的重建"的，他希望这个民族过去的"雄强坚实""诚实勇敢"能够保留到青年人的"血"和"梦"里。主张一个民族"能疯狂"，也必然会对下层人民身上葆有的原始强力持肯定态度，只不过这个原始强力要经过理性的指引，最终黏附到民族和国家的重建上。

《八骏图》里的达士先生是人性的治疗者，在他的眼里，物理学家教授甲、生物学家教授乙、道德哲学家教授丙等六名教授生活在"名词""公式"之中，"心灵皆不健全"；教授庚的神秘恋情引起了达士先生的好奇，也勾起了他的春心，然而他却用"生活有了免疫性，那种令人见寒作热的病皆不至于上身"这样一句话来弹压内心隐秘的情欲。直到某一天，一封简短的怪信与神秘的沙滩字迹彻底击溃了他所有的计划和理性。行文至此，一个情节的"突转"出现了：他取消了回去看未婚妻的计划，决定留在海边多住三天。于是，"这个自命为医治人类灵魂的医生"，也"害了一点很蹊跷的病"，而能够治愈这"病"的，唯有"大海"。这里的"大海"不仅是指具体的自然环境，而且是自然的神秘性的一个象征体，与沈从文所讲的"偶然"具有相似的所指。那么"偶然"在人的生命中具有怎样的地位呢？沈从文在《八骏图》中这样讲道："每种人事原来皆俨然被一只看不见的手所安排。一切事皆在凑巧中发生，一切事皆在意外情形下变动。"⑱在《水云》中沈从文这样写道："人应当有自信，但不许超越那个限度。而且得分别清楚，自信与偶然或情感是两条河水，一同到海，但分开流到海，并且从发源到终点，永不想混。"⑲"自信"与"理性"是同一范畴，强调的是一种目的合理性；"偶然"与"情感"则属于另外一个意义的范畴，它强调人内在的自足性和价值合理性。沈从文认为"自信与偶然或情感"是各有源头、"永不相混"的"两条河水"，即强调这两者的相互独立性。而这两者的反复辩诘，则体现着沈从文精神世界内部的

"理智"与"情感"的对话与冲突。[50]不仅如此,"偶然"还与生命的"神性"联系在一起:"不仅这些与偶然同时浸入我生命中的东西,各有其神性,即对于一切自然景物的素朴,到我单独默会它们本身的存在和宇宙彼此生命微妙关系时,也无一不感觉到生命的庄严。……一种由生物的美与爱有所启示,在沉静中生长的宗教情绪,无可归纳,因之一部分生命,就完全消失在对于一些自然的皈依中。"[51]"偶然"为什么会在生命中占据这么重要的地位呢? 首先,据一些学者的考证,沈从文的几个"偶然"皆可坐实到与之有"情事"的几位女性身上。我认为这种说法固然成立,但关键问题在于,沈从文是如何把个体经验升华为一种生命哲学,将"偶然"由具体、特殊推衍为观念、象征。我认为在这个由具体到抽象的过程中,弗洛伊德主义起到了潜移默化的作用。弗洛伊德并不倾心于宗教所构建的彼岸世界,但他有心"要从消逝的宗教中拯救一个要素,那就是宗教归之于生命的那种命令式的实在性"[52]。在他看来,生命与自然的神秘性和神秘的自然性密切相关,是坚固的、难以用理性驾驭的,所以在这种情况之下,人类应该用宗教救赎的方式来默然接受命运,在对这种命令的绝对皈依之中,呈现出人的真实性。沈从文看待"偶然""情感"的方式与弗洛伊德对"命运""命令"的方式如出一辙,他对人的情感、本能等自然本性的推崇,对人的真实性的认识,也与弗氏相近。对"偶然""情感"的皈依,也就是对人的自然本性的皈依,对人的真实性的重新占有。在这一刻,达士先生摆脱了"名词"、理性、秩序所织就的陈词滥调,重获了生命的真实性。而在这一过程中,外界诱因并不起主导作用,能够重新激活他内在生命的,只有那个内在的声音。

以上三部小说中的情节"突转",与三个"发现"相关:丈夫"发现"了自己的现实处境和真实身份;贵生"发现"了他与五爷的真正关系;而达士先生则"发现"了自己内心的呼声。尽管这三个"发现"只是情感与本能的一瞬,并不带有理性的自觉,却使人物认清了自己与外部环境的关系,并使"金钱""宿命""名词"所规约的现实秩序遭遇挑战。由此来看,"启蒙"的契机蕴含在这三个情感与本能瞬间之内。在这里,让人不由得联想到沈从文的生命主义。在沈从文看来,"生命"既包括超越"生活"的形而上内涵,也包括贴近肉身、贴近土地的形而下内容;在显示的、辩难的层面,沈从文强调前者,在隐示的层面,沈从文更倾向于后者。倾向于后者,必然会将个体的情感、本能、尊严置于一切之上,也唯有如此,才有可能使现有的统治秩序受到怀疑和挑战。但必须看到的是,听从人的内在声音,释放人的自然本性,只是启蒙的第一步,如果仅仅停留在听命于我们的低级本能要求和工具理性对世界的控制上,那么启蒙必将再次沦为神话。所以,康德为这种"内在的声音"提供了一个坚实的基础:内心的声音"并不是由我的本能冲动来界定,而只是由理性的属性……是由'实践理性'的程序所界定,这就要求人们按照普遍原则行事"③。作为"二十世纪最后一个浪漫派"的沈从文,对"实践理性""普遍原则"并没有过多的认识,但他却将"自然神性"奉为一个重要的尺度。主张人与自然相契合,也就是主张"内在自然"与"外在自然"的和谐统一,这为人的自然本性的释放提供了相对的标准,只不过相对于西方标准的严密和精准,这一标准较为写意,很难用清晰的语言来界定罢了。但可以肯定的是,无论是对内在自然的倾听,还是对外在自然的倾听,沈从文都主张主体的能动性,正如前文所讲的,在沈从文看来,人的精神的改变是无法从外部强加的,只能寄望于启蒙对象自身,发掘他们身上的潜能,开出反省的道路。需要指出的还有,以上的讨论仅限于观念层面。因为生命主义是以非历史、非政治的方式呈现出来的,仅仅为启蒙提供了契机;只有完成生命主义政治化的过程,启蒙才有可能在实践层面真正展开。但沈从文的启蒙是"文学的启蒙",关注的主要是形而上意义上的人的心理本体的重建,而很少涉及人的解放得以实现的政治和社会重建。换言之,他的理想人性重建成于文学,也止于文学。因成之于文学,他的启蒙探触到了人最内在的情感、本能、无意识,并在其中发现了启蒙的契机;而止之于文学,则是说他的启蒙始终无法在现实层面展开。当我们把启蒙当作有着明确远景目标和具体现实方案的一桩事业的时候,沈从文的启蒙就显得无足轻重;但当我们把启蒙当作一个去本质化的概念,一种批判反思的力量,一桩始终"在路上"的工程时,他的启蒙就显得特别有意义。

注释

①沈从文.沈从文全集:第13卷[M].太原:北岳文艺出版社,2009:375.

②沈从文.沈从文全集:第16卷[M].太原:北岳文艺出版社,2009:373-374.

③金介甫.沈从文传[M].符家钦,译.长沙:湖南文艺出版社,1992:259.

④金介甫.沈从文传[M].符家钦,译.长沙:湖南文艺出版社,1992:259.

⑤在《总结·思想部分》中沈从文写道:"这社会一天有这种武力武器的统治,就会有无数善良的人民和有用理想,在各种不同情形下受糟蹋,受牺牲。想把人类关系重造,就必须待从武力和武器作成的空气以外想办法。我深信国家明天会达到这种进步情况的。我想把我三十年来所见到的社会的无情、残暴,和个人所受的贫困饥饿,和比这个更大的挫折,一律看成社会的病,人的无知,回报之一种完全无私的友爱。把这种情感反映到生活中和一切工作中。"(见北岳文艺出版社2009年版《沈从文全集》第27卷第114页)

⑥鲁迅.鲁迅全集:第1卷[M].北京:人民文学出版社,2005:225.

⑦沈从文.沈从文全集:第16卷[M].太原:北岳文艺出版社,2009:534.

⑧严复.原强[N].直报,1895-3-4.

⑨梁启超.论小说与群治之关系[J].新小说,1902(11).

⑩沈从文.沈从文全集:第12卷[M].太原:北岳文艺出版社,2009:66.

⑪沈从文.沈从文全集:第12卷[M].太原:北岳文艺出版社,2009:66.

⑫沈从文.沈从文全集:第12卷[M].太原:北岳文艺出版社,2009:66-67.

⑬沈从文.沈从文全集:第17卷[M].太原:北岳文艺出版社,2009:

204-205.

⑭沈从文.沈从文全集:第17卷[M].太原:北岳文艺出版社,2009:133.

⑮维果茨基的教育理论。

⑯沈从文.沈从文全集:第16卷[M].太原:北岳文艺出版社,2009:507.

⑰沈从文.沈从文全集:第16卷[M].太原:北岳文艺出版社,2009:507.

⑱沈从文.沈从文全集:第16卷[M].太原:北岳文艺出版社,2009:490.

⑲沈从文.沈从文全集:第12卷[M].太原:北岳文艺出版社,2009:104.

⑳沈从文.沈从文全集:第12卷[M].太原:北岳文艺出版社,2009:213.

㉑沈从文.沈从文全集:第14卷[M].太原:北岳文艺出版社,2009:375.

㉒沈从文.沈从文全集:第14卷[M].太原:北岳文艺出版社,2009:376.

㉓沈从文.沈从文全集:第14卷[M].太原:北岳文艺出版社,2009:393.

㉔沈从文.沈从文全集:第16卷[M].太原:北岳文艺出版社,2009:395.

㉕蔡元培.蔡元培全集:第2卷[M].杭州:浙江教育出版社,1997:339.

㉖沈从文.沈从文全集:第12卷[M].太原:北岳文艺出版社,2009:66.

㉗沈从文.沈从文全集:第12卷[M].太原:北岳文艺出版社,2009:190.

㉘鲁迅.鲁迅全集:第4卷[M].北京:人民文学出版社,2005:526.

㉙沈从文.沈从文全集:第17卷[M].太原:北岳文艺出版社,2009:

362.

㉚这里的"文学"包括文学之外的其他艺术门类。

㉛杜卫.中国现代的"审美功利主义"传统[J].文艺研究,2003(1):22.

㉜马克斯·霍克海默,西奥多·阿多诺.启蒙辩证法[M].渠敬东,曹卫东,译.上海:上海世纪出版集团,2006:71.

㉝具体内容请参见本书绪论部分。

㉞张光芒先生以及刘晓丽女士都曾撰文论及这个方面,本书上一节在此基础上的阐发。

㉟详见本书第四章第三节。

㊱沈从文.沈从文全集:第11卷[M].太原:北岳文艺出版社,2009:184-185.

㊲沈从文.沈从文全集:第11卷[M].太原:北岳文艺出版社,2009:281.

㊳沈从文.沈从文全集:第7卷[M].太原:北岳文艺出版社,2009:41.

㊴这个部分受汪晖《阿Q生命中的六个瞬间——纪念作为开端的辛亥革命》一文的启发。详见汪晖的《阿Q生命中的六个瞬间——纪念作为开端的辛亥革命》第4至31页。

㊵凌宇.从边城走向世界[M].长沙:岳麓书社,2006:311.

㊶沈从文.沈从文全集:第12卷[M].太原:北岳文艺出版社,2009:104.

㊷沈从文.沈从文全集:第12卷[M].太原:北岳文艺出版社,2009:111.

㊸沈从文.沈从文全集:第8卷[M].太原:北岳文艺出版社,2009:59.

㊹沈从文.沈从文全集:第10卷[M].太原:北岳文艺出版社,2009:3.

㊺沈从文.沈从文全集:第9卷[M].太原:北岳文艺出版社,2009:57.

㊻刘洪涛,杨瑞仁.沈从文研究资料[C].天津:天津人民出版社,2006:357.

㊼沈从文.沈从文全集:第11卷[M].太原:北岳文艺出版社,2009:

312.

㊽沈从文.沈从文全集:第 8 卷[M].太原:北岳文艺出版社,2009:221.

㊾沈从文.沈从文全集:第 12 卷[M].太原:北岳文艺出版社,2009:
103.

㊿详见本书第一章第二节。

○51沈从文.沈从文全集:第 12 卷[M].太原:北岳文艺出版社,2009:
120.

○52特里林.诚与真:诺顿演讲集·1969—1970 年[M].刘佳林,译.南京:
江苏教育出版社,2006:151.

○53查尔斯·泰勒.自我的根源:现代认同的形成[M].韩震,王成兵,乔
春霞,等译.南京:译林出版社,2001:561.

第六章 理论意义与现实境遇

第一节 以"生命"为标尺的现代文化主体建构

　　"五四"新文化运动的一大贡献是人的发现,与之相对应,新文化运动的倡导者提出了"民主"和"科学"两大主张。这两大主张昭示着与人的时代相同步的社会结构和文化心理结构的变革,尽管在中国特殊的现实语境之下,这种体系化的变革未能完全落实到现实的层面,而只是停留在"态度"的同一性层面,但这种体系化的思维方式和借思想文化来解决问题的启蒙路径却是"五四"新文化运动的一大贡献。之所以说是"一大贡献",而不说是"独特贡献",是因为"五四"时期的启蒙知识分子在这一点上与维新派知识分子并没有很大的差别。这两代知识分子与那些强调政治权力、经济生产方式的社会改革理论相比,则是强调思想文化的优先性,强调人的思想体系建设和世界观改造。这两代知识分子的不同之处则体现在他们是在何种程度上反传统的。其实,在辛亥革命时期,与封建皇权的告别已经走出了向传统决裂的关键性一步,"五四"时期的关键性问题是怎样在思想文化上再走出一步,使国民产生"伦理的觉醒",也即用西方的"民主、科学、自由"思想武装头脑,彻底摆脱封建伦理纲常的束缚,认清自己的权利和义务,使中国的面貌彻底为之改变。"五四"新文化运动的彻底反传统姿态指向一个目的——"国民性改造"。沈从文从城乡两个经验世界的互参中为人性的理想形态塑形,主张人与自然的契合,弘扬人的原始强力,批判都市的"阉寺性"人格,批判无光无热的生命形态,并在现实环境的重压之下,力图为人的个体存在和民族的生存建构一个形而上的参照系,这些主张与"五四"新文学所

　　　　　　　　　　　　　　　　沈从文的文学观

开启的"国民性改造"是一脉相承的。但沈从文对国民人格进行批判的着眼点在于生命力的匮乏,也即"阉寺性"人格,对理想人性的建构也是以生命活力为基点的,这与"五四"新文学的"国民性"批判和而不同。为了说清楚这个问题,本节先从沈从文的人学目标开始谈起。针对普遍存在于都市的"阉寺性"人格,主张为青年输入一个健康雄强的人生观,这一观点在沈从文的文论、书信、小说中比比皆是:

> 你的作品可能慢慢地成为读者的经典,不拘用的是娱乐方式或教育方式,都能使他人生命"深"一点,也可能使他人生存"强"一点。①
>
> 文学运动的意义,是要用作品燃烧起这个民族更年青一辈的情感,增加他在忧患中的抵抗力,增加活力。②
>
> 这新的文运新的文学观,……从积极言,一定要在作品中输入一个健康雄强的人生观,……他必热爱人生,坚实朴厚,坦白诚实,勇于牺牲。③
>
> 我现在还只那么尽想象中国应当如何重新另造,很严肃的来写一本"黄人之出路"。为了如何就可以把某一些人软弱无力的生活观念改造,如何去输入一个新的强硬结实的人生观到较年青一点的朋友心胸中去。④
>
> 我以为一个民族若不缺少有勇气,能疯狂,彻底顽固或十分冒失的人,方可希望有伟大的作品产生。⑤

沈从文主张为青年输入一个健康雄强的人生观,使情感摆脱被阉割的命运,做到能燃烧、能疯狂、能彻底地皈依。那么用怎样的方式来激发青年的意志,使他们获得信心和力量呢?沈从文首先想到的是"文学革命",接着他又提倡"爱与美的新宗教""美育重造政治",主张用多种艺术形式来提升青年的灵魂,增加他们的勇气和信心。沈从文的启蒙是"文学的启蒙",他关注最多的方面是人的情感、本能、意志,人的形而上层面的心理本体,而不是人的思想重建。或者说,在沈从文看来,"借思想文化来解决问题"⑥固然重要,但思想文化的传播者、接受者都是人,因此如何解决"人心"的问题,如何让"做人观念"落到实处,如何对人的情感、本能进行因势利导,如何用审美的方式净化人的灵魂,塑造人的意志品质,成为启蒙的关键性问题。

沈从文从人的生理、心理本体入手来塑造民族性格的启蒙路子,与梁启超有所不同,虽然二者在启蒙话语形态的建构上有一定的相似之处。⑦梁启超主张对国民的性格进行伦理改造,并提出"公德""私德"两个概念,倡导一种调和性的伦理体系。梁启超认为中国的主要问题在于"民智未开",因此当务之急,是对国民进行一场自上而下的教育,用一套新的"体系""主义""价值标准"来武装国民的头脑,使之具备现代国民的基本素质。

沈从文从人的生理、心理本体入手来塑造民族性格的启蒙路子,与"五四"新文化运动的主流倾向亦有所不同。"五四"新文化运动主张"伦理的觉醒",也即用西方的"民主、科学、自由、平等观念"代替封建伦理纲常,这种思维逻辑就其实质而言,与维新派思想家并无二致,都是用一种思想代替另外一种思想,用一种体系代替另外一种体系,反映出一种体系论、本质论、实念论的思维逻辑。而包含了这样思维逻辑的"横向移植",有可能会造成国人对启蒙理念的浅表化理解,前文所讲的"名词"的横行、"主义"的泛滥就是在这种局面下产生的。众所周知,"五四"新文化运动高举的两面旗帜是"科学"与"民主",陈独秀在《新青年》首次提出"德先生"和"赛先生"这两面大旗;胡适在《新思潮的意义》一文中引用尼采的话,坦言高举"科学先生"和"民主先生",其实就是要"重新估定一切价值"。即科学和民主不仅代表了新观念、新思想,而且是全能的文化权威,是替代宗教的新信仰。然而"科学"和"民主"一旦上升为一种价值观念,必然会丧失其原有的内涵。在科玄论战中,科学最终成为包罗万象的因果大法,也最终沦为超验的玄学体系,"科学这个'词'固然赢得了更广泛的公众,但却也失落了科学最本质的东西——自由批判的精神"⑧;而"民主"在西方除了拥有与价值观念相伴的理念基础外,更是一种制度形态。"民主"就其本质而言,一面是扩大参与,一面是规范和限制参与,然而从严复到陈独秀,中国启蒙者都有意强化前者淡化后者,很自然就将"民主"升格为价值理念的核心,最终使"民主"走向了神话。其实归根结底,陈独秀、胡适等"五四"先驱包括维新派知识分子对西方文化的输入,存在"取其外而舍其内,留其形而舍其神"的弊端。

沈从文并不主张体系、主义、价值标准的横向植入,或者说沈从文反对对"体系"进行机械地照搬和不加条件地利用,这一点从他对"主义"的排斥、"名词"的抗拒就可以看得出。关注人的主体性,关注人的心理本体,关注人的意志品质,是沈从文"民族品德重造"的独特视点,这一点与鲁迅所主张的"朕归于我""掊物质而张灵明,任个人而排众数"基本一致,都基于个体的独立性原则,拒绝外部赋予的"体系""主义""价值标准"。这种去本质、反实体、反体系的思维方式,为"立人"的系统工程提供了方法论基础。

鲁迅、沈从文的这种思维方式让人联想起尼采。尼采主张价值重估,然而他重估价值的方法不是理性主义的分析还原,不是用一种体系反对另外一种体系,而是站在反体系的立场之上,抛却现成的规则、条例、准绳,将生命置于本体的地位,开启了一条从生理学和病理学的角度分析人性的道路。例如,在《在道德的谱系》中,尼采从人性的底层入手,揭示道德观念产生的自然、生理条件。他认为贵族价值的前提是一个强健的体魄,是充沛的健康和行动的自由。在《悲剧的诞生》《权力意志》中,尼采认为美学的基础是应用生理学,肉体的活动是艺术的原动力,审美状态有赖于肉体的活动,"审美价值也立足于生物学价值。人出于至深的族类本能对提高族类生命力的对象作出'美'的判断,对压抑族类生命力的对象作出'丑'的判断"⑨。由此可见,尼采完成价值重估的支点是"生命"和"意志"。尼采之后,弗洛伊德、弗洛姆、马尔库塞等思想家对其理论做了阐发。在弗洛伊德和弗洛姆的理论体系中,爱欲和"利比多"连在一起构成人的"下意识"的一部分,这种"下意识"从人类的原始生命而来,形成和"超我"(上意识)相抗衡的巨大势能。虽然,后来者的理论对尼采的"生命主义"有所超越,但他们从未远离价值重估的支点——个体生命。

尼采一系之所以对外在的价值标准抱有永无休止的疑问,是因为他们看到"支撑文明整体的根本精神原理本身的崩溃"[⑩]。沈从文不相信社会所制定的一般标准,唯独相信生命,也是基于这样的考虑。他说:"我用不着你们名叫'社会'为制定的那个东西。我讨厌一般标准,尤其是伪'思想家'为扭曲压扁人性而定下的庸俗乡愿标准。这种思想是什么? 不过是少年时男女欲望受压抑,中年时权势欲望受打击,老年时体力活动受限制,因之用这个来弥补自己并向人们复仇的人病态的行为罢了。……一般人都乐意用校医的磅秤称身体和灵魂。"[⑪]他反对"一般标准",特别是"乡愿标准",这些主张跟他彻底的反传统立场是分不开的。站在这种立场之上,他认为占统治地位的儒家哲学的本质是一种"世故哲学"[⑫],是一种"高等帮闲哲学"[⑬],"儒者戆愚而自信,独想承之以肩,引为己任,虽若勇气十足,而对人生,惟繁文缛礼,早早的就变成爬虫类中负甲极重的恐龙,僵死在自己完备组织上"[⑭],而"佛释逃避,老庄否定"[⑮],在支撑文明方面也难堪大用。沈从文对传统文化的全盘否定态度与"五四"新文化运动相一致,不同的是,当"五四"先驱及后继者满怀信心、如获至宝地将"民主""科学"奉为国民"伦理觉醒"的信条之时,沈从文却以他一贯的保守主义和怀疑主义将之进行远距离的旁观。最为典型的例子是他对19世纪俄国文学的态度。对19世纪俄国文学在民族国家建设中的积极作用,沈从文还是持肯定态度的,他说:"光焰一世的十九世纪俄国文学,作品中植下了促成二十世纪那个民族崭新人格的种子,与革命爆发成为不可分离的东西。"[⑯]沈从文并不是反对"革命",反对"俄国文学"的输入,他的保守主义立场体现在他对输入效果的分析上:"在环境截然不同习性截然不同的两个民族中,历史是照例不至于同样重现的。把某种已成定型的文学观,移植到另一个民族另一个国家中

　　　　　　　　　　　　　　沈从文的文学观

去时,所需要的修正,将到何种程度,这些理论方能发挥它的能力?"⑰针对不同的文化语境,沈从文主张要对舶来的文化/文学思想进行修正,使之符合国情,这样才能达到预期的效果。而这样的要求在中国当时的历史条件下是很难实现的,因为无论是信奉三民主义的文学理论家,还是左翼文艺理论家,都缺乏对本民族丰富历史知识和智慧的认知,不能对舶来的理论做出"有系统的引论与说明"⑱,以至于出现"行动"与"信念"背道而驰。例如,左翼作家所保持的是一个"社会主义"的信仰,所取法的却多数是一个"自然主义"的人生观,"一切现象惟待社会自然的推迁,既不知在一个'不背乎目的'而又'合于环境'的方向中思索出个新的手段与方法,避免无益的牺牲,也不想从十分怕事对于一切现象噤若寒蝉的知识阶级方面有所呼吁"⑲。这种"行动"与"信仰"的矛盾,还见诸"工具的滥用"和"文运的衰落",其中最恶劣的表现就是"名词"的横飞和"主义"的泛滥。为此,沈从文主张贴近社会,贴近"人事",贴近血肉生命,将"生命"作为衡量价值的唯一标准,反对制度、规则、惯例以旧的或新的形式对"生命"的裁定和宰制。沈从文之所以提出"神在生命本体",是源于他对传统文化与现代理念的双重失望。一方面,传统文化所能提供的"道德哲学"并不健全,并且已经成为个体生命和文化发展的负累;另一方面,现代理念源自西方,是属于另外一个文化体系的异己存在,所以输入前要先进行修正,但中国缺乏能对舶来理念进行修正、进行系统性说明的文艺理论家和思想家,以至于出现新的条条框框对"生命"的再次扭曲。

由于民族危机所造成的巨大压力和救亡图存的强烈功利性目的,"五四"先驱急于向外寻找救国良方,而来不及分析中西文化体系的差异,也来不及考虑本民族文化主体应当如何确立。在这种局面之下,沈从文反顾"神之存在,依然如故"的湘西世界,他虽然明白"这个民族种种的恶德,如自大、骄矜,以及懒惰,私心,浅见,无能,就似乎莫不因为保有了过去文化遗产过多所致"⑳,但他更愿意反向而行,为"这个民族较高的智慧,完美的品德,以及其特殊社会组织"㉑做下"善意的记录",在文化发展的"常"与"变"中,他守"常"而拒"变",保持了文化民族主义的立场。

东方的现代化是一个被动的过程。强调东方与西方无关的民族主义立场是反历史的,同时直接挪用西方观念的做法也只能使自己身处历史之外,陈独秀、胡适等人对"科学""民主"的直接套用就是典型的例子。在这个背景之下,竹内好认为鲁迅的思想实践显示了处于历史之内并与历史共振的艰难:"拒绝成为自己,同时也拒绝成为自己以外的任何东西。"② 即在"无"的基础上进行反抗,并将西方的入侵作为媒介来进行传统的再造。他的文化实践昭示着东方社会中文化主体性形成的另外一种可能性,也昭示着另外一种现代性。沈从文在"生命"的基础上对体系、规则、主义的反抗与鲁迅的反抗方式有着相同的理路——不关注西方观念的具体内容,而关注观念背后的文化体系的整体性和支撑这种文化体系的精神机制;针对主体精神结构的缺陷,提倡意志品质的重塑。其实有关启蒙主体的建构,特别是精神结构的建构,应当是启蒙当中的重要环节,然而这一环节也往往被启蒙思想家所忽视。严复在晚年这样反思道:"晚近中国士大夫,其于旧学,除以为门面话外,本无心得,本国伦理政治之根源盛大处,彼亦无真知,故其对于新说也,不为无理偏执之顽固,则为逢迎变化之随波。何则?以其中本无所主故也,……此辈人数虽众,大都富于消极之道德,乏于积极之勇气……"③ 严复认为"晚近中国士大夫"对旧学以及本国伦理政治的优越之处并无真知,所以面对西方观念,要么负隅顽抗,要么盲目跟风。他认为造成这种现象的原因是"其中本无所主",也就是主体性的缺失,那么怎样确立主体性呢?严复的答案是要拥有"积极的勇气",意在强调意志品质的重要性。以此纵观,鲁迅提出的"主观之内面精神"与沈从文提出的"雄强"精神都是对启蒙主体的意志品质的塑造;针对"本根剥落,神气旁皇"的文化整体性溃败,鲁迅主张"外之既不后于世界之思潮,内之仍弗失固有之血脉,取今复古,别立新宗"④,沈从文主张要认识到"这个民族的过去伟大处与目前堕落处"⑤,并在"神之解体"的年代重塑"神性"。两人的文学实践,

沈从文的文学观

昭示东方社会中文化主体的形成有着与西方不同的逻辑:"绝对不是汤因比'挑战—回应'模式中的'回应'"㉖,而是朝向民族文化的内部,将西方观念作为引子来再造传统的过程。不过,与鲁迅相比,沈从文缺乏宽广的文化视野,因而也不具有历史的先见之明。他的"反现代"意识植根于巫楚文化对"生命"的启示,而现代文明的失败经验所促成的个体觉醒则强化了他的这一意识,在他身上,我们看到了"个体"参与历史的方式和"个体"在黑洞般的历史面前的微光,也看到了民族内在思维惯性的强大生命力。

第二节 "文学革命"与人性的根本重建

沈从文在《习作选集代序》里说过这样一段话:"这世界上或有想在沙基或水面上建造崇楼杰阁的人,那可不是我。我只想造希腊小庙。选山地作基础,用坚硬石头堆砌它。精致,结实,匀称,形体虽小而不纤巧,是我理想的建筑。这神庙中供奉的是'人性'。"㉗我们就从这段话出发,谈谈沈从文的"人性"理想在现实境遇的得与失。

在沈从文所处的那个年代,"想在沙基或水面上建造崇楼杰阁"的作家不在少数,浪漫派作家郭沫若就是其中之一。在他的早期诗集《女神》中,抒情主人公形象往往是诗人强烈的自我意识的投射。那反抗一切、冲决一切的态度和精神,与"五四"时期的激烈的反传统倾向和浪漫主义激情相契合,然而我们却很难在抒情主人公身上找到"力量",取而代之的是无边的空洞和与空洞相伴而生的虚弱感。在"自我"的无限膨胀之后,郭沫若又走向集体主义,将"自我"完全淹没在集体的洪流之中。对于这种冰火两重天的"自我"意识,刘再复的看法很犀利,他说:"这恰恰暴露了郭沫若对个人主义观点没有一种理性的真知,因此要么把个人无限膨胀,要么把个人无限缩小。但无论是膨胀还是缩小都不是强大。"㉘可见,真正的"强大",不是"架子大"㉙,不在于作家书写主题的宏大和主观意识的强烈,而在于要为这份"强大"找到现实的依托,或者至少使之符合心理的真实和艺术的真实，才能"动摇人心"，这正是沈从文所极力追求的文学目标，事实上他也在一定程度上实现了这一目标。除了"想在沙基或水面上建造崇楼杰阁"的作家之外，力图用实感经验搭建"精致，结实，匀称，形体小"的亭台楼阁的作家也大有其人，例如周作人、废名、俞平伯、朱自清、梁宗岱、丰子恺等。在他们的笔下，自然风貌、故乡风物、市井风情都散发着淡淡的田园气息。对人性的理想化书写是他们反抗、逃离现实的文化策略，这一点与西方原发浪漫主义有一定的关联，但就深层次的心理结构而言，他们的审美习惯未脱中国传统文化的窠臼。刘小枫在《拯救与逍遥》中将中国文化精神概括为"逍遥"，也即用消极的遁世，来换取内心的调和；而西方文化则是"罪恶""爱恶"的文化，强调超越与救赎的精神冲突。以此来看，中国文化精神缺乏承担苦痛、分裂、绝望的力量，缺乏生命冲动、原始力量以及向上竞争和冲决一切的反抗力，体现在作品中，则呈现出一种精致的、琐碎的、颓废的、绵软的、平和的审美风格。然而，沈从文的作品却有着不一样的质地。尽管中期作品带有中国传统文化的审美标准的印记，但总体来看，沈从文的作品不乏异域想象和远古情调，不乏对生命冲动、原始力量的表现。也许有些时候这种生命强力与野蛮、简陋、蒙昧连在一起，但在泥沙俱下、良莠不齐、烟熏火燎、原始蒙昧之中，读者至少感受到了跃动着的、充沛的原始生命活力。在传统的规约、现代的宰制已将个体的生命活力磨损殆尽之际，在"手无缚鸡之力，心无一夫之雄，白面细腰，妩媚如处子；畏寒怯热，柔弱如病夫"[30]的病弱体魄与人格已经成为国民的常态时，那种雄强结实的精神，那种为爱"见寒作热"、不顾一切、如痴如狂、蹈死不顾的劲头，无疑会为民族的肌体注入一支强心剂。这就是沈从文的独特贡献，但问题也出在这里。当沈从文将湘西原生态的生命强力注入民族生命机体的同时，也将蒙昧、野蛮、落后、封闭连带其中。此外，沈从文所书写的湘西世界人情美、人性美也与同时代大部分作家的乡土经验不符。因此，在国民性批判如火如荼的现代文学现场，沈从文对湘西世界的过分理想化的书写和对农民、农村的单一化理解都是他饱受诟病的原因。

平心而论,沈从文对人性的复杂性、农村的复杂性的确认识不足,这种认识必然会削弱他对现实的批判力度。换一个角度,客观地说,沈从文并不是一个擅长理性思维的人,与乡土写实派作家的冷静、理性、审慎相比,沈从文多了一些浪漫情致,他将现代人性的理想放置在湘西的现实环境中。之所以能够这样,正是因为这两者之间有交集,而这个交集便构成了沈从文文化策略的逻辑起点和现实基础;但这两者除了交集之外,还有相悖、相异、不可通约的一面,沈从文文化策略的局限性就体现在这里。归根到底,存在于沈从文身上的问题就是"人性"建构过程中的"理想"与"现实"的矛盾、"观念"与"实体"的矛盾,这一矛盾构成了沈从文文化策略的悖论性。因而,与其他浪漫派作家和浪漫田园派作家相比,他的作品多了一些"人性"地基,与乡土写实派和社会分析派作家相比,他的作品又少了一些"人性"的社会历史基础,少了一些社会批判力度。

沈从文对理想人性书写中所包含的道德主义立场与他服膺的"五四"文化传统是不无关联的,他的道德主义立场与他所信奉的"专家治国""以美育代宗教"的方略,都是同源而异出的,如果硬要归队,他大体上应该属于自由主义文人。自由主义文人与左翼文人的界限在"五四"时期的"态度的同一性"的统摄之下,表现得并不明显。1928 年的"革命文学"倡导与 20 世纪 30 年代的"新启蒙运动"口号的提出,逐渐将两者之间的界限清晰化。这两大阵营的最大区别就是"文化启蒙"与"政治革命"的区别,在此基础之上,形成了"启蒙"与"蒙启"的路径区别。为什么会出现这种分歧呢? 这植根于他们各自所信奉的社会理想、文学观念、价值标准的不同。左翼作家对农村黑暗现实的披露,对农民劣根性的挖掘,往往源自他们的社会理想——以暴力革命、阶级斗争来促群体解放。而这种以群体解放为先导的启蒙之路是与"群""个"并进的启蒙初衷是背道而驰的。正如李泽厚所指出的那样,中国的启蒙运动绕了一个圈,"从新文化运动的着重启蒙开始,又回到进行具体、激烈的政治改革终"[③] 为什么会有这种转变? 原因在于以个体哲学为基础的个体解放需要一个乌托邦的构想，马列主义恰巧可以提供；内忧外患、战火频仍、政权更迭、山雨欲来的现实局面需要一套切实可行的、改造社会的战略，十月革命正好提供了成功的范例。于是，走社会主义道路便是偶然中的必然，反映到文学中，便是左翼文学对农村黑暗现实的书写，对农民愚昧、麻木、落后的劣根性的书写，对老派农民的愚弱与新派农民的觉醒的对比书写……显然，沈从文对湘西的书写与之风马牛不相及。因而，由左翼作家来看，沈从文的温和主义态度就是一种保守主义的立场，他对"理想人性"的构建则是一种道德主义的立场，而用道德来解决本应是政治才能解决的问题，显得不合时宜，正如普列汉诺夫对易卜生的评论——"在道德里找着政治的出路"②。

其实自由主义文人内部并非铁板一块，他们在风云激荡的 20 世纪 40 年代也面临着有形和无形的分流：有的自由主义文人将自我蜷缩在更加狭窄的个人小天地之中，例如周作人、林语堂、梁实秋等；有的自由主义文人以民主人士的身份逐渐向左翼阵营靠拢，例如闻一多、吴晗等；而沈从文始终以"乡下人"的保守与执拗，坚守"人性"理想，与"现实"保持距离，与"人民革命"划清界限。沈的这种保守迂阔不仅受到了左翼人士的批判，也受到了非左翼人士的指责。例如罗莘田就对沈从文的"乡土神话"颇有微词，"高级读者"李健吾对他过分美化乡村的文学表现手法提出过委婉的批评，民主人士王康则对沈从文一贯的"为艺术而艺术"的文艺主张颇为不满，对沈从文对民主革命的冷漠态度表示了极大的愤慨。以上例子在解志熙先生的《"乡下人"的经验与"自由派"的立场之窘困——沈从文佚文废邮校读札记》《爱欲抒写的"诗与真"——沈从文现代时期的文学行为叙论》、李斌先生的《沈从文与民盟》中均有详细的阐述。这些新近研究成果为沈从文研究提供了新的史料，特别是在关于沈从文对"人民革命"的态度方面，为我们理清了思路。在原因分析中，以上研究多基于夏志清在《中国现代小说史》中对沈从文的判断，认为"天生的保守性"和"自由主义知识分子的保守性"使沈从文远离社会现实，排斥"人民革命"。诚然，从文学表现内容来讲，身为"乡下人"的沈从文，深刻理解到造成下层人民悲惨命运的现实根源，但对他们"卑屈的活，悲惨的死"表现甚少；在政治立场上，沈从文与民盟划清界限，对已经是民心所向的"人民革命"袖手旁观，甚至评价民主人士闻一多的牺牲为"愚人一击"……沈从文的这些文学立场和政治立场很难为当时的主流意识所容，即便到了今天，也很难与常情、常理相合。那么，是否可以由沈从文对待"人民革命"态度认定他背离了知识分子对民主自由的担当呢？甚或认定他大节有亏呢？作为一个研究者，我觉得我们不应该仅仅满足于判断的快意。特别是当这种"一边倒"的倾向以雷霆之势迅速占领学术阵地的时候，我们需要另外一种声音，并用这种声音来还原历史的多向性、多义性、复杂性。

其实，在对待"人民革命"方面，"乡下人"的经验并不仅仅是与"自由主义者的立场"合谋，并最终体现为一种与派别、群体、利益集团相关的"保守性"甚或"反动性"，而且是以一种个体性、偶然性、不可复制性的形式内化为主体的思维机制，并制约主体的文学观念、政治观念、人生选择。换句话来讲，沈从文对"人民革命"的淡漠与他所标榜的"乡下人"的立场从表面看是自相矛盾、对比鲜明、令人费解的；然而，如果我们不过分突出放大这一点，而是将之放在一个连续的经验链条之中，对"乡下人"的经验以及这种经验对主体的内在精神的影响作一个纵向的梳理，就会发现沈从文在1940年的文学立场、政治立场以及人生选择早在他初登文坛之际就已经注定了，也即此时、此地的"我"绝不是孤立、暂时、突兀的，而是沿着"来路"有迹可循的。沈从文在《一个人的自白》中强调了生命经验对一个人的重要作用——要从"来处"寻找"我"。由此可见，要深入分析沈从文对"人民革命"的态度，就要从"生命"的"来处"寻因，切实体会"乡下人"经验在沈从文生命中的作用。

众所周知，沈从文出身于军人世家，见惯了血腥暴力和政权更迭，对权力的滥用误用十分反感，这一点最早可以从他对辛亥革命的印象中表现出来：

革命算已失败了，杀戮还只是刚在开始。……几个本地有力的绅士，也就是暗地里同城外人讲通了却不为官方知道的人，便一同向宪台请求有一个限制，经过一番选择，该杀的杀，该放的放。每天捉来的人既有一百两百，差不多全是无辜的农民，……革命后地方不同了一点，绿营制度没有改变多少，屯田制度也没有改变多少。……但革命印象在我记忆中不能忘记的，却只是关于杀戮那几千无辜农民的几幅颜色鲜明的图画。㉝

辛亥革命的一课将社会革命的残酷底色印在沈从文的头脑中，而六年的军队生活又加深了他对社会革命的印象。在《从现实学习》一文中，沈从文这样总结这段行伍岁月："六年中我眼看在脚边杀了上万无辜平民，除对被杀的和杀人的留下个愚蠢残忍印象，什么都学不到！做官的有不少聪明人，人越聪明也就越纵容愚蠢气质抬头，而自己俨然高高在上，以万物为刍狗。被杀的临死时的沉默，恰像是一种抗议：'你杀了我的肉体，我就腐烂你的灵魂。'……"㉞这种对权力根深蒂固的成见，决定了沈从文对一切依附于权力的文学活动、社会活动的态度。例如，他将与文运的衰落归结为"工具"的"滥用"与"误用"，而"滥用"和"误用"的根源在于新文学与大学脱离，与教育脱离，依附商业和政治；对"新生活运动"带给湘西的变化，他有着清醒地认识："'现代'二字已到了湘西，可是具体的东西，不过是点缀都市文明的奢侈品，……抽象的东西，竟只有流行政治中的公文八股和交际世故。"㉟在沈从文看来，所谓用"现代"取代"落后"，用"新"取代"旧"，不过是皮相之变，乡村社会的面貌并没有得到本质上的改善。正是基于"新生活运动"在中国乡村的失败经验以及对权力的极端厌恶，沈从文才对"社会革命"不抱任何希望，正如他在《长河》中所说："新旧冲突，就有社会革命。一涉革命，纠纷随来，到处都不免流泪流血。最重大的意义，即促进人事上的新陈代谢，使老的衰老，离开他亲手培植的橘子园，使用惯熟的船只家具，更同时离开了那可爱的儿子（大部分且是追随了那儿子），重归于土。"㊱沈从文认为"社会革命"最大的意义是"促进人事上的新陈代谢","人事上的新陈代谢"
也即自然界和人类社会的周而复始的循环和轮回,而这种循环与轮回显
然与"进化论"㊳相悖,沈从文主张社会的重造,人与人之间关系的重造,
主张用"做人运动"替代"做事运动",主张用"美育"取代"政治",都是
基于对"人"的彻底的根本的重建,也即确立全新的道德和价值标准,将
"抽象原则"引入"人生观"的改造,而这种改造与重建只能依赖"文学革
命"。换言之,沈从文理想中的"革命"是"造反""战争"之外的,"人"的
世界观、人生观、价值观的根本性变革,这一点也正如他自己所言:"文学
在某一方面能作到的,比帝王或政治家所起的好作用有时还更普遍、持
久。"㊳沈从文的这一观点让人联想起了阿伦特对革命的根本看法。她
认为"现代意义上的革命是社会的根本性变化"㊴,革命的目的是确立一
种全新的制度和一套全新的道德和价值标准,革命完全不同于造反和其
他社会变动,因为这些社会变动非但没有打断历史进程,反而倒像是回
到了历史循环的另一个阶段。作为政治理论家和思想家,阿伦特对革命
的认识是全面而深刻的;作为文学家,沈从文对"文学革命"在人与人之
间关系的重造中所起到的根本性作用的认识也具有一定的进步性。

　　沈从文对"文学革命"抱有这么大的信心,除了军队环境所催生的、
类似于鲁迅的"走异路,逃异地,去寻求别样的人们"的想法之外,还有书
本知识的影响。关于这一点,金介甫这样评价道:"他始终是改良派,但
他信奉的社会科学是,对人和人的最终目的有新的理解。这些理论是他
读书的大杂烩,现在有些早已被人忘却了。除了弗洛伊德外,这些理论
还来自美国(很多是杜威的学生或朋友)或 18 世纪启蒙运动时期的欧
洲,唯独没有俄国。"㊵金介甫的这一观点在沈从文新中国成立后所写的
《我的分析兼检讨》《我的学习》《沈从文自传》中均可得到印证,其中以
这一段最为典型:

　　　　生活依存于伪自由主义者群,思想感情反映于工作中却孤立而
　　偏左。但是社会斗争的复杂我难以把握,而斗争流血我受不了,一

个罗亭和吉诃德混合型的人格,和一堆杂书相结合,加上小农的自私,小商人性的谨慎怕事,由于主观无知而来的对工作的深深自恃心,相纠相混,于是形成一种对世事旁观轻忽态度,即把种种看成是社会分解过程中的一些矛盾的必然,无可避免,个人却守住一个尼采式的夸大而孤立的原则,即"脆弱文字将动摇这个虽若十分顽固其实并不坚固的旧世界,更能鼓励年青一代重造一个完满合理的新世界。"[41]

沈从文所信奉的社会理想来源于欧美,而不是来源于俄国,所以他的思想呈现出强烈的"个人主义"色彩。这种"个人主义"色彩一方面使他对"人与人的最终目的"有深刻的理解,另一方面却使他对现实政治把握不清,从而陷入"个人主义"的孤立状态。在新中国成立后所写的《自传》中,他这样反省道:"近五十年中国或世界人民追求进步方式,梁任公的影响虽大,实不如孙中山工作彻底;……处分人事,支持行动,加上一个多变易的时代,必有个集团并善于运用集团方能成事。……我和许多知识分子一样,都不免走了一条争取学术思想独立的路,也可说即是妥协的道路。……这自然只是知识分子的幻想,无基础,无边际,和社会现实从另外一个斗争规律发展不符合。"[42]需要指出的是,沈从文的"个人主义"思想与楚人血液里的封闭性、保守性、孤立性密不可分,这一点似乎又回到了前面所提到的内容,不过这里重点强调沈从文对楚人气质的继承,以及这种与生俱来的气质禀赋给沈从文的文学观念、政治观念带来的局限性。在《新党中的一个湖南乡下人和一个湖南人的朋友》中,沈从文对"楚人底子"的局限性有这样的分析:"楚人有它的民族气质,……凡属于这个底子,都不免受一种夙命拘束;宜于孤立陷阵,不易集团同功。"[43]在新中国成立后所写的《我的分析兼检讨》中,沈从文再次提到了这种"地方性"对自己的影响,他说:"(地方性)影响到政治方面,则容易有'马上得天下,马上治之'观念,少弹性,少膨胀性,少黏附团结性,少随时代的应有变通性。影响到社会方面,则一切容易趋于保守,对任何改革都无热情……"㊽除了"楚人底子"里的孤立性之外,沈从文个人的性格弱点也影响到他对政治的分析和时局的判断。在《潜渊》(第二节)中,他对"乡下人"不切合实际的弱点有这样清醒的认识:"所谓'乡下人',特点或弱点也正在此。……若在人事光影中辗转,即永远迷路,不辨东西南北,轻重得失。既不相信具有导路碑意义的一切典籍,也很惑疑活人所以活下来应付生存的种种观念与意见,俨若百货店窗边望望,十字街口站站,……目的与理想都是孩子与稚气向天上的花云与地面的水潦想象建筑起来的一□不切实际□□□□特点,也形成□□弱点。"㊺可见,"楚人底子"里的孤立性与"乡下人"的不切实际是沈从文在"人事"面前逡巡不前的原因,再加上对"社会革命"根深蒂固的成见和欧美"个人主义"思想的影响,他在新中国成立前所表现出来的文学态度和政治态度就不难理解了。当然,以上的分析并不是为了替沈从文洗冤,而是主张我们在判断一个作家的文学观念、政治观念时,除了要将个人放在特定的派别、群体、利益集团之中,强调特定派别、群体、利益集团的阶级立场之外,还要充分尊重个体的生命经验,在"被命名"之外,寻找个体与历史的独一无二的交汇处。

根据以上材料,我们可以对沈从文在 20 世纪 40 年代对"人民革命"的态度做出以下的分析和判断:判断一个知识分子在"人民革命"的立场上是进步还是反动的主要标准要看他的终极目的,也即他最终是为人民群众代言,还是站在少数人所组成的利益集团的立场之上反人民。而在这一点上,沈从文的立场始终是为人民群众代言,用自己的方式促进人与人之间关系的重建和民族国家的重建。拿沈从文对民盟的看法来说,他并不是反对民主自由,而是对民盟的一些领导者以"促进民主革命"为名来谋取私利的行为有所警惕,再加上经验中的对"权力误用"的不良印象的反复叠加,他难免会对民盟有偏见。在《从现实学习》中,他这样评价"民主"与地方的联合:"少数人支配欲既得到个充分发展机会,积累了万千不义财富,另外少数人领导欲亦需要寻觅出路,取得若干群众信托。两者照理说本相互对峙,不易混合,但不知如何一来,却又忽然转若可以相互依赖,水乳交融,有钱有势的如某某金融头目,对抽象忽发生兴味,装作追求抽象的一群,亦即忽略了目前问题。因之地方便于短短时期中忽然成为民主的温室。到处都可听到有人对于民主的倾心,真真假假却不宜过细追问。"⑯沈从文又用了一句话概括了"民主"与地方势力结合的本质——"一切理想的发芽生根机会,便得依靠一种与理想相反的现实"⑰。可见他并不是反对"民主",反对"理想的发芽生根",而是反对"理想"所建基的"现实"。在新中国成立后所写的总结中,沈从文重申了这一观点:"因此有朋友约入民盟,即因为政治活动的现实性我办不了。时正是政协争分配名额时,到处都闻有所争,这事对我为不可解。因千万人流血牺牲,是为了国家独立和自由,那是为少数又少数人争官做的?争官做如为的是有大抱负,想把国家搞好一些,那平时取予之际即义利不辨,到当政怎么会能爱这个国家?"⑱由此可见,沈从文是以"国家独立和自由"为念的,但他认为理想的实现,不仅体现在远景目标上,还体现在实现这一远景目标的方式方法上,如果方式方法一开始就"义利不辨",那么远景目标就无从实现。沈从文的这一主张在自己的思维逻辑中是成立的,但在社会现实的面前却站不住脚。因为在当时的历史条件下,只有联合一切可以联合的力量,广泛争取地方势力的支持,才能取得民主革命的胜利和民族国家的重建。沈从文所信奉的"文学革命",本意在于人与人之间关系的重建和民族国家的重建,却因过分强调目标与手段的同一性而失去现实可行性,最终不免走向"个人主义"的穷途末路。这不仅是沈从文个人的悲剧,也是中国自由主义文人的悲剧。其实关于"个人主义"和"集体主义"在启蒙之中的关系,王富仁曾有这样的分析:"'个人主义',是一种思想的原则,'集体主义'是一种行为的原则,二者并不属于同一范畴的概念。就思想原则而言,集体主义是不存在的,它只能是思想蒙昧主义的代名词。"⑲所以,"即使在后期,鲁迅在思想原则上也是坚持独立个性,不讲集体主义的;在行为原则上鲁迅从来不拒绝在大目标相同的前提下的联合阵线,在这一点上,他在'五四'时期加入《新青年》团体与30年代加入左翼作家联盟没有根本性质的不同"⑤。如果说鲁迅能够将"思想原则"和"行为原则"区分开来,又能够将"目标"与"方式"统一于整个文化和社会实践的话,沈从文则缺乏这种现实眼光,缺乏将"远景"化整为零的思维方式。这便是沈从文的局限性所在。但反过来说,沈从文的贡献也并不在于他为群体解放提供的现实方案,而在于他在观念层面为个体解放所做的贡献:对本能原欲的表现与书写既是对"五四"以来的"人的解放"回应,也是对"人的解放"的内涵的拓展。因为"五四"婚恋小说书写"个性解放",主要是写冲破封建道德的解放,而"爱欲"的压抑、人性的异化是与高度发展的城市文明联系在一起的,当时的社会发展程度尚不足以让人对这个问题产生警醒,又加上社会革命的影响,使"人的解放"逐渐汇入"社会解放"的洪流,更加窄化了"人的解放"的内涵。沈从文以"爱欲"为底衬对理想人性的建构,却丰富了"人的解放"的内涵,具有超越时代的前瞻性;沈从文对理想人性的重构,对和谐生命形态的诉求,是对民主、自由、科学等现代理念的补充,也是从个体哲学层面对存在意义的探索。在民族危亡的大背景之下,中国现代作家所关注的主要是群体生存问题,而不是个体存在的意义;他们将社会制度的合理性作为现代化方案的焦点,而忽略人的完整内涵,缺乏对个体生命存在意义的深入探讨。而沈从文则关注人的情感、本能、意志,关注人的个体真实性,关注人与自然的整体性关系,以此为基础,他展开了对传统儒学、现代文明的批判和对湘西世界的礼赞,他的"湘西神话"对个体生命存在意义的探索,带有一种以复古形式表现出来的现代感;而他对人的形而上层面的生理、心理本体的重造,又在另一个侧面丰富着"国民性改造"的内涵。如果说鲁迅在《野草》里所表现来的对孤独、绝望、虚无等现代人命运的观照,对个体存在意义的叩问,对人类灵魂世界的洞察是一种超越"启蒙"的"启蒙",那么沈从文对个体生命存在意义的探索亦可作如是观。

通常,我们会忽略自由主义文人为启蒙文学所做的贡献。较早意识到这一问题的是李泽厚,他在《启蒙与救亡的双重变奏》中引用彭明的话,肯定了自由主义文人对启蒙所做的贡献。他认为这些知识分子深受民主和科学的影响,抱有资产阶级民主思想,对启蒙所做的贡献应该得到积极的评价。与此同时,他也分析了这股力量不能形成燎原之势的内在原因,他说"中国根本没有提供自由主义者以政治活动舞台的机会","好人政府"的改良主义路线只能依附于政治,"自由主义"的理想最终必然落空。但也并不能因为结果的不济而否定自由主义文人为启蒙所做的贡献,他们继承了"五四"精神的衣钵,提倡人的主体性的确立,强调个体解放与群体解放的统一,为"启蒙"的开展提供了一种"可能性"。我们往往在意降落到现实层面的国民性批判、社会文化批判等一系列"启蒙"所派生出来的语汇资源和话语范式,而对"启蒙"还未落实到现实层面的观念形态缺乏足够的重视。我们应该意识到的是,前者既然与现实结合也必然受限于现实,而后者未降落到现实层面因而包孕着更大的"可能性",之所以说"启蒙"不是一个僵死的概念,一个过时的话题,是因为总有这样或者那样的隐藏于历史皱褶地带的思想因子能够激活这个传统,为"启蒙"提供另一种"可能性",这也正是我将本书的一个重要的研究重心放在沈从文的人学思想上的原因。其实,与前文普列汉诺夫对易卜生、左翼文人对沈从文的批判中所折射出来的急进观念有所不同的观点也层出不穷,这些观点的持有者最早可以追溯到尼采。尼采反对旧启蒙,倡导一种非革命的、偏重个体哲学的启蒙方式,他说:"任何一种相信靠政治事件可以推开甚至解决存在问题的哲学,都是开玩笑的和耍猴戏的哲学。"⑤尼采的启蒙方式用一句话来总结就是——政治上的"反启蒙"和哲学上的"启蒙",这是一种比革命更为深入和彻底的启蒙方式,因此尼采在反思"启蒙"、重建"启蒙"方面所做的贡献是功不可没的。最近一段时间,韩少功、李陀、资中筠等作家、学者建议思想文化界重拾"启蒙",并将之深入展开,就是基于以上的考虑。我认为要重拾"启蒙",不仅要继续关注那些已被学界所公认的、为启蒙主义文学做出了突出贡献的作家,还要重视部分自由主义作家对之做出的贡献,肯定他们为民族国家的重建所做出的理论设想。就本文的论题而言,即要重视沈从文的"文学的启蒙"为"启蒙"所提供的另外一种可能性。

论述到这里为止,赵园先生针对沈从文人学思想构成的特点所提出的一个问题就可以从另一个角度做出阐释了。^{（2）}赵园先生的观念,应一分为二地分析:一,她认为沈从文的人性理想不及"人格独立"一类更具有现代特征的内容,这一观点有待完善。我在本书第一章就对"乡下人"的现代内涵做出这样的阐释——沈从文站在"乡下人"的立场之上对"乡愿"标准的抗争,体现了他对儒家思想的反叛,这一点与"五四"新文化的彻底反传统倾向相合,构成了他思想内部的"现代性"因素;站在"乡下人"的立场之上,他同时反抗现代文明,这又构成了他思想内部的"反现代"因素。既然"乡下人"具有现代内涵,那么在此基础之上的人性理想也必然具有现代内涵,因为这两者是同构的。二,赵园先生的后半句话则一语中的。"阉寺性"和"奴隶性"的区别,体现了沈从文与以鲁迅为代表的作家在审视国民性时的不同眼光。眼光不同,是因为来自不同的思想根柢。然而,后来的研究者并没有对这个问题做出更加深入的挖掘,因此沈从文对启蒙所做出的独特思考也并没有引起应有的重视。我在上一节提到"阉寺性",主要是分析沈从文的启蒙与现代文化主体建构的关系;在这里,我将"阉寺性"与"奴隶性"联系在一起,力图从一个新的角度分析两者的不同之处。"阉寺性"是一种生理学、病理学的眼光,它的直接指向是人的完整性,也即社会的规约、文明的压制使个体的自然人性受到扭曲,生命活力受到阻抑,因此要输入一个"雄强"的观念,使人重新占有人的本质,重获生命的完整性。这种生命完整性的获得,并不依靠暴力革命,或者说,沈从文对现有统治秩序的反抗,仅仅停留在文学的内部,与现实政治无涉。不论是从他对下层人民身上的"划龙船"精神的赞扬,还是从他对"能疯狂"的民族精神的呼唤,都体现出一种用"竞争意识"淡化"阶级意识"、用"意志品质"淡化"现代人格"的观念(是有意"淡化"而不是不具备);无论是从他对"文学革命"所寄寓的社会理想上,还是从他对宗教和"现代政治"看法上,或者从他对民盟(包括人民革命)的态度上,都可以看到他的人学理想与"暴力""政治""强权"的距离;而"奴隶性"是一种历史性的、纵向的眼光,它反对的是被一切秩序、常识所掩盖的人与人之间的不平等的关系以及这种不平等关系的生产机制，它最终指向的是制度的变革和社会的革命，鲁迅主张推翻人肉的宴席，"创造这中国历史未曾有过的第三样时代"⑤，就是立意于斯。这绝不是属于鲁迅的个案。陈独秀在《吾人最后之觉悟》中所提到的"伦理的觉悟"，本来就与政治紧密相关，尽管新文化运动的初衷是个体的解放，但最终还是将群体、国家、社会的解放与进步纳入宏旨，复杂化了"启蒙"的远景目标，也窄化了人学思想的哲学维度。因此在这种前提下，沈从文对人心理本体的关注，对人的个体存在方式的关注，都不失为"五四"启蒙主义的有益补充。

注释

①沈从文.沈从文全集：第 17 卷[M].太原：北岳文艺出版社，2009：332.

②沈从文.沈从文全集：第 17 卷[M].太原：北岳文艺出版社，2009：328.

③沈从文.沈从文全集：第 12 卷[M].太原：北岳文艺出版社，2009：50.

④沈从文.沈从文全集：第 9 卷[M].太原：北岳文艺出版社，2009：181.

⑤沈从文.沈从文全集：第 17 卷[M].太原：北岳文艺出版社，2009：214.

⑥林毓生.中国意识的危机[M].贵阳：贵州人民出版社，1988.

⑦详见本书第五章。

⑧许纪霖.二十世纪中国思想史论[C].上海：东方出版中心，2000：211.

⑨尼采.悲剧的诞生[M].周国平，译.北京：生活·读书·新知三联书店，1986：9.

⑩伊藤虎丸.鲁迅与终末论——近代现实主义的成立[M].李冬木，译.北京：生活·读书·新知三联书店，2008：99.

⑪沈从文.沈从文全集：第 12 卷[M].太原：北岳文艺出版社，2009：94-95.

⑫沈从文.沈从文全集:第27卷[M].太原:北岳文艺出版社,2009:388.

⑬沈从文.沈从文全集:第27卷[M].太原:北岳文艺出版社,2009:388.

⑭沈从文.沈从文全集:第16卷[M].太原:北岳文艺出版社,2009:346.

⑮沈从文.沈从文全集:第16卷[M].太原:北岳文艺出版社,2009:346.

⑯沈从文.沈从文全集:第17卷[M].太原:北岳文艺出版社,2009:65.

⑰沈从文.沈从文全集:第17卷[M].太原:北岳文艺出版社,2009:65.

⑱沈从文.沈从文全集:第17卷[M].太原:北岳文艺出版社,2009:66.

⑲沈从文.沈从文全集:第17卷[M].太原:北岳文艺出版社,2009:67.

⑳沈从文.沈从文全集:第7卷[M].太原:北岳文艺出版社,2009:79.

㉑沈从文.沈从文全集:第7卷[M].太原:北岳文艺出版社,2009:79.

㉒竹内好.近代的超克[M].李冬木,赵京华,孙歌,译.北京:生活·读书·新知三联书店,2005:55.

㉓张新颖.20世纪上半期中国文学的现代意识[M].上海:复旦大学出版社,2009:4-5.

㉔鲁迅.鲁迅全集:第1卷[M].北京:人民文学出版社,2005:57.

㉕沈从文.沈从文全集:第8卷[M].太原:北岳文艺出版社,2009:59.

㉖竹内好.近代的超克[M].李冬木,赵京华,孙歌,译.北京:生活·读书·新知三联书店,2005:56.

㉗沈从文.沈从文全集:第9卷[M].太原:北岳文艺出版社,2009:2.

㉘刘再复.共鉴五四[M].福州:福建教育出版社,2010:130.

㉙沈从文.沈从文全集:第17卷[M].太原:北岳文艺出版社,2009:235.

㉚陈独秀.独秀文存[M].合肥:安徽人民出版社,1987:20.

㉛许纪霖.二十世纪中国思想史论[C].上海:东方出版中心,2000:87.

㉜瞿秋白.瞿秋白文集:第4卷[M].北京:人民文学出版社,1986:86.

㉝沈从文.沈从文全集:第13卷[M].太原:北岳文艺出版社,2009:269-272.

㉞沈从文.沈从文全集:第13卷[M].太原:北岳文艺出版社,2009:374.

㉟沈从文.沈从文全集:第10卷[M].太原:北岳文艺出版社,2009:3.

㊱沈从文.沈从文全集:第10卷[M].太原:北岳文艺出版社,2009:16.

㊲沈从文.沈从文全集:第13卷[M].太原:北岳文艺出版社,2009:357.

㊳沈从文.沈从文全集:第27卷[M].太原:北岳文艺出版社,2009:140.

㊴阿伦特.论革命[M].陈周旺,译.南京:译林出版社,2007:12.

㊵金介甫.沈从文传[M].符家钦,译.长沙:湖南文艺出版社,1992:176.

㊶沈从文.沈从文全集:第12卷[M].太原:北岳文艺出版社,2009:366.

㊷沈从文.沈从文全集:第27卷[M].太原:北岳文艺出版社,2009:61.

㊸沈从文.沈从文全集:第14卷[M].太原:北岳文艺出版社,2009:287-288.

㊹沈从文.沈从文全集:第27卷[M].太原:北岳文艺出版社,2009:70-71.

㊺沈从文.沈从文全集:第12卷[M].太原:北岳文艺出版社,2009:87.

㊻沈从文.沈从文全集:第13卷[M].太原:北岳文艺出版社,2009:387.

㊼沈从文.沈从文全集:第13卷[M].太原:北岳文艺出版社,2009:387.

㊽沈从文.沈从文全集:第27卷[M].太原:北岳文艺出版社,2009:109.

㊾王富仁.中国鲁迅研究的历史与现状[M].福州:福建教育出版社,

2006:37.

(50)王富仁.中国鲁迅研究的历史与现状[M].福州:福建教育出版社,2006:37.

(51)弗里德里希·尼采.作为教育家的叔本华[M].周国平,译.南京:译林出版社,2014:37.

(52)她认为沈从文的人性理想主要限于“诚实坚实”“勇敢雄强”这些属于意志品质的方面,而不及于“人格独立”一类更具现代特征的内容,“同时代作家大多是由批判奴性——封建依附性开始了‘国民性’的思考的,沈从文的思想却另有起点。因而在看似相近的思想趋向间,也仍然显示着思考者思想根柢(尤其文化思想)的不同。这‘同’中的‘异’也许更有研究价值。”见赵园的《沈从文构筑的“湘西世界”》。

(53)鲁迅.鲁迅全集:第1卷[M].北京:人民文学出版社,2005:225.

参 考 文 献

一、著作类

①沈从文.沈从文全集[M].太原:北岳文艺出版社,2009.

②鲁迅.鲁迅全集[M].北京:人民文学出版社,2005.

③鲁迅.鲁迅译文集[M].北京:人民文学出版社,1958.

④梁启超.梁启超全集[M].北京:北京出版社,1999.

⑤章太炎.章太炎全集[M].上海:上海人民出版社,1985.

⑥胡适.胡适文集[M].北京:北京大学出版社,1998.

⑦蔡元培.蔡元培全集[M].杭州:浙江教育出版社,1997.

⑧丁声树.现代汉语词典[M].北京:商务印书馆,1978.

⑨夏征农,陈至立.辞海[M].上海:上海辞书出版社,2009.

⑩凌宇.从边城走向世界[M].长沙:岳麓书社,2006.

⑪凌宇.沈从文传[M].北京:东方出版社,2009.

⑫凌宇.现代文学与民族文化的重构[C].长沙:湖南师范大学出版社,2002.

⑬吴立昌.建筑人性神庙[M].上海:复旦大学出版社,1991.

⑭赵学勇.沈从文与东西文化[M].兰州:兰州大学出版社,1990.

⑮刘洪涛,杨瑞仁.沈从文研究资料[C].天津:天津人民出版社,2006.

⑯张新颖.沈从文精读[M].复旦大学出版社,2006.

⑰张新颖.20世纪上半期中国文学的现代意识[M].上海:复旦大学出版社,2009.

⑱张新颖.沈从文的后半生[M].桂林:广西师范大学出版社,2014.

⑲张森.沈从文思想研究[M].北京:人民文学出版社,2015.

⑳许寿裳.我所认识的鲁迅[M].北京:人民文学出版社,1953.

㉑钱理群.与鲁迅相遇·北大演讲录之二[M].北京:生活·读书·新知三联书店,2003.

㉒钱理群.我的回顾与反思——在北大的最后一门课[M].台北:行人出版社,2008.

㉓王富仁.中国鲁迅研究的历史与现状[M].福州:福建教育出版社,2006.

㉔汪晖.反抗绝望——鲁迅及其文学世界[M].石家庄:河北教育出版社,2000.

㉕汪晖.死火重温[M].北京:人民文学出版社,2000.

㉖汪晖.现代中国思想的兴起[M].北京:生活·读书·新知三联书店,2008.

㉗汪晖.声之善恶——鲁迅《破恶声论》《呐喊·自序》讲稿[M].北京:生活·读书·新知三联书店,2013.

㉘王晓明.无法直面的人生——鲁迅传[M].上海:上海文艺出版社,1993.

㉙徐麟.鲁迅中期思想研究[M].长沙:湖南师范大学出版社,1997.

㉚李新宇.鲁迅的选择[M].郑州:河南人民出版社,2003.

㉛高远东.现代如何拿来[M].上海:复旦大学出版社,2009.

㉜郜元宝.鲁迅精读[M].上海:复旦大学出版社,2012.

㉝何干之.中国启蒙运动史[M].上海:上海生活书店出版社,1947.

㉞李泽厚.中国现代思想史论[M].北京:东方出版社,1987.

㉟刘再复.共鉴五四[M].福州:福建教育出版社,2010.

㊱王元化.九十年代反思录[M].上海:上海古籍出版社,2000.

㊲徐复观.中国人文精神之阐扬[M].北京:中国广播电视出版社,1996.

㊳林毓生.中国传统的创造性转化[M].北京:生活·读书·新知三

联书店,1988.

㊴林毓生.中国意识的危机[M].贵阳:贵州人民出版社,1988.

㊵张灏.梁启超与中国思想的过渡(1890-1907)[M].崔志海,葛天平,译.南京:江苏人民出版社,1995.

㊶李欧梵.铁屋中的呐喊[M].长沙:岳麓书社,1999.

㊷李欧梵.中国现代作家的浪漫一代[M].王宏志,等译.北京:新星出版社,2005.

㊸李欧梵.现代性的追求[M].北京:人民文学出版社,2010.

㊹朱德发.五四文学新论[M].济南:山东文艺出版社,1995.

㊺姜义华.理性缺位的启蒙[M].上海:上海三联书店,2000.

㊻江怡.理性与启蒙[C].北京:东方出版社,2004.

㊼许纪霖.二十世纪中国思想史论[C].上海:东方出版中心,2000.

㊽许纪霖.20世纪中国知识分子史论[C].北京:新星出版社,2005.

㊾许纪霖.启蒙如何起死回生——现代中国知识分子的思想困境[M].北京:北京大学出版社,2011.

㊿夏中义,刘锋杰.从王瑶到王元化[M].桂林:广西师范大学出版社,2005.

51张光芒.启蒙论[M].上海:三联书店,2002.

52张光芒.中国当代启蒙文学思潮[M].上海:三联书店,2006.

53牟宗三.生命的学问[M].桂林:广西师范大学出版社,2005.

54赵园.地之子[M].北京:北京大学出版社,2007.

55陈平原.中国小说叙事模式的转变[M].上海:上海人民出版社,1988.

56王德威.抒情传统与中国现代性:在北大的八堂课[M].北京:生活·读书·新知三联书店,2010.

57赵树勤.找寻夏娃——中国当代女性文学透视[M].长沙:湖南师范大学出版社,2001.

58赵树勤.中国当代文学名家研究[M].长沙:中南大学出版社,

2002.

(59)杨经建.存在与虚无:20 世纪中国存在主义文学论辩[M].北京:人民出版社,2011.

(60)杨经建.20 世纪中国存在主义文学史论[M].北京:人民出版社,2014.

(61)谭桂林.长篇小说与文化母题[M].长沙:湖南师范大学出版社,2002.

(62)谭桂林.本土语境与西方资源[M].北京:人民文学出版社,2008.

(63)周仁政.自由与文学:中国现代文学思潮和流派新论[M].长沙:湖南师范大学出版社,2001.

(64)周仁政.京派文学与现代文化[M].长沙:湖南师范大学出版社,2002.

(65)周仁政.巫觋人文:沈从文与巫楚文化[M].长沙:岳麓书社,2005.

(66)刘小枫.诗化哲学[M].济南:山东文艺出版社,1986.

(67)刘小枫.拯救与逍遥[M].上海:三联书店,2001.

(68)解志熙.生的执着——存在主义与中国现代文学[M].北京:人民文学出版社,1999.

(69)申丹,韩加明,王丽亚.英美小说叙事理论研究[M].北京:北京大学出版社,2005.

(70)汪民安.尼采与身体[M].北京:北京大学出版社,2008.

(71)汪民安.身体、空间与后现代性[M].南京:江苏人民出版社,2015.

(72)伍晓明.有(与)存在:通过“存在”而重读中国传统之“形而上”者[M].北京:北京大学出版社,2005.

(73)胡辉杰.周作人中庸思想研究[M].长沙:湖南大学出版社,2010.

(74)王侃.翻译和阅读的政治[M].上海:复旦大学出版社,2014.

(75)梁鸿.新启蒙话语建构——《受活》与 1990 年代以来的文学和社会[M].北京:中国社会科学出版社,2012.

(76)金介甫.沈从文传[M].符家钦,译.长沙:湖南文艺出版社,1992.

(77)让-雅克·卢梭.论人类不平等的起源和基础[M].邓冰艳,译.杭州:浙江文艺出版社,2015.

(78)大卫·休谟.人性论[M].贾广来,译.合肥:安徽人民出版社,2012.

(79)尼采.悲剧的诞生[M].周国平,译.北京:生活·读书·新知三联书店,1986.

(80)尼采.查拉图斯特拉如是说[M].余鸿荣,译.哈尔滨:北方文艺出版社,1988.

(81)尼采.论道德的谱系[M].周红,译.北京:生活·读书·新知三联书店,1992.

(82)尼采.偶像的黄昏[M].孙周兴,译.北京:商务印书馆,2013.

(83)尼采.权力意志[M].孙周兴,译.北京:商务印书馆,2013.

(84)尼采.作为教育家的叔本华[M].周国平,译.南京:译林出版社,2014.

(85)勃兰兑斯.十九世纪文学主流[M].张道真,译.北京:人民文学出版社,1982.

(86)西格蒙德·弗洛伊德.梦的解析[M].孙名之,顾凯华,冯华英,译.北京:国际文化出版公司,2011.

(87)西格蒙德·弗洛伊德.自我与本我[M].林尘,张唤民,陈伟奇,等译.上海:上海译文出版社,2011.

(88)马丁·海德格尔.海德格尔论尼采——作为艺术的强力意志[M].秦伟,余虹,译.石家庄:河北人民出版社,1990.

(89)马丁·海德格尔.林中路[M].孙周兴,译.上海:上海译文出版社,2014.

(90)马丁·海德格尔.演讲与论文集[M].孙周兴,译.北京:生活·读书·新知三联书店,2005.

(91)马克思·霍克海默,西奥多·阿多诺.启蒙辩证法[M].渠敬东,曹卫东,译.上海:上海世纪出版集团,2005.

(92)赫伯特·马尔库塞.爱欲与文明[M].黄勇,薛民,译.上海:上海译文出版社,2012.

⑬以赛亚·伯林.自由论[M].胡传胜,译.南京:译林出版社,2003.

⑭巴赫金.巴赫金全集[M].白春仁,顾亚铃,译.石家庄:河北教育出版社,1998.

⑮阿伦特.论革命[M].陈周旺,译.南京:译林出版社,2007.

⑯詹姆斯·施密特.启蒙运动与现代性:18世纪与20世纪的对话[C].徐向东,卢华萍,译.上海:上海人民出版社,2005.

⑰卡西尔.人论[M].甘阳,译.上海:上海译文出版社,1985.

⑱威廉·巴雷特.非理性的人——存在主义哲学研究[M].段德智,译.上海:上海译文出版社,1992.

⑲阿伦·布洛克.西方人文传统[M].董乐山,译.北京:群言出版社,2012.

⑩特里林.诚与真:诺顿演讲集·1969-1970年[M].刘佳林,译.南京:江苏教育出版社,2006.

⑩查尔斯·泰勒.自我的根源:现代认同的形成[M].韩震,王成兵,乔春霞,等译.南京:译林出版社,2001.

⑩查尔斯·泰勒.本真性的伦理[M].程炼,译.上海:上海三联书店,2012.

⑩沙拉汉.个人主义的谱系[M].储智勇,译.长春:吉林出版集团有限责任公司,2009.

⑩斯蒂芬·埃里克·布隆纳.重申启蒙——论一种积极参与的政治[M].南京:江苏人民出版社,2006.

⑩竹内好.近代的超克[M].李冬木,赵京华,孙歌,译.北京:生活·读书·新知三联书店,2005.

⑩山木英雄.文学复古与文学革命——中国现代文学思想论集[M].赵京华,编译.北京:北京大学出版社,2004.

⑩伊藤虎丸.鲁迅与终末论——近代现实主义的成立[M].李冬木,译.北京:生活·读书·新知三联书店,2008.

二、论文类

①凌宇.从特异世界里探索美的艺术[J].读书,1982(6):48-55.

②凌宇.中国现代抒情小说的发展轨迹及其人生内容的审美选择[J].中国现代文学研究丛刊,1983(3):229-384.

③凌宇.从苗汉文化和中西文化的撞击看沈从文[J].文艺研究,1986(3):64-72.

④凌宇.沈从文小说的叙事模式及其文化意蕴[J].中国现代文学研究丛刊,1992(4):1-22.

⑤凌宇.沈从文研究的回顾与前瞻[J].中国现代文学研究丛刊,1995(2):110-135.

⑥凌宇.二三十年代乡土小说中的乡土意识[J].文学评论,2000(4):18-24.

⑦凌宇.沈从文的生命观与西方现代心理学[J].南京大学学报,2002(2):30-36.

⑧凌宇.关于区域文化与文学研究几个问题的思考[J].重庆师范大学学报(社会科学版),2002(2):18-21.

⑨凌宇,张森.论沈从文昆明时期的文学创作[J].中国文学研究,2006(1):81-85.

⑩赵园.沈从文构筑的"湘西世界"[J].文学评论,1986(6):50-66.

⑪张清华.抗拒的神话和转向的启蒙[J].中国现代文学研究丛刊,1996(4):179-197.

⑫刘洪涛.《边城》:牧歌与中国形象[J].文学评论,2002(1):70-77.

⑬刘洪涛.沈从文小说价值重估——兼论80年来的沈从文研究[J].北京师范大学学报(社会科学版),2005(2):63-71.

⑭裴春芳.沈从文集外诗文四篇[J].中国现代文学研究丛刊,2008(1):36-48.

⑮裴春芳."看虹摘星复论政"——沈从文集外诗文四篇校读札记

[J].中国现代文学研究丛刊,2008(1):49-57.

⑯仓重拓.对沈从文佚文《钱杏邨批评之批评》的考证[J].中国现代文学研究丛刊,2013(7):120-124.

⑰解志熙.爱欲抒写的"诗与真"——沈从文现代时期的文学行为叙论(中)[J].中国现代文学研究丛刊,2012(11):82-111.

⑱解志熙.沈从文杂文拾遗[J].现代中文学刊,2014(2):25-32.

⑲解志熙.感时忧国有"狂论"——《战国策》派时期沈从文及其杂文[J].现代中文学刊,2014(2):33-43.

⑳张新颖.中国当代文学中沈从文传统的回响——《活着》《秦腔》《天香》和这个传统的不同部分的对话[J].南方文坛,2011(6):5-11.

㉑张新颖.沈从文与二十世纪中国[J].当代作家评论,2012(6):5-16.

㉒张新颖."联接历史沟通人我"而长久活在历史中——门外谈沈从文的杂文物研究[J].中国现代文学研究丛刊,2012(6):1-9.

㉓杨联芬.沈从文的"反现代性"[J].中国现代文学研究丛刊,2003(2):133-150.

㉔姜涛.从会馆到公寓:空间转移中的文学认同——沈从文早年经历的社会学再考察[J].中国现代文学研究丛刊,2008(3):1-19.

㉕赵学勇,魏巍.1979-2009:沈从文研究的几个关键词[J].中国现代文学研究丛刊,2010(6):134-148.

㉖翟业军.《湘行书简》《湘行散记》新论[J].中国现代文学研究丛刊,2013(11):190-197.

㉗王本朝,肖太云.沈从文小说叙事中的"突转"模式[J].中国现代文学研究丛刊,2014(10):1-11.

㉘李雪莲.文学"小庙"中的人性为什么是"希腊"的?——沈从文"灵肉谐调"的人性观试解[J].中国现代文学研究丛刊,2014(12):151-162.

㉙李斌.论抗战结束后郭沫若对沈从文的批评[J].中国现代文学研

究丛刊,2013(7):1-11.

㉚李斌.沈从文与民盟[J].文学评论,2016(2):56-64.

㉛[31]王文博.《萧萧》版本研究[J].天中学刊,2016(1):109-114.

㉜陈思和.中国新文学发展中的两种传统[J].中国现代文学研究丛刊,1990(12):34-53.

㉝陈思和.先锋与常态——现代文学史的两种基本形态[J].文艺争鸣,2007(3):59-68.

㉞杜卫.中国现代的"审美功利主义"传统[J].文艺研究,2003(1):21-28.

㉟严家炎.复调小说:鲁迅的突出贡献[J].中国现代文学研究丛刊,2001(3):1-20.

㊱吴晓东.鲁迅第一人称小说的复调问题[J].文学评论,2004(4):137-148.

㊲李泽厚,刘再复.彷徨无地后又站立于大地——鲁迅为什么无与伦比[J].鲁迅研究月刊,2011(2):90-96.

㊳张光芒.中国近现代启蒙文学思潮的哲学建构[J].文学评论,2002(2):107-116.

㊴邓晓芒.20世纪中国启蒙的缺陷[J].史学月刊,2007(9):10-15.

㊵董健,王彬彬,张光芒.略论启蒙及其与文学的关系[J].当代作家评论,2008(5):79-89.

㊶许纪霖.个人主义的起源——"五四"时期的自我观研究[J].天津社会科学,2008(6):113-123.

㊷许纪霖.现代中国的家国天下与自我认同[J].复旦学报,2015(5):46-53.

㊸谭桂林.清末民初中国的佛教文学与启蒙思潮[J].中国社会科学,2010(3):158-171.

㊹杨经建.启蒙主义语境中的存在主义选择——论20世纪中国存在主义文学的历史文化语境[J].广东社会科学,2009(4):134-140.

㊺逄增玉.五四时期的"立人"思考及其文学表现和嬗变[J].世纪论评,1998(3):79-83.

㊻秦晖.新文化运动的主调及所谓被"压倒"问题——新文化运动百年反思[J].探索与争鸣,2015(9-10).

㊼傅正.两种自由,两种启蒙——从严复对卢梭的批判看中西自由观念之异趋[J].读书,2015(9):12-22.

㊽孙周兴.尼采与启蒙二重性[J].同济大学学报(社会科学版),2011(2):1-7.

㊾黎保荣.何为启蒙——中国现代文学启蒙内涵及其演变新论[J].文学评论,2013(1):78-87.

㊿韩水法.启蒙的第三要义:《判断力批判》中的启蒙思想[J].中国社会科学,2014(2):5-19.

51丁耘.启蒙视域下中西"理性"观之考察[J].中国社会科学,2014(2):20-33.

52马德普.论启蒙及其在中国现代化中的命运[J].中国社会科学,2014(2):34-48.

53旷新年.民族国家想象与中国现代文学[J].文学评论,2003(1):34-42.

54彭文刚.启蒙之后的"启蒙"——启蒙世界观的内在逻辑与当代反思[D].长春:吉林大学,2013.

55罗岗.现代国家想象、民族国家文学与"20世纪中国文学"的重构[J].文艺争鸣,2014(5):6-12.

56汪晖.预言与危机——中国现代历史中的"五四"启蒙运动[J].文学评论,1989(3-4).

57汪晖.阿Q生命中的六个瞬间——纪念作为开端的辛亥革命[J].现代中文学刊,2011(3):4-31.

58高远东.鲁迅的可能性——也从《破恶声论》寻找支援[J].鲁迅研究月刊,2003(7):4-12.

㉟汪卫东.鲁迅国民性批判的内在逻辑系统[J].鲁迅研究月刊,1999
(7):4-11.

⑩汪卫东."虚无"如何面对,如何抗击?——《野草》与《查拉图斯
特拉如是说》的深度比较[J].中国现代文学研究丛刊,2015(1):33-44.

㉡程致中.鲁迅国民性批判探源[J].鲁迅研究月刊,2002(10):4-7.

㉢王富仁.悲剧意识和悲剧精神[J].江苏社会科学,2001(1-2).

㉣陈晓明.乡土叙事的终结和开启[J].文艺争鸣,2005(6):12-18.

㉤王德威."头"的故事:历史·身体·创伤叙事[J].东吴学术,2012
(1):105-121.

㉥谢有顺.那些坚固的东西都烟消云散了——新世纪文学、《鲤》、
"80后"及其话语限度[J].文艺争鸣,2010(2):19-23.

㉦伊藤虎丸.早期鲁迅的宗教观——"迷信"与"科学"之关系[J].鲁
迅研究动态,1989(11):14-25.

后 记

2012 年秋天,我顺利地从中山市第一中学调入了湖南省文联理论研究室,从一名中学语文教师转变成一名杂志编辑。这一新的角色给了我很多前所未有的新鲜感受,与丈夫的团聚、向家庭的回归也给了我许多为人妻、为人母的幸福和自足。在那个时节,我经常在上班的路上默默地注视那些赶早市采购蔬菜的阿姨,看她们怎样跟小贩讨价还价,又怎样带着笑意离开;而当余晖洒满城市的街道,微醺的晚风拂过湘江的柔波,我又会坐上公交车,从东到西,回到那个幸福的起点。闲暇的时候,我会带着孩子到桃子湖玩耍、钓鱼、摘草籽、散步,甚至什么也不用做,单看蚂蚁上树,就能一看半天,那份轻松和惬意是不言而喻的。接下去的日子依然静谧和安稳,但躁动已经开始细滋慢长。首先是丈夫考取了师大教科院的博士,这对好强的我是一个不小的挑战。然后,一天天地,我对这种一成不变的生活渐渐心生不满,上班、下班、约稿、审稿,买菜、做饭,逐渐变成一种新的程式和牢笼,让人渴望逃离。当初,我渴望一种"现世的安稳";但今时今日,我更需要一种久违的陌生感,一次灵魂的自我放逐,一个不期而遇的偶然。巴金曾经说过,人不是为了吃米而活着;沈从文说人要在满足动物性需求之外,有更高的追求,这样才能实现"生活"向"生命"的升华;鲁迅将中国民间宗教以及神话的起因,归结为人欲摆脱物质的向上之心……他们的识见、气魄、境界,我虽不能至,但心向往之,我愿意被这样一种外在于物质生活和既定轨道的力量所牵引,并随着它翻飞、旋转、升腾,抑或坠落、沉溺、消散……只有这样,我才觉得自己真正存在过——没有被同质化的生活所遮蔽,没有被公共意识所淹没,没有被浅表化的感官享受所奴役。这便是我选择考博的初衷。

我们生活在一个瞬息万变的时代里,幸耶?不幸耶?幸的是全球化的进程拉近了人与人的距离,信息化又为我们多渠道、多方位地了解信息提供了方便;不幸的是,"现代"几乎占领了我们的所有领地,从地域性的方言到少数民族语言与习俗,从民间艺术到国粹京剧再到古典情怀,这些代表地方性的、慢生活的元素正逐渐被淘汰,取而代之的是效率、高端、至尊等时髦名词。然而,这个被"现代"所洗礼、被"启蒙"所"祛魅"的时代,果真是一个前所未有的"黄金时代"吗? 这引起了我对于自己以及"70末""80初"这代人的反思:过早地认同金钱法则,过早地接受阶层固化的社会现实以及既定的价值标准,在应该还有"诗歌和远方"的年纪,早早偃旗息鼓、鸣金收兵,缩进意识形态所织就的虚幻的保险箱之内,享受着肥皂泡似的"小确幸",避开一切与现实的抗争以及这份抗争所带来的灵魂的战栗与刺痛,远离对人类重大精神难题的体察、叩问、反思……还没有走过青春,我们便已经老了,这就是我们这一代人的宿命。当然,我们可以归咎于现实:这是一个物欲横流的时代,一切能够支撑起这个社会的整体性结构已经烟消云散,留给世界的只是无数的碎片;这是一个丧失了英雄维度以及宏大叙事能力的时代,一切激情、理想不得不悄然退场。这便是我们置身其中的社会现实,任何人都不可能拽着自己的头发离开地面,所以我们还要接受,但在接受之际,我觉得我们还应该继承一些精神遗产——百年"新文学"对"人"的重新发现和定义。"人"的现代化的标准是什么? 理想状态的"人"需要哪些构成性因素? 是形下层面的"饮食男女"、本能原欲,还是形上层面的精神、灵魂、理想、尊严? 怎样才能实现"人"和社会的和谐发展? 对于这些问题,我觉得我们没有必要另起炉灶,求诸最新盛行的"主义",倒是可以逆流而上,回顾一下百年"新文学"的历史,看看鲁迅、胡适、沈从文是怎么说的,怎么想的,对我们又有怎样的启示。在我看来,百年"新文学"就像一口大钟,轻敲则轻应,重敲则重响,它总能够随着后人所问问题的不同,而给出你意想不到的答案。当然,我们也不能"厚古而薄今",将这个时代的精神溃散归罪于"世风日下""人心不古"。其实,如果辩证地来看,20世纪80年代与20世纪90年代不是两个完全断裂的时间节点,而是有着内在逻

　　　　　　　　　　　　　沈从文的文学观

辑的时间序列：20 世纪 80 年代的"重返'五四'"对应着"拨乱反正"的时代语境，20 世纪 90 年代以来的"消费主义""欲望书写"又是对 20 世纪 80 年代的矫枉过正。至于这两者如何在动荡不安的思潮之中进行切换，又是一个费人心神的课题。以我目前的眼光识见和学术积淀，尚且不能给出一个完整而又清晰的答案，但是我知道要深入地分析一个问题，"非此即彼"的二元对立思维方式是绝对要不得的，这是这几年学术生涯给我的方法论启发。以上便是我对百年"新文学"所能提供的思想资源的理解，其中主要是对"人"的现代化以及"理想人性"的思考，而这些思考起始于我对我们这代人精神宿命的关注。将我们这代人的个人化的生活感受搬到这里，似乎有些不合时宜，因为这确实是不登大雅之堂的"密室私语"，与严谨规范的学术研究无涉，但我觉得人对重大问题的思索往往是来自感性经验。牛顿发现万有引力，不是从看到苹果落地开始的吗？沈从文对"现代"的反思，不是以他在湘西的生活经验为基础的吗？严家炎先生曾经说过，我们做学问的要有敬畏之心，这个敬畏之心包括两个方面：一是对经典以及对经典的经典阐释的敬畏，这是强调文学史意识和学术史意识；二是对自身的敬畏，即要有学术信心和自觉，这是强调治学者的主体意识。王富仁先生将第二个"敬畏"进一步落到了实处——治学者要看重自己的生活经验和生命体验。尽管那来自生活的第一手材料是朴素的，甚至是沾着泥土、带着杂质的，但以此为基础的思考也必然是及物的、有着生命质感和体温的。

我的这些体验以及由此而来的选题，并没有受到凌宇先生的质疑。相反，他还给了我一些方法上的指引，我知道这是出于先生对学生的尊重，而并不是因为我的想法有多新颖或者多成熟。其实每次面对凌宇先生，我多多少少都会有点忐忑，因为自己资质的平庸和识见的浅薄。但先生总是鼓励我，说只要有自己的想法，将自己最擅长的方面发挥到极致就行了。先生的鼓励打消了我对自己的怀疑，增添了我的学术自信，但我更加清楚的是，鼓励归鼓励，要真正在学术的这片天地之中有所建树，还需要持续不断的学术积累、踏实严谨的治学精神以及敢于质疑求真的学术锐气。相对于 40 后、50 后、60 后这几代学人，我们这代人的学术积累、学术激情、学术定力远远不够，所以唯有静下心来，多研读，多思考，多积累，多笔耕，才能有所收获。

感谢谭仲池先生在这个炎热的夏季为我的书作序，我知道其中有先生多年来对湘西之子沈从文以及沈从文所创造的文学世界的深刻而又独特的理解，更有先生对我的殷切期望。虽然到目前为止，我在文学创作和学术研究方面离谭仲池先生的期望甚远，但他的这份关怀和信任已经化为我前行的动力。

感谢给我学业指导的老师们！他们是师大文学院的赵树勤老师、谭桂林老师、杨经建老师、田中阳老师、周仁政老师、肖百容老师。感谢胡光凡老师、朱寿桐老师、刘起林老师、姚晓雷老师、龙永于师兄、房伟老师、李德南老师，他们为这本书的创作提供了助力；感谢张燕玲老师、韩春燕老师、陈汉萍老师、赵炎秋老师、刘大先老师、杨庆祥老师，感谢湖南省文联党组书记夏义生，他们为前期成果的发表以及书籍的出版提供了极大的支持；最后感谢出版社的编辑老师们，他们为此书的出版付出了辛劳。感谢我的父母和家人，特别是我的丈夫，他一肩挑起了照顾孩子的重任，使人到中年的我还有追逐梦想的机会。